"十三五"国家重点图书出版规划项目

国家社会科学基金重大项目

刘建军 ◎ 总主编

百年来欧美文学"中国化"进程研究

(第三卷)(1919—1949)

王钢 ◎ 著

A SERIES OF INVESTIGATIONS ON
THE PROCESS OF "SINICIZATION"
OF EUROPEAN AND AMERICAN
LITERATURE IN THE PAST HUNDRED YEARS

图书在版编目(CIP)数据

百年来欧美文学"中国化"进程研究.第三卷,1919—1949 / 刘建军总主编；王钢著.—北京：北京大学出版社,2020.10
ISBN 978-7-301-31813-3

Ⅰ.①百… Ⅱ.①刘… ②王… Ⅲ.①欧洲文学—文学研究 ②文学研究—美洲 Ⅳ.① I106

中国版本图书馆 CIP 数据核字(2020)第 214330 号

书　　　名	百年来欧美文学"中国化"进程研究（第三卷）(1919—1949) BAINIANLAI OUMEI WENXUE "ZHONGGUOHUA" JINCHENG YANJIU（DI-SAN JUAN）(1919—1949)
著作责任者	刘建军　总主编　王　钢　著
责任编辑	李　娜
标准书号	ISBN 978-7-301-31813-3
出版发行	北京大学出版社
地　　　址	北京市海淀区成府路 205 号　100871
网　　　址	http://www.pup.cn　新浪微博：@北京大学出版社
电子信箱	lina@pup.cn
电　　　话	邮购部 010-62752015　发行部 010-62750672　编辑部 010-62759634
印 刷 者	北京虎彩文化传播有限公司
经 销 者	新华书店
	720 毫米 ×1020 毫米　16 开本　17.5 印张　370 千字 2020 年 10 月第 1 版　2020 年 10 月第 1 次印刷
定　　　价	78.00 元

未经许可，不得以任何方式复制或抄袭本书之部分或全部内容。
版权所有，侵权必究
举报电话：010-62752024　电子信箱：fd@pup.pku.edu.cn
图书如有印装质量问题，请与出版部联系，电话：010-62756370

总　序

一

"百年来欧美文学'中国化'进程研究"(共六卷)是2011年国家社会科学基金重大项目的最终成果。这个项目确立的初衷,在于总结自1840年以来,尤其是"五四"新文化运动和中国共产党成立之后百多年间欧美文学进入中国进程中所起的作用,其移植后发展变化的基本规律以及中国化进程中的经验教训,从而为今后我们更为自觉地翻译引进、深入研究欧美文学和建设中国的欧美文学乃至外国文学话语提供理论的自觉。

外来文化中国化,是中国现当代社会文化发展中一个极为重要的现象。我们知道,中国社会主义先进文化的建设,离不开对外国文化和文学的借鉴。因此,我们首先要申明,欧美文学中国化研究的立脚点应该是中国文学而非外国文学。欧美文学进入中国的文化语境后,就成为中国文学的一部分,这是本课题研究的立脚点。"中国化"的核心内涵是外来文学在中国新文化语境下的变异、再造与重建。因此,欧美文学进入中国的过程就不仅仅只是一个外来文化对中国的影响过程,也不是一个单纯的借鉴和接受过程,而是欧美文学在新的历史语境下成为中华民族新民主主义和社会主义新文化重要因子并与我们的新文化建设相互融合的过程。

欧美文学的中国化进程是伴随着近现代中国社会历史进程以及文化转型发生并发展的。中国的现代价值观也是西方文化在中国渗透和传播的过程中逐步建立起来的。因此,作为西方文化重要载体之一的欧美文学从引进之日起就和中国人对现代化社会的渴望与现代价值观的需求相契合。当然,我们也要看到,不仅只是欧美文学给中国文学注入了新的思想文化资源,改造了中国文学的精神和艺术风貌,同时,中国强大的传统文化资源也改变了外来文化乃至欧美文学在中国的风貌,使其具有了中国特征。因此,在中国近现代的社会和文化土壤中,欧美文学与中国文学之间是一种双向影响的关系。例如,中国学者以其独特的中西世界划分的视角,将欧美视为一个整体,并进一步提出了"欧美文学"这一概念;还从整体性视角出发,对欧美一些经典文本进行了中国式的内容解读、艺术分析。而在实践中我们看到,这些新的解读,都与中国现代社会的独特发展进程和每个阶段的话语需求息息相关。这就改变了欧美文学作品在其产生地的存在顺序、特定地位、对象关系以及思想内涵、艺术特征的价值指向,从而成为适应中国人思想情感和审美追求的中国现代文化的一部分。换言之,欧美文学乃至外国文学进入中国后与中国的文化语境的关系其实是一种你中有我我中有你的关系。

所以说,本课题并不是中国文学与欧美文学的比较研究,也不是单纯地研究欧美文学在中国的传播史,我们研究的重点是在接受欧美文学乃至外国文学的过程中,中国如何创造了一个属于我们自己的新的欧美文学(或曰外国文学)的历史发展过程。

鸦片战争前后,帝国主义的坚船利炮迫使一部分志士仁人意识到,我们自己原有的思想资源解决不了当时中国面临的问题。于是,他们引进了"科学""民主""平等""自由""革命""阶级"等观念。这些观念的引入,使得我们较为封闭的文化开始向现代文化转变。此后,无论是在新民主主义革命时期、社会主义建设时期,还是改革开放以来的社会发展实践,我们都能不断借鉴西方先进的文化思想,包括西方文学中所传递出来的文化思想观念,来为我们的富国强民服务。可以说,西方文化和欧美文学中的现代意识在中国化的进程中,总体上是适应中华民族发展,是为实现伟大的中国梦的实践助力的。因此,我们也可以说,所谓欧美文学的中国化进程,也就是外来文学适应中国梦需要的进程,就是与中国现当代文化和文学同步发展的进程。

总之,研究欧美文学中国化的进程,就是从一个特殊的角度研究中国新文化、新文学的建立和发展的过程,就是为我国实现社会主义现代化强国的伟大使命提供有益经验并建立文化自信的过程。

二

这里先要申明,本课题虽然名称为"百年来欧美文学'中国化'进程研究",但这里所说的"欧美文学",其实是有特定所指的。我们这里使用的"欧美文学"概念是"西方文学"的同义语。我们知道,在国内学术界,外国文学的组成长期以来大致分为三个部分：一是欧美文学，主要指的是欧美大陆一些国家的文学，如欧洲的希腊、英国、法国、德国、意大利、西班牙、荷兰、挪威等国以及美洲的美国、加拿大、哥伦比亚、巴西等国家和民族自古至今所产生的文学。二是俄苏与东欧文学，包括俄罗斯—苏联文学以及东欧的波兰、捷克、匈牙利等国家的文学。三是亚非文学，也即我们今天经常说的"东方文学"。这种划分，在"五四"新文化运动之后已见雏形，在中华人民共和国成立初期的一段时期内得到广泛认可。当时很多高等学校开设外国文学课程都分为三部分，即俄苏文学、欧美文学和东方文学。当时一些教材的编写，也是这三个部分分别独立编撰。抛开"东方文学"不论，就是西方文学教材，都是分头编写"欧美文学"和"俄苏文学"。欧美文学部分不涉及俄苏文学，俄苏文学需要单独编写教材，单独讲授。这样，久而久之，就形成了我国学术界一个约定俗成的观念，即"欧美文学"不包括"俄苏文学"。更有甚者，在当时的情况下把"欧美文学"看成是"资本主义思想"为主导的文学，而把"俄苏文学"，尤其是"苏联文学"看成是"社会主义思想"所主导的文学。尽管这一区分没有明确出现在20世纪50年代的教科书中，但其影响是不可否认的。到了六七十年代，尤其是到了1978年改革开放之后，这一划分逐渐被国内学者们所抛弃。"西方文学"的概念，合并了原有的"欧美文学"与"俄苏文学"。（在杨周翰等先生主编的《欧洲文学史》中，就将俄苏文学并入了欧洲文学之中；朱维之等主编《外国文学简编》时，也将第一部标明为"欧美部分"，俄苏文学被放进了这一卷中。）此后，"西方文学"的概念渐渐流行开来，以至于我们今天一说到"西方文学"，就知道其是包括俄苏文学在内的欧美各国自古至今所产生的文学现象和作品的总称。

但是问题在于，现在我们所通用的"西方文学"概念，也存在着极大的弊端：首先，我们很难界定"西方"的范畴。在我们现有的教科书中，"西方"主要指地理意义上的欧洲和美洲。因此，欧美文学即为西方文学。这个地理上的定义虽然轮廓较为清晰，但若一细究，似乎又太牵强。应该指出，欧洲和美洲，地域广阔，国家民族众多。其中老牌的欧美国家和那些新兴的欧美国家无论是历史文化传统、社会发展道路、生活习惯乃至道德风俗等，都存在着巨大的差异。即使在全球化迅猛发展的今天，其社会的差异性、文化的异质性也是极为巨大的。把两者武断地并置，都看成是"西方"，无疑是说不清楚的。其实，从我们现有的外国文学史著作或教材来看，所谓欧美文学，占主导地位的仍然是那些欧美比较发达国家的文学。其次，我们很难说清楚"西方文学"的性质。既然地理学意义上的"西方"范畴划不清，那么，像某些现代西方学者主张的那样，按地缘政治划分是否可以呢？答案也是否定的。在当前西方很多政治家和政治学者的眼中，西方是富国或曰发达国家的代名词。第一次工业革命之后，欧美一些发达的资本主义国家，走在了物质文明发展的前列，在思想文化领域也提出了构成今天社会发展的一些基本的经济、政治、文化主张。而对那些发展缓慢的欧美国家和民族而言，这些主张根本不能代表他们的文化性质和需求。这样的现实其实导致了欧美一些发展较快的国家（如英、法、德、美等）开始以傲慢的态度来审视那些发展较慢的国家和民族及其文化。这样，"西方"其实只等于是发达国家和民族的称谓（这也是我们不愿意用"西方文学"来指代整个欧美文学的原因）。再者，从近百年来西方文学进入中国的进程来看，引进的主流还是欧美几个主要国家的文学。例如欧洲主要是古代希腊和罗马，以及英、法、德、俄、西班牙等，美洲在很长的时期内主要是美国的文学作品。而大量的其他西方国家的文学作品，在改革开放之前，我们或涉及很少，或根本没有涉及。即使在今天，这些发达欧美国家的文学仍然占据着主导性的地位。其实，我们所说的欧美文学"中国化"进程，主要还是这些发达国家（包括俄罗斯—苏联）文学进入中国文坛的过程。

有鉴于此，我们在进行本课题研究时，觉得还是用"欧美文学"的概念更符合百年来西方文学进入中国的实际。也可以说，我们这里所说的"欧美文学"是对中国影响较大的一些西方国家文学的特指。换言之，是指欧美那些对中国影响较大的一些国家的文学现象。从这个意义上也可以说，"欧美文学'中国化'进程"是和"西方文学'中国化'进程"的概念相一致的。

我们在此还要申明的是：由于本课题是"百年来欧美文学'中国化'进程研究"，重点在于我们是以欧美文学进入中国的视角，来解说中国现代新文化和新文学的建设进程以及欧美文学在中国新的思想观念建设中的作用。所以，它的重点不在于谈论欧美文学在中国的翻译介绍规律（因为这方面已经有很多高水平的著作发表），也不是要进行欧美文学在中国的纯文学领域所取得的成就的考察（这方面也有大量的大部头的专著问世），我们要做的是以欧美文学进入中国的视角，来揭示百年来欧美文学进入中国的进程以及它对构建中国新文化和新文学所起的作用乃至经验教训。由于我们近百年来的新文化建设是在汲取人类一切优秀文化遗产的基础上进行创建的结果，这也就决定了我们在谈欧美文学中国化进程的时候，必然注重其中所包含的很多规律性的东西，这也决定了这一进程具有文学交流融合意义上的普遍性。因此，我们的课题在这个意义上也可以说是对欧美文学中国化进程基本规律的研究。

三

在我们看来,本项目的研究成果主要创新之处或者说主要特点体现在以下几个方面:

第一个创新点在于对"中国化"问题的理解。一是对"中国化"概念本身的认识更加深入。我们认为,"中国化"这一概念中的"化"的本质是扬弃意义上的"融化";而"中国"则是指近百年来不断发展变化中的思想文化与精神意义上的"中国"。"中国化"作为一个特指的概念,其基本内涵包括:(1)任何外来文化被引进到中国来,都必须与现代中国的国情相结合。它既服务于独特的中国国情的需要,又不断创造了新的中国文化形态。例如,马克思主义进入中国,在服务于中国人民"站起来""富起来"和"强起来"的百多年来的社会发展实际的同时,也改变了中国社会文化的发展形态,创造出了崭新的中国现代文化国情。作为具体领域的欧美文学(乃至外国文学)的中国化也是如此。一方面它适应了中国文化的转型和中国现代文化的出现,另一方面也为创造现当代中国文化的新形态贡献了新的文化因子,促进了中国社会主义现代文化的形成与发展。(2)"中国化"又是在马克思主义先进文化指导下的发展进程。我们知道,中国的现代化进程与欧美社会的现代化进程是在完全不同的基础上发生的。可以说,欧美一些主要资本主义国家,现代化进程是在其社会内部孕育发展起来的,根本原因在于欧洲几次工业革命的推动。正是这些国家内部先进生产力的发展,导致了新思想、新观念的产生,从而确立了现代资本主义制度。而中国的情形则完全不同。可以说,中国社会的现代化进程,是在中华民族积贫积弱和救亡图存的特定条件下展开的。由于百年前我们的生产力落后,我国还很难在传统社会结构内部和封建社会意识形态的基础上产生出新的现代文化。因此,这样的客观现实决定了我们必须要借助外来的先进文化来改造国民,创造出适应中国现代化进程的新的思想文化体系。在这种情况下,引进、吸收、消化外来文化从而改造我们的旧文化,就是唯一的途径了。加之外来文化纷繁驳杂,这就需要我们进行历史的选择。中国人民在自己的实践中,选择了马克思主义作为自己的指导思想,并在这一思想逐渐中国化的进程中,成为引领中国现代社会发展进步的指导思想。实践证明,正是在马克思主义的指导下,我国的社会主义革命和建设事业得到了巨大的发展,并在今天走向了全面建设社会主义现代化强国的伟大阶段。从这个意义上说,用马克思主义做指导,也是"中国化"的核心之意和必有之义。(3)"中国化"必须要在自己强大的文化传统的基础上才能发展起来。外来文化进入中国,说到底是我们要在汲取外来优秀文化的基础上,改造、补充乃至创新我们的传统文化,而不是取代或者割裂我们的文化传统。从这个意义上说,凡是想用外来文化取代或者割裂中国文化的,都不是"中国化"的真正含义。我们要清醒地看到,中华民族的文化传统一脉相传,今天的文化仍然处在传统的链条中。近现代以来,外来文化的中国化之所以能够取得巨大的成功,不仅是因为我们有着强大的传统文化资源,更重要的是我们还保有具有深厚中华传统文化学养并精通外来文化的卓越学者。他们怀着"位卑未敢忘忧国"的使命意识,坚信"文章合为时而著,歌诗合为事而作"的审美理想,代代耕耘,薪火相传,把外国文化与中国文化有机融合,创造出适应中国社会发展的社会主义新文化。因此,我们所说的"中国化",又是在中国文化的思维方式、审美取向基础上,让欧美文学,乃至外国文学适应中国社会发展进步的产物。本课题在写作过程中,始终遵循对"中国化"概念的这种认识,并在此基础上总结百多年来欧美文学"中国化"进程。

二是我们尽可能对马克思主义中国化和具体文化领域的中国化之间的联系与区别,做出较为科学的解释。我们认为,如果说马克思主义中国化,指的是指导思想上的中国化,是总纲,总的规定,那么欧美文学乃至外国文学的中国化,则属于具体领域的范畴。就是说,我们既强调指导思想的中国化,也要强调具体领域的中国化。从这个意义上说,欧美文学"中国化"这一概念无疑是成立的。这正如我们经常说到"规律"这个概念。我们知道,"规律"包含着普遍规律和特殊规律。一个社会的发展要首先遵循普遍规律,普遍规律是根本性的规定,它规定一切具体事物发展的基本走向与方式。但不同事物的发展同时也有其特殊规律。我们既不能忽视普遍规律而只重视特殊规律,同样,也不能只重视特殊规律而忽视一般(普遍)规律。只有二者的辩证统一才能更好地认识和把握事物的发展进程。在"中国化"问题上我们必须要坚持普遍主义和特殊主义的辩证统一,这是因为,中国化不能不受普遍规律的制约,同时也必须要认识外国文学中国化的特殊规律。反过来说,如果我们只是坚持和强调马克思主义中国化的指导思想价值,而忽视文学艺术等具体领域中国化的实际,我们所说的"马克思主义中国化"也就成了一句空话。总之,"中国化"是一个体系,其中既包含着指导思想的中国化,又包含着具体学科领域的中国化,不同层面的中国化发挥着各自不同的重要作用。

基于对"中国化"问题的上述理解,我们发现,百年来我们在外来文化和文学的引进过程中,形成了独有的"中国化"理解。"中国化"已经成为我国现代以来引进外来文化的专有概念或特指名词。

第二个创新点在于,我们是在对中国百年来革命与建设发展的特定理解的基础上,来考察欧美文学"中国化"进程的特点的。我们认为,从1840年到1919年"五四"新文化运动兴起的七十多年是仁人志士提出"中国社会应该走什么路才能实现伟大的民族复兴"的时代之问形成的历史时期;从1921年中国共产党成立起,中国人民开始科学地回答和解决这个问题。在回答"如何走"的问题上,开始阶段(即"五四"运动前后)也是争论不休的,各种不同的党派和立场相左的文化派别都想把自己的意见强加在中国人民的头上。但"五四"新文化运动的深入发展,使人们看到了"三座大山"沉重压迫的现实,从而使中国共产党人所主张的革命斗争和民族解放之路成为当时的历史选择。马克思主义理论之所以能在中国大地上广泛传播,就是当时的人们看到,若人民不能解放、民族不能独立,什么"实业救国""教育救国"和"科学民主""民权民生"都不过是空洞的口号,都是走不通的道路。换言之,要实现中华民族的繁荣富强,首先要走"民主革命和民族解放之路",让中国人民"站起来"。这样,从1919年"五四"运动开始,尤其是从1921年中国共产党成立到1949年中华人民共和国建立这28年,进行新民主主义革命成了中国现代化进程的第一步。这个历史阶段,中国人民在中国共产党和以毛泽东同志为核心的党的第一代中央领导集体的带领下,经过28年艰苦卓绝的斗争,打败了地主阶级、军阀等反动势力,战胜了日本法西斯强盗,赶跑了以蒋介石为代表的国民党反动派,建立了人民当家做主的中华人民共和国,"中国人民从此站起来了"。可以说,这一步,我们走得非常精彩,也极为成功。

从中华人民共和国成立到1978年改革开放,这三十年是第一步走和第二步走的交替阶段,即我们过去常说的进行社会主义革命和建设阶段。如果说前一个时期(1919—1949)中国现代化的主要任务是进行新民主主义革命的话,那么1949年到1979年这三十年间,我们面临的主要任务有两个:一是继续完成推翻旧世界经济基础及其上层建筑的革命任务,维护无产阶级政权和人民当家做主的地位;二是进行社会主义改造和建设现代化国家的任务。这两大任务的叠加,就形成了这三十年的革命与建设并重的局面。为此,我们既可以将中华人民共和国成立后的第一个三十年看成是新民主主义革命任务的延续时期,也可以将其看成是改革开放后三十年的前导阶段。

中国建设现代化国家的第二步走,是要走"发展经济、提高人民生活水平"的"以经济建设为中心"的道路。即当我们"站起来"后,还要"富起来"。如前所述,这一步应该说从中华人民共和国成立后就已经开始了,但明确提出将其作为主要任务则是在1978年召开的中国共产党的十一届三中全会上。这次会议是中国社会伟大转折的标志,也是我们进入第二步走的标志。如前所言,在中华人民共和国成立后的头三十年,我国已经开始了社会主义改造和社会主义建设的伟大实践,初步完成了从一个以农业为主的、贫穷落后的旧中国向现代工业化社会主义新中国的转变,并建立起我国工业化社会的基础。但这三十年毕竟是个过渡阶段。一方面,为了维护新生政权的需要,为了清除旧思想、旧文化的需要,革命还是重要的任务之一。另一方面,建设也是重要的任务。按一般逻辑,随着政权的不断巩固和社会主义建设事业的深入发展,我们应该逐渐减少革命的比重而加大建设的比重。但由于当时一些实际情况,只有到了1978年,建设任务才开始凸显。以邓小平同志为核心的党的第二代中央领导集体,提出了"以经济建设为中心"的历史任务,从此中国人民开始自觉地走向了现代化征程的"富起来"阶段。邓小平同志对此有着深刻的洞察,他指出,今后一段时期我们党和国家的主要任务是"以经济建设为中心","发展是硬道理"。也正是在以邓小平同志为核心的党的第二代中央领导集体的带领下,中国社会开始了改革开放、建设四个现代化强国的伟大进程。经过三十多年的改革开放,中国的物质文明和社会发展取得了巨大的进步,由一个贫穷落后的发展中国家,进入了经济社会发展较快国家行列。到了2009年,中国的经济体量和综合国力得到了极大的提升,在世界上的影响力极大增强。可以说,这一步,我们也走得极为精彩。正是这三十多年的努力奋斗,使得中国人民在"站起来"的基础上,开始"富起来"了。

2009年以后,中国成为世界第二大经济体;2012年,党的十八大报告首次正式提出了"全面建成小康社会",标志着第三步走的开始。换言之,以中国共产党第十八次全国代表大会的胜利召开为起点,中国现代化建设"强起来"的伟大历史征程开启了。十九大报告进一步提出了建设富强、民主、文明、和谐、美丽的社会主义现代化强国的奋斗目标。也可以说,"五四"时期提出的科学、民主、强国、富民的理想,只有在今天才真正有了实现的可能。

正是在对中国现代历史发展重新认识的基础上,我们重新阐释了欧美文学中国化进程中的具体流程和经验教训,并对很多问题做出了新的解说。因此,本课题不单单局限在欧美文学乃至外国文学领域,其中还包含着对不同时期中国社会重大政治文化问题的反思,如为什么在"五四"运动前后会出现大规模的欧美文学翻译引进热潮、如何处理好文学反映生活与马克思主义指导的关系等。我们认为,这样做的好处在于,我们可以发现文学现象中所隐含着的很多现代中国社会思想文化发展的本质性的东西。而本课题正是从对中国现代社会发展再认识的角度,对百年来欧美文学中国化问题进行阐释和解说。

第三个创新点在于,本课题抛开了以往同类著作那种偏重于欧美文学的翻译、引进和研究的学术史写作方式,强调欧美文学引进与近现代中国的先进文化的产生、发展和演进的关系、价值和作用。也就是说,在本课题研究中,我们不仅关注学术史的梳理和研究,更关注从欧美文学进入中国并成为中国现代思想文化资源主要组成部分的角度,结合中国革命和建设的实际,来审视外来文化与中国社会发展之间的紧密联系。进一步说,我们撰写的这套著作,侧重从思想史的角度来总结近百年来欧美文学的中国化进程,从而探讨欧美文化与文学与中国现当代社会文化发展之间的互动关系。近年来,国内的外国文学界出版了一系列相关主题的著作。仅近十年,就相继出版了陈众议主编的《当代中国外国文学研究(1949—2009)》(中国社会科学出版社 2011 年出版),申丹、王邦维总主编的 6 卷本《新中国 60 年外国文学研究》(北京大学出版社 2015 年出版)、陈建华主编的 12 卷本《中国外国文学研究的学术历程》(重庆出版集团、重庆出版社 2016 年出版)等非常有代表性的学术著作。这些著作,或以年代顺序为经,以不同国别文学作品的翻译和研究为纬,或从体裁类型乃至语言分类为角度,对中华人民共和国成立以来中国学术界对外国文学的翻译和研究做了细致的梳理。应该说,这些大部头著作基本上都属于"学术史"的范畴。我们在汲取这些优秀著作成功写作经验的基础上,力图进行价值取向和研究侧重上的创新。为此,我们制定了偏重于"思想史"和"交流史"的写作原则,即我们要在百年来社会历史发展历程中,以中国社会现代化进程为依据,根据不同历史发展阶段中国现代文化的形成和发展流变,考察总结欧美文学中国化的艰难进程、时代贡献、经验教训乃至今后发展趋势,从而为今后中国文学话语的建设做出我们的努力。为此,本书采用了新的结构方式,即回答问题的方式来写作。我们一共梳理了百年来欧美文学中国化进程中五十多个较为重大的问题,进行了细致的辨析和深度的理论解说。我们不仅想要告诉读者,这百年来发生了什么,出现了哪些重大的事件和文学现象,更重要的是揭示这些事件背后的成因,为什么会做出这样的选择,其中有哪些经验和教训。这就突破了很多同类著作就文学谈文学,就现象谈现象的不足。

既然定位于要从思想史的角度来谈这个问题,因此,我们是把欧美文学中国化作为一个完整、不断发展变化、各种要素合力作用的中国社会文化现象来把握,努力揭示近代以来一大批先进知识分子在其中所起的重大作用。我们认为,既然我们谈的是欧美文学中国化的问题,我们就不能仅仅把欧美文学中国化看作是欧美文学作品在中国的翻译、研究和传播,而应把它看成是与不同历史时期中国社会的阶段性发展、马克思主义在中国的传播及其作为指导思想的确立、文艺界思想文化领域的斗争、无产阶级革命和社会主义建设道路的探索、中国现代文学流派的形成,各个时期的文艺政策和文学社团(组织)以及报纸杂志的创办、教材编写、高校教学等多个领域和多个方面相关联的重要问题。也可以说,这是一个全方位、动态研究欧美文学中国化问题的尝试。之所以这样书写,是因为我们认为,欧美文学中国化是一个动态的过程,是在动态中生成的。这个"动",其实就是中国社会百年来的发展变化,尤其是中国共产党建立以来中国社会的发展变化。另外一方面,既然欧美文学中国化是"合力"作用的结果,那其中必然会有一个起核心或主导作用的力量。我们认为,这个核心的力量要素就是中国近代以来的进步知识分子,尤其是从事欧美文学引进的知识分子,他们以"天下兴亡,匹夫有责"的使命感,为百年来中国社会的观念更新和新文化建设,发挥了重要的作用。在"五四"运动之前,就有一大批忧国忧民的知识分子,通过翻译引进西方的先进思想文化和现代科学技术,在积贫积弱的近代中国社会,追求真理,追求富国强兵之道,通过文化与文学的引进,发出了"中国应该走什么样道路"的历史之问。在马克思主义传入中国,尤其是中国共产党成立之后,又有一大批先进的知识分子,依据不断发展中的国情,逐步将马克思主义与中国的实际相结合,创造性地把外来文化与中国实际相结合,造就了中华民族新的文化辉煌。

本项目成果,在一些具体问题上,也提出了我们自己的新看法和新见解。例如,如何理解"世界文学时代"与"世界文学"关系的问题;如何看待欧美文学进入中国后的"误读"问题;如何看待中华人民共和国成立后知识分子的改造问题;如何评价"文化大革命"前后特定时期出现的"黄(灰)皮书"现象;如何估价历次政治运动对欧美文学"中国化"正反两个方面的影响以及在今天如何构建欧美文学的"中国话语"等问题。在这些问题的阐述中,根据特定历史时期的社会政治文化形势要求,我们坚持具体问题具体分析的原则,坚持历史唯物主义和辩证法原则,做出了新的解说。例如,如何看待中华人民共和国成立后知识分子的改造问题,我们认为,面对建设一个社会主义新制度、新文化的艰巨任务,必须进行全社会的改造旧思想、旧观念和旧文化工作。所以,提出"改造"的问题,是没有错的,也是必需的。知识分子作为新社会的一个阶层,因其掌握知识和文化的特殊性,接受改造是责无旁贷的。所以我们在研究中肯定这些运动的历史价值和实践意义。但同时我们也实事求是地指出了中华人民共和国成立后历次"知识分子改造"运动出现的错误:一是当时社会的每一个人(每一个阶层的人)都需要改造,但在实践中却变成了"只有知识分子需要改造",并把斗争矛头对准了知识分子,发展到后来甚至把知识分子推到了人民群众的对立面;二是把特定时期的"政治改造""立场改造"发展到了绝对化的程度,成为对知识分子改造的唯一任务,从而忽略了对知识分子观念更新、方法创新等学术领域的改造。我们认为,只有这样看问题才更为科学和妥当。再如,"文化大革命"中极"左"思潮的泛滥,给社会主义文化建设事业造成了很大的破坏。但从某种意义上说,恰恰是这场运动给知识分子群体提供了更加深入认识社会复杂性以及深思文学真正价值所在的机缘(尽管其代价是巨大的,损害是严重的)。而"文化大革命"结束后井喷式爆发的欧美文学被引入文坛的现象以及对外国文学理解的加深,又不能不说是和"文化大革命"期间这些知识分子对社会发展和人类命运的深刻反思紧密联系在一起的。

凡此种种,都说明,我们在本课题的研究过程中,力图按照马克思主义的立场、观点和方法进行创新,在外来文化和欧美文学进入中国的背景下,结合欧美文学在"中国化"进程中的经验教训,尝试对一些重大问题和看法进行与时俱进的重新阐释。

四

"百年来欧美文学'中国化'进程研究"的全部成果共包括六卷。其各卷所包括的大体内容如下。

第一卷为"理论卷"。这一卷主要是对欧美文学"中国化"进程中所涉及的理论性与全局性的重要问题,进行集中的理论意义上的解说。比如"我们为什么要研究欧美文学'中国化'的问题?""'中国化'的概念有哪些内涵和特指?""马克思主义'中国化'(指导思想)与欧美文学'中国化'(具体领域)的联系与区别?""欧美文学能够被'中国化'的要素是什么?""百年来欧美文学'中国化'的主要经验与遗憾有哪些?"这一卷可以说是全书的总纲部分。

从第二卷开始,我们基本上按照历史演进的大致进程,对不同历史阶段的欧美文学"中国化"遇到的重大问题,进行解说。

第二卷的时间范围大约从1840年起到1919年前后,这是欧美文化与文学进入中国的初期阶段。这一卷的核心词是"中国应该走什么道路"。换言之,在这一卷中,主要围绕着"中国走什么样的现代化道路"这个历史之问的形成,揭示欧美文学进入中国过程中最初的曲折经历和发展历程,并总结了当时欧美文学翻译和介绍的成败得失。

第三卷所涉及的时间段是从1919年到1949年这一历史时期,这一卷的核心词是"站起来",即围绕着中国人民"站起来"的历史选择,揭示欧美文学在当时所起的作用。本卷着重指出这段时期是中国人民在中国共产党的领导下,为自由解放而艰苦奋斗的时期,也是欧美文学"中国化"进程走向自觉的阶段。其中涉及马克思主义指导思想地位的形成以及毛泽东同志《在延安文艺座谈会上的讲话》的里程碑价值。总的来说,这是欧美文学中国化从自发的追求到自觉探索的形成时期。

第四卷主要反映1949年至1979年前后欧美文学"中国化"的基本情况。这一卷的核心词是"革命"和"建设",即这是我国"革命"和"建设"两大历史任务的叠加阶段。这段时期既是外国文学进入中国最好的时期之一,也是受"左"的思潮干涉影响,欧美文学"中国化"遭遇严重挫折的时期。其中涉及如何看待"文化大革命"前十七年外国文学翻译引进、研究和推广的成就以及"文化大革命"十年中国的外国文学界"沉寂"的状况。这个时期也可以看成欧美文学中国化全面探索并遭受重大挫折的时期。

第五卷是1979年到2015年这一阶段。此卷的核心词是"富起来"和"强起来"。这个时期,"以经济建设为中心""建设社会主义现代化强国"成为我国建设发展的主要任务。此时也是外国文学中国化大发展的时期。也就是说,随着四个现代化建设进程的到来,我国进入社会主义发展的新时期。这个时期也是各种新问题、新情况不断出现的历史发展阶段。这段时期,欧美文学中国化进入健康发展和全面深化的阶段。这一卷主要是对这一时期欧美文学中国化的经验教训进行初步总结。

第六卷是编年索引。这一卷主要把与欧美文学中国化相关的主要事件和成果以年表的形式列出,目的是为百年来欧美文学中国化的进程提供一个大致的历史发展线索,以弥补本套书史学线索的不足,同时也为这个课题今后的研究提供一个资料索引。

总的来说,这六卷本书稿既是一个完整的整体,各卷又相对独立。我们期望,通过这种结构方式,对百年来欧美文学"中国化"的大致进程有个清晰的把握,同时对每个阶段所遇到的重大理论问题做出史论结合的深度解说。

五

"百年来欧美文学'中国化'进程研究"是2011年作为国家社会科学基金重大项目立项的。在国家社会科学基金办公室的领导下,在吉林省社科规划办的指导下,尤其是在东北师范大学社会科学处的全力帮助下,我们课题组进行了紧张而周密的研究工作。在项目立项后,课题组于2012年3月18日在北京进行了开题。中国社会科学院荣誉学部委员吴元迈研究员,中国社会科学院外国文学研究所所长陈众议研究员、文学研究所所长陆建德研究员、外国文学研究所韩耀成研究员,北京大学刘意青教授、王一川教授、申丹教授、张冰教授,华东师范大学陈建华教授,北京师范大学刘洪涛教授,南开大学王立新教授等出席了开题报告会。来自南开大学、北京师范大学、大连大学及我校的项目组成员参加了开题报告会。会上,项目主持人刘建军教授就该项目的研究背景、学理构成、编写设想、编写原则、具体分工和工作日程等情况做了全面介绍。专家组肯定了项目组已有的研究基础和总体设计,并对以问题为导向、紧扣标志性事件、抓住主要话语、寻求重大问题给予回答和阐释的研究思路,给予了充分认可。专家们还围绕欧美文学进入中国历程中的若干重大问题进行了充分研讨。2012年4月、2013年6月以及2014年4月,课题组相继举行了3次项目研讨会。会上,课题组成员针对当时研究中遇到的关键问题进行了讨论。大家认为,第一,要抓住"中国现代文学的发展形态在外国文学的影响下,如何创造了一个属于我们自己的新文学"这一立脚点不放松,要明确研究对象是中国化的外国文学而不是原初意义上的外国文学。第二,要紧紧抓住课题的核心思想和基本脉络不放松。课题写作的基本脉络就是要依据近百年来中国人民"站起来""富起来"和"强起来"的伟大复兴历史进程来撰写,要强调中国化的马克思主义的指导作用,要突出欧美文学中国化与中国的新文化、新文学建设之间的联系。第三,要把总结欧美文学中国化的经验教训和建立欧美文学乃至外国文学的"中国话语"紧密结合起来。也就是说,我们总结以往的经验教训,目的是适应今天乃至今后一段时期内中国文化发展和社会进步的需要,要为建设欧美文学的"中国话语"服务。第四，课题组还明确要紧紧抓住以问题为导向的写作体例不放松；要围绕时代的主题、紧扣标志性事件、抓住主要话语，对不同历史条件下的重大问题给予科学的和实事求是的回答；对一些重大的文化事件和外国文学进入中国出现的问题，要放在具体的语境中实事求是地加以科学地辨析。

正是在这些基本写作原则的指导下，2015年和2016年，课题组进入了艰难而又富有成效的写作阶段。其中对"中国化"概念内涵的确立、对马克思主义中国化与欧美文学（即具体领域）中国化关系的辨析，对翻译、研究、评论等问题在欧美文学中国化进程中的价值以及对建设欧美文学的"中国话语"等重大问题，进行了随时的研讨。同样，对一些重要的时间节点、一些重大事件的历史作用以及对一些特定时期（如"文化大革命"期间）欧美文学中国化出现的问题等，都进行了认真而严肃的讨论。可以说，这个课题研究写作的过程，也是我们课题组成员不断学习和提高自己认识水平的过程，更是不断深化对百年来中华民族伟大复兴发展规律的认识过程。

可以说，书稿的写作过程非常艰难，但也充满了研究的乐趣。现在所呈现在大家面前的这六部书稿，几乎都经过了几度成稿又几度被推翻重写的反复过程，其中有些卷写了五六稿之多。尽管如此，有些部分我们还是不太满意，需要在今后更加深化自己的认识。

六

本课题研究过程的参与人员众多。其中除了各卷的主要执笔人员如刘建军（东北师范大学）、袁先来（东北师范大学）、王钢（吉林师范大学）、高红梅（长春师范大学）、周桂君（东北师范大学）、王萍（吉林大学）、刘研（东北师范大学）、刘悦（东北师范大学）、刘一羽（东北师范大学）、邵一平（东北师范大学）、刘春芳（山东工商学院）、郭晓霞（浙江师范大学）、张连桥（江苏师范大学）等人之外，参与研究指导和讨论的人就更多了。首先要感谢中国社会科学院荣誉学部委员吴元迈研究员、中国社会科学院外国文学研究所所长陈众议研究员和前所长黄宝生研究员以及韩耀成研究员，北京大学刘意青教授、申丹教授、张冰教授，浙江大学吴笛教授，华东师范大学陈建华教授，吉林大学刘中树教授，浙江工商大学蒋承勇教授，中国人民大学耿幼壮教授、曾艳兵教授，南开大学王立新教授，华中师范大学聂珍钊教授、苏晖教授，大连大学杨丽娟教授等，在不同的场合所提出的宝贵意见。同时东北师范大学历史文化学院的荣誉教授朱寰先生、文学院的王确教授、高玉秋教授、刘研教授、王春雨教授、张树武教授、徐强副教授、韩晓芹副教授、裴丹莹副教授、王绍辉副教授以及我的博士研究生米睿、魏琳娜等,为本课题的研究提供了自己的智慧。东北师范大学社会科学处的王占仁处长、白冰副处长、关丰富副处长以及宋强同志等,对我们课题的研究工作给予了大力支持和各种帮助。吉林省社科规划办的毕秀梅主任等也时刻关注着项目的进展,并给予了很多工作上的具体指导。可以说,这部书稿是集体智慧聚合的产物。而众多学者的支持和期望,是我们不断前进的动力。在这里,我代表课题组的全体成员,对他们的帮助表示衷心的感谢。

在全部书稿完成后,我们还邀请了东北师范大学文学院和国内其他几所高校的几位从事现代文学研究和教学的专家通读书稿。对他们提出的宝贵意见,我们永远心怀感激之情。

2016年10月,在该项目结项以后,我们又对全部六卷书稿进行了新一轮完善,并结合新的形势要求对其中的一些提法和观点进行了斟酌与修改。

写好一部以思想性见长的学术研究著作,尤其是像这样一部跨度百余年中国近代、现代和当代社会发展演进的历史进程,涉及中国传统文化和外来文化,尤其是不同的欧美国家文学之间在引进过程中的特殊性以及与中国文学之间相互影响和改造的复杂关系的著作,研究者不仅需要具有本学科深厚的学养、专业知识的储备,还要具有开阔的社会历史发展眼光、正确的指导思想以及科学的方法论。从这个意义上来说,很多方面我们都有着很大的不足。因此,在书稿出版之际,忐忑不安可能是每个课题组成员最真实心态的反映。我们期望着专家和读者的批评!

刘建军
2017年7月

目 录

导 论 ··· 1

第一个问题:"五四"何以成为欧美文学引进的爆发期 ················· 1
  一、欧美启蒙思想的价值及其在中国的传播 ···························· 2
  二、对欧美启蒙思想的差异化接受:以易卜生文化景观为例 ········ 17
  三、启蒙为何不能担负历史重任 ·· 27

第二个问题:文学革命话语下欧美文学"中国化"的特点 ············ 37
  一、写实和"为人生"的欧美文学的引进:从尼采到拜伦 ············ 39
  二、作为显性现象的欧美弱小民族文学的"中国化" ··················· 52

第三个问题:20世纪二三十年代欧美文学译介的基本特征和价值取向 ··· 63
  一、自由主义知识分子的欧美文学译介研究及价值选择 ············ 63
  二、具有民主思想的早期知识分子的欧美文学译介研究及价值选择 ····· 68
  三、具有自觉目的的无产阶级革命知识分子的欧美文学译介研究及
      价值选择 ··· 74

**第四个问题:20世纪二三十年代马克思主义文艺观的传播为欧美文学
      "中国化"带来的新气象** ··· 80
  一、马克思主义文艺观的形成与传播 ···································· 81
  二、以鲁迅为代表的中国先进知识分子对马克思主义文艺观的接受 ··· 87
  三、鲁迅与苏联"同路人"文学译介对马克思主义文艺观的深化 ····· 98

**第五个问题:20世纪二三十年代左翼文学话语的建立对欧美文学
      "中国化"的积极意义** ·· 106
  一、革命文学的论争与左翼文学话语的层累 ·························· 107

二、以高尔基为中心的苏联无产阶级文学的译介与研究 …………… 127

第六个问题：论争对欧美文学"中国化"的发展趋势的推动作用 …… 138
　　一、关于欧美文学"中国化"工具载体的论争 ………………………… 140
　　二、关于欧美文学"中国化"路径与方向的论争 ……………………… 146
　　三、关于欧美文学"中国化"基本原则的论争 ………………………… 155

第七个问题：《在延安文艺座谈会上的讲话》引领欧美文学"中国化"
　　　　　　的新航向 …………………………………………………… 167
　　一、《讲话》的历史地位与基本内涵 …………………………………… 168
　　二、《讲话》对欧美文学"中国化"的引领作用与指导意义 ………… 181

第八个问题：解放区出现了欧美文学"中国化"的新景象 ……………… 187
　　一、周立波鲁艺讲稿与《讲话》精神的契合 ………………………… 188
　　二、《讲话》精神在当时的传播与影响 ………………………………… 190
　　三、《讲话》影响下解放区欧美文学"中国化"的新景象 …………… 194

第九个问题：1919年至1949年欧美文学"中国化"的基本特征 ……… 202
　　一、对文学政治化倾向的强调 ………………………………………… 202
　　二、"为我所用"的"转化性创造"原则 …………………………………… 207
　　三、"中国化"来源的"两种话语范式" ………………………………… 212
　　四、报章杂志等现代传媒的促进机制 ………………………………… 217

结　语 …………………………………………………………………………… 222
参考文献 ………………………………………………………………………… 235
外国人名索引 …………………………………………………………………… 243
中国人名索引 …………………………………………………………………… 248
后　记 …………………………………………………………………………… 252

导 论

　　1919年至1949年这三十年是中国社会历史发展的关键时期之一。有两种相辅相成的观念值得我们从历史的角度重新审视。一方面，中国近现代历史的进步，是个不断吸纳外来文化的过程。当代学者陈思和曾指出，"世界性因素"是20世纪中国文学发展的重要特征之一。① 在他看来，作为一个"开放型整体"的20世纪中国文学是横向与纵向、历时与共时共同发展与作用的结果，即"它的发展运动不是一个封闭型的自身完善过程，它始终处于与世界性的社会思潮和文学思潮的不断交流之中。它的开放型意义，在纵向发展上表现为冲破人为割裂而自成一道长流，恰似后浪推涌前浪，生生不息，呼啸不已；在横向联系上则表现为时时呼吸着通向世界文学的气息，以不断撞击、对流以及互渗来丰富自身，推动本体趋向完善。它的整体性意义除了自身发展的传统力量以外，还在于它与世界文学共同建构起一个文学的整体框架，并在这样一个框架下确定自身的位置。"② 无独有偶，斯洛伐克著名汉学家马立安·高利克(Marián Gálik)也持类似观点。他认为20世纪中国文学的发生与发展就是与其他民族和国家文学间的"对抗"过程，这种"对抗"在本质上就是一种受"外国影响的复杂的接受－创造过程的产物"③。另一方面，出于适应中国特殊国情与历史的需求，中国知识分子为了完成特定的历史使命，无论是在理论建构的自觉性上还是在话语转换的积极性上都做出了巨大的努力，也取得了令中国人民惊叹的伟大成绩。在此意义上，1919年至1949年这三十年欧美文学"中国化"的进程完全可以看作是中国现代化第一步走，即"站起来"的时代要求和历史选择的必然结果。当然，这种"站起来"的时代要求也不排斥改良文化向革命

---

　① 参见陈思和：《20世纪中外文学关系研究中的"世界性因素"的几点思考》，《中国比较文学》2001年第1期。

　② 陈思和：《中国新文学史研究的整体观》，《中国文学中的世界性因素》，上海：复旦大学出版社，2011年，第7页。

　③ 马立安·高利克：《中西文学关系的里程碑(1898—1979)》，伍晓明、张文定等译，北京：北京大学出版社，2008年，"导论"第1—2页。

文化的需求转换以及中国进步知识分子和欧美文学学人视野开阔的要求。总体来看,正是多种因素的复合共同促进了1919年至1949年这三十年间欧美文学"中国化"高潮的出现与逐步演化。本卷以1919年至1949年这三十年间欧美文学"中国化"进程为研究对象,撷取重大历史事件为主要参照系,在关注具体的"中国化"史实的基础上,探究这一时期欧美文学"中国化"的基本特征,在总结经验与教训的同时,提出这一时期欧美文学"中国化"内在规律等方面的辩证思考。

按照本时期的历史发展特征,全书一共设计了九个问题,以便从宏观层面审视"中国化"路径的分化、论争与合流的复杂历程。"五四"新文化运动的主要出发点,就是要从思想启蒙的层面来解决中国革命道路的问题,而具体的方法之一,就是译介欧美文学,继而掀起欧美启蒙思想在中国传播的第二个历史高潮。据《中国现代文学总书目》的统计,从1917年1月1日至1949年9月30日中国仅翻译文学书目就高达4000多种,占此时期全部文学书籍数量的29%,约相当于此时期中国现代作家创作作品数量的五分之二,其中欧美文学的译介和翻译又占据了近70%的比例,数量之大、分布国别范围之广令人惊叹。[①] 由此,中国文学也开启了一个欧美文学"中国化"的崭新纪元,并逐步完成了由相对封闭的古典文学到与欧美文学融汇的现代文学的转变与革新的历程。全书考察的第一个问题"'五四'何以成为欧美文学引进的爆发期"实际上是要反思,中国特殊的历史国情和知识背景决定两个层面的结果,一是中国对欧美启蒙思想的接受存在着明显的错位和差异,二是欧美思想启蒙路径不能担负历史的全部重任。1920年前后,文学启蒙逐渐成为解决当时中国社会问题的重要文化选择之一。经过"实业救国"和"教育救国"的失败,加之第一次世界大战后中国遭受的不公正待遇,这一切促使中国先知先觉的知识精英们开始重新思考西方文明与古老的中国文化传统之间的关系,并由此寻找一条文化意义上的自力更生的新道路。然而由于中国式文学启蒙的"先天不足、后天鄞伤"以及时代条件等诸多因素的制约,文学启蒙最终无法承担并完成构建新型民族—国家的历史重任。所设计的第二个、第三个问题,是要深入第一个议题,审视文学革命话语下欧美文学"中国化"呈现出哪些特点以及20世纪二三十年代欧美文学译介的基

[①] 详见李今在《二十世纪中国翻译文学史 三四十年代·俄苏卷》(天津:百花文艺出版社,2009年)第1—3页的论述与分析。《中国现代文学总书目》对翻译文学的统计时间起始点在1917年,与本书所限定的时间起始点1919年略有不同。但考虑到《中国现代文学总书目》的体系完备性和数据的参考价值,故采用。与之相对应,此处的叙述时间起点亦选择1917年,而非书名中规定的1919年。

本特征和价值取向是什么。随着文学革命思想在启蒙中的孕育和发展,清末民初笼统地以科学、侠义、冒险、侦探(正义)、情感、民主为主体和目标的思想启蒙在20世纪20年代中后期逐渐淡出人们的视野,"人"的文学话语体系继续保持活力,并被不同的文学社团和流派发展延伸,成为新的欧美文学研究的主流话语之一,最为明显的两个议题就是写实和"为人生"的欧美文学以及欧美弱小民族文学的翻译与引进,这是与"五四"运动前欧美文学"中国化"明显的不同之处。随着对革命道路、文学译介路径认识的不同,这一时期的自由主义知识分子、具有民主思想的早期知识分子、具有自觉目的的无产阶级革命知识分子在欧美文学的译介内容和价值取向上也出现了分流的现象。

1930年前后,随着革命话语、左翼话语的先后出现和马克思主义的传播,欧美文学的译介和研究逐步呈现出多样化态势,以鲁迅为代表的中国先进知识分子对它的接受,为欧美文学"中国化"带来了崭新的气象,不同视角下的欧美文学"中国化"映射出这一阶段中国思想界的不同价值取向,但最终具有无产阶级革命倾向的欧美文学译介成为主流。与之相关的第四、第五个议题是,鲁迅、俄苏"同路人"文学译介为马克思主义文艺观带来了哪些新气象?随之产生的左翼文学话语的建立对欧美文学"中国化"有何积极意义?随着革命文学的论争与左翼文学话语的深入,以及以高尔基为中心的苏联无产阶级文学的译介与研究,在欧美文学"中国化"的路径与方向、工具载体、基本原则等方面都出现了很大的论争,其中最为重要的两种趋向论争,就是坚持文学工具论还是文学自主审美论。现代中国的社会现实语境和强烈的民族矛盾冲突决定了文学工具论必然成为这一时期欧美文学"中国化"的主流。美国学者在谈及文学革命时明确指出:"文学革命从其发端就是更广阔范围的思想改革运动的工具。"[①]中国学者则将这种文化的实用工具性归结为面对西方文明的冲击"中国文化力图寻找一种可欲的新道德理想":"首先,它表现在建立一种既可以保持独立又可以加速现代化的意识形态之上;找到这种意识形态之后,中国人又将其看作安身立命的终极意义,并开始了追求其内在目标的运动。"[②]工具论在最大限度上应和了中国现代以"救亡图存"为核心的民族身份认同的需要,也充分发挥了欧美文学在这一阶段中国现代化进程中引导、教育的实用功能。

---

① 格里德:《胡适与中国的文艺复兴——中国革命中的自由主义(1917—1950)》,鲁奇译,王友琴校,南京:江苏人民出版社,1989年,第92—93页。
② 金观涛、刘青峰:《中国现代思想的起源:超稳定结构与中国政治文化的演变》(第一卷),北京:法律出版社,2011年,第384页。

与工具论路径有所不同,以傅斯年、郑振铎等为代表的知识分子则倾向于融汇中西的文学自主论路径,这在傅斯年的"中西辉映的科学文学史观"以及郑振铎编撰《文学大纲》的初衷和目的中可见一斑。傅斯年集中从文学史观角度强调了引入欧美文学之于研习中国文学的必要性和紧迫性。在《文学革新申义》一文中他指出:"中国今日除闭关而取开放,欧洲文化输入东土,则欧洲文学中优点为中国所无者,理宜采纳。"①在书评《王国维著〈宋元戏曲史〉》中他表示:"研治中国文学,而不解外国文学;撰述中国文学史,而未读外国文学史,将永无得真之一日。"②郑振铎与傅斯年观点相似,注重阐述文学史意义上的中西融合的世界观的重要性:"我们研究文学,我们欣赏文学,不应该有古今中外之观念,我们如有了空间的或时间的隔限,那末我们将自绝于最弘富的文学的宝库了。""文学是属于全体人类的,文学的园囿是一座绝大的园囿;园隅一朵花落了,一朵花开了,都是与全个园囿的风光有关系的。"③他还进一步强调在文学研究中"本国主义"和"外国主义"都是一种典型的"痼癖",是同样要受到讥讽的。尽管工具论和文学自主论两条欧美文学"中国化"的路径侧重有所不同,但在民族—国家的文化建构和现代性的追逐过程中却发挥着各自的独特作用。而随着中国现实国情的不断变化和民族危机的不断加深,二者逐步显现出强烈的趋同态势。历史性地考察这一趋同态势的发生和发展,毫无疑问与中国社会历史进程的时代要求紧密契合。

1940年前后,抗日战争进入了最紧迫的时期,文学艺术如何为战争这一最大的政治服务成为关注和讨论的焦点。随着毛泽东《在延安文艺座谈会上的讲话》(以下简称《讲话》)的发表和广泛传播,欧美文学"中国化"出现了全新的景象。虽然党的关键性文艺政策直到1942年毛泽东的《讲话》才提出,但实际上自从1921年中国共产党成立之日起就已经在实践上进入了中国人民对"中国应该走什么样的道路才能走向伟大复兴"这个历史之问的"回答和解决问题阶段"。经过了自鸦片战争以来的实践探索,至1919年"五四"运动前后,中国人民在回答这一历史之问时已逐步形成了理论和道路上的自觉。尤其是马克思主义的接受与传播,使中国人民深刻地意识到没有民族的独立和人民的彻底解

---

① 傅斯年:《文学革新申义》,欧阳哲生主编:《傅斯年全集》第一册,长沙:湖南教育出版社,2003年,第4页。
② 傅斯年:《王国维著〈宋元戏曲史〉》,欧阳哲生主编:《傅斯年全集》第四册,长沙:湖南教育出版社,2003年,第112页。
③ 郑振铎编:《文学大纲》(上),桂林:广西师范大学出版社,2003年,"叙言"第1页。

放,所谓的"实业救国""教育救国"以及"民主科学救国"都是空洞的口号而已。换言之,要建立真正意义的现代民族-国家,就必须让中国人民先"站起来",这是中国现代化进程中历史选择的必然的第一步。而文化意义上的"中国化"在此过程中起着不可或缺的作用,其明确的提出者当属毛泽东。在《中国共产党在民族战争中的地位》一文中谈及用马克思主义的方法来学习和继承文化遗产问题时,他指出:"我们这个民族有数千年的历史,有它的特点,有它的许多珍贵品。对于这些,我们还是小学生。今天的中国是历史的中国的一个发展;我们是马克思主义的历史主义者,我们不应当割断历史。从孔夫子到孙中山,我们应当给以总结,承继这一份珍贵的遗产。"①他紧接着就如何继承遗产的问题给出了具体的指导意见。在他看来,"马克思列宁主义的伟大力量,就在于它是和各个国家具体的革命实践相联系的。对于中国共产党来说,就是要学会把马克思列宁主义的理论应用于中国的具体的环境",进而"使马克思主义在中国具体化,使之在其每一表现中带着必须有的中国的特性,即是说,按照中国的特点去应用它,成为全党亟待了解并亟须解决的问题。洋八股必须废止,空洞抽象的调头必须少唱,教条主义必须休息,而代之以新鲜活泼的、为中国老百姓所喜闻乐见的中国作风和中国气派。"②他还补充认为:"把国际主义的内容和民族形式分离起来,是一点也不懂国际主义的人们的做法,我们则要把二者紧密地结合起来。"③茅盾针对毛泽东的这一论述分析指出其包含两方面的内容和意图:"第一是运用辩证的唯物论与历史的唯物论这武器,以求明白我们这大民族数千年历史发展的法则,及其民族特点,学习我们的历史遗产,而给以批判的总结;第二是扬弃我们的历史遗产,更进一步而创造中国化的文化。"④在茅盾看来,所谓的"中国化的文化",既是"中国的民族形式的",也是"国际主义的"。为此,茅盾特意强调"中国化"与"中国本位文化"存在本质的区别,后者是"排拒外来思想的",是"中国为体"的老调子的新装。而中国文化发展的先秦和魏晋南北朝时期证明与外国文化的"交流和醇化"才是真正意义的"中国化"。⑤

有鉴于此,第七个问题是要重新梳理《讲话》何以引领欧美文学"中国化"的

---

① 毛泽东:《中国共产党在民族战争中的地位》,《毛泽东选集》第二卷,北京:人民出版社,1991年,第533—534页。
② 同上书,第534页。
③ 同上。
④ 茅盾:《通俗化、大众化与中国化》,《茅盾全集》第二十二卷,北京:人民文学出版社,1993年,第91—92页。
⑤ 同上书,第92页。

新航向,第八个问题则是重新梳理解放区在《讲话》后出现了哪些欧美文学"中国化"的新景象。客观来看,《讲话》在当时的中国社会历史条件下是具有重大的理论和实践意义的,尤其是将《讲话》置于当时陕甘宁边区具体的军事、政治、经济等活动中,其历史的必要性便凸显出来。而将《讲话》置于马列文论形成和发展的大文化脉络中以及左翼文学与革命文学相互间的张力关系中,其观念的新发展和新贡献则更为突出。因此,在《讲话》思想的引领下,解放区欧美文学"中国化"出现崭新的景象自然顺理成章、水到渠成。

最后一个问题则是从整体上梳理1919年至1949年这三十年间欧美文学"中国化"显现出哪些基本特征,具体包括对文学政治化倾向的强调、"为我所用"的"转化性创造"原则、"中国化"来源的"两种话语范式"以及现代传媒的促进机制四个方面。通过对上述欧美文学"中国化"特征和内在规律的把握,形成宏观上的整体认知,为当下欧美文学"中国化"新形态的建构提供可资借鉴的历史理论参考。

第一个问题：

"五四"何以成为欧美文学引进的爆发期

"五四"新文化运动是中国现代历史上影响深远的重要事件之一。关于它的意义和影响，《剑桥中国文学史》一书评述道："整个二十世纪中，几乎在所有领域，五四运动均被视为现代中国的先声。它并非是一个历史事件，或者一次文学运动，而是具备着神圣的意义，标志着中国现代性的开端。"[①]而就文学意义来看，"与晚清的文学改革相比较，五四文学革命恰似一座分水岭，它为文学话语和实践指出了一个清晰的、进步的方向。胡适请来了'德先生'和'赛先生'，它们如两座灯塔引领中国寻求富强；'启蒙'和'革命'，则同时意味着社会政治律令和教育途径。改革者热切吸收西方思想，博采诸家；从马克思主义到自由主义，从尼采哲学思想到弗洛伊德精神分析法；并引介了多种文学概念，如浪漫主义、现实主义、自然主义和象征主义，来进一步完善他们的观点：文学的发展必然一路前行，不可逆转。"[②]对此，当代学者李泽厚和汪晖也有类似认知与评价。李泽厚认为"五四"运动包含了两个性质不同的运动，即新文化运动和学生反帝爱国运动。前者的根本在于启蒙和文化思想改造，后者则更多地具有政治意义。[③]汪晖则强调"五四"新文化运动是一个典型的预示未来的神话："'五四'时代对中国知识分子来说不啻是一个辉煌的梦想，一段不能忘怀的追忆。它意味着思想的自由，人性的解放，理性的复归，永恒正义的为时已晚却又匆匆而去的来临。如果'神话'这个概念表达了一种以令人神往的独特形式所展示的未来，并通过一种具体行动预示着这个未来的实现，那么，'五四'就是这样一种神话。"[④]

[①] 孙康宜、宇文所安主编：《剑桥中国文学史》下卷（1375—1949），刘倩等译，北京：生活·读书·新知三联书店，2013年，第517页。

[②] 同上书，第517—518页。

[③] 参见李泽厚：《中国现代思想史论》（北京：生活·读书·新知三联书店，2008年）之"启蒙与救亡的双重变奏"部分的论述。

[④] 汪晖：《现代中国思想的兴起》下卷第二部，北京：生活·读书·新知三联书店，2008年，第1206页。

一、欧美启蒙思想的价值及其在中国的传播

自1840年以来,中国知识精英们为了建立现代民族－国家先后经历了"实业救国""教育救国"等不同道路的探索,但都以失败而告终。而第一次世界大战后中国接受的不平等条约和遭受的不公正待遇又促使他们开始重新思考西方文明与古老的中国文化传统之间的关系,并寻找一条自力更生的新道路。在知识精英们看来,这条全新的道路应该既与过去不同,也与西方有所差异,其目的在于将中国发展成为"世界国家"。随着思考的深入,全面重估传统、全新认识和评价西方的思想启蒙运动逐步形成和发展起来。

启蒙的观念或"启蒙神话"的提法并非中国思想体系中的原初固有观念,其根源始自18世纪欧洲启蒙运动。那么西方所谓"启蒙"的核心要义是什么呢?换言之,何为启蒙?怎样启蒙?谁来启蒙?又启蒙谁呢?关于这一系列问题,从启蒙运动之初直至今天,一直都是学术界不断探讨、认知和深化的重要问题。即使在今天不断变换的历史文化语境中,要回答清楚这些问题也存在相当的难度。尽管如此,西方不同时代思想家对这些问题不同侧面的探讨在一定程度上对于我们弄清其本质还是具有指导和借鉴意义的,或者说,他们的研究为我们提供了解决这些问题的可能性方法和路径。

1784年12月,在启蒙运动行将结束进入尾声之际,德国哲学家康德(Immanuel Kant)以复信的形式在《柏林月刊》上撰文详细阐述了他关于启蒙运动及其思想观念的理论主张,这就是著名的《答复这个问题:"什么是启蒙运动?"》。在这篇文章的开头部分,康德便明确提出了他对启蒙运动的一个基本价值认识:"启蒙运动就是人类脱离自己所加之于自己的不成熟状态。不成熟状态就是不经别人的引导,就对运用自己的理智无能为力。当其原因不在于缺乏理智,而在于不经别人的引导就缺乏勇气与决心去加以运用时,那么这种不成熟状态就是自己加之于自己的了。Sapereaude! 要有勇气运用你自己的理智! 这就是启蒙运动的口号。"①康德在这里指出了西方启蒙运动的几个关键点。首先,启蒙的主要原因是由于现实中人的愚昧性,这集中反映在人的"不成熟"状态中。在康德看来,人之所以安于这种状态,与人天性中的懒惰和怯懦有

---

① 康德:《历史理性批判文集》,何兆武译,北京:商务印书馆,1990年,第22页。

着直接的联系:"懒惰和怯懦乃是何以有如此大量的人,当大自然早已把他们从外界的引导之下释放出来以后,却仍然愿意终生处于不成熟状态之中,以及别人何以那么轻而易举地就俨然以他们的保护人自居的原因所在。处于不成熟状态是那么安逸。如果我有一部书能替我有理解,有一位牧师能替我有良心,有一位医生能替我规定食谱,等等;那么我自己就用不着操心了。只要能对我合算,我就无需去思想;自有别人会替我去做这类伤脑筋的事。"①人们习惯于依赖他人和他人的指挥,习惯安于现状而不思改变,所以才会长时期停留在愚昧无知的生存状态之中。启蒙由此担负着一项重要的任务,即改变人的这种长期懒惰愚昧的生存状态,这可以说是启蒙的一项重要内容。那么以什么为武器去改变呢?康德提出了"理性"的启蒙本质问题。康德认为,人们在实际生活中是缺乏理性和自觉运用理性的能力的,所以要在启蒙运动中高扬人的理性和人的主体地位。而要做到这一点,自由而宽松的土壤和环境是必要的前提和基础。康德明确指出唯有自由,才能有理性生根发芽的基础,理性与自由密不可分:"这一启蒙运动除了自由而外并不需要任何别的东西,而且还确乎是一切可以称之为自由的东西之中最无害的东西,那就是在一切事情上都有公开运用自己理性的自由。"②考察当时的欧洲社会现实,康德认为自由的理性的最大障碍便来自宗教,因此他鼓励人们打破宗教的禁锢,在实践中自觉传播自由的理性精神,并推己及人,与宗教传统和反对独立思考的力量进行坚决的斗争,主动而有意识地完成启蒙的伟大事业:"这种自由精神也要向外扩展,甚至于扩展到必然会和误解了其自身的那种政权这一外部阻碍发生冲突的地步。因为它对这种政权树立了一个范例,即自由并不是一点也不关怀公共的安宁和共同体的团结一致的。只有当人们不再有意地想方设法要把人类保持在野蛮状态的时候,人类才会由于自己的努力而使自己从其中慢慢地走出来。"③

康德上述对于启蒙运动的研讨在 200 年后的 1984 年得到了法国当代著名的思想家米歇尔·福柯(Michel Foucault)的积极回应。福柯在名为《何为启蒙》的文章中全面考察了康德的启蒙思想观念,并提出了自己对这一问题的看法。福柯认为康德将启蒙定义为"出口"或"出路"未免过于消极了。他指出,康德的这篇文章与其他的探讨渊源的或是为历史进程的内部合目的性而下定义的文章相比,过于"涉及纯粹的现时性","并没有从总体上或从未来的终极角度

---

① 康德:《历史理性批判文集》,何兆武译,北京:商务印书馆,1990 年,第 22—23 页。
② 同上书,第 24 页。
③ 同上书,第 29 页。

来理解现在"。① 为了阐明自己的观点,福柯深入康德文章的内部展开了深刻的剖析。他首先提炼并总结了康德文章的几个要点:启蒙运动是一种过程,使人们从"未成年"状态中解脱出来的过程,由意愿、权威和理性之使用这三者的原有关系的变化所确定;启蒙既是集体参与的过程,也是个人从事的一种勇敢行为,人既是这一过程的一分子也是施动者,人要有取得知识的勇气和胆量;启蒙既是精神的,也是体制的、伦理的和政治的,当对理性的普遍使用、自由使用和公共使用相互重叠时,启蒙便应运而生。② 福柯指出康德的分析在把启蒙确定为"人类走向成年的同时,也确定着相对于总体运动的现实性和它的基本方向"③。而把"今日"作为"历史上的一种差异",作为"完成特殊的哲学使命的契机来思考"则成为康德文章的"新颖之处"。④ 为此,福柯建议有必要从文中辨认出一种现代性的态度来重新对相关问题展开理解。循着这样的思维理路和逻辑构建方式,福柯阐述了自己对启蒙问题认知的基本观点:"一方面,我曾想着重指出哲学的质疑植根于'启蒙'中,这种哲学质疑既使得同现时的关系、历史的存在方式成为问题,也使自主的主体自身成为问题。另一方面,我曾想强调,能将我们以这种方式同'启蒙'联系起来的纽带并不是对一些教义的忠诚,而是为了永久地激活哲学的'气质',这种'气质'具有对我们的历史存在做永久批判的特征。"⑤ 具体来说,福柯从否定和肯定两方面观念展开论证,广泛阐发了他的全新主张。如福柯提醒我们不要忘记启蒙是一种事件或事件和复杂的历史性进程的总体,因此其中包含着社会转型的各种因素,"政治体制的各种类型,知识的形式,对认知和实践的理性化设想——所有这些,难以用一句话加以概括"⑥。再比如,福柯认为"可以赋予康德在思考'启蒙'时对现在、对我们自身所提出的批判性质以某种意义"⑦,从而为建立起启蒙问题的哲学探讨奠定一种重要性和有效性的方式。总之,福柯关于启蒙的研究在强化了康德观点的同时,开辟了历史性现代批判的分析视角,正如他所说的那样:"我们自身的批判的本体论,绝不应被视为一种理论、一种学说,也不应被视为积累中的知识的永

---

① Michel Foucault, "What Is Enlightenment?" in Paul Rabinow, ed., *Essential Works of Foucault, 1954—1984*, Vol. 1, trans. Robert Hurley and Others, London: Penguin Books, 2000, p.305.
② Ibid., pp.305—307.
③ Ibid., pp.308—309.
④ Ibid., p.309.
⑤ Ibid., p.312.
⑥ Ibid., p.313.
⑦ Ibid., pp.318—319.

久载体。它应被看作是态度、'气质'、哲学生活。在这种生活中,对我们是什么的批判,既是对我们之被确定的界限做历史性分析,也是对超越这界限的可能性做一种检验。"①

康德和福柯所探讨的启蒙问题在德国当代哲学家马克斯·霍克海默(Max Horkheimer)和西奥多·阿道尔诺(Theodor Adorno)那里也得到了高度重视和重新诠释。在他们合著的《启蒙辩证法:哲学断片》一书中,尽管他们认为启蒙神话,尤其是启蒙后的工业社会对当代社会异化有着不可推卸的责任,但他们也不得不承认启蒙及其知识理性原初的进步性及其在社会中所发挥的至关重要的引领作用。对此,他们有多处论述:"就进步思想的最一般意义而言,启蒙的根本目标要使人们摆脱恐惧、树立自主。……启蒙的纲领是要唤醒世界,祛除神话,并用知识替代幻想。"②在霍克海默和阿道尔诺看来,"经验哲学之父"培根(Francis Bacon)是启蒙思想的最早概括者,他的"知识就是力量"的名言足以揭示启蒙的主要武器,并在很大程度上预示了启蒙的最终结果:"毋庸置疑的是,人类的优越就在于知识,知识中保留着许多东西,是君王们用金银财宝买不到、用金科玉律决定不了的,更是他们的密探和媚臣所打听不到、他们的航海家和探险家所无法达到的。"③除了强调启蒙的"祛魅"价值和"知识理性"的导引作用外,霍克海默和阿道尔诺也充分认识到了启蒙中人的主体地位及其在启蒙精神中所担当的关键职责:"启蒙总是把神人同形论当作神话的基础,即用主体来折射自然界。由此看来,超自然物,比如精神和神灵都是人们自身畏惧自然现象的镜像。因而,许多神话人物都具有一种共同特征,即被还原为人类主体。俄狄浦斯对斯芬克斯之谜的解答:'这就是人!'便是启蒙精神的不变原型,不管它面临的是一种客观意义,还是一种秩序的轮廓,是对邪恶势力的恐惧,还是对拯救的希望。启蒙进而把只有在整体中才能被理解的东西称之为存在和事件;启蒙的思想就是要建立包罗万象的体系。"④

霍克海默和阿道尔诺上述零星提及的关于启蒙运动及其思想观念的见解在他们的德国哲学先辈恩斯特·卡西尔(又译"卡西勒")(Ernst Cassirer)那里曾翔实地被论述分析过。在名为《启蒙哲学》的书中,卡西尔系统而鞭辟入里地

---

① Michel Foucault, "What Is Enlightenment?" in Paul Rabinow, ed., *Essential Works of Foucault, 1954—1984*, Vol. 1, trans. Robert Hurley and Others, London: Penguin Books, 2000, p.319.
② 马克斯·霍克海默、西奥多·阿道尔诺:《启蒙辩证法——哲学断片》,渠敬东、曹卫东译,上海:上海人民出版社,2006年,第1页。
③ 同上书,第2页。
④ 同上书,第4页。

阐述了启蒙的本质性质及其哲学发展轨迹问题。在卡西尔看来,启蒙运动本身是一个复杂的历史过程,这直接决定了要想弄清其本质性质并非易事:"启蒙思想屡屡冲破体系的僵硬藩篱,启蒙思想家,尤其是他们当中最伟大、最富于独创精神的人物,更是力求规避这种严格的体系制约。启蒙思想的真正性质,从它的最纯粹、最鲜明的形式上是看不清楚的,因为在这种形式中,启蒙思想被归纳为种种特殊的学说、公理和定理。因此,只有着眼于它的发展过程,着眼于它的怀疑和追求、破坏和建设,才能搞清它的真正性质。这整个不断起伏的过程是不能分解为个别学说的单纯总和的。真正的启蒙哲学,并不仅仅是它的为首的思想家——伏尔泰和孟德斯鸠、休谟或孔狄亚克、达朗贝尔或狄德罗、沃尔夫或朗拜尔——的思想和言论的总和。要描述启蒙哲学,不能只考察他们的观点的总和或表述这些观点的时间顺序,因为启蒙哲学与其说是由一些个别学说组成的,不如说是由一般理智活动的形式和方式组成的。"① 尽管卡西尔做了关于启蒙思想研究困难性的明确表态,但在随后具体考察启蒙思想和启蒙精神时,他还是提出了一些关于启蒙思想路径的关键性线索和节点。卡西尔赞同法国启蒙思想家达朗贝尔在《哲学原理》一书中对 18 世纪启蒙时代是近 300 年来欧洲思想和精神生活的转折点的认定。在卡西尔看来,达朗贝尔的基本观点"直接表达了当时精神生活的性质和趋势"②。达朗贝尔之所以会产生如此强烈的思想和精神驱动力,其根本原因在于人类智性思维的进一步发展:"按照该时代的见解,思维的特有功能和基本使命,乃是认识思维自身的活动,对理智进行自我审查,并作出预见。思维不仅要寻求新的、迄今无人知晓的目标,还要弄清自己正在向何处去,如何为自己确定旅行的方向。它怀着去发现新事物的愉快心情和勇气走向世界,期待着天天都有新的发现。然而,它不仅渴望获得关于外部世界的知识,以满足理智的好奇心;该时代的思想还以更大的热情去探讨思维本身的性质和潜力的问题。思想一次又一次地从旨在开阔对客观实在的视野的探索旅行中返回自己的出发点。"③ 卡西尔在这里强调了启蒙思想和哲学的根本目标在于研究人自身,探讨人的发展和未来走向,而其最为重要的手段就是人类自身的理智思维。正是基于此,贯穿 18 世纪的理智的"进步"问题得以产生和出现,且其所起到的作用不仅是"量"上的积累,更为主要的是"质"的飞跃:"大概没有哪一个世纪像启蒙世纪那样自始至终地信奉理智的进步的观点。

---

① E. 卡西勒:《启蒙哲学》,顾伟铭、杨光仲、郑楚宣译,济南:山东人民出版社,1988 年,"序"第 5 页。
② 同上书,第 2 页。
③ 同上书,第 2—3 页。

但是,如果我们仅从量上看问题,把理智的进步理解为知识的无限扩展,那我们就会误解它的本质。随着量的增长,必然会出现质的规定性。"①卡西尔认为正是这种"质的规定性"所带来的"统一性"认知会使人类将认知的目标逐渐转向自身,进而形成一种共同的力量中心。如果要用一个词来表达和展现这种统一的力量中心的话,那么这个词就是启蒙思想和哲学的核心:"理性"。由此,卡西尔也得出了他关于启蒙思想和哲学的最重要的结论之一:理性是 18 世纪启蒙的"汇聚点和中心,它表达了该世纪所追求并为之奋斗的一切,表达了该世纪所取得的一切成就"②。

综合上述西方思想家对启蒙思想进行系统考察的主要理论要点,可以看到 18 世纪所谓的"启蒙"包含一些最为基本的元素:特定时代突破传统、求取进步的思想解放运动;既反映在文化方面的革新,也包含政治体制和伦理等方面的诉求;既是个人参与、反映个体夙愿的主动行为,也是社会进步、建立新型民族—国家的迫切需要;既反映出表面的对"知识理性"的渴望,也映射出深层次的危机和困境。而以 18 世纪欧洲启蒙运动来对照中国"五四"时期的新文化运动,我们发现二者之间具有一定的社会现实相似性和内在契合点。在此意义上,对西方启蒙运动和启蒙思想的探讨,有助于我们进一步认清中国"五四"时期的文化特征和面临的主要问题,从而为更好地理解"五四"新文化运动的启蒙性质提供了可借鉴的重要文化理论形态参考。

尽管"五四"新文化运动与 18 世纪西方启蒙运动有着内在性质的诸多相似和契合,但还原历史,以辩证的思维和路径全面考察并试图描述这一运动时,我们还是发现二者的根本差异以及"五四"启蒙自身内在的复杂性和多元化趋向。诚如卡西尔所论述的那样,对启蒙运动的考察不能只看其中的个别观点的表述及其时序,更为重要的是发现其中内在的、与历史语境相接近和吻合的思想精髓,因为就启蒙运动本身来说其外在地显现为不断起伏的连绵的过程,而这一过程是不能被分解为由个别学说组成的单纯的总和的。具体到"五四"启蒙思想,就是要在千差万别的,甚至是相互矛盾的、错综复杂的思想学说中找到一种基本的精神力量和发展趋势,以使得这一思想运动从内在性上获得某种同一性的趋向,即必须在"历史同一性"的基础上对"五四"启蒙思想进行考察和研究,以获得通往其中各种思想观念的关键性通道,进而梳理出条理分明的线索来。

西方启蒙运动是建立在其自身文化和社会经济发展成熟的基础之上的,也

---

① E. 卡西勒:《启蒙哲学》,顾伟铭、杨光仲、郑楚宣等译,济南:山东人民出版社,1988 年,"序"第 3 页。
② 同上书,第 4 页。

就是说，西方的启蒙运动是孕育自其内部的，是其历史发展的必然结果，相应地从文化传统到社会政治经济便具有一种内在的传承性，这为其树立同一性的思想观念奠定了重要基础。而同一性问题之于中国"五四"新文化运动来说则要复杂得多，这种复杂性甚至在某种程度上超乎想象，因为这场所谓的"思想启蒙"或"思想解放"运动的根本动力来自各种异质的文化传统，或者说其最初的标志是推崇和宣扬各种国外新思想和新思潮。这种外来照搬的"悬浮"态度决定了中国的这场启蒙运动不具备西方相应的文化传统根基，所以要从合理性以及价值判断方面找出其根本的同一性思想倾向是十分困难的。那是否意味着中国的这场思想启蒙就无基本路径可循呢？当然也不完全是这样。在这里有必要回顾一下"五四"新文化运动的先锋之一胡适的一篇名为《新思潮的意义》的文章及其主要观点。

《新思潮的意义》最早发表于《新青年》第七卷第一号上，颇有总结和反思新文化运动的意味。在文章的开头部分，胡适认为以陈独秀等为代表的学者对所谓的"新思潮"的性质问题的认知过于简单和笼统。在胡适看来，仅仅将"新思潮"简单看作是拥护"德先生"和"赛先生"，反对旧有的孔教礼法以及旧有的国粹和艺术并未从根本上回答什么是"新思潮"的性质问题，鉴于此，他明确提出"五四"新思潮在本质上乃是体现为一种"新态度"的观点："据我个人的观察，新思潮的根本意义只是一种新态度。这种新态度可叫做'评判的态度'。"①而德国哲学家尼采（Friedrich Wilhelm Nietzsche）所谓的"重新估定一切的价值"在胡适看来则是"评判的态度的最好解释"。② 循着这样的思路，胡适具体阐述了这种"评判的态度"在"五四"新文化运动中的表现："孔教的讨论只是要重新估定孔教的价值。文学的评论只是要重新估定旧文学的价值。贞操的讨论只是要重新估定贞操的道德在现代社会的价值。旧戏的评论只是要重新估定旧戏在今日文学上的价值。礼教的讨论只是要重新估定古代的纲常礼教在今日还有什么价值。女子的问题只是要重新估定女子在社会上的价值。政府与无政府的讨论，财产公有和私有的讨论，也只是要重新估定政府与财产等等制度在今日社会的价值。……我也不必往下数了，这些例很够证明这种评判的态度是新思潮运动的共同精神。"③胡适还进一步指出，这种种领域的评判的态度从整体上呈现出两种趋势："一方面是讨论社会上，政治上，宗教上，文学上种种问

---

① 胡适：《新思潮的意义》，欧阳哲生编：《胡适文集》2，北京：北京大学出版社，1998年，第552页。
② 同上。
③ 同上书，第552—553页。

题。一方面是介绍西洋的新思想,新学术,新文学,新信仰。前者是'研究问题',后者是'输入学理'。"①而这两种手段的最终目的则是"再造文明"②。胡适的这种对"五四"启蒙新思潮的理解和概括基本上与前期陈独秀等人的主张一致,且在很大程度上对"五四"新思潮的基本观点进行了本质上的深化,可以说为当时众多的"主义"找到了内在的"同一性",也为进一步弥合各种理论之间的分歧奠定了基础。从"五四"新文化运动后来的发展来看,胡适所说的这种相对稳定的"评判的态度"贯穿并持存于"五四"启蒙的始终。

"态度"一词在现代语境中主要指人的心理倾向和行为方式,它总是与特定的对象紧密相连。③ 如果说胡适将"五四"启蒙的内在"同一性"概括为一种"评判的态度"是切中要害的,那么就直接涉及一个重要的问题:这种"评判的态度"的特定对象和具体所指是什么?历史性地考察这一问题的答案,其首要对象当属"输入新学理"范畴的"德谟克拉西"(Democracy)和"赛因斯"(Science)两位先生,即民主和科学观念,它们作为衡量对象的重要尺度首先出现在"五四"启蒙的核心视野中。

首先,来看"输入新学理"的第一个维度:民主。

谭明谦在《"德谟克拉西"之四面观》一文中开宗明义地指出"德谟克拉西"乃是当时世界之最大主潮,④但关于究竟何为"德谟克拉西"以及中国究竟需要什么样式的"德谟克拉西","五四"时期思想家们的看法并不完全一致。陈独秀把近世文明归纳为人权说、生物进化论和社会主义,并认为这一切都来自法兰西及其《人权宣言》,强调其中所构建的人人平等的民主观念正是当时所急需的。对此,他表述道:"此近世三大文明,皆法兰西人之赐。世界而无法兰西,今日之黑暗不识仍居何等。"⑤李大钊则认为法国的革命和民主是建立在国家主义的基础之上的,是典型的政治革命和社会革命的统一。而与之相比,俄罗斯的革命及其所建立的民主是立于社会主义之上的,是典型的"社会的革命而并

---

① 胡适:《新思潮的意义》,欧阳哲生编:《胡适文集》2,北京:北京大学出版社,1998年,第553页。
② 同上书,第558页。
③ 《辞海》对"态度"的解释是"对人或事的看法在其言行中的表现"以及"在社会心理学中指包含认知成分、情感成分和行为倾向的持久系统",参见《辞海》(缩印本),上海:上海辞书出版社,2000年,第784页。《柯林斯英文高阶字典》的解释也大致相同。See Collins Cobuild Advanced Learner's English Dictionary, Glasgow: HarperCollins Publishers, 2004, p.79.
④ 谭明谦:《"德谟克拉西"之四面观》,贾植芳、陈思和主编:《中外文学关系史资料汇编(1898—1937)》上册,桂林:广西师范大学出版社,2004年,第75页。
⑤ 陈独秀:《法兰西人与近世文明》,贾植芳、陈思和主编:《中外文学关系史资料汇编(1898—1937)》上册,桂林:广西师范大学出版社,2004年,第59页。

著世界的革命之采色者也",其中所蕴藏的"人道的精神"足以唤起国人的自觉意识,其本质是"爱人的精神"和"和平之曙光",因此应积极响应俄罗斯的这种"新文明",倾听其建于"自由"和"人道"之上的新民主。① 胡适与陈独秀和李大钊都有所不同,他主张美国式的民主,对此他曾在留学日记中写道:"昨日读美国独立檄文,细细读之,觉一字一句皆扣之有棱,且处处为民请命,义正词严,真千古至文,吾国陈、骆何足语此!"② 尽管在选择哪一国的民主问题方面上述代表性的思想家未能取得一致意见,但在引进民主观念的迫切性以及从伦理角度深化民主的核心价值观方面他们的基本倾向是一致的,因为凡当时有识之士,无不清晰地意识到顽固且强大的封建帝国思想是阻碍西方民主观念引进和发展的最大障碍。只有破除根深蒂固的封建帝国思想,才能彻底实现思想解放和真正意义上的民主观念。换言之,引进西方民主观念和否定中国封建文化传统是互为表里的,即新文化启蒙中的民主观念的成长在很大程度上是在对中国传统文化的批判和否定的态度中获得它自身的意义的。

从客观历史事实上我们也能看到以《新青年》为代表的期刊在极力宣传西方民主观念的同时,也以同样的力度展开了对中国传统封建文化观念的全面否定与重新审视。陈独秀先后发表《抵抗力》《吾人最后之觉悟》《驳康有为致总统总理书》《偶像破坏论》等多篇战斗檄文,断定封建专制制度及其文化传统是阻碍国家发展、使人格丧失的最为重要的因素,主张唯有破除旧有的封建文化传统观念,才能实现人的真正解放和民族-国家的振兴。在陈独秀看来,旧文学、旧政治和旧伦理本是一家眷属,故"要拥护那德先生,便不得不反对孔教,礼法,贞节,旧伦理,旧政治。要拥护那赛先生,便不得不反对旧艺术,旧宗教。要拥护德先生又要拥护赛先生,便不得不反对国粹和旧文学。"③ 在陈独秀的带动下,包括胡适、李大钊、鲁迅在内的一批富有反抗意识的知识分子由此展开了全方位、多角度、立体化地对以孔孟儒家学说为代表的封建传统文化的彻底清算,掀起了"全盘性的反传统主义"的高潮。在这些先进知识分子看来,儒家思想是中国几千年封建思想之"大成",是封建阶级和封建势力"牧民"的主要工具,它钳制并迷蒙了中国社会的思想自由。唯有抨击这一"吃人的礼教",反对旧文化和旧道德,打碎偶像,提倡西方的科学和民主意识才是当时中国社会的真正出路,中国的富强必须建立在对旧有的一切传统观念的解构和对西方的一切崭新

---

① 李大钊:《法俄革命之比较观》,《李大钊全集》第二卷,北京:人民出版社,2006年,第226页。
② 胡适:《胡适留学日记》(第一册),上海:商务印书馆,1947年,第13页。
③ 陈独秀:《本志罪案之答辩书》,《新青年》1919年1月第六卷第一号。

观念的重建的基础之上。对此,茅盾评价其具有"振聋发聩的作用和摧枯拉朽的气势"①,李泽厚则将这一过程做了如下翔实的描述和评价:"1915年9月陈独秀创办《青年》(2卷起改名《新青年》)杂志,在《敬告青年》这实际的发刊辞中,以中西文化对比的方式,抨击了各种传统观念,提出'自主的而非奴隶的'、'进步的而非保守的'、'进取的而非退隐的'、'世界的而非锁国的'、'实力的而非虚文的'、'科学的而非想象的'六项主张,鼓吹'科学与人权并重',这即是不久后提出'赛先生'(科学)与'德先生'(民主)的先声。《新青年》以披荆斩棘之姿,雷霆万钧之势,陆续发表了易白沙、高一涵、胡适、吴虞、刘半农、鲁迅、李大钊、钱玄同、沈尹默、周作人等人的各种论说和白话诗文,第一次全面地、猛烈地、直接地抨击了孔子和传统道德,第一次大规模地、公开地、激烈地反对传统文艺,强调必须以口头语言(白话)来进行创作。以道德革命和文学革命为内容和口号的新文化运动,汹涌澎湃地开展起来。"②而刘再复则从"审父"角度重申了民主思想之于国族意识提升的重要意义:

> "五四"文化运动乃是一次无情的"审父"运动,其"人—个体"意识的觉醒紧连对父辈文化最激烈的否定和批判。在"五四"新文化先驱看来,中国人的个体自由、个体价值完全被消解在庞大的君臣父子关系的固定秩序中,"己"完全被消解在以"群"为轴心的文化大纲结构中。这样,五四新文化运动在发现中国人乃是非人的同时,也发现造成非人吃掉孩子的恰恰是自己的父亲。因此,求赎的办法及救救孩子的方法便是批判"孝道",与父辈文化彻底决裂,不惜背着数典忘祖的罪名去"刨祖坟"。③

他还进一步论述认为,"五四"新文化启蒙的突破性功绩之一就在于全面清算了以孔子为代表的传统中心文化的罪恶,这是一次具有划时代历史意义的伟大举动:

> 关于第一点,即"打倒孔家店",其意义是十分重大的。因为当时笼罩在中国知识分子和中国人民头上的最神圣的,同时也是最沉重的"华盖",就是孔夫子和他的学说。这一君临一切、笼罩一切的"华盖",是一种非宗教的宗教,是软化之教。尽管它没有教规、教旨和其他一切宗教仪式,但孔子的原始学说再加上宋明理学的发展,它已形成一种带有宗教经书体系特

---

① 茅盾:《"五四"运动之检讨》,《茅盾全集》第二十二卷,北京:人民文学出版社,1993年,第63页。
② 李泽厚:《中国现代思想史论》,北京:生活·读书·新知三联书店,2008年,第1—2页。
③ 刘再复:《共鉴"五四"》,福州:福建教育出版社,2010年,第111页。

点的学说,这种学说一旦和政治霸权结合便窒息了中国社会的生命活力。中国封建社会在一千多年前出现了盛唐气象之后,再也没有什么大的发展,民族精神不断萎缩,人民陷入极端痛苦之中。而中国社会停滞,以孔子为代表的儒家正统文化,起了很重要的作用。因此,喊出"打倒孔家店"的口号,宣布圣人死了,对于中国人的命运关系极大,它从根本上开始改变了中国人的思维方式和存在方式。原来中国人是按照孔子规定的方式而思维而存在的,现在规定主体死了,中国人开始了一个自我规定思维方式和存在方式的时代。这正如郁达夫所说的:"从前的人,只为君而存在,为道而存在,为父母而存在的,现在的人才晓得为自我而存在了。"如果没有宣布圣人已死并由此带来的巨大转换,中国人至今还可能在礼治秩序的黑暗中徘徊。①

对此,孙康宜和宇文所安在谈及相关问题时总结道:"作为一项文学和文化的现代化运动,五四运动的争辩性与影响力来自激进的反传统主义。新文学的倡导者在新旧之间画下楚河汉界,促发了以颓废与启蒙、保守与革命、'吃人'与人道、黑暗与光明为主轴的话语表述。穿过'黑暗的闸门'(鲁迅的修辞),他们渴望建立这样一个现代化工程:强调国族意识,追随走向进步的时间表,并培养完全独立自主的新型公民。"②

其次,来看"输入新学理"的第二个维度:科学。

"五四"文化启蒙所说的"科学",在更大意义上指向一种价值观念,而非通常意义上的"自然科学"观念,或单纯的"科学技术"观念,这一点可以从陈独秀在《新青年》发文对于"科学"观念的宣传上清晰可见。在著名的《敬告青年》一文中,陈独秀将"科学"一词同"实利""常识""实证"和"理性"等观念相联系,突出"科学"的对立面乃是"虚文""武断"和"想象"等观念。他还进一步引入西方学者的社会学理论来论证"科学"的观念,其中提及英国哲学家穆勒(John Stuart Mill)的"功利主义"和法国哲学家孔德(Auguste Comte)的"实验哲学"等,这充分说明在陈独秀的心目中"科学"概念更多的不是"客观性"的内容,而是偏重于"主观性"的观念与情感。不仅是在《敬告青年》一文中,在随后的《近代西洋教育》《随感录·十九》以及《科学与神圣》等其他文章中,陈独秀也一再宣传了他所理解的独特的"科学"观,即"科学"是在传统价值破坏之后重新构想

---

① 刘再复:《共鉴"五四"》,福州:福建教育出版社,2010年,第146—147页。
② 孙康宜、宇文所安主编:《剑桥中国文学史》下卷(1375—1949),刘倩等译,北京:生活·读书·新知三联书店,2013年,第609页。

宇宙、社会和世界秩序的一种重要的观念体系，它不仅与"民主"共同构成现代文明之舟车的"两轮"，而且它具有替代宗教的特殊用途。换言之，在陈独秀看来，"科学"在本质上是指导人建立新的信仰、价值观和人生观的一种重要手段，是自我反思的武器和工具，其发挥作用主要在于伦理道德和信仰领域。之于当时中国的特殊历史阶段，科学观的建立与启蒙的根本使命之间有着明显的逻辑上的紧密联系的，即现代科学观是理解人类历史进而改造历史的一种模式。中国当代学者汪晖在研究了以陈独秀为代表的现代启蒙学者的"科学"观后认为，"科学"观基本内涵包含四个方面：第一，"科学是理解宇宙真理，并通达完美的世界的一种方式。"①第二，陈独秀所提出的"觉悟"的概念"把科学与正确的信仰和知识联系在一起，从而将所有的宗教、哲学、道德和政治的见解和信仰视为偏见"，而正是在这个意义上，科学与启蒙的关系得以凸显："科学作为一种'求真'的认识方式改变了既往的偏见，科学作为一种'求真'的机制成为社会和国家组织的典范。"②第三，"科学及其标准不仅是西方的个别的标准，而且是普遍的人类精神。"③第四，"陈独秀等人并没有解释科学的认识方式如何转化为技术的进步，转化为经济的发展，转化为合理的社会组织，他关注的是通过什么样的精神活动来传播知识、推动文明的进步。"④

最后，作为"输入新学理"引进的民主和科学观念共同推进具体问题的研究。

胡适在解释为什么要输入以"民主"和"科学"为核心的新学理时认为其包含几个层次的动机：一是有些人坚信当时的中国缺乏新思想和新学术，希望以输入西洋近世的学说加以补充；二是出于传播某种学说的需要；三是有些人觉得翻译某种学说比研究具体问题容易；四是借助学理研究的名义"种下一点革命的种子"；五是研究问题的人需要借助学理做参考比较的材料，进而可以"帮助问题的研究"，起到深化的作用。⑤ 不管出于哪种动机，无可否认的一个事实是输入学理与研究具体问题之间有着紧密的联系，甚至在某些情形下存在着一种互为表里的辩证关系，其在本质上标志着"对于西方的精神文明的一种新觉悟"⑥。胡适还具体列举了当时人们关注和研究的一些主要问题，包括孔教问

---

① 汪晖：《现代中国思想的兴起》下卷第二部，北京：生活·读书·新知三联书店，2008年，第1224页。
② 同上。
③ 同上书，第1225页。
④ 同上。
⑤ 胡适：《新思潮的意义》，欧阳哲生编：《胡适文集》2，北京：北京大学出版社，1998年，第554页。
⑥ 同上书，第555页。

题、文学改革问题、语言统一问题、女子解放问题、贞操问题、礼教问题、教育改良问题、婚姻问题、父子问题以及戏剧改良问题等,这些问题广泛涉及当时社会思想变革的方方面面,而从这些问题中又可以汲取宝贵的经验和教训,如研究人生中最为关切的问题,使得真理格外明晰,使人觉悟和信从,消除半常人的抗拒力并不知不觉接受新学理的影响以及培养出具有评判的、独立思想的革新人才等。①

"五四"新文化运动作为一场中国式启蒙运动,无论是输入新学理,还是研究具体社会问题,其本质是为个体的人的解放来服务的,个人主义及对个体价值的强调成为"五四"启蒙的最为核心的主题之一。美国当代著名的社会学家爱德华·希尔斯(Edward Shils)在谈及时代精神与传统之间的关系时认为:"面对理性的批评,传统保持沉默,这就削弱了它的地位。传统的崩溃为个体性的兴盛铺平了道路。"②希尔斯的论断在很大程度上也适合对"五四"启蒙的描述。且看"五四"思想家们对个性人学启蒙的具体论述:陈独秀直接将"五四"新文化运动定位为"人的运动"③;胡适在谈及新文化运动和新文学时指出正是《新青年》的一群朋友们当年所提倡的"个人主义的人间本位主义"造就了一个"个人解放"的时代;④鲁迅则强调文学革命和启蒙的最初要求就是"人的解放"⑤;而在茅盾看来,"五四"思想建设的本质以及最为震撼人心的力量与活力就是"人的发现"和"个性的解放",⑥而"人的发现,即发展个性,即个人主义"正是"五四"新文化和新文学的"主要目标";⑦郁达夫从"五四"历史功绩和成就的角度论述这一问题:"五四运动的最大的成功,第一要算'个人'的发见。从前的人,是为君而存在,为道而存在,为父母而存在的,现在的人才晓得为自我而存在了。"⑧在众多启蒙学者和思想家的论述中,最为显著而突出的当属周作人。在周作人看来,作为个体的人的存在并不与整体性存在的人类相冲突,相反,二者之间是

---

① 胡适:《新思潮的意义》,欧阳哲生编:《胡适文集》2,北京:北京大学出版社,1998年,第553、555—556页。
② 爱德华·希尔斯:《论传统》,傅铿、吕乐译,上海:上海人民出版社,2009年,第11页。
③ 陈独秀:《新文化运动是什么》,任建树、张统模、吴信忠编:《陈独秀著作选》(第二卷),上海:上海人民出版社,1993年,第129页。
④ 胡适:《中国新文学运动小史》,欧阳哲生编:《胡适文集》1,北京:北京大学出版社,1998年,第137页。
⑤ 鲁迅:《〈草鞋脚〉小引》,《鲁迅全集》第六卷,北京:人民文学出版社,1981年,第20页。
⑥ 茅盾:《"五四"的精神》,《茅盾全集》第十六卷,北京:人民文学出版社,1988年,第143页。
⑦ 茅盾:《关于"创作"》,《茅盾文艺杂论集》上集,上海:上海文艺出版社,1981年,第298页。
⑧ 郁达夫:《〈中国新文学大系·散文二集〉导言》,郁达夫编选:《中国新文学大系·散文二集》,上海:上海良友图书印刷公司,1935年,"导言"第5页。

相辅相成的:"古代的个人消纳在族群的里面,个人的简单的欲求都是同类所共具的,所以便将族类代表了个人。现代的个人虽然原也是族类的一个,但他的进步的欲求,常常超越族类之先,所以便由他代表族类了。"[1]依循这样一种现代突出个体的人的思维路径,周作人在文学方面提出了以"个人主义的人间本位主义"[2]为核心的"人的文学"的理论主张,强调文学对于个体性及其道德进行艺术化展现的重要性。对此,孙康宜、宇文所安在谈到周作人的散文创作和成就时曾这样评价其借文学宣扬"个人空间"的目的性:"周作人以随笔的形式对他的文化和政治理念进行实践。这种看似轻松、随性、个人化的文章,宣扬了他对个人空间的需求。……周作人借助随笔写作的文学和审美体验,建立了一个中国国民的独特视角,肯定个人的重要性,反对甚嚣尘上的国家民族主义。"[3]

关于"五四"启蒙的人学本质问题及其在中国现代思想史上的重大历史意义,刘再复在反思"五四"时曾给予如下的评价:

> "五四"时代是一个大社会、小政府的时代,一个政治权力比较薄弱的时代,因此也变成一个思想开放的时代。尽管当时各种思潮(包括人道主义思潮、个人主义思潮、自由主义思潮、民粹主义思潮、社会主义思潮、无政府主义思潮等)并置,但第一思潮是注重个人、突出个体的个人主义思潮。其他思潮虽然"主义"不同,但有一个共同的启蒙主题,就是唤醒每一个人的生命主权和灵魂主权。作为奴隶、作为牛马没有这种主权,作为国家偶像的器具、男权家庭的玩偶、宗法族群的子孙也没有这种主权。"五四"启蒙旗帜上正面写的是"人"字,背后写的是"己"(个体、个人、个性)。这一启蒙内涵,与欧洲"文艺复兴"运动的核心价值相似,但策略上却相反。"五四"采用的不是"回归希腊"的"复古"策略,而是"反古"策略:向中国古文化经典宣战,旗帜鲜明地审判父辈与祖辈文化。如果说,西方"文艺复兴"是个恋母(恋希腊)运动,那么,"五四"则是个"审父运动"。而"五四"启蒙家找到的父亲代表——父辈文化代表是孔子。这些启蒙先驱者崇尚的尼采宣布的是"上帝死了",而他们自己宣布的是"孔子死了"。这是一个惊天动

---

[1] 周作人:《新文学的要求——一九二○年一月六日在北平少年学会演讲》,《艺术与生活》(周作人自编文集),止庵校订,石家庄:河北教育出版社,2002年,第21页。

[2] 周作人:《人的文学》,《艺术与生活》(周作人自编文集),止庵校订,石家庄:河北教育出版社,2002年,第11页。

[3] 孙康宜、宇文所安主编:《剑桥中国文学史》下卷(1375—1949),刘倩等译,北京:生活·读书·新知三联书店,2013年,第573页。

地的划时代的大事件。汉以后,唐、宋、元、明、清一千多年里出现过李卓吾这样的异端,但没有出现过如此规模的、彻底的挑战孔子的运动,很了不起。打倒孔家店的策略为的正是"人—个体"解放的目的。①

"五四"启蒙在"科学"和"民主"的旗帜下强调个体的解放和自由观念,突出个体于自觉意识中摆脱"家族"观念的束缚,这是否意味着"己"的观念与"群""族"甚至是"国"之间相抵触,乃至在本质层面反民族主义和国家主义观念呢?换言之,"五四"思想启蒙的"个体"观念与民族、国家观念之间的关系如何呢?回答这一问题,应从一般哲学意义上的"群—己"关系和当时中国特定的历史背景两方面入手。

所谓"群—己"关系就是通常意义上所说的如何处理个体与国家和民族之间的关系。历史一再证明,二者互为依托,又相互影响、转化。如果作为生命个体的自我不能确立,个体的生命尊严得不到保障和充分尊重,那么群体的生存就无从谈起,群体的价值和存在便受到直接威胁,相应地,在群体活动中也难以发出个体人道主义声音。在此意义上,个体尊严和价值的确立是维系群体存在的必备的先在条件,是新的群体生成和建立的重要基础,其根本指向仍是群体价值,即个体的确立从根本上来说是为了新的、富有生命力的国家和民族的兴起而做准备的。这一点在"五四"启蒙阶段表现得尤为突出。纵观"五四"时期中国的特定历史发展,个体的自由梦和民族、国家的富强梦在当时是同等重要的,而唯有首先实现个体的自由发展,才能最终通过解放的道路而获得国家的富强。也就是说,"五四"启蒙在突出个人的强烈主张的同时,隐含着建立现代化、新型民族—国家的潜在愿望和动力,个体的自由与解放在很大程度上是为这个潜在的政治愿望来服务的。对此,李泽厚的分析和阐释可谓切中要害:

> 启蒙的目标,文化的改造,传统的摒弃,仍是为了国家、民族,仍是为了改变中国的政局和社会的面貌。它仍然没有脱离中国士大夫"以天下为己任"的固有传统,也没有脱离中国近代的反抗外辱,追求富强的救亡路线。摒弃传统(以儒学为代表的旧文化旧道德)、打碎偶像(孔子)、全盘西化、民主启蒙,都仍然是为了使中国富强起来,使中国社会进步起来,使中国不再受外国列强的欺辱压迫,使广大人民生活得更好一些……所有这些并不是为了争个人的"天赋权利"——纯然个体主义的自由、独立、平等。所以,当把这种本来建立在个体主义基础上的西方文化介绍输入,以抨击传统打倒

---

① 刘再复:《共鉴"五四"》,福州:福建教育出版社,2010年,第60—61页。

孔子时,却不自觉地遇上自己本来就有的上述集体主义的意识和无意识,遇上了这种仍然异常关怀国事民瘼的社会政治的意识和无意识传统。①

换言之,"五四"启蒙在接受民主与科学观念的同时,更偏向于符合当时中国国情的"革命"的新维度,这既是中国启蒙独特性之所在,也是从文学革命走向政治革命的自觉的必然选择。欧洲的启蒙,尤其是在其发源地法国,集中表现为以无神论等科学观念阐释启蒙的意义和价值。因此,革命成了启蒙的副产品。而东方的启蒙,尤其是中国的"五四"启蒙,受革命迫切性的影响,在接受欧洲启蒙观念的同时,主要选择了作为启蒙副产品的革命维度,并在一定程度上随着社会形势的逐步发展而抛弃了启蒙的其他维度。

总之,"五四"启蒙在批判传统文化的过程中,在"民主"和"科学"两大口号的感召下,在终极的人的解放、自由以及对现代国家观念的期望性建构中,完成了它的伟大历史使命——"针对外部强加标准的解放运动和由我们自己选择的新标准的建构运动"②,而其中以输入西学为主要形式和手段来切实研究中国现实问题的路径也成为欧美文学"中国化"的主要指导思想之一。

二、对欧美启蒙思想的差异化接受:以易卜生文化景观为例

通常情况下,思想文化运动都有其显著的外在喷射形态。"易卜生文化景观"的生成与逐步"中国化"的过程,其所伴随的个性解放和妇女解放等思想观念的引入和强化,之于"五四"思想启蒙的推动作用不容小觑,其文化和现实意义也非同寻常。相应地,关于易卜生(Henrik Ibsen)的一系列知识生产性话语毫无疑问也构建了易卜生在现代中国特殊的文学地位。对此,茅盾评价道:"易卜生和我国近年来震动全国的'新文化运动'是有一种非同等闲的关系,六七年前,《新青年》出'易卜生专号',曾把这位北欧大文学家作为文学革命、妇女解放、反抗传统思想……新运动的象征。那时候易卜生,这个名儿萦绕于青年的胸中,传述于青年的口头,不亚于今日之下的马克思和列宁。总而言之,易卜生是中国经过一次大吹大擂的介绍的。"③茅盾对易卜生的评价可与萧乾的描述相印证:"易卜生在中国与其说被视为一个戏剧家,还不如说被当成一位外科医

---

① 李泽厚:《中国现代思想史论》,北京:生活·读书·新知三联书店,2008年,第6页。
② 茨维坦·托多罗夫:《启蒙的精神》,马利红译,上海:华东师范大学出版社,2012年,第49页。
③ 沈雁冰:《谭谭〈傀儡之家〉》,《文学周报》1925年6月7日,第176期。

生。十年间,他几乎被中国知识分子顶礼膜拜,并不是我们选择他,而是当文学革命发起时,他表达了中国年轻一辈的心声。中国当时完全陷于无助的病态,需要一位勇敢的医生,能给她无可救药的绝症开方救治。而对我们来说,易卜生是最猛烈攻击传统观念的人。西方人难以想象易卜生对我们的影响,这位戏剧家激励太太们从自私但合法的丈夫身边逃走,他还创造出一位英雄式的人物,一位敢于蔑视全镇一致通过的决定的疯狂丈夫。"①

茅盾和萧乾对易卜生的评价和描述涉及一些共性问题,除了易卜生在当时的中国社会产生广泛的影响和对"五四"启蒙的促进作用外,他们还突出强调了对易卜生的选择与引进在很大程度上是革命与改造社会现实的需要,这构成了"五四"启蒙时期易卜生"中国化"的一条重要路径。

鲁迅是易卜生作品的较早评介者之一。从现有资料看,鲁迅对易卜生及其戏剧既十分熟悉又极为推崇。在《文化偏至论》一文中,他高度赞扬了易卜生创作的反社会政治倾向:"其所著书,往往反社会民主之倾向,精力旁注,则无间习惯信仰道德,苟有拘于虚而偏至者,无不加之抵排。"②在《摩罗诗力说》一文中,他又借易卜生的戏剧《人民公敌》来论及"个人"与"众数"、先觉与世俗之间的关系,并强调易卜生与拜伦(George Gordon Byron)等欧洲大作家一样是"立意在反抗,指归在动作,而为世所不甚愉悦"的"摩罗诗人"。③与鲁迅的观念相类似,胡适也突出强调了易卜生文学创作的社会性,指出了其对社会现实状况,尤其是社会阴暗面深入展示与描写的意义和价值。在胡适看来,"写实主义"不仅仅是易卜生戏剧的一种单纯的美学风格问题,更为重要的是它代表民主与科学的精神,即人的本质的一种文学艺术化呈现。胡适将其界定为一种典型的基于个人本位主义思想的个体主义精神:"他主张个人须要充分发达自己的天才性;须要充分发展自己的个性。"④在胡适看来,"社会最大的罪恶莫过于摧折个人的个性,不使他自由发展"⑤,在此意义上,人要想真正发展就必须满足两个条件:"第一,须使个人有自由意志。第二,须使个人担干系,负责任。"⑥很明显,胡适将易卜生"写实主义"与个人自由主义进行了内在性的本质勾连,使社会的"写

---

① 萧乾:《易卜生在中国——中国人对萧伯纳的困扰》,《萧乾全集》第六卷,武汉:湖北人民出版社,2005年,第227页。
② 鲁迅:《文化偏至论》,《鲁迅全集》第一卷,北京:人民文学出版社,1981年,第51页。
③ 同上书,第66页。
④ 胡适:《易卜生主义》,欧阳哲生编,《胡适文集》2,北京:北京大学出版社,1998年,第485页。
⑤ 同上书,第486页。
⑥ 同上书,第487页。

实"与作为个体的人获得自由之间构成一种互为表里的关系,从而建立一种真正的"健全的个人主义"思想。对此,美国学者 E. 艾德(E. Eide)在评价胡适的易卜生研究时认为,胡适不仅充分注意到了易卜生的社会政治观点,并努力将这些理论观点应用于中国的社会现实,而且他还将"易卜生主义的核心思想——对独立个性的自我肯定"作为新"生命哲学"最为重要的因素。① 美国学者格里德在《胡适与中国的文艺复兴——中国革命中的自由主义(1917—1950)》一书中谈及胡适与易卜生的关系时也有类似结论。他认为胡适在《易卜生主义》一文中"第一次阐述了有关纯粹个人主义之特性的观点,以及他终生萦绕于心的个人与社会之关系的观点"②。

以鲁迅和胡适对易卜生的介绍和评价为先导,"易卜生热"在"五四"启蒙时期开始迅速蔓延,作品的译介数量逐年增多。主要包括潘家洵译《群鬼》(1919年5月1日《新潮》杂志第一卷第五号);杨熙初译《海上夫人》(1920年11月上海商务印书馆);周瘦鹃译《社会柱石》(1921年10月上海商务印书馆,此前这一译本曾在1920年的《小说月报》全年连载);林纾、毛文钟译《梅孽》(今译《群鬼》,1921年11月上海商务印书馆,译本将原有的戏剧形式改为小说);巫启瑞译《少年同盟者》(1923年1月5日至3月14日刊载于《晨报副刊》);杨敬慈译《野鸭》(1924年2月11日至3月8日刊载于《晨报副刊》);刘伯量译《罗士马庄》(今译《罗斯莫庄》,1926年12月北京诚学会);徐鹄荻译《野鸭》(1928年1月上海现代书局);潘家洵译《海得加勃勒》(今译《海达·高布乐》,1928年3月至5月《小说月报》第19卷第3至5号);潘家洵译《我们死人再醒时》(1929年10月至12月登载于《小说月报》第20卷第10至12号);潘家洵译《博克门》(今译《约翰·盖勃吕尔·博克曼》,1931年9月至12月登载于《小说月报》第22卷第9至12号);孙熙译《野鸭》(1938年7月上海商务印书馆)等。译本增多的同时,研究评论也大量出现,袁振英、陈望道、刘大杰、朱自清、徐志摩等一批学者和作家以高度的热情关注易卜生戏剧及其思想观念对当时中国文化界、思想界、教育界乃至社会政治历史进程所起到的不可估量的作用,毫不夸张地说,"易卜生文化景观"的生成是现代中国文学文化发展史上最为显著的标志性事件之一。

任何文学文化现象的出现都有其直接或根本原因,那么"五四"启蒙中易卜

---

① E. 艾德、梅君:《易卜生在中国:从易卜生到易卜生主义》,《国外社会科学》1989年第12期。
② 格里德:《胡适与中国的文艺复兴——中国革命中的自由主义(1917—1950)》,鲁奇译,王友琴校,南京:江苏人民出版社,1989年,第96页。

生何以在文学"中国化"的道路上异军突起,甚至在一定范围和程度上独占鳌头呢?换言之,作为文学文化现象的"易卜生文化景观"生成与发展背后的根本动力与不竭源泉在哪里?其文化选择意义和价值内涵又包含哪些主要方面?欲回答这一系列问题,有必要从整体到个案历史性地考察并反思"易卜生文化景观"。

首先,从整体性上来看,"易卜生文化景观"的生成与发展符合"五四"启蒙思想观念的特定期待视野。

接受美学的重要贡献就在于充分考虑了读者及其期待视野在文学发展过程中的重要地位:"一部文学作品的历史生命如果没有接受者的积极参与是不可思议的。因为只有通过读者的传递过程,作品才进入一种连续性变化的经验视野。在阅读过程中,永远不停地发生着从简单接受到批评性的理解,从被动接受到主动接受,从认识的审美标准到超越以往的新的生产的转换。"①换言之,接受美学认为作品的生命力在很大程度上取决于读者特定的接受与阐释观念,这也正是美国当代评论家大卫·达姆罗什(David Damrosch)不断提醒学者们要多加注意研究"作品在它们的翻译中和在它新的文化背景中发生重构的方式"②的原因所在。对此,美国当代知名的翻译理论家劳伦斯·韦努蒂(Lawrence Venuti)从文学翻译角度也有论述:"翻译本质上是一种本土化的实践过程。翻译过程中的每一个步骤,从选择原文文本开始,包括翻译过程中所采取的话语策略的形成,以及译文在另一种不同的语言和文化中的传播,都是通过译文文化环境中的价值、信仰以及观念来间接得到表达的。翻译绝不是对原文文本的复制,而毋宁说是对原文的改写,这种改写所书写出来的对原文文本的解读,能够反映译文接受者理解到了什么,文本的什么内容引发了他的兴趣。"③韦努蒂还进一步认为"一种文学永远都不会是作为一个整体被全部翻译过来,它只是有选择地被翻译过来,而且在文本选择上也主要倾向于接受译本的文化,因为翻译的决定往往都是由接受者做出的,而且通常情况下只有译文文化的价值观念可以接受的文本才会被选中。"④韦努蒂在这里充分肯定了接受者的语境对翻译文本的"增值"作用以及接受者的选择在其中所起到的决定

---

① H. R. 姚斯:《走向接受美学》,H. R. 姚斯、R. C. 霍拉勃:《接受美学与接受理论》,周宁、金元浦译,沈阳:辽宁人民出版社,1987年,第24页。

② David Damrosch, *What Is World Literature*? Princeton: Princeton University Press, 2003, p. 24.

③ 劳伦斯·韦努蒂:《翻译研究与世界文学》,王文华译,大卫·达姆罗什、刘洪涛、尹星主编:《世界文学理论读本》,北京:北京大学出版社,2013年,第203—204页。

④ 同上书,第208页。

性作用。也就是说,文本译介的过程在很大程度上伴随着接受性创造和特定历史环境的"误读",乃至是"故意误读"的发生。之于"易卜生文化景观"来说,毫无疑问其发生和发展是为了满足特定的"五四"启蒙思想观念的期待视野的。"五四"启蒙的要义就在于借鉴西方的"自由""民主"以及"科学"等思想观念来实现人的解放和个性的发展。在此意义上,易卜生戏剧中所体现出来的精神特质与"五四"启蒙的核心高度吻合,这构成了其被屡次译介和广泛评论的主导原因。鲁迅所提出的对易卜生戏剧的社会斗争性的期待,胡适所说的"易卜生主义"的写实精神和"自我主义",在本质上都指向并最终转化成为中国社会最现实、最紧迫的民族危难以及寻求建立新型的民族—国家形态这一更高层次主题,而正是在这一宏大主题的感召和内在性期待之下,易卜生戏剧的"中国化"道路才显示出了明显、稳定且持续上升的态势。这一过程中对易卜生戏剧的政治性选择误读也是为了适应当时中国社会现实的需要,这也正是易卜生的社会变革与人生自救思想能与新文化启蒙的"解放"言说合流,进而创造性地形成了崭新的话语模式与建构方式的缘由。一言以蔽之,易卜生在很大程度上是特定历史时期作为"接受者"的"五四"启蒙主体性选择的必然结果,他的戏剧及其所蕴含的文学观念成为"五四"启蒙话语重构与延展的一种外显符号形态。对此,胡适曾直言易卜生的"真正的个人主义"正是通向"国家主义"的大路,因为"救国须从救出你自己下手!"①胡适是在总结"五卅"反帝爱国运动时讲这样一番话的,其言外之意在于指出正是"国家主义"这一宏大使命及其所蕴藏的期待促使我们需要易卜生的"个人主义",因为它是通向更宏伟的国家使命的重要基础前提之一,只有将自身锤炼得足够强大,才能更好地听从国家的召唤。易卜生研究专家 E. 艾德在以《玩偶之家》为中心解读文本谈及易卜生在中国受欢迎的原因时则将当时中国社会的内在期待心理概括为"对社会束缚的觉醒和从中解放出来这二者的汇合"②。而萧乾在总结"五四"时期易卜生的"中国化"进程时则认为"在反叛者中间,中国的年轻一辈,尤其那些留洋学生,找到了欧洲的支持者,第一位便是挪威戏剧家易卜生。他的剧作表达出他们自身对现行社会秩序的憎恨和对反叛的热望。"③他还进一步以更为形象的类比的方式表明了特定的期待视野对于易卜生的译介所起到的独特作用:

---

① 胡适:《爱国运动与求学》,欧阳哲生编:《胡适文集》4,北京:北京大学出版社,1998年,第630页。
② Elisabeth Eide, *China's Ibsen: From Ibsen to Ibsenism*, London: Curzon Press, 1987, p.193.
③ 萧乾:《易卜生在中国——中国人对萧伯纳的困扰》,《萧乾全集》第六卷,武汉:湖北人民出版社,2005年,第228页。

公正地说，整个文学运动最初的动机是社会改革。首先，运动实在是一场"心理的重建"，文学是媒介……可在民国初年，中国年青一代最富于表现力的作家，还像个正值青春期的少年。广阔的外部倏然打开，使他眼花缭乱，而国内毫无意义的内战和恶劣的状态又让他绝望。他被以往和现在的双重苦难折磨着。未来是那么难以把握。他盼望像其他人一样，健康，自由，却不知如何去做。他还没有被革命的手段武装起来，也没有掌握讥讽的武器。但他明白，只有悲观主义无助于事。这种孤弱而又模糊的愤怒终使国家陷于一种清冷的孤独。他就像个失意的孩子，手插在兜里，在一个阳光灿烂的午后，走在一条肮脏丑陋的巷子里，对着一切啐唾沫。有条小狗跑过来跟他玩，他喊道："走开，让我一个人呆在这儿！"易卜生在这个愁眉不展、心灰意冷的孩子的背后，善解人意地拍了拍。当斯托克曼博士在《国民公敌》的剧终勇敢地说出："世界上最强有力的人就是那个最孤独的人"，青年中国感到在这个令人难忘的时期，这句话的力量远远超出孔子的《论语》。①

其次，从个案角度来看，《玩偶之家》的"中国化"最能说明"易卜生文化景观"的复杂性及其被选择性误读的过程。

《玩偶之家》是易卜生的代表性戏剧之一，该剧通过描写女主人公娜拉与丈夫海尔茂由相亲相爱到家庭决裂的过程，探讨了资产阶级的家庭和婚姻问题，暴露了男权社会与妇女解放之间的矛盾冲突，进而向资产阶级宗教、道德、法律等观念提出挑战。《玩偶之家》属于典型的社会问题剧，它围绕娜拉的觉醒展开，以娜拉的最终离家出走而结束。戏剧注重人物性格的塑造，展现了妇女角色的变化以及从受挫的爱情和破裂的家庭关系中产生的心理冲突。

这部被爱尔兰作家詹姆斯·乔伊斯（James Joyce）评价为"开创了戏剧史上的新纪元"②的作品之所以在中国受到广泛欢迎、认同并被屡次译介，③根本原因在于它与中国当时亟待解决的迫切社会问题，尤其是妇女问题具有内在的一致性和跨越时空的认同性。易卜生在《玩偶之家》的创作札记中曾这样记述他

---

① 萧乾:《易卜生在中国——中国人对萧伯纳的困扰》，《萧乾全集》第六卷，武汉：湖北人民出版社，2005年，第232—233页。
② 詹姆斯·乔伊斯:《易卜生的新戏剧》，詹姆斯·乔伊斯著，埃尔斯沃思·梅森、理查德·艾尔曼编:《乔伊斯文论政论集》，姚君伟、郝素玲译，上海：上海译文出版社，2013年，第39页。
③ 作为剧本的《玩偶之家》在现代中国受关注与评价的程度和情形惊人，仅从1935年6月21日《申报》的相关报道中便可管窥一斑。当日《申报》刊载一篇题目为《娜拉大走鸿运》的文章，介绍说仅在1935年上半年各地上演的《玩偶之家》的记录便达"六千数十起"，因此，该篇报道中称1935年为"娜拉年"。

创作这部戏剧的目的:

> 世上有两种精神法则,两种道德良知;一种是男性的,一种是女性的,两者完全不同。男人和女人互不理解,但在现实生活中,女人总是被人以男性的法则进行评判,好像她不是一个女人而是一个男人似的。
>
> 在当今这个男权社会中,法则由男性确立,女性的行为往往被人们从男性的视角来加以评判。这样,女性是很难成为她自己的。
>
> 精神的冲突。由于被男权社会的主导信念所压抑并弄得困惑不已,她对自己的道德权利与抚养孩子的能力丧失了信心。痛苦不已。在现代社会中,一位母亲就像某种昆虫一样,当她完成了繁衍后代的职责之后,她就出走,死去了。爱生命,爱家庭,爱丈夫,爱孩子。偶尔温顺地放弃她自己的想法。突然又感到焦虑、恐惧。她必须独自承担那一切。灾难最后无可避免、冷酷无情地来临了。内心绝望,冲突,终至毁灭。[①]

很明显,在易卜生心中,他力图通过戏剧展现男女性别的差异所带来的一系列社会和家庭问题,并试图鼓励传统女性自我解放,冲破"男权中心话语"的社会机制。他的这一创作意图在另一篇演讲中得到进一步证实:"在我看来,妇女的权利问题在总体上是一个全人类的问题。如果你们认真读过我的书,就会理解这一点。当然,在解决其他问题时顺便也解决妇女问题,这是很值得期待的;但那不是我的总的目标。"[②] 易卜生在这里所说的"总的目标"即是"描写人类"的目标,而妇女问题是其中重要的一部分。易卜生以《玩偶之家》为代表对性别与妇女问题的艺术化描写与展示以及由此所带来的反思也正是"五四"启蒙时期中国亟待解决的重要问题之一。陈独秀在《偶像破坏论》一文中便指出妇女的贞节牌坊等在传统的封建观念中具有鲜明的偶像崇拜作用:"世界上男子所受的一切勋位荣典,和我们中国女子的节孝牌坊,也算是一种偶像;因为工业无论大小,都有一个相当的纪念在人人心目中;节孝必出于自身主观的自动的行为,方有价值;若出于客观的被动的虚荣心,便和崇拜偶像一样了。虚荣心伪道德的坏处,较之不道德尤甚;这种虚伪的偶像倘不破坏,却是真功业真道德的大障碍!"[③] 胡适提出新思潮要研究社会现实问题,其中"女子解放问题""贞

[①] 易卜生:《〈玩偶之家〉创作札记》,《易卜生书信演讲集》,汪余礼、戴丹妮译,北京:人民文学出版社,2012年,第411—412页。

[②] 易卜生:《在挪威妇女权益保护协会一个宴会上的讲话》,《易卜生书信演讲集》,汪余礼、戴丹妮译,北京:人民文学出版社,2012年,第385页。

[③] 陈独秀:《偶像破坏论》,《独秀文存》(一),上海:亚东图书馆,1922年,第229—230页。

操问题""婚姻问题"等赫然在列。① 鲁迅也关注易卜生在《玩偶之家》中所提出的妇女婚姻问题,写出《娜拉走后怎样》一文,指出娜拉的结局只有两条路:"不是堕落,就是回来。因为如果是一匹小鸟,则笼子里固然不自由,而一出笼门,外面便又有鹰,有猫,以及别的什么东西之类;倘使已经关得麻痹了翅子,忘却了飞翔,也诚然是无路可以走。还有一条,就是饿死了,但饿死已经离开了生活,更无所谓问题,所以也不是什么路。"②之所以会如此,在鲁迅看来根本原因在于作为女性的娜拉没有掌握实在的经济权的缘故:"所以为娜拉计,钱,——高雅的说罢,就是经济,是最要紧的了。自由固不是钱所能买到的,但能够为钱而卖掉。人类有一个大缺点,就是常常要饥饿。为补救这缺点起见,为准备不做傀儡起见,在目下的社会里,经济权就见得最要紧。第一,在家应该先获得男女平均的分配;第二,在社会应该获得男女相等的势力。可惜我不知道这权柄如何获得,但知道仍然要战斗;或者也许比要求参政权更要用剧烈的战斗。"③

《玩偶之家》固然有提倡男女平等、女性向男性社会争取自身权利的主题,这是毋庸置疑的,这也是其在"五四"启蒙中获得认同的重要原因之一。但梳理整个《玩偶之家》的"中国化"进程,会发现其中有明显的"故意误读"及伴生的"意义增值"部分。在谈及众多学者和翻译家何以选择易卜生为目标文本这一问题时,鲁迅曾明确指出:"因为 Ibsen 敢于攻击社会,敢于独战多数,那时的绍介者,恐怕是颇有以孤军而被包围于旧垒中之感的罢,现在细看墓碣,还可以觉到悲凉,然而意气是壮盛的。"④特定的历史阶段决定了当时的思想文化界有意识地突出并强化了易卜生戏剧的反抗社会主题。在这一宏观背景下,《玩偶之家》便具有了符合时代气息和要求的特定阐释路径与方向。诚然,《玩偶之家》的主题中包含着性别、婚姻和家庭因素及以此为基础的人生悲剧的探讨,但在"五四"启蒙思想的语境中其更具政治意义和价值,其个体性中必然包含更多的民族-国家性。在此意义上,戏剧结尾处娜拉的大胆宣言"我现在把你对我的义务全部解除。你不受我的约束,我也不受你的约束。双方都拥有绝对的自由"⑤便不能被简单地看作是妇女问题或个性解放的宣言,而是娜拉内心中反抗意识的爆发与集中体现,因为社会变革,甚至是社会革命正需要娜拉的这种

---

① 胡适:《新思潮的意义》,欧阳哲生编:《胡适文集》2,北京:北京大学出版社,1998年,第553页。
② 鲁迅:《娜拉走后怎样》,《鲁迅全集》第六卷,北京:人民文学出版社,1981年,第159页。
③ 同上书,第161页。
④ 鲁迅:《〈奔流〉编校后记(三)》,《鲁迅全集》第七卷,北京:人民文学出版社,1981年,第163页。
⑤ 易卜生:《玩偶之家》,《易卜生戏剧选》,潘家洵译,北京:人民文学出版社,2013年,第194页。

本能的反抗意识。难怪鲁迅在《娜拉走后怎样》一文的结尾要联系当时的中国社会现实发出这样一番慨叹:"可惜中国太难改变了,即使搬动一张桌子,改装一个火炉,几乎也要血;而且即使有了血,也未必一定能搬动,能改装。不是很大的鞭子打在背上,中国自己是不肯动弹的。我想这鞭子总要来,好坏是别一问题,然而总要打到的。但是从那里来,怎么地来,我也是不能确切地知道。"①

鲁迅在娜拉与中国现实关系的思考上似乎还存在着一定的模糊性,但毕竟他沿袭了一贯地对易卜生戏剧进行社会指向解读的路径,成功地揭示出了娜拉的问题既是妇女解放问题,也是个性解放问题,同时更是社会解放问题。在这一点上,鲁迅对娜拉的解读不仅与"五四"启蒙内在的本质精神相吻合,更为重要的是还在一定范围内超越了单纯的思想启蒙的范畴。

而鲁迅没有完全解决的问题,后来在郭沫若的文章《娜拉的答案》中有了更为明确的指向:

> 娜拉》一剧是仅在娜拉离开了家庭而落幕的,因此便剩下了一个问题:娜拉究竟往那里去?
>
> 关于这个问题的答案,易卜生并没有写出什么。但我们的先烈秋瑾是用生命来替他写出了。
>
> ……
>
> 这正是四十三年前不折不扣的中国的娜拉,她不愿以"米盐琐屑终其身",其实也正是不愿和"不相能的纨绔子"永远过着虚伪的生活。……
>
> ……但她终于以先觉者的姿态,大彻大悟地突破了不合理的藩篱,而为中国的新女性、为中国的新性道德,创立了一个新纪元。
>
> ……
>
> ……不过她也并不是纯趋于感情的反抗,而故意的"裂冠毁裳",她的革命行动却有深沉的理性以为领导。她知道女子无学识技能,总不能获得生活的独立,所以她便决心跑到海外去读书。她也知道妇女解放只是民族解放和社会解放中的一个局部问题,要有民族的整个解放、社会的整个解放,也才能够得到妇女的解放,故而她参加了同盟会的组织。……
>
> ……
>
> 脱离了玩偶家庭的娜拉,究竟该往何处去?求得应分的学识与技能以谋生活的独立,在社会的总解放中争取妇女自身的解放;在社会的总解放

---

① 鲁迅:《娜拉走后怎样》,《鲁迅全集》第一卷,北京:人民文学出版社,1981年,第164页。

中担负妇女应负的任务;为完成这些任务不惜以自己的生命作牺牲——这些便是正确的答案。①

郭沫若在这里将女革命家秋瑾与娜拉作类比,称之为"中国的娜拉",意在将娜拉的形象进一步"中国化",指明其不仅具有文学意义,同时具有革命意义。毫无疑问,这是一种典型的适应时代发展和革命需要的最现实的解读。而在郭沫若看来,娜拉的一切行为方式都可以归结到一个宏大主题上来——社会总解放,这既是前提,也是最终目标。

纵观作为个案的《玩偶之家》与娜拉形象,其始终处于启蒙与革命双重视阈的高度注视之下,是典型的中国现代"注视者"创造性接受与误读的产物。创造与误读的核心问题在于"娜拉走后怎样",中心关键词在于扩展后的社会总解放,而娜拉的觉醒在这一特殊语境中也逐渐演变为中国社会的觉醒,娜拉最终勇敢迈出的那一步则象征着中国社会未来的可能性希望。在整个过程中,作为文学形象的娜拉逐渐淡化、消退,相反作为社会形象乃至政治革命形象的娜拉逐渐确立、强化。中国现代语境中的娜拉在很大程度上体现着主体性的选择意志,并肩负着中国特色的思想启蒙、社会启蒙和革命启蒙的多重角色。

最后,反思"五四"启蒙中的"易卜生文化景观",其也存在某种程度的盲目倾向。

"挪威的农民从来都不是农奴,这使得全部发展(卡斯蒂利亚的情形也类似)具有一种完全不同的背景。挪威的小资产者是自由农民之子,在这种情况下,与堕落的德国小市民相比,他们是真正的人。同样,挪威的小资产阶级妇女与德国的小市民妇女相比也不知要好多少倍。就拿易卜生的戏剧来说,不管有怎样的缺点,它们却反映了一个虽然是中小资产阶级的、但与德国相比却有天渊之别的世界;在这个世界里,人们还有自己的性格以及首创精神,并且独立地行动,尽管在外国人看来往往有些奇怪。"②恩格斯(Friedrich Engels)的这段关于挪威社会背景的介绍明确指出了易卜生戏剧产生的重要经济基础——小资产阶级经济形态。在恩格斯看来,当时的"德国的小市民阶层并不是一个正常的历史状态,而是一幅夸张到了极点的漫画,是一种退化"③,之所以会是如此状态,主要原因在于德国"小市民阶层是遭到了失败的革命的产物,是被打断和

---

① 郭沫若:《娜拉的答案》,《郭沫若全集》文学编第19卷,北京:人民文学出版社,1992年,第215—221页。
② 恩格斯:《恩格斯致保尔·恩斯特》(1890年6月5日于伦敦),《马克思恩格斯选集》第四卷,北京:人民出版社,2012年,第597页。
③ 同上书,第596—597页。

遏制了的发展的产物",尤其是经历了战争之后,"德国的小市民阶层具有胆怯、狭隘、束手无策、毫无首创能力这样一些畸形发展的特殊性格"①。而与德国相比,当时的挪威却是一种"正常的社会状态"②,因此"挪威在最近20年中所出现的文学繁荣,在这一时期除了俄国以外没有一个国家能与之媲美。这些人无论是不是小市民,他们创作的东西要比其他人所创作的多得多,而且他们还给包括德国文学在内的其他各国的文学打上了他们的印记"③。也就是说,恩格斯认为当时的德国与挪威相比不具备相应的社会经济条件,因此不可能产生易卜生那样的伟大戏剧家。不仅是当时的德国,"五四"启蒙时期的中国又何尝不是如此?由于当时的中国从根本上缺乏易卜生戏剧赖以存在的资本主义经济基础,所以其对易卜生的理解和阐释相应地必然处于浅表层次,且呈现出明显的零散性和不平衡性,易卜生戏剧的许多深层次思想观念未能得到充分的挖掘。而易卜生本人早已明确提出,只有将他的作品"作为一个持续发展的、前后连贯的整体来领会和理解",读者才能感知"每一部作品中所力求传达的意象与蕴涵"。④ 很显然,"五四"启蒙阶段的易卜生"中国化"对于这一高级别要求难以承担。因此,尽管"易卜生文化景观"在很大程度上适应并促进了"五四"启蒙思想人学观念的传播和深入,但要想以此作为完全意义上人的解放的艺术化呈现代表,并在更深层次上促进民族、国家的觉醒,无论是"易卜生文化景观"还是"五四"启蒙本身都存在着同样的内在矛盾和力不从心之感。

三、启蒙为何不能担负历史重任

在总结"五四"运动的历史经验时茅盾认为其注定要上演一幕"命定的悲剧"。对此,他详细论述道:

> "五四"的功劳,也许就只有这一点儿。有人以为"五四"是一种"启蒙运动"。不错,在某一意义上,"五四"可以说是"启蒙运动",然而这个"启蒙

---

① 恩格斯:《恩格斯致保尔·恩斯特》(1890年6月5日于伦敦),《马克思恩格斯选集》第四卷,北京:人民出版社,2012年,第596页。
② 同上书,第597页。
③ 同上书,第596页。
④ 易卜生:《〈易卜生文集〉前言》,《易卜生书信演讲集》,汪余礼、戴丹妮译,北京:人民文学出版社,2012年,第410页。

先生"刚刚教了"天地日月，山水土木"的第一课，就被时代的巨浪打走了；接手的那位"先生"用的课本是不同的。不但课本，前先生与后先生的出身，头脑，也是完全不同的。时代使得这位"启蒙先生"不能完成他的"大志"。

因此，"五四"这位"启蒙先生"和别国的"启蒙先生"不同。别国的"启蒙先生"教出了一班门弟子，而这些门弟子握着那时代文化的权威，灿然开花结果。"五四"呢，没有等到成熟就僵死了，——由于它自己的先天不足和后天戕伤太甚。虽则到现在还高设讲座，可是门弟子不绝如缕，在这无奇不有的时代洪流中，不过聊备一格而已。①

茅盾在这里得出"五四"新文化运动"先天不足、后天戕伤"以及受到时代因素的限制而无法完成"大志"等结论在很大程度上是符合事实的，其对"五四"新文化运动的论断不仅中肯，而且认识深刻。纵观整个"五四"思想启蒙运动，尽管在诸多方面与西方启蒙运动具有相似性，但就历史环境和经济基础等方面来说，中国"五四"启蒙与西方 18 世纪启蒙还是存在着本质上的差别。这种本质的差别决定了"五四"思想启蒙内部的复杂性和矛盾性，也孕育着这场启蒙自身的"危机"。如前所述，"五四"启蒙在一定程度上形成了"态度的同一性"，但这种同一性本身就包含有否定性的力量，甚至在某些方面是对立和冲突的因素，这必然导致"五四"启蒙自身内部的混乱，加速启蒙内部的分裂和瓦解。

从宏观来看，"五四"启蒙独特的性质和历史条件决定了其自身的复杂性和不稳定性。西方 18 世纪启蒙的发生与西方自身的历史文化传统和经济传统具有内在的连续性。资本主义经济制度经过原始积累后的进一步稳固和发展为西方启蒙提供了强大的力量，正是进一步发展资本主义经济的迫切需要才促使自由和民主观念顺应历史发展的趋向，并深得民心。而建筑在经济发展之上的科学文化乃至政治哲学也才能顺理成章、枝繁叶茂地发展。换言之，西方的启蒙是在自身文化传统和经济制度中发展而来的，它在反对封建传统的同时，具有历史的内在承继性。而"五四"启蒙则不然，它既不是中国文化固有衍生的必然结果，也不是如西方启蒙那样萌发于人与上帝之间的宗教文化关系，更不是科学知识自然进化的结果，相反，它更多的是依赖纯粹的外来引进与嫁接，这种方式本身就存在一个适合与适应的问题。在半殖民地半封建的社会文化传统中引入"科学"和"民主"精神以及与之相关联的个性主义和自由主义，好比"无源之水"和"无本之木"，其稳固性和适应性自然不如西方启蒙的"土生土长"性。

---

① 茅盾：《从"五四"说起》，《茅盾全集》第二十卷，北京：人民文学出版社，1990 年，第 51—52 页。

恩格斯论述易卜生个性主义的经济基础来源于挪威的小资产阶级,这是其观点得以生根发芽的基本点,而将易卜生的观念移植出原生的经济基础和文化基础,其普适性和价值意义就要大打折扣,"五四"启蒙在这一点上与其最为显著的文学现象——"易卜生文化景观"具有类似的致命弱点,这也是"五四"启蒙不完善、不成熟的基本原因,是其"先天不足"最集中的体现。

如果说"五四"启蒙"先天不足"在于其无源无根性,那么所谓的"后天斲伤"则倾向于其理论和实践建构明显不足。众所周知,"五四"启蒙的核心之一就在于激烈的反传统,反对以儒家思想观念为核心的封建社会和封建制度。但问题是,否定了封建传统后,何以依赖和承续?也就是说,"解构"之后,"五四"要如何"建构"?又"建构"什么?关于这些问题,"五四"启蒙似乎没有真正明确的答案。对此,茅盾曾提出过发人深省的一问,并由此展开过详细的根源分析:"'五四'时代初期的反封建的色彩,是明明白白的;但是'反'了以后应当建设怎样一种新的文化呢?这问题在当时并没有确定的回答。不是没有人试作回答,而是没有人的提案能得普遍一致的拥护。那时候,参加'反封建'运动的人们并不是属于同一的社会阶层,因而到了问题是'将来如何'的时候,意见就很分歧了。然而也不是没有比较最有势力的一种意见,这就是所谓'只问病源,不开药方'。这是对于'将来如何'一问题的一种态度,——或者也可以说是躲避正面答覆的一种态度。这不是答案。然而这样的态度的产生有它社会的根据,这是代表了最大多数的比上不足而比下有余的智识者的意识的。"[①]刘再复针对这一问题更是给出了明确的论断:"'五四'的大思路是用西方的理念来批判中国传统,以实现传统的西化,但其致命的弱点是缺少自身的理论创造。……实际上是要开掘传统资源,打通中西文化血脉,实现自己的建设性创造。重心是建构,不是解构。"[②]不破不立,"五四"启蒙坚决反封建是有其合理之处的,但却明显忽略了一个重要事实,即无论是西方还是中国,根深蒂固的文化传统在维系人的存在方面还是起着相当重要的作用的。在此情形下,一味过于激烈和绝对的彻底"解构"而不着眼于"建构"势必带来精神文化的空荡和虚无,这对于社会的发展无利反而有害。在西方封建社会里,教会控制了整个文化和精神生活,它宣扬上帝创造万物,主宰天地;国王是上帝的代表,主宰人间。因此人们就必须无条件服从国王的统治,不能造反,必须刻苦修炼,提升自我以使灵魂升入天堂,享

---

① 茅盾:《〈中国新文学大系·小说一集〉导言》,《茅盾全集》第二十卷,北京:人民文学出版社,1990年,第454—455页。
② 刘再复:《共鉴"五四"》,福州:福建教育出版社,2010年,第5页。

受幸福。也就是说,西方封建社会从本质上是以这种神学说教来禁锢人们的思想的,它在本质上构成了人们的精神枷锁。宗教思想抹杀了人的个性,其目的在于牢牢控制人的精神世界,为统治阶级服务。值得注意的是,在西方封建社会中,虽然国王被赋予成为神的化身,但实际上主宰人思想的还是"神"及其附属传统。中国封建社会里也存在类似西方封建社会的这种现象,只不过中国人不信上帝,而是信仰历经上千年代代相传的孔孟道德礼教而已。但中西相似性背后又有本质差异。作为外力约束的西方封建社会的"神"若要倒塌,作为对立面的"人"自然就轻而易举地树立了起来,相应地作为封建统治者的国王其自身的意义也就不存在了。然而中国千年的孔孟道德礼教作为文化内部深化的准则早已成为中国社会自身构成的一部分,它的移除绝非如西方启蒙中"神"的退却那么容易和简单,因为它包含着更多的自我约束成分。换言之,若要去除外力,目标比较明确,只需把外力移除即可;但之于包含自身的内力则不然,它的融合度更强大,牵涉的方面也更多。在此情形下,在没有完全建构起新的全民精神支柱和依赖世界之前就对传统文化进行全盘否定是不能支撑起强国的历史重任的,"五四"思想启蒙恰恰在这一点上的思考存在盲目性和冲动性。在此意义上,未必可以说"世界上最有力量的人正是最孤立的人"[①]。

除去先天和后天因素,"五四"思想启蒙还面临诸多制约要素。自鸦片战争以来,历经洋务运动对西方技术的新发现,戊戌变法以及辛亥革命对西方政治制度的新尝试,中国始终没有放弃对民族生存问题的思考,甚至可以说"五四"思想启蒙也是孕育于民族生存危机之中并在其中发展起来的。"五四"思想启蒙提倡"科学"与"民主"的根本目的也在于寻求民族生存的一条新途径,希冀借鉴西方的新思想和"人学"观念来谋得民族—国家的出路。换言之,"五四"启蒙无法回避政治民族主义的历史课题,其势必要在一个纷乱的时代为中国民族主义服务。而20世纪30年代以后,随着民族生存危机的日益加深,启蒙所主张的"科学"和"民主"已无法应对新的矛盾剧变,其中断及被新的理论替代自然成为历史发展的必然,这正是茅盾所说的"后先生"替代"前先生"的过程。就20世纪中国思想发展历程来看,这"后先生"指向的毫无疑问应是马列主义及新民主主义革命。尽管早期的马克思主义者,如李大钊等曾尝试调和马克思主义与"五四"启蒙之间的关系,以使它们融合发展,但就本质来看,马克思主义的国家观念、经济决定论和阶级斗争学说构成了新的否定力量,动摇了"五四"启蒙的

---

① 易卜生:《人民公敌》,《易卜生戏剧选》,潘家洵译,北京:人民文学出版社,2013年,第379页。

民主科学观念、文化决定论和个人主义思想,从而更加适应中国社会新形势发展的本质需求。"五四"启蒙运动是以具有民主思想的资产阶级知识分子为主体和领导的,而中国实际需要的是以无产阶级为主体和领导的新民主主义革命。

毛泽东在纪念"五四"运动二十周年之际所写的《五四运动》一文中曾这样评价以"五四"运动为标志的新文化运动的历史地位:"二十年前的五四运动,表现中国反帝反封建的资产阶级民主革命已经发展到了一个新阶段。五四运动的成为文化革新运动,不过是中国反帝反封建的资产阶级民主革命的一种表现形式。"①在同年的另两篇文章《青年运动的方向》和《一二·九运动的伟大意义》中,他又重申了"五四"运动是一场民主革命运动的观点:"五四运动正是做了反对卖国政府的工作,所以它是革命的运动。"②"五四运动以后,产生了中国共产党,促成了第一次国共合作,掀起了五卅运动,发动了北伐战争,造成了第一次大革命。那么,很明显,没有五四运动,第一次大革命是没有可能的。五四运动的的确确给第一次大革命准备了舆论,准备了人心,准备了思想,准备了干部。"③显而易见,在毛泽东看来,"五四"新文化运动在更大意义上所担负的是一种革命的历史重任,其在很大程度上推进了中国革命的历史进程,带有鲜明的政治救亡意图。在纪念"五四"运动六十周年之际,周扬在讲话中再一次强调了"五四"新文化运动不仅是一次"前所未有的思想解放运动",同时也是一次关键性的"反帝反封建的政治运动",因为"中国有史以来,还不曾有过这样一个敢于向旧势力挑战的思想运动,来打破已经存在了几千年的旧传统,推动社会的进步"④。茅盾也有类似观点和结论:"但是现在我们所说的五四运动,其涵义就广大得多。这是一个思想解放运动、新文学运动,而尤其重要的,是在中国近代史上第一次出现的具有明确的反帝国主义、反封建主义的目标的政治运动和社会运动。"⑤周扬和茅盾在承认"五四"运动的思想启蒙意义和价值的同时,强调并突出了其明确的政治意图,这与毛泽东对"五四"新文化运动的基本定位形成了呼应关系。简言之,无论是政治家还是文艺家,他们都看到了"五四"运动

---

① 毛泽东:《五四运动》,《毛泽东选集》第二卷,北京:人民出版社,1991年,第558页。
② 毛泽东:《青年运动的方向》,《毛泽东选集》第二卷,北京:人民出版社,1991年,第562页。
③ 毛泽东:《一二·九运动的伟大意义》,《毛泽东文集》第二卷,北京:人民出版社,2009年,第251—252页。
④ 周扬:《三次伟大的思想解放运动》,中国社会科学院近代史研究所编:《纪念五四运动六十周年学术讨论会论文选》(一),北京:中国社会科学出版社,1980年,第6—9页。
⑤ 茅盾:《五四运动的经过与意义》,《茅盾全集》第十七卷,北京:人民文学出版社,1989年,第566页。

的双重属性,一方面它是具有思想解放和思想启蒙性质的探索运动,是现代中国构建新型民族-国家过程中的一次伟大尝试;另一方面它又具有鲜明的革命性质和革命意图,希冀借助文学文化上的革新来实现救亡图存的历史重任,从而为无产阶级领导的新民主主义革命奠定基础。对此,李泽厚评述道:"问题的复杂性却在,尽管新文化运动的自我意识并非政治,而是文化。它的目的是国民性的改造,是旧传统的摧毁。它把社会进步的基础放在意识形态的思想改造上,放在民主启蒙工作上。但从一开头,其中便明确包含着或暗中潜藏着政治的因素和要素。……这个通过'最后觉悟之觉悟'所要达到的目标,仍然是指向国家、社会和群体的改造和进步。即是说,启蒙的目标,文化的改造,传统的摒弃,仍是为了国家、民族,仍是为了改变中国的政局和社会的面貌。"①

中国在思想启蒙视阈下萌生出政治性鲜明的革命意图及其理论主张是具有历史和现实正当性的。

首先,这是由中国社会文化特质和民族主义性质决定的。在《开放中的变迁——再论中国社会超稳定结构》一书中,作者详细分析了中国现代社会革命与意识形态之间的结构性对应关系认为,中国现代社会的政治革命是以所谓的意识形态革命为先导和前提的。中国传统社会结构业已形成一种政治结构与意识形态结构一体化的鲜明特质,且前者以后者为基础。中国现代社会在建立所谓民族-国家的过程中在很大程度上又走向一条类似中国传统的老路,即通过"意识形态认同"的方式希冀将中国再次建成一个政治结构和意识形态结构高度融合统一的新型国家。这种道路的选择就直接决定了中国在现代革命的过程中只是更替了政治结构和意识形态的时代内容,其传统而稳定的原有社会政治结构并未发生根本性的、实质性的改变。② 这种对中国社会政治结构的探讨和分析对于我们研究启蒙视阈下的文学革命论具有重大的启示意义和价值。根据他们的结论,中国现代社会政治革命的事实便会显现为具有时代特征和内容的意识形态的更替,而意识形态的更替也会相应地成为政治结构更替的外在形式或显性杠杆。具体到"五四"以来的新文化运动,我们发现意识形态的更替和革命最为主要的一种表现形式就是文学的全民化,即文学在中国现代社会政治变革中扮演着至关重要的角色,欧美文学的引进和"中国化"尤其如此。在此意义上,文学革命论具有其适应中国社会文化传统的现实基础。关于中国的政

---

① 李泽厚:《中国现代思想史论》,北京:生活·读书·新知三联书店,2008 年,第 6 页。
② 参见金观涛和刘青峰所著的《开放中的变迁——再论中国社会超稳定结构》(香港:香港中文大学出版社,1993 年)一书第五章"意识形态更替机制"和第六章"中国社会的重建"的相关论述。

治文化传统及其对近现代中国民族主义的影响,美国著名历史学家、中国问题研究专家费正清(John King Fairbank)也有过详细的分析和阐释。在费正清看来,中国传统文化中将孔孟视为放之四海而皆准的思想意味着中国的文化及其生活方式是比民族主义更为基本的东西。因此,当19世纪中国被迫进入现代世界的时候,民族主义文化精神便显得相对来说比较落后。而在20世纪的革命中其一以贯之的文化自豪感所激起的"文化民族主义"(cultural nationalism)却相对来说比较兴盛,这使得中国很难出现单纯意义上类似欧洲的那种民族主义运动,因为"中国则正相反,政府在概念上始终是同整个文化相关联的。政治形态和文化几乎已经融合在一起了。"①换言之,费正清在这里明确指出了中国近现代社会民族主义性质的一个关键特质,即中国的民族主义必然与文化有着千丝万缕的联系,文化在中国近现代建构民族—国家的过程中发挥着不可忽视的作用,而作为文化重要组成部分的文学更是如此。可以说,费正清对于中国近现代民族主义性质的考察为文学革命论思想萌生的正当性再一次提供了内在文化肌理的逻辑支撑。

其次,这是中国近现代特殊的社会历史现实决定的,也是最重要最紧迫的因素。自1840年鸦片战争以来,中国的社会性质就发生了根本性的改变,由闭关锁国的封建社会转变为半殖民地半封建社会。由于西方资本主义列强的强行侵入,中国被迫进入现代世界的轨迹,从此自强独立和救亡图存的民族主义和爱国主义便成为中国近现代历史发展的基本思想动力。对此,刘再复评论道:"中国'民族—国家'意识的觉醒虽然受到西方思想的影响,但更重要的还是经受战争失败的大刺激,因此,中国近代'民族—国家'意识便带上突发性的'反帝—救亡'的特点,其民族主义表现为强烈的民族义愤,但也因为战争失败的耻辱,使中国近代的思想先驱完成了一个重大发现,即发现中国是个大国,但不是强国(而是弱国),而且开始了百年来第一轮痛切的反省,即开始寻找弱的原因。"②换言之,近现代特殊的中国社会历史现实决定了寻求国家独立自主和民族发展振兴成为当时最急迫的任务,革命思想由此孕育而生并连绵不断的主要原因正在于此。"五四"运动之前,中国思想界所提出的国家独立与民族自强的方案主要依靠的还是社会达尔文主义的路径,即落后就意味着必然要挨打。在社会达尔文主义的思想框架内,中国针对当时所面临的社会现实展开了广泛意

---

① John King Fairbank, *The United States and China* (Fourth Edition, Enlarged), Cambridge and London: Harvard University Press, 1983, p. 99.
② 刘再复:《共鉴"五四"》,福州:福建教育出版社,2010年,第104页。

义上的自我批判和国民性弱点的挖掘。革命的先行者们意识到要想改变中国社会落后的面貌，就必须首先摧毁封建专制的政治和伦理体系，建立真正意义的西方式的民主共和国体制及相应的新的社会伦理体系。因此，呼唤自由、民主、平等成为当时中国革命的主要趋向和潮流。但这种西方式的由改造国民性到社会政治改革的救国方案和路径自身却面临着深刻的历史冲突，即中国的社会变革一方面确实需要这些理性主义观念作为思想体系的基础，从而在一定程度上实现与西方理性主义认同的态势，但另一方面我们也不得不看到中国现实的启蒙毕竟与18世纪建立在"同一性"基础之上的西方启蒙有着太多的不同，甚至在某种程度上，中国当时所需要的与其说是以民主、自由和平等为核心的理性主义，不如说是能够打破危机的非理性主义。事实也的确如此，对西方理性主义持批判和怀疑态度的叔本华（Arthur Schopenhauer）、尼采、克尔凯郭尔（Soren Kierkegaard）甚至是柏格森（Henri Bergson）等思想家在"五四"新文化运动前都曾在中国思想界风起云涌并产生深刻影响。"五四"运动以后，随着《凡尔赛条约》和五卅惨案等一系列社会政治事件的发生，中国社会现实的主要矛盾发生了新的变化，随之思想界的路径也发生了转变，具体来说就是民族主义的情绪由内转外，由关注中国社会内部的政治改革转变为反帝反封建双重目标并举。中国有识之士进一步认识到，只做中国社会内部的国民性改造远远不能救中国，必须同时明确举起反抗帝国主义、反抗民族压迫的大旗才会有真正的出路。这样，中国社会的革命逐步转向了接受马列主义的过程，因为马列主义对资产阶级和帝国主义的批判为此时的民族主义提供了新的宏观理论根据。对此，费正清的描述和分析可谓恰当："在1924—1927年的动乱年代里，已具有彻底的全面反传统主义思想的五四时期年轻一代中的许多人，这时有了实际的机会参加一连串生气勃勃的政治事件；……刚一开始，列宁主义关于帝国主义的理论及其对西方世界的看法，就不仅在接近共产党而且甚至在亲国民党的知识分子和政治家当中得到了广泛承认。……这样的经历既激发了他们的民族主义的激情，也激起了他们改造世界的普遍愿望。这场革命既能实现国家的统一，又能把中国社会改造成一个全新的社会。"[①]

关于中国当时宏观的社会现实和特殊的民族主义性质，李泽厚评述道：

> 所有这些，都表明救亡的局势、国家的利益、人民的饥饿痛苦，压倒了

---

① 费正清编：《剑桥中华民国史（1912—1949年）》上卷，杨品泉等译，北京：中国社会科学出版社，1994年，第499—500页。

一切，压倒了知识者或知识群对自由、平等、民主、民权和各种美妙理想的追求和需要，压倒了对个体尊严、个人权利的注视和尊重。国家独立富强，人民吃饱穿暖，不再受外国侵略者的欺压侮辱，这个头号主旋律总是那样地刺激人心，萦绕人耳，使五四前后所谓"从宇宙观到人生观，从个人理想到人类的未来"这种种启蒙所特有的思索、困惑、烦恼，使所谓"从孔教问题、妇女问题一直到劳动问题、社会改造问题；从文字上的文学问题一直到人生观的改造问题，都在这一时期兴起，萦绕着新时代的中国社会思想"，都很快地被搁置在一旁，已经没有闲暇没有工夫来仔细思考、研究、讨论它们了。五卅运动、北伐战争，然后是十年内战、抗日战争，好几代知识青年纷纷投入这个救亡的革命潮流中，都在由爱国而革命这条道路上贡献出自己，并且长期是处在军事斗争和战争形势下。①

李泽厚还进一步认为民族危亡的紧迫时刻，"一切闲情逸致和悠散的时刻，一切学院派的'纯正'科学和'无利害关系'的学术探讨"在很大程度上"都有玩物丧志之嫌"。② 刘再复在反思"五四"运动和那一代知识分子的价值选择时也持类似看法。在他看来，"五四"新文化运动中知识分子的思想经历了一个由启蒙到回归至民族—国家问题的转变过程，其中最重要的影响因素就是当时特殊的时代历史环境和极端的民族生存危机：

> 辛亥革命后，孙中山不再担任总统，袁世凯已经死亡，黎元洪与段祺瑞之间又发生纷争，军阀混战，时代失去权威，相应地，是整个国家已经"失控"。在这种中央权力涣散的局面下，知识分子具有更多选择的自由，他们本可以把个性发展到极致，但是知识分子却面临着另一种压力，即民族群体的生存困境。"五四"之后，个性的发展要求和民族生存困境的焦虑胶着在一起，使具有强烈的爱国主义热情的知识分子处于两难的境地。在两难中，民族群体的生存困境终于构成最强大的刺激。……在极端性的民族生存困境面前，作家觉得自身的个性解放要求与民族解放要求是很难完全一致的。而民族解放的要求是当务之急，是急切而严重的前提，任何个性的要求都首先必须服从这一前提。因此，他们觉得必须放弃个人的内在要求，把个性纳入民族群体的要求之中。③

---

① 李泽厚：《中国现代思想史论》，北京：生活·读书·新知三联书店，2008年，第29—30页。
② 同上书，第70页。
③ 刘再复：《共鉴"五四"》，福州：福建教育出版社，2010年，第156—157页。

如果说,作为开端的"五四"新文化运动还处于启蒙和救亡的双重变奏之中的话,那么随着社会现实的急遽变化以及国难当头的生存困境的加剧,应该客观地说,"五四"新文化运动逐步转向了文学革命论一边倒的态势。当时以资产阶级为主体的知识精英和革命家们主张思想启蒙无疑是着力于新型民族—国家建构的需要,但随着无产阶级的壮大和马列主义的广泛传播,无产阶级革命家所要进行的毫无疑问是在启蒙基础上推翻旧世界的革命。他们与资产阶级革命家在思想启蒙中的根本诉求存在巨大差异。在此情形下,文学革命的主张逐渐压倒思想启蒙的话语、启蒙道路转向救亡道路和革命道路的抉择便成为历史的必然。这种历史必然既是对在"五四"启蒙中深刻影响中国革命思想酝酿的法国革命精神和革命意识的凸显,也是对同一历史时期进入启蒙视野的俄国革命的呼应。启蒙思想中"民主"与"科学"的核心观念主要源于法国思想启蒙,"打倒孔家店""全盘西化"等口号以及鲁迅将全部的中国历史斥为"吃人史"的一概弃绝和否定的提法也与法国启蒙精神和法国大革命的极端激进态度如出一辙。尽管如此,也必须认识到,科学和民主等启蒙观念只能完成思想的论证,但实现不了政治制度的变革或民主革命的根本目标。在此意义上,俄国式的以民主革命为先导的思想观念在当时的中国才更具现实指导意义,而走向革命的道路是完成这种民主革命的前提。换言之,在当时中国特殊的社会状况下,应该看到救亡和革命的客观必要性,应该意识到救亡和革命是为了建立主权完整、独立自由的国家,这是当时中国社会的首要任务,也是中国人民要站起来的实际需要,所有这一切决定了"启蒙思想始终是中国民族主义主旋律的'副部主题',它无力构成所谓'双重变奏'中的一个平等而独立的主题"①。

---

① 汪晖:《预言与危机(下篇)——中国现代历史中的"五四"启蒙运动》,《文学评论》1989年第4期。

第二个问题：

文学革命话语下欧美文学"中国化"的特点

随着文学革命思想在启蒙中的孕育和发展，以"科学"和"民主"为主体和目标的思想启蒙在20世纪20年代中后期逐渐淡出人们的视野，唯有以"人"为核心的文学话语体系继续保持活力，并被不同的文学社团和流派发展延伸，成为新的欧美文学研究的主流话语之一。

1921年1月4日文学研究会在北京正式成立，发起人包括郑振铎、沈雁冰（茅盾）、叶绍钧（叶圣陶）、许地山、王统照、耿济之、郭绍虞、周作人、孙伏园、朱希祖、瞿世英、蒋百里。后来陆续发展的会员有谢婉莹（冰心）、顾毓琇、黄庐隐、朱自清、王鲁彦、夏丏尊、舒庆春（老舍）、胡愈之、刘半农、刘大白、朱湘、徐志摩、彭家煌等，共达170余人。文学研究会反对把文学作为消遣品，也反对把文学作为个人发泄牢骚的工具，主张文学为人生。在"为人生"观念的指导下，文学研究会强调文学应该反映社会现象，表现并讨论一些有关人生的一般问题，反对唯美主义脱离人生的"以文学为纯艺术"的观点。文学研究会还宣称要研究、介绍世界文学以创造新的文学，从而成为20世纪20年代欧美文学"中国化"最为重要的一支力量，将中国的外国文学译介和研究工作大大地向前推进了一步。在文学研究会的成员看来，研究和译介外国文学的目的一半是为了介绍外国的文艺以促进中国新文学的发展，一半是为了介绍世界的现代思想。他们着重翻译了俄苏、法国、北欧及东欧诸国的现实主义名著，介绍了普希金、托尔斯泰、屠格涅夫、契诃夫、高尔基、莫泊桑、罗曼·罗兰、易卜生、显克微支、阿尔志跋绥夫、安特莱夫、拜伦、安徒生、萧伯纳、奥斯卡·王尔德等人的作品，尤其是在茅盾和郑振铎主编该会会刊《小说月报》期间，欧美文学更是成为研究和介绍的重点，形成了以19世纪写实主义文学为重心、以弱小和被压迫民族文学为主导的外国文学研究模式。在茅盾看来，欧美文学经典不仅可以疗救灵魂，而且还可以修补人性的缺陷，于当时的中国社会大有裨益。《小说月报》出版的"俄国文学研究""法国文学研究"等特号和"被损害民族的文学"专号以及"拜伦号""安徒生号"等专辑，就是在介绍欧美进步的现实主义文学方面所进行的有益尝试。

文学研究会及其会刊《小说月报》还在介绍欧美文学发展趋势和潮流方面做了大量工作。《小说月报》在《改革宣言》中做了明确规划：一方面要译述西洋名家小说，另一方面则要介绍世界文学界潮流之趋向，进而讨论中国文学革新之方法。在《小说月报》改革一周年之际，茅盾发表文章《一年来的感想与明年的计划》，强调在当时尚未出现真正意义"人的文学"的中国，翻译和介绍欧美文艺思潮不可或缺。为此，《小说月报》不仅专设了"文学家研究"栏目，从立论角度出发，利用大篇幅论文来详细介绍欧美作家，以增强读者对欧美文学和欧美作家所处历史文化语境的兴味，而且还设有"海外文坛消息""文艺丛谭"等固定栏目，刊载大量的西洋文学史类潮流趋向的文章，以使读者在整体和宏观的视野中进一步了解欧美文学的发展脉络。谢六逸的《西洋小说发达史》、郑振铎的《俄国文学史略》和《文学大纲》等系列论述，以及沈雁冰的《未来派文学之现势》等论文的刊载正是《小说月报》和文学研究会在译介欧美文学思潮和现状方面努力的最好证明。

作为对文学研究会成立的回应，1921年6月上旬，留学日本的郭沫若、成仿吾、郁达夫、张资平、田汉、郑伯奇等人在日本东京成立了创造社。从创造社的历史发展阶段来看，前期创造社反对封建文化、复古思想，崇尚天才，主张自我表现和个性解放，强调文学应该忠实于自己"内心的要求"，表现出强烈的浪漫主义和唯美主义倾向，郭沫若翻译德国大文豪歌德的《少年维特之烦恼》等作品代表了这一时期创造社的翻译文学成就。前期的创造社以《创造》季刊、《创造周报》等期刊为阵地，大量译介欧洲18世纪启蒙主义和19世纪浪漫主义文学作品，体裁广泛涉及诗歌、小说、戏剧等，作家包括歌德、雪莱、莎士比亚等欧美名家，作品则涵盖《浮士德》《迷娘歌》《莎乐美》《哈姆雷特》《罗密欧与朱丽叶》《哀歌》《幻景》等。创造社成员还广泛介绍了浪漫主义、象征主义、未来主义、表现主义等欧美文学思潮，表达出强烈的人道主义精神和个性解放思想。前期创造社的浪漫唯美主张虽与文学研究会的写实主义有所不同，但在一定程度上也呼应了民主革命的时代要求。后期的创造社出现了明显的"转换方向"的倾向，不仅其成员郭沫若、成仿吾等积极投身革命的实际工作，而且就文学观念来看，尤其是《创造月刊》于1926年3月创刊后，创造社也开始了无产阶级革命文学的倡导与创作。郭沫若在《创造月刊》第一卷第三期发表《革命与文学》一文，倡导文学应是同情无产阶级的社会主义的写实主义的文学。成仿吾在1928年2月1日出版的《创造月刊》第一卷第九期发表《从文学革命到革命文学》一文，承袭郭沫若的主张，号召文学要努力获得阶级意识，努力把握唯物的辩证法的方法。创造社基于后期文学观的转变,努力发掘如拜伦等欧美浪漫主义作家的现实主义抗争因素和革命思想,从文学译介角度与文学研究会一起为文学革命话语的宣传和推广奠定了重要基础,做出了独特贡献。

一、写实和"为人生"的欧美文学的引进:从尼采到拜伦

茅盾在《新文学研究者的责任与努力》一文中指出:"介绍西洋文学的目的,一半固是与介绍他们的文学艺术来,一半也为的是欲介绍世界的现代思想——而且这应是更注意些的目的的。"① 茅盾在此认为西洋文学的译介可分为"文学艺术"和"现代思想"两部分,相对来说,对思想部分的关注与译介应该比艺术获得更大的着力。而对写实和"为人生"的具有现实主义反抗精神的欧美文学的译介和引入则是文学研究会和后期创造社共同遵循的主导倾向。

中国在现代性进程中十分注重对尼采学说及其功用的介绍,并自觉服务和运用于当时的中国社会现实。具体来说,就是依托尼采理论反传统的批判精神来关照当时的中国社会现实,努力寻找与中国现代化进程的契合点。

郭沫若在《鲁迅与王国维》一文中指出,鲁迅和王国维两人都曾醉心于尼采。作为尼采学说的较早引进者之一,王国维著有《叔本华与尼采》《德国文化大改革家尼采传》《尼采氏之教育观》等篇章,其中尤以《叔本华与尼采》一篇介绍详尽,观点鲜明。在王国维看来,尼采和叔本华均是19世纪德国哲学的大家,且他们之间有着明显的承袭关系:

> 二人者,以旷世之文才,鼓吹其学说也同;其说之风靡一世,而毁誉各半也同;就其学说言之,则其以意志为人性之根本也同。然一则以意志之灭绝,为其伦理学上之理想,一则反之;一则由意志同一之假说,而唱绝对之博爱主义,一则唱绝对之个人主义。夫尼采之学说,本自叔本华出,曷为而其终乃反对若?岂尼采之背师固若是其甚欤?抑叔本华之学说中,自有以启之者欤?自吾人观之,尼采之学说全本于叔氏。其第一期之说,即美术时代之说,其全负于叔氏,固可勿论。第二期之说,亦不过发挥叔氏之直观主义。其末期之说,虽若与叔氏相反对,然要之不外以叔氏之美学上

---

① 茅盾:《新文学研究者的责任与努力》,《小说月报》1921年7月第12卷第7号。

之天才论,应用于伦理学而已。兹比较二人之说,好学之君子以览观焉。①

王国维在这里运用比较的方法阐明了尼采学说的核心及其与叔本华思想之间的关联。按照王国维的阐释逻辑,尼采学说至少有三个问题值得重视:一是尼采思想与学说的形成是经过叔本华的意志哲学这个重要的中介过渡而来的,然二者在继承的同时又有巨大的差异,这表现在对待意志的态度以及博爱主义与个人主义的对立等方面。二是尼采思想和学说的运用不仅表现在美学和认识领域,更为重要的是表现在现实生活的实践之中,即"应用于伦理学",这表明尼采学说正是要以审美的原则来面对和介入现实之中去,从而阐明了尼采审美主义的现实意义和价值。三是站在西方哲学史的高度来看,尼采作为康德和叔本华理论学说的集大成者,在吸收了前两人的理论精华的同时,突出了自己的理论特色,即突出强调了与知识和道德并列平行存在的第三极——审美。它在尼采学说中占据更高的统摄地位,能全面渗入伦理与道德领域,甚至成为衡量一切现实生活价值标准的内在原则。换言之,审美在尼采这里已不只是单纯的知识问题,更为重要的是它关涉现实生活的方方面面,与人的本质存在紧密相连,这一点是王国维评介尼采的隐性出发点和最终归宿,也是我们在讨论现代性路径问题时引入尼采的根本原因。

将尼采学说的本质规定为一种介入生活的审美主义,王国维沿着这一思维路径丰富了尼采思想的多维价值。他认为尼采的"转灭"说表明其"欲破坏旧文化而创造新文化"②的精神,而无叔本华"形而上学之信仰"则决定了尼采"不得不弛其负担,而图一切价值之颠覆"。③ 总体而言,在王国维的心中,尼采是"肆其叛逆而不惮者也"④。王国维还注重以中国传统思想和历史精神来对比尼采学说,显示了高度自觉的中国化意识:"叔本华与尼采,所谓旷世之天才非欤?二人者,知力之伟大相似,意志之强烈相似。以极强烈之意志,而辅以极伟大之知力,其高掌远蹠于精神界,固秦皇、汉武之所北面,而成吉思汗、拿破仑之所望而却走者也。"⑤

就思想史意义来说,王国维的尼采评说具有奠基性的理论意义和价值。它

---

① 王国维:《叔本华与尼采》,姚淦铭、王燕编:《王国维文集》第三卷,北京:中国文史出版社,1997年,第343—344页。
② 同上书,第351页。
③ 同上书,第355页。
④ 同上。
⑤ 同上书,第354页。

在很大程度上规定了中国现代尼采译介与研究的基本方向,日后的研究译介者大都沿袭王国维的审美主义倾向来言说尼采的现实功用,只不过侧重点各有不同而已。

鲁迅是继王国维之后的又一重要尼采评论者。他承袭了王国维评价尼采颠覆一切价值的反叛精神维度,在其早期的激进主义思想中,极力弘扬尼采审美主义中的叛逆精神及个人主义理论主张,以此来论证其"掊物质而张灵明,任个人而排众数"①的思想。鲁迅留学日本期间,正是尼采学说在日本兴盛发展之时,其反对资本主义文明庸俗颓废的批判精神和反传统的强烈叛逆意识很快得到了鲁迅的注意与认同。当时的鲁迅所面临和集中思考的问题是如何使中国人民觉悟起来,从帝国主义和封建主义的压迫中解放出来,此时亟须思想和文化进路的武器,而尼采的某些思想恰好应和了这种现实需要,完全可以"为我所用",这是鲁迅选择并接受尼采部分思想观念的主观愿望与深层次根本原因。换言之,这一阶段鲁迅对尼采的接受是具有强烈的主观倾向性的,也是完全以符合当时自己的意愿和需要为标准的,并未过多考虑尼采思想的全面因素,这也是后期鲁迅与尼采分道扬镳的主要原因。②

回归鲁迅早期对尼采接受的语境,其思想集中体现在《文化偏至论》一文中。该文的主旨是借考察 19 世纪末西方文明转变之机来说明汲取西方文明的必要性。鲁迅认为,19 世纪以前的西方文明存在着严重的"至伪至偏"的东西,这集中表现在"物质"和"众数"两方面。前者主要指心灵为物质欲望所蒙蔽,其结果导致社会停滞不前;后者主要指无视个体的价值,其结果是大多数人沦为庸俗。而 19 世纪末西方文明却发生了巨大的转变,其根本原因在于出现了矫正 19 世纪文明之"痛痹"的"大士哲人",尼采便是其中重要一位:"明者微睇,察逾众凡,大士哲人,乃蚤识其弊而生愤叹,此十九世纪末叶思潮之所以变矣。德人尼佉(Fr. Nietzsche)氏,则假察罗图斯德罗(Zarathustra)之言曰,吾行太远,孑然失其侣,返而观夫今之世,文明之邦国矣,斑斓之社会矣。特其为社会也,无确固之崇信;众庶之于知识也,无作始之性质。"③鲁迅在此借用尼采《查拉特

---

① 鲁迅:《文化偏至论》,《鲁迅全集》第一卷,北京:人民文学出版社,1981 年,第 46 页。
② 随着社会革命形势的发展,鲁迅后期逐渐认识到尼采思想的局限,也转变了对于尼采认知的态度。且鲁迅的思想观念看似来自尼采,但其本质内涵往往与尼采并不完全一致。至于把鲁迅思想简单概括为"魏晋文章,托尼学说"则更是肤浅与片面。相关论述可以参考洛蚀文(王元化)的《鲁迅与尼采》(收入郜元宝编:《尼采在中国》,上海:上海三联书店,2001 年,第 262—283 页)和乐黛云的《尼采与中国现代文学》(《北京大学学报》(哲学社会科学版)1980 年第 3 期)等文章。
③ 鲁迅:《文化偏至论》,《鲁迅全集》第一卷,北京:人民文学出版社,1981 年,第 49 页。

拉如是说》中的观点来反思当时的中国社会,所谓"无确固之崇信"指的是过于重视"物质"而缺乏明确的信仰,而"无作始之性质"则指向随波逐流而缺乏创新的精神,在鲁迅看来,这正是19世纪以前西方通癖的缘由,"邦国如是,奚能淹留"①? 由此,欲振兴国家和社会,必要"非物质""重个人",②尼采的意义和价值正在于此:"若夫尼佉,斯个人主义之至雄桀者矣,希望所寄,惟在大士天才;而以愚民为本位,则恶之不殊蛇蝎。意盖谓治任多数,则社会元气,一旦可灛,不若用庸众为牺牲,以冀一二天才之出世,递天才出而社会之活动亦以萌,即所谓超人之说,尝震惊欧洲之思想界者也。由是观之,彼之讴歌众数,奉若神明者,盖仅见光明一端,他未遍知,因加赞颂,使反而观诸黑暗,当立悟其不然矣。"③鲁迅主张尼采的个人主义学说,其出发点和归宿点在于"抗俗",进而实现挽救国家民族于危亡的根本目的。也就是说,尼采审美主义中的个人主义和反传统的叛逆精神成为鲁迅关照中国社会启蒙的有力工具。

鲁迅所推崇的尼采的个人主义及反传统精神得到了陈独秀、傅斯年、胡适等人的响应,甚至还进一步发展出了一种革命精神的内涵。陈独秀在阐述人生真义与价值时便以尼采学说为例来说明唯有尊重个人意志、发挥个人的天才作用才是人生的真正目的:"又像那德国人尼采也是主张尊重个人的意志,发挥个人的天才,成功一个大艺术家,大事业家,叫做寻常人以上的'超人',才算是人生目的;甚么仁义道德,都是骗人的说话。"④傅斯年在谈及偶像崇拜与偶像破坏问题时以及胡适在总结新思潮的意义时也都曾直接引用与个人主义紧密相连的尼采的"重估一切价值"的提法,胡适甚至断言当时的社会时代就是"重新估定一切价值"的时代:"'重新估定一切价值'八个字便是评判的态度的最好解释。"⑤而重估一切价值的反叛精神到了茅盾那里则发展成了一种革命的思想。1920年,茅盾写下《尼采的学说》一文,系统介绍尼采的生平著作及理论学说。在茅盾看来,尼采最大的,也是最好的"见识"莫过于"把哲学上一切学说,社会上一切信条,一切人生观道德观,重新称量过,重新把他们的价值估定"⑥,这是尼采作为一个哲学家在完成"创造新价值,创造新原理,创造新标准"⑦的任务。

---

① 鲁迅:《文化偏至论》,《鲁迅全集》第一卷,北京:人民文学出版社,1981年,第49页。
② 同上书,第50页。
③ 同上书,第52页。
④ 陈独秀:《人生真义》,《独秀文存》(一),上海:亚东图书馆,1922年,第182页。
⑤ 胡适:《新思潮的意义》,欧阳哲生编:《胡适文集》2,北京:北京大学出版社,1998年,第552页。
⑥ 雁冰:《尼采的学说》,郜元宝编:《尼采在中国》,上海:上海三联书店,2001年,第70页。
⑦ 同上书,第71页。

而正是在这主观创造和重新估定一切价值观念基础上发展而来的道德观具有极强的"革命性"。对此,茅盾辩证地分析道:"我们对于尼采的道德的历史起源说是可以承认的,而且应当借重来做摧毁历史传说的,畸形的,桎梏的旧道德的利器,从新估定价值,创造一种新道德出来;但尼采过分重视人类的向上性,武断的定下道德的有意趋势,那是我们不能承认,欲加以订正的。"①

如前所述,自王国维始,包括鲁迅、胡适、傅斯年和茅盾在内,他们在评介尼采及其思想时都有一个重要的潜在参照系,或者说都有一个明确的阐释服务目标,即着眼于中国当时的社会现实及传统思想文化,这一点在李石岑的尼采评介中表现得尤为突出。在李石岑看来,尼采审美主义学说的最大现实功用就在于改造国民性,打破中国因袭的、守旧的文化传统,通过改变中国人的人生观和人生认知方式来唤醒不进步的中国社会现实,进而实现积极的而非消极的世界观。李石岑的这一思想观念在《超人哲学浅说》中有明确反映。在"绪言"中,李石岑详尽论述了他急需写作一部《尼采哲学》的五大原因:其一,中国改革的现实与民族性问题。在李石岑看来,中国自近代变法以来,进行了数次花样翻新的改革,但这并没有从根本上改变中国的民族气质,甚至中国社会现实反而越来越萎靡,越来越贪图安逸,落得遗传学意义上的"黏液质民族"的徽号。反之对比欧美蒸蒸日上的蓬勃发展态势,"我国总是像患重病的骆驼,半天一步,半天一步,真叫你气死"②。正是出于失望和气愤的心理,李石岑认为必须对中国的民族性加以改造,而这种改造当首属具有决定性影响的伦理思想的改造,尼采的超人哲学在这方面具有意并大有可为。其二,国民的劣根性问题。李石岑认为中国民族最大的弱点在于平和、中庸,事实上这是奴性的表现与暴露。"此种根性,相沿已久,非有一种绝大的刺激和彻底的觉悟,是不容易苏醒过来的。"③而尼采学说在很大程度上可以发挥这种刺激机制的作用。其三,尼采哲学的破坏性和反抗性适合批判传统思想文化。李石岑认为尼采哲学的核心导向在于反抗,反抗既成的价值体系,对一切重新估定,这对抨击中国传统吃人的礼教和宗法制社会具有巨大的价值。其四,尼采学说有利于打破中国传统的多神教信仰,树立科学的权威。其五,中国人的人格问题。李石岑认为中国人的

---

① 雁冰:《尼采的学说》,郜元宝编:《尼采在中国》,上海:上海三联书店,2001年,第81页。着重号为原文所加。
② 李石岑:《超人哲学浅说》,郜元宝编:《尼采在中国》,上海:上海三联书店,2001年,第142页。
③ 同上书,第143页。

人格麻木,"从无自我的观念"①,对此尼采学说则可以给我们当头棒喝,"要先把具体的个人立定脚,然后依次发展到国家到社会到人类"②。李石岑借尼采学说指出:"个人是世界唯一的立法者,个人是世界一切的征服者。"③在列举了五大缘由之后,李石岑还特意总结一番,以进一步确证并强化他评介尼采的主导倾向,即尼采学说"是医治中国人一副最好的兴奋剂"④。

姑且不论李石岑以尼采审美主义理论医治中国民族性的可行性有多大,仅就其出发点而言,强烈的民族自觉意识尽显其中。李石岑不仅将评介尼采思想的"中国化"目的置于篇首,而且他还将这种归宿贯穿评介过程的始终。例如在谈及尼采哲学的奠基作《悲剧的诞生》时,他在肯定尼采一生的思想与表现方法都源于此书的同时,还结合酒神与日神精神的本质含义,联系中国现实评论道:"现在我们拿尼采的人生观来批评中国人的人生观,很可以发现中国人不长进的来源。中国人永是在观念世界里面企图幸福和安逸,换句话说,中国人永是借着美神的荫庇以求内心的慰安。"⑤他又谈到中国的国民性问题,认为从孔子到孟子再到庄子的中国思想中充满求安逸、求妥协的观念:

> 中国国民性的特征,论者虽不一其说,但我们至少可以拿住三点去说明:便是幻想的、妥协的和因袭的。孔子的安贫乐道,颜子的箪食瓢饮,都是在幻想中讨生活,都是想借着幻想以解脱世间一切的苦痛。这种麻醉心灵的方法,虽然也可以获得一时的效果,但至少足以弱减中国人的"现实"的欲求。又中国人富于妥协的思想,自从古代所谓"允执厥中",直到近人所谓"双的路子",没有不是赞扬妥协的思想的。孔子的"无可无不可",更其是妥协的精神之表现。妥协与和平是互为因果的,妥协与破坏是互相反对的,中国人所以爱和平而忌破坏,就由于受妥协的暗示太深之故。又中国人富于因袭的性质,孔子说:"述而不作,信而好古。"孟子说:"诗云:'不愆不忘,率由旧章。'尊先王之法而过者,未之有也。"这两段话增进中国人因袭的成分很不少。既富于因袭的性质,故一切无进步,无创造。从上述三点看来,可见中国人的生活,完全是一种美神式的生活。老子赞美黄帝,孔子赞美尧、舜,墨子赞美大禹;黄帝、尧、舜、大禹,实际上都是他们的美

---

① 李石岑:《超人哲学浅说》,郜元宝编:《尼采在中国》,上海:上海三联书店,2001年,第143页。
② 同上。
③ 同上。
④ 同上书,第143—144页。
⑤ 同上书,第160页。

神。都是他们的观念的世界,梦幻的世界。质直的说,都是引导中国人朝着消极的解脱、廉价的肯定一条路子。①

在李石岑看来,中国人当时的重要任务之一就是借助尼采的思想观念来改变中国软弱的民族性,唤醒沉睡的民族心理,激发革命的斗志,这是中国希望所在:

> 现在我们要改变这种消极的廉价的生活,只有提出一个强烈的意志,只有捧出一个陶醉的酒神来。我们不必学耶稣凭空的建造一个天国,我们却要学培根稳实的建立一个人国,我们不必相信金司莱(Kinsley)的"灵魂不朽",我们不能不相信赫胥黎(Huxley)的"拿证据来"。这便是改变中国人的幻想性而代以现实性。我们的见解要彻底,我们的生活更要彻底,我们的思想要统一,我们的人格更要统一。我们最怕的是因循的妥协,灰色的调和,骑墙的见解,矛盾的生活。所以我们情愿用破坏的手段换取和平,用痛苦与激烈的方法,换取生活的改造与向上。这便是改变中国人的妥协性而代以革命性。我们的眼光不必一味回顾着过去,而当放射到未来。我们虽然不能决定进化的方式,但不能不坚信进化的事实。因此前王可法,后王更可法,先圣可师,后圣更可师。尼采说道:"我们自身便是世间最高的立法者。"詹姆士(James)说道:"我们的人格最圆满的表现便是神。"可知保守的思想,不仅抹杀进化的事实,并且妨碍人格的发展。所以我们目前第一步工作,就在于打破中国人的固定观念(fixed ideas)。这便是改变中国人的因袭性而代以创造性。就上述数者观之,所谓现实性、革命性、创造性,固完全是酒神的思想,完全属于意志的世界。我们要在这个世界里面活动活动,才可以唤醒不进步的中国人,才可以救济带有黏液质的中国人,才可以根本改正中国人消极的解脱和廉价的肯定的人生。这是我现在唯一的看法,也是我现在唯一的希望。②

综上梳理,可以看到尼采学说在中国现代知识界的引入并非偶然的个案,它有着深刻的历史文化语境内涵和强烈的现实关照性。它不仅是一个单纯的与中国现代化进程紧密相连的因素,更为重要的是它还是改变中国社会内部话语结构与认知方式的动力,甚至一度成为中国现代知识界理想的国家乌托邦建构的内在促生理念。一方面,从最外在的表现来看,尼采理论学说的引入有着

---

① 李石岑:《超人哲学浅说》,郜元宝编:《尼采在中国》,上海:上海三联书店,2001年,第160页。
② 同上书,第160—161页。

鲜明的工具性目的,即运用这一重要批判武器来解构中国社会传统,打破旧有文化观念的束缚,这一点直接呼应当时中国社会最迫切的需要。从王国维始,经由鲁迅、胡适、茅盾再到李石岑,他们通过尼采学说挖掘反叛和抗争精神,积极宣扬尼采学说中的张扬个性和"为人生"的现实目的,使其成为改变社会现实,乃至是进行社会革命的利器。另一方面,从内在的宏大理想国家建构来看,尼采的理论学说反映了当时中国知识界对国家富强、民族振兴的乌托邦式冲动的强烈向往。中国现代化道路的根本目标在于建立一个符合现代化标准的新型国家体系,这不仅意味着科学技术发达和民族制度的健全,而且也意味着作为国家基本构成元素的人的精神境界和内在认知态度的革命性变化。在此意义上,尼采的理论和学说不仅具有反抗和革新的革命性因素,而且对于当时的中国社会也是恰逢其时。诚如阮真在评论尼采思想时所言:"我们的意志要生存,便能生存,但是却不能忘了奋斗、反抗、创造三种精神!有这三种精神,然后可以超越于人!然后可望我们的国家为世界第一个国家!我们的民族为世界第一个民族!"①

英国哲学家罗素(Bertrand Russell)曾断言尼采的见解和拜伦的见解是一致的,所以当我们看到尼采赞扬拜伦便不觉得诧异和惊奇。② 罗素的这一论断得到了学者弗瑞泽(Ralph S. Fraser)的详尽考证与发掘。在弗瑞泽看来,尽管尼采对拜伦的看法几经重要的改变,甚至最终对拜伦做出了好坏参半的评价,但这并不妨碍尼采在青年时代对拜伦的狂热崇拜。事实上,尼采正是通过拜伦的诗歌作品充溢并发展了自己的哲学观点:"尼采对拜伦的兴趣有益于他自己的发展,这点可以肯定。尼采渴望审查并质疑拜伦,在这个意义上,这位英国诗人乃是尼采的老师,正如荷尔德林或柏拉图之为他的老师。因此,在形成自己对拜伦的看法的过程中,尼采通过突破而成长。"③

尼采与拜伦思想的切近性,加之尼采最初在中国的译介是以"浪漫主义的产儿"④的文学家身份而非哲学家身份这一特定视角,决定了推崇和召唤尼采精神的中国知识界必然会额外关注拜伦,甚至一度达到过分敬仰的地步。

近现代拜伦的译介和"中国化"大致经历过两个高潮时期。第一个高潮出

---

① 阮真:《尼采的超人哲学——二十六年一月四日锡师纪念周讲稿》,郜元宝编:《尼采在中国》,上海:上海三联书店,2001年,第239页。着重号为原文所加。
② 罗素:《西方哲学史》下卷,马元德译,北京:商务印书馆,1976年,第312—313页。
③ 弗瑞泽:《尼采、拜伦与古典传统》,奥弗洛赫蒂等编:《尼采与古典传统》,田立年译,上海:华东师范大学出版社,2007年,第326页。
④ 胡适:《五十年来之世界哲学》,欧阳哲生编:《胡适文集》3,北京:北京大学出版社,1998年,第271页。

现在晚清至民国时期,以梁启超、王国维、鲁迅等学者引入并评介拜伦为主要标志;第二个高潮出现在1924年拜伦逝世100周年之际,以《小说月报》出版"诗人拜伦的百年祭"专号①和《晨报副刊》出版"摆伦百年纪念号"②为主要标志。纵观这两次高潮前后中国学界和知识界对拜伦的定位和讨论,可以看到拜伦在近现代中国基本被规定为三种形象角色:浪漫主义诗人、个人主义反抗者及革命家。第一种形象的塑造者苏曼殊以自身经历与拜伦的认同感为基本出发点还原了拜伦诗歌的审美浪漫性。第二、第三种形象的鼓吹者则强化了拜伦精神中现实激进的成分,这与他们推崇尼采学说的缘由大体相似,同时也恰恰解释了为何推崇尼采者往往重视拜伦。

梁启超是中国拜伦评介的第一人。他称拜伦是"大豪侠"③,赞美拜伦"最爱自由民主",并认为拜伦诗歌虽是用来激励希腊人的,但"好像有几分是为中国说法哩"。④ 梁启超对拜伦的定位基本等同于他心中的"革命者"形象,这一

---

① 《小说月报》的"诗人拜伦的百年祭"专号出版于1924年4月10日第15卷第4号。刊载有拜伦诗剧译文10篇,国外评论家译文6篇,国内评论家评述13篇以及有关拜伦的6幅插图。10篇诗剧分别是:徐志摩翻译的《海盗》、黄正铭翻译的《烦忧》、顾彭年翻译的《我看见你哭泣》、傅东华翻译的《曼弗雷德》和《致某妇》、顾彭年翻译的《唤当为他们流涕》、赵景深翻译的《别雅典女郎》《没有一个美神的女儿》和《赠渥尽斯泰》、徐调孚翻译的《一切为爱》。其中,最引人注目的是傅东华翻译的《曼弗雷德》,这是拜伦长篇作品在中国的第一次译介。6篇国外论文分别是:张闻天翻译的《勃兰兑斯的拜伦论》、顾彭年翻译的R. H. Bowles著的《拜伦在诗坛上的位置》与《拜伦的个性》、陈铎华翻译的小泉八云著的《评拜伦》、仲云翻译的木村鹰太郎著的《拜伦的快乐主义》、赵景深翻译的Long著的《拜伦评传》。13篇国内评论家评述分别是:西谛(郑振铎)的《诗人拜伦的百年祭》、樊仲云的《诗人拜伦的百年祭》、汤澄波的《拜伦的时代及拜伦的作品》、希和的《拜伦及其作品》、王统照的《拜伦的思想及其诗歌的评论》、甘乃光的《拜伦的浪漫性》、子贻的《日记中的拜伦》、耿济之的《拜伦对于俄国文学的影响》、徐志摩的《拜伦》(选录)、沈雁冰(茅盾)的《拜伦的百年纪念》(选录)、诵虞的《拜伦年谱》以及《拜伦的名著述略》、蒲梢的《关于拜伦的重要著作介绍》。有关拜伦的6幅插图分别是:Saunders作的《拜伦像》、T. Philipe作的《为希腊军司令时的拜伦》(三色版)、G. H. Horlow作的《一八一八年在威尼司时的拜伦》、R. Wastall作的《拜伦像》,以及《拜伦的手迹》和《Newstead,拜伦家族的古屋》,其中《为希腊军司令时的拜伦》在中国的影响很大。
② 《晨报副刊》"摆仑百年纪念号"分上下两期,分别刊载于1924年4月21日和4月28日。纪念号上刊载了6篇文章,分别是徐志摩写的《摆仑》和翻译的《那温柔的秘密沉在我的心底》、伍剑禅的《摆仑诗选译》、欧阳兰的《别离》、廖仲潜的《杂诗二首》、刘润生的《摆仑传略的片断》。纪念号下刊载了4篇文章,分别是王统照的《摆仑在诗中的色觉》、叶维的《译摆仑诗两首》、欧阳兰的《赠克罗莱仁》、张友鸾的《怀念Byron》。
③ 1902年,梁启超在《新小说》第2号上,首次刊出英国诗人拜伦的照片,并给予简要的介绍:"英国近世第一诗家也,其所长专在写情。所作曲本极多。至今曲界之最盛行者,犹为拜伦派云。每读其著作,如亲接其热情,感化力最大矣。拜伦不特为文家也,实为一大豪侠者。"
④ 梁启超在小说《新中国未来记》第四回中通过黄克强之口评价拜伦:"拜伦最爱自由民主,兼以文学的精神,和希腊好像有夙缘似的,后来因为帮助希腊独立,竟从军而死。真可称文界里第一位大豪杰。他这歌正是为了激励希腊人而作,但我们今日听来,到好像有几分是为中国说法哩。"参见葛桂录:《中英文学关系编年史》,上海:上海三联书店,2004年,第125—126页。

定位为拜伦走入中国革命的视野奠定了重要基础。

　　随着革命形势的迅猛发展和迫切的现实需要,始自梁启超的"革命者"拜伦日益受到中国民主知识分子的强化。民族主义心理促使中国知识界将自己祖国的困境自觉地比拟拜伦时代希腊的境遇。在中国民主知识分子看来,拜伦帮助希腊人民重获自由并自我牺牲在希腊的伟大壮举不单单是审美范畴内反抗和叛逆精神的表现,更是民族革命的先声。对此,王统照在《拜伦的思想及其诗歌的评论》一文中进行了详尽的阐述。王统照称拜伦为"革命的使徒""群众的领袖及政治家"①,强调拜伦思想在本质上就是以革命为根底的,突出其对道德、宗教、政治、艺术等古旧的和因袭的束缚观念的不满。在王统照看来,拜伦"先时势而高揭革命的旗帜"②,创造出了一种引导群众的革命精神,且这种精神随着诗人生命的律动而"无往不熊熊灼灼向一切社会之堡垒的防御线而放射、燃引"③。相应地,拜伦诗歌的主题与他的这种革命思想完全一致,成为"颠宕于革命的潮流之中"④而发声的必然结果,并由此显现为"反抗的,刺激的,牺牲的,为人的世界而寻求自由的珍宝的热烈勇敢的精神"⑤。茅盾在《拜伦百年纪念》一文中也有类似的评价。茅盾强调拜伦的精神正是当时中国社会所需要的,之所以纪念拜伦,不仅仅因为他是一个富于反抗、攻击旧道德的诗人,还在于他是一个"从军革命的诗人"⑥。而另一位创造社作家徐祖正更是直接而有力地宣称拜伦精神的本质就是"革命的精神",其诗歌就是"革命家的叫声"。⑦

　　革命者形象的拜伦与作为个人反抗者的拜伦密不可分,甚至可以说前者是经由后者延伸演化而来的。中国知识界对拜伦个人主义和反抗精神的评介始自王国维和鲁迅,他们二人对拜伦的情愫多多少少受到了"尼采情结"的直接影响,因此在他们的拜伦评介中尼采精神的印迹随处可见。王国维评价拜伦"非文弱诗人",乃是"热血男子","既不慊于世,于是厌世怨世,继之以詈世;既詈世矣,世复报复之,于是愈激愈怒,愈怒愈激,以一身与世界战"。⑧ 鲁迅则通过日本学者木村鹰太郎的传记作品《拜伦——文艺界之大魔王》接触到拜伦思想的

---

① 王统照:《拜伦的思想及其诗歌的评论》,《小说月报》1924年4月第15卷第4号。
② 同上。
③ 同上。
④ 同上。
⑤ 同上。
⑥ 同上。
⑦ 徐祖正:《英国浪漫派三诗人拜轮,雪莱,箕茨》,《创造月刊》1923年2月第一卷第四期。
⑧ 王国维:《英国大诗人白衣龙小传》,姚淦铭、王燕编:《王国维文集》第三卷,北京:中国文史出版社,1997年,第400页。

精髓。木村鹰太郎在书中将拜伦的形象塑造成反抗庸俗大众,具有强力意志的大英雄,这与鲁迅反抗旧弊、为中国社会谋求新生之路的理想十分吻合,也与同一时期鲁迅所接受的尼采精神相一致,因此鲁迅写作《摩罗诗力说》一文来大力提倡拜伦与尼采的这种反抗和战斗精神。鲁迅视拜伦为"摩罗诗人"和"摩罗精神"的宗主,赞扬以拜伦为首的"摩罗诗人"为最"雄桀伟美者",突出强调他们"大都不为顺世和乐之音,动吭一呼,闻者兴起,争天拒俗,而精神复深感后世人心,绵延至于无已"。① 鲁迅还赞扬拜伦热爱自由,敢于反抗,是"人道"的杰出代表:"裴伦既喜拿坡仑之毁世界,亦爱华盛顿之争自由,既心仪海贼之横行,亦孤援希腊之独立,压制反抗,兼以一人矣。虽然,自由在是,人道亦在是。"②

　　王国维和鲁迅所提倡的作为个人反抗者形象的拜伦得到了当时绝大多数文学研究会和创造社评论家的认同。"西谛"(郑振铎)在《小说月报》"诗人拜伦的百年祭"专号的"卷头语"中对拜伦的反抗者形象进行了评价,并由此阐明了拜伦专号探讨的核心主题:"我们爱天才的作家,尤其爱伟大的反抗者。所以,我们之赞颂拜伦,不仅仅赞颂他的超卓的天才而已。他的反抗的热情的行为,其足以使我们感动实较他的诗歌为尤甚。他是一个近代极伟大的反抗者,反抗压迫自由的恶魔,反抗一切虚伪的假道德社会。诗人的不朽,都在他们的作品,而拜伦则独破此例。"③郑振铎在这里强调作为个体的拜伦的人格力量远胜过他的作品对中国知识界所产生的影响,点出了拜伦在中国受到推崇的一个重要特点,即"文以人传"而非"人以文传"。或者如当代学者李欧梵所言:"中国的仰慕者不怎么把拜伦和他的作品相区别。因此,拜伦似的英雄主要由拜伦自己代表。然而在西方,拜伦似的英雄形象是综合的——混合了拜伦自己和他作品中的英雄——包含欧洲浪漫主义的所有主要英雄类别:自然之子、善感的英雄、哥特式的流氓、像浮士德的叛逆知识分子、像该隐的道德弃儿,或者只是像普罗米修斯和撒旦那样反对社会甚至神的叛逆者。"④而郑振铎在《诗人拜伦的百年祭》一文中的评价则再次印证了这一点。在郑振铎看来,拜伦的人生轨迹比他的诗歌更令世人感兴趣,他反抗庸俗、追求自由与正义的品质和豪爽的性格俨然已经具有了国际影响:"他竟为希腊之故,为一个古民族的自由之故,竟强制住他与夫人的离情,竟决然地走,竟走到东方,躬自参与于昔所梦想的美丽的希

---

① 鲁迅:《摩罗诗力说》,《鲁迅全集》第一卷,北京:人民文学出版社,1981年,第66页。
② 同上书,第79页。
③ 西谛:《诗人拜伦的百年祭》,《小说月报》1924年4月第15卷第4号。
④ 李欧梵:《中国现代作家的浪漫一代》,王宏志等译,北京:新星出版社,2005年,第294页。

腊人的独立军中而与土耳其的暴政相战了。"①在郑振铎看来,拜伦的行为具有某种"舍小家、顾大家"的意味,其孤傲的个人主义反抗精神应该得到最高的赞许和嘉奖。后来在《文学大纲》一书的"19世纪的英国诗歌"一章中郑振铎再次写道:"拜伦,雪莱,与华兹华士、柯尔律治同样的爱慕自由、反抗压迫,而他们二人却始终维持着他们的反抗精神,与压迫者宣战,与旧社会宣战,不似华兹华士之终于遁入恬淡,也不似柯尔律治之终于成了一个梦想者。"②

除郑振铎外,王统照、梁实秋、茅盾等人也都积极肯定了拜伦的个人主义反抗精神。王统照在谈及拜伦的"自由的观念"时认为拜伦"勇于任事及热烈的思想"使得"他的同情对于屈辱而想反抗的民众,比起对于甘心退让一无生气的民众更大"。③他还从拜伦生平入手,赞扬拜伦"利用自由意志与天然相奋斗的精神是怎样的坚定"④。他还引用英国批评家的话,称赞拜伦具有"铁性的意志"和"英雄的资禀"。⑤梁实秋在长文《拜伦与浪漫主义》中认为,在浪漫主义诗人中占据崇高地位的拜伦所代表的是一种极端的反抗精神,而正是这种登峰造极的"反叛"才能体现出浪漫主义文学的"解放"精髓:"拜伦就像是一阵不羁的西风,飞沙走石,摧干折枝,啸着过去。他是一只鸷鹰,喙坚而爪利,准备着在'宇宙'的战场和'生命'去厮杀。"⑥而茅盾则从辩证角度考虑拜伦的个人反抗精神,他认为一方面要肯定当时的中国社会确实需要拜伦式的富有反抗精神的、如震雷暴风般的文学作品,以此来挽救垂死的人心,但另一方面又需戒除拜伦个人主义中"狂纵的,自私的,偏于肉欲的拜伦式生活"⑦对于中国社会心理的危害。

拜伦个人主义反抗精神影响之大,在从主观上一心想追求浪漫主义来实现自我关照、以译介拜伦诗歌为主的苏曼殊身上显得尤为突出。感于民族衰微,渴望民族富强的心理促使苏曼殊召唤拜伦的个人主义反抗精神,希望此精神能挽救民族国家于水深火热之中。在苏曼殊看来,拜伦就是一个不屈的强者形象,而他自身的经历,正是对拜伦浪漫不羁性格的最好诠释与注解。⑧

---

① 西谛:《诗人拜伦的百年祭》,《小说月报》1924年4月第15卷第4号。
② 郑振铎编:《文学大纲》(下),桂林:广西师范大学出版社,2003年,第203页。
③ 王统照:《拜伦的思想及其诗歌的评论》,《小说月报》1924年4月第15卷第4号。
④ 同上。
⑤ 同上。
⑥ 梁实秋:《拜伦与浪漫主义》,《创造月刊》1926年5月第一卷第三四期。
⑦ 沈雁冰:《拜伦百年纪念》,《小说月报》1924年4月第15卷第4号。
⑧ 关于苏曼殊与拜伦的"中国化"论题可以详细参考李奭学的文章《可能异域为招魂——苏曼殊汉译拜伦缘起》。参见李奭学:《中西文学因缘》,台北:联经出版事业公司,1982年,第89—106页。

回首拜伦及其作品在近现代中国译介的主要历程,可以得出以下两点基本结论:

第一,拜伦及其思想的"中国化"既有对西方传统认知的继承,同时也存在译介过程中的变异与重塑。以罗素的《西方哲学史》对拜伦的评价为例,西方学者心目中的拜伦是典型的"贵族叛逆者"的代表。在罗素看来,尽管拜伦与卢梭(Jean-Jacques Rousseau)同为浪漫主义者,但二人有着深刻的区别:"卢梭是感伤的,拜伦是狂热的;卢梭的懦怯暴露在外表,拜伦的懦怯隐藏在内里;卢梭赞扬美德,只要是纯朴的美德,而拜伦赞赏罪恶,只要是霹雳雷火般的罪恶。"①罗素进一步认为,卢梭和拜伦的这种区别虽然"不过是反社会本能的反抗中两个阶段的区别",但"它表现出运动正在发展的方向"。② 以罗素为代表的西方学者对拜伦叛逆者形象及其所代表的社会发展趋势的认知,在近现代中国拜伦译介过程中也有类似的看法。甚至为了现实社会形势的需要,中国的拜伦评介者竭力塑造拜伦的正面形象,从而在很大程度上规避了拜伦形象和精神中的负面内涵,郑振铎的拜伦精神评说即是最明显的例子。拜伦离开英国而游历欧洲并最终参加希腊为自由的战斗,从历史事实来看带有明显的无奈和逃避的成分,但却被以郑振铎为代表的中国知识界重新塑造成了"舍小家、顾大家"的壮烈之举。对拜伦评介中的这一变异现象,李欧梵评述道:"中国作家用更加正面的色彩,来描绘拜伦似的形象,因此他们忽略了唐璜和该隐,剥掉了普罗米修斯的撒旦嘴脸。总而言之,他们没有察觉到拜伦的西方形象中较为邪恶的一面,即把拜伦描述为好色、性施虐狂和撒旦的花花公子。当吹捧拜伦的'反抗精神'时,中国的拜伦追随者也忽略了更加维特般的方面:拜伦作为温柔的爱人和多愁善感的人,中国的'反叛'一词,也不那么指浮士德或普罗米修斯在精神上或宇宙的反叛,而是指拜伦自己在个人、社会和政治上的反叛,尤其是他在希腊的最后几年。"③如果说中国学者完全没有察觉拜伦身上负面邪恶的东西似乎也不够准确,不如说是"故意忽略"更为恰当,其原因也是不言自明的,即当时中国社会现实的民族主义需要。因为在中国学者眼中,即使拜伦成为英国弃儿这一事实也是"拜伦反叛的英雄主义的另一个标志",因为"这种对社会习俗的反抗,非常适合五四一代打破传统习俗和解放的特征"。④ 事实上,不仅拜伦的民族主义

---

① 罗素:《西方哲学史》下卷,马元德译,北京:商务印书馆,1976年,第302页。
② 同上。
③ 李欧梵:《中国现代作家的浪漫一代》,王宏志等译,北京:新星出版社,2005年,第294—295页。
④ 同上书,第295页。

和英雄主义遗产在中国现代社会得到了普遍的认可与传播,而且由此中国民主知识分子还刻意强化并引申出了激进的革命思想,以便更突出地符合中国的现实革命形势,也是为了更好地配合与实践"窃火"的根本目的。1906年苏曼殊曾写作《题拜伦集》:"秋风海上已黄昏,独向遗编吊拜伦。词客飘蓬君与我,可能异域为招魂。"①以此诗来对照拜伦"中国化"的潜藏动机倒有几分确切之处。

第二,拜伦的"中国化"再一次印证了诗化审美对社会的巨大促进作用。美国学者马泰·卡林内斯库(Matei Calinescu)在《现代性的五副面孔》一书中讨论了作为富有想象力的艺术家可以通过审美想象力充当社会变革先锋的问题。在马泰·卡林内斯库看来,艺术家不仅可以预测未来,而且可以创造未来:"诗人不是过去的残余,而是未来的报信人。"②或者说,艺术家及其审美想象力具有某种"独立的革命潜能"③,其通过审美乌托邦的创造来实现社会政治的目的。对此,郭沫若也有一段精彩的论述:"本来从事于文艺的人,在气质上说来,多属于神经质的。他的感受性比较一般的人较为敏锐。所以当一个社会快要临着变革的时候,就是一个时代的压迫阶级把被压迫阶级凌虐得快要铤而走险,素来是一种潜伏着的阶级斗争快要成为具体的表现的时候,在一般人虽尚未感受得十分迫切,而在神经质的文艺家却已预先感受着,先把民众的痛苦叫喊了出来,先把革命的必要叫喊了出来。所以文艺每每成为革命的前驱,而每个革命时代的革命思潮多半是由于文艺家或者于文艺有素养的人滥觞出来的。"④拜伦在中国的译介在很大程度上正是起到了宣传革命思想、代表革命声音、成为革命工具的作用,而中国知识界正是通过这种特定的审美渠道来达成所谓的政治目的的。在这一过程中,不仅审美文艺作品在发挥潜在的作用,甚至作为审美创造主体的艺术家也要通过"诗化人生""审美表演"方式来达成革命性的宣传与改造,无论这种"诗化人生"是主观意愿的显现还是客观塑造的结果。

二、作为显性现象的欧美弱小民族文学的"中国化"

据宋炳辉考察,"弱小民族"的概念首见于陈独秀于1921年发表的《太平洋

---

① 苏曼殊:《题拜伦集》,柳亚子编:《苏曼殊全集》(一),北京:中国书店,1985年,第53页。
② 马泰·卡林内斯库:《现代性的五副面孔》,顾爱彬、李瑞华译,南京:译林出版社,2015年,第113页。
③ 同上书,第112页。
④ 郭沫若:《文艺家的觉悟》,《洪水》1926年5月第二卷第十六期。

会议与太平洋弱小民族》一文。在这篇文章中,陈独秀延续了他在1904年《说国家》一文中的"被外国欺负"的国家的界定思路,以"弱小民族"这一概念来指称印度、波兰等殖民地国家。① 如果将陈独秀所说的"弱小民族"置于中国现代话语语境之中加以详细辨析,我们又会发现其在概念的内涵和外延上与"被压迫民族""被侮辱和被损害民族""第三世界民族(国家)"等具有一定的交叉重叠性。"被压迫民族"与"被侮辱和被损害民族"在中国现代话语中几乎与"弱小民族"概念同一时间出现,这两个概念集中强调了强势民族和弱势民族之间的对立与冲突,具有鲜明的政治色彩。同时,它们也具有相对的历时性特征,不同历史时期对"被压迫"与"被侮辱和被损害"的界定有所不同,如19世纪的俄国处于沙皇的严酷统治之下,其历史阶段和历史特征与"五四"前的中国社会现实有着某种程度的相似性,这一阶段的俄国在中国启蒙视角下则属于典型的"被压迫"和"被损害"的范畴。"被压迫民族""被侮辱和被损害民族"的概念虽然在很大程度上突出了其中所蕴含的对立和反抗意识,但用以描述文学和文化未免政治色彩过于强烈。而"第三世界民族(国家)"的概念最先是毛泽东用于对"三个世界"理论的划分,继而被美国文艺理论家詹明信(Fredric Jameson)在《处于跨国资本主义时代中的第三世界文学》一文中借用来考察晚期资本主义时代的文学与文化逻辑,其具体指涉具有特定的时限性和意义内涵,用以界定"五四"期间的文学与文化似有时间和内涵上的不妥。故综合考虑,决定采用相对比较温和的、适合于时代和文学特质的"弱小民族"的对应概念"弱小民族文学"来指称新文化运动以来的、被译介至中国话语之中的欧美边缘民族和国家的文学作品。其大致范围主要包括:除英、法、德、意等传统欧洲中心国家以外的其他多数欧洲国家的文学;拉美及其他被殖民地区国家的文学以及在更广意义上一切歌颂民族反抗精神和觉醒意识的文学作品。

针对弱小民族文学最初被译介至中国现代话语中的确切时间以及最初的代表人物究竟是谁这两个问题,目前学界尚无一致的定论。但一般都认为鲁迅和周作人是引进弱小民族文学的代表性人物,他们合译的《域外小说集》是早期弱小民族文学"中国化"的典型成果。对此,鲁迅的好友许寿裳曾回忆说:"鲁迅自从办杂志《新生》的计划失败以后,不得已而努力译书,和其弟作人开始介绍欧洲新文艺,刊行《域外小说集》,相信这也可以转移性情,改造社会的。他们所译偏于东欧和北欧的文学,尤其是弱小民族的作品,因为它们富于挣扎、反抗、

---

① 宋炳辉:《弱小民族文学的译介与20世纪中国文学的民族意识》,博士学位论文,复旦大学中国语言文学系,2003年,第8页。

怒吼的精神。"①周作人在晚年回忆录中也曾谈及《域外小说集》的划时代意义："当初域外小说集只出了两册,所以所收各国作家偏而不全但大抵是有一个趋向的,这便是后来的所谓东欧的弱小民族。统计小说集两册里所收,计英法美各一,俄国七,波兰三,波思尼亚二,芬兰一,这里俄国算不得弱小,但是人民受着迫压,所以也就归在一起了。换句话说,这实在应该说是,凡在抵抗压迫,求自由解放的民族才是,可是习惯了这样的称呼,直至'文学研究会'的时代,也还是这么说;因为那时的《小说月报》还出过专号,介绍弱小民族的文学,也就是那个运动的余波了。"②

以《域外小说集》为实践起点,鲁迅和周作人开始大力倡导弱小民族文学的译介,并身体力行地将其作为文学翻译的主力。在1922年出版的由周氏三兄弟合译的《现代小说译丛》第一集的"序言"中,周作人再次强调了选择译介弱小民族文学的主要原因:"而且我们生活的传奇时代——青年期——很受了本国的革命思想的冲激;我们现在虽然几乎忘却了《民报》上的文章,但那种同情于'被侮辱与损害'的人与民族的心情,却已经沁进精神里去;我们当时希望波兰及东欧诸小国的复兴,实不下于章先生的期望印度。直到现在,这种影响大约还很深,终于使我们有了一国传奇的异域趣味;因此历来所译的便大半是偏僻的国度的作品。"③对照《现代小说译丛》第一集的目录,可知周作人所言非虚,这部小说集中所收录的作品主要集中于俄国、波兰、爱尔兰、保加利亚、西班牙、希腊、芬兰等弱小民族国家。而纵观周作人译介弱小民族文学的心路历程,上述国家中的诸如陀思妥耶夫斯基、契诃夫、显克微支、裴多菲·山陀尔(Petöfi Sándor)等作家都是他的最爱。如在评论显克微支反映波兰农民悲惨命运的小说《碳画》时,他便从揭示现实生活的角度慨叹显克微支"其技甚神,馀人莫能拟也":"显克微支作短篇,种类不一,叙事言情,无不佳妙,写民间疾苦诸篇尤胜。事多惨苦,而文特奇诡,能出以轻妙诙谐之笔,弥足增其悲痛,视戈戈耳笑中之泪殆有过之,《碳画》即其代表矣。"④而在谈及自己对匈牙利、芬兰、丹麦等弱小民族文学的引进时,他又以难以忘怀的情绪回忆起自己所受到的文学影响和熏陶:"这些旧译实在已经不值重提,现在所令我不能忘记者却是那位倍因先生,我

---

① 许寿裳:《亡友鲁迅印象记》,北京:人民文学出版社,1977年,第54页。
② 周作人:《知堂回想录》,香港:三育图书有限公司,1980年,第232—233页。
③ 止庵主编:《现代小说译丛》第一集,周作人、鲁迅、周建人译,北京:新星出版社,2006年,"序言"第1—2页。
④ 周作人:《关于〈碳画〉》,钟叔河编订:《周作人散文全集》4,桂林:广西师范大学出版社,2009年,第643页。

的对于弱小奇怪的民族文学的兴味差不多全是因了他的译书而唤起的。……但是我总不能忘记他们,倘若教我识字的是我的先生,教我知道读书的也应该是,无论见不见过面,那么 R. Nisbet Bain 就不得不算一位,因为他教我爱好弱小民族的不见经传的作品,使我在文艺里找出一点滋味来,得到一块安息的地方,——倘若不如此,此刻我或者是在什么地方做军法官之流也说不定罢?"①

鲁迅在倡导弱小民族文学译介方面与周作人并驾齐驱。在谈到俄国文学的影响和作用时他明确表示:"那时就知道了俄国文学是我们的导师和朋友。因为从那里面,看见了被压迫者的善良的灵魂,的酸辛,的挣扎;还和四十年代的作品一同烧起希望,和六十年代的作品一同感到悲哀。我们岂不知道那时的大俄罗斯帝国也正在侵略中国,然而从文学里明白了一件大事,是世界上有两种人:压迫者和被压迫者!"②在《我怎么做起小说来》一文中谈及自己的创作之路时他又表示:"但也不是自己想创作,注重的倒是在绍介,在翻译,而尤其注重于短篇,特别是被压迫的民族中的作者的作品。因为那时正盛行着排满论,有些青年,都引那叫喊和反抗的作者为同调的。"③"因为所求的作品是叫喊和反抗,势必至于倾向了东欧,因为所看的俄国,波兰以及巴尔干诸小国作家的东西就特别多。也曾热心的搜求印度,埃及的作品,但是得不到。记得当时最爱看的作者,是俄国的果戈理(N. Gogol)和波兰的显克微支(H. Sienkiewitz)。"④而在谈到中国当时的社会现实与波兰文学的译介时他又说道:"但是,这种'新装'的开始,想起来却长久了,'绍介波兰诗人',还在三十年前,始于我的《摩罗诗力说》。那时满清宰华,汉民受制,中国境遇,颇类波兰,读其诗歌,即易于心心相印,不但无事大之意,也不存献媚之心。后来上海的《小说月报》,还曾为弱小民族作品出过专号,这种风气,现在是衰歇了,即偶有存者,也不过一脉的余波。"⑤除了理论阐释和号召外,鲁迅在实践中也大量地译介了弱小民族作家的作品,俄国童话作家爱罗先珂、小说家安特莱夫以及芬兰作家亚勒吉阿(Arkio)等人的作品在他的笔下都获得了栩栩如生的形象展现。

茅盾是"五四"新文化运动期间译介弱小民族文学的又一主将。自1921年以后,他更多关注的是波兰、匈牙利、捷克以及瑞典等弱小民族的文学。在他主

---

① 周作人:《黄蔷薇》,《夜读抄》,止庵校订,石家庄:河北教育出版社,2002年,第4—6页。
② 鲁迅:《祝中俄文字之交》,《鲁迅全集》第四卷,北京:人民文学出版社,1982年,第460页。
③ 鲁迅:《我怎么做起小说来》,《鲁迅全集》第四卷,北京:人民文学出版社,1982年,第511页。
④ 同上。
⑤ 鲁迅:《"题未定"草(一至三)》,《鲁迅全集》第六卷,北京:人民文学出版社,1981年,第355—356页。

编《小说月报》期间,弱小民族文学译介的比例逐步上升,仅在1921年一年时间内《小说月报》便发表弱小民族文学译文60篇,占当年译文总数的55%。而1922年又发表了57篇弱小民族文学作品,其所占比例也上升至译文总数的59%。且在1921年《小说月报》全面革新的第一年里出版了"被损害民族的文学"专号和"俄国文学研究"特号,足以见得茅盾对弱小民族文学的高度重视。对此,茅盾本人曾回忆道:"三四年来,为介绍世界被压迫民族的文学之热心所驱迫,专找欧洲小民族的近代作家的短篇小说来翻译。当时的热心,现在回忆起来,犹有余味。"①早在《小说月报》1921年第12卷第6号上,茅盾就明确表示要从《小说月报》第7号开始全力关注被侮辱和弱小民族国家的文学作品,并提出每一期应该至少有一篇犹太、波兰、捷克、爱尔兰以及斯拉夫民族文学的译作。自《小说月报》第12卷第7号开始,茅盾竭力实现着他的编撰计划和编撰思想。在《小说月报》第12卷第7号上,茅盾以笔名"郎损"发表了《社会背景与创作》一文,集中阐述了他推介弱小民族文学的思想和愿望:"我们可说正因为是乱世,所以文学的色调要成了怨以怒;是怨以怒的社会背景产生出怨以怒的文学,不是先有了怨以怒的文学然后造成怨以怒的社会背景!我们又该知道:在乱世的文学作品而能怨以怒的,正是极合理的事,正证明当时的文学家能够尽他的职务!"②在茅盾看来,对弱小和被压迫、被侮辱民族文学的强烈需求是社会现实召唤的必然结果,严酷的社会需求"怨以怒"的特定文学形态。由此他进一步结合作家作品分析表述道:

> 凡被迫害的民族的文学总是多表现残酷怨怒等等病理的思想。这也不是没有证据的,只看俄国、匈牙利、波兰、犹太的现代文学便可以明白。俄国文人自果戈里(Gogol)以至现代作家,没有一个人的作品不是描写黑暗专制,同情于被损害者的文学;波兰和犹太因为处境更不如俄国人,连祖国都没有了,天天受强民族的鱼肉,所以他的文学更有一种特别的色彩。显克微支的著作里表现本国人的愚鲁正直,他国人的横暴狡诈,于同情于被损害者外,把人类共同的弱点也抉露出来了。犹太作家如潘莱士(Perez)和林奈士基(Linetzki)的作品都于失望中还作希望;宾斯奇(Pinski)的作品里的意思更为广阔,他把全人类的弱点表暴出来,所著短篇剧本《一块钱》讽刺人类全体的兽性的行为,真是深刻极了。短篇集《诱

---

① 茅盾:《雪人》,上海:开明书店,1928年,"自序"第2页。
② 茅盾:《社会背景与创作》,《茅盾全集》第十八卷,北京:人民文学出版社,1989年,第114页。着重号为原文所加。

惑》也是同一的色彩。阿骨(Asch)的《复仇之神》和《摩西老人》把宗教上果报的意思用写实主义的方法描写,对于为恶的人们的怜悯,使读者得起异样的同情。①

同是《小说月报》第12卷第7号,还刊载了茅盾为犹太作家潘莱士的小说《禁食节》所写的一篇译后记,他再一次突出了译介犹太和波兰等弱小民族国家文学的现实意义:"犹太和波兰是被侮辱的民族,受人践踏的民族,他们放出来的艺术之花艳丽是艳丽了,但却是叫人哭的。他们在'水深火热'底下,不颓丧自弃,不失望,反使他们磨练得意志坚强,魄力愈猛;对于新理想的信仰,不断地反映在文学中,这不是可以惊佩的么?看了犹太和波兰的文学,我国人也自觉得伤感否?"②此后,茅盾又多次表明他对弱小和被损害民族文学的态度。在《小说月报》1921年10月10日出版的"被损害民族的文学"专号上,他宣称:

> 凡在地球上的民族都一样的是大地母亲的儿子;没有一个应该特别的强横些,没有一个配自称为"骄子"! 所以一切民族的精神的结晶都应该视同珍宝,视为人类全体共有的珍宝! 而况在艺术的天地内是没有贵贱不分尊卑的!
>
> 凡被损害的民族的求正义求公道的呼声是真的正义真的公道。在榨床里榨过留下来的人性方是真正可宝贵的人性,不带强者色彩的人性。他们中被损害而向下的灵魂感动我们,因为我们自己亦悲伤我们同是不合理的传统思想与制度的牺牲者;他们中被损害而仍旧向上的灵魂更感动我们,因为由此我们更确信人性的砂砾里有精金,更确信前途的黑暗背后就是光明!③

茅盾此番义正词严的阐述颇似政治宣言,强烈而鲜明地表达出了译介弱小和被损害民族文学以求正义和求公道的"镜鉴"目的。同年,在《小说月报》最后一期茅盾撰写《一年来的感想与明年的计划》一文,再次表明译介被损害民族文学以滋养中华民族精神的潜在动机:"我鉴于世界上许多被损害的民族,如犹太如波兰如捷克,虽曾失却政治上的独立,然而一个个都有不朽的人的艺术,使我

---

① 茅盾:《社会背景与创作》,《茅盾全集》第十八卷,北京:人民文学出版社,1989年,第114—115页。
② 茅盾:《〈禁食节〉译后记》,《小说月报》1921年7月第12卷第7号。
③ 茅盾以"记者"身份发表在《小说月报》1921年10月第12卷第10号"被损害民族的文学"专号上的引言。参见贾植芳、陈思和主编:《中外文学关系史资料汇编(1898—1937)》下册,桂林:广西师范大学出版社,2004年,第747页。

敢确信中华民族哪怕将来到了败政破产强国共管的厄境,也一定要有,而且必有不朽的人的艺术!而且是这'艺术之花'滋养我再生我中华民族的精神,使他从衰老回到少壮,从颓丧回到奋发,从灰色转到鲜明,从枯朽里爆出新芽来!在国际——如果将来还有什么'国际'——抬出头来!"[①]整体来看,茅盾对弱小和被压迫民族文学译介的倡导产生了巨大影响,包括郑振铎在内的众多有识之士都曾对此做出积极回应。

在周氏兄弟和茅盾及《小说月报》的倡导下,译介弱小和被损害民族文学成为一时风气。王统照、许地山、刘半农等人纷纷加入,在不同程度上对弱小和被损害民族文学的"中国化"做出了贡献。《新青年》《文学旬刊》等期刊以及后来的《文学研究会丛书》与《小说月报》一同构成了译介弱小民族文学的坚强阵地。1931年4月《现代文学评论》创刊,至1931年10月终刊,共出版5期。该刊不仅刊有大量外国文学研究论文,而且广泛关注荷兰、丹麦、匈牙利、阿根廷、巴西、土耳其、挪威等弱小民族国家文学的发展。1934年5月《文学》杂志推出"弱小民族文学专号",刊登了亚美尼亚、波兰、立陶宛、爱沙尼亚、匈牙利、捷克、南斯拉夫、罗马尼亚、保加利亚、希腊、土耳其、秘鲁、巴西、阿根廷等国家及黑人、犹太民族等弱小族群的作家作品,并刊有茅盾的《英美的弱小民族文学史之类》和胡愈之的《现世界的弱小民族及其概况》两篇文章。胡愈之的文章指出"弱小民族"概念主要有三重内涵:第一,被压迫民族指殖民地半殖民地的"土人",在白种人统治下的有色人种等。第二,少数民族指若干国家内部的异民族,此等异民族虽失却政治独立,但在经济文化上依然保持其民族集团的独立性,不被其统治民族同化。第三,小国民族指若干弱小国家,尤其是许多战后新兴小国的民族,此等民族在表面上虽获得政治独立,但其经济文化受强国支配,依然不能独立发展。胡愈之认为这三种民族的共同点就在于其民族文化受帝国主义势力的支配,不能独立自由地发展。而这些民族在文学艺术上也表现出共同点,即反帝国主义的情绪,渴望民族独立与解放。[②] 1934年6月南京的《矛盾》月刊也推出"弱小民族文学专号",刊有秘鲁、波兰、丹麦、立陶宛、罗马尼亚、新犹太、澳大利亚、西班牙、葡萄牙、爱沙尼亚等国家的作品。可以毫不夸张地说,当时中国对欧美弱小民族文学的译介无论是在范围上还是在深度上都达到了前所未有的程度。欧美弱小民族文学为何如此受欢迎?其对中国现代思想

---

① 茅盾:《一年来的感想与明年的计划》,《茅盾全集》第十八卷,北京:人民文学出版社,1989年,第147—148页。原载于1921年12月10日《小说月报》第12卷第12号,署名"记者"。

② 胡愈之:《现世界的弱小民族及其概况》,《文学》1934年5月第二卷第五号,署名"化鲁"。

和民主革命运动究竟产生了何种影响？纵观作为整体的弱小民族文学的"中国化"进程，可以得出一些基本结论。

首先，弱小民族文学的译介顺应当时中国的社会现实，应和启蒙视阈下文学革命论的思想观念。法国当代思想家布尔迪厄(Pierre Bourdieu)曾提出了著名的"权力场中的文学场"的观点。在布尔迪厄看来，艺术家和作家的许多实践和表现只有参照权力场才能获得更好的合理解释，因为文学场本身就在权力场中占据一个被统治的地位。布尔迪厄在这里所说的"权力场"主要指向行动者或机构之间的力量关系空间。在结合法国文学进一步分析和阐释的过程中，布尔迪厄又提出了文学文化生产场的两条相对立的等级优化原则：他律原则和自主原则。这两条原则分别对应两种重要的文学生产模式：大规模生产和有限生产。布尔迪厄用这一系列理论来说明行动者的行为趋向，即对经济资本或文学资本的追逐。[①] 若将布尔迪厄的文学场理论用以考察"五四"新文化运动以来的中国文学，包括欧美文学的"中国化"历史进程，英国知名汉学家贺麦晓(Michel Hockx)认为还远远不够，必须补充一个"部分但又不是全部"的"政治原则"。[②] 贺麦晓认为，中国现代话语的实践是围绕着三个基本原则构建起来的，每一个原则都引领着行动者通往不同的方向，而在这三个基本原则中，由社会现实所带来的政治原则发挥着至关重要的作用。关于外部社会环境在文学场中的作用，布尔迪厄也有过详细论述："艺术作品的社会衰老，即把作品推向降级或经典的难以觉察的变化，是一种内部运动与一种外部运动契合的产物，内部运动与场中的斗争相关，斗争刺激了不同作品的生产，外部运动与公众的社会变化相关，社会变化承认和加剧了稀缺的丧失，因为它让这稀缺被所有人看到。"[③]如果说当时的中国文学场的内部运动和斗争是启蒙视阈下诞生的文学革命观念的话，那么这种内部的运动和斗争正与外部中国面临严重的民族危亡的现实相契合，而二者共同作用的结果就是既包含文学革命思想又包含拯救民族危亡双重意识的弱小民族文学的译介成为当时中国文坛最为显著的标志性现象之一。在此意义上，搁置周氏兄弟和茅盾等译介弱小民族文学的先觉人物自愿充当时代的先锋和战士的个人因素暂且不论，完全可以得出初步结论，

[①] 参见皮埃尔·布尔迪厄：《艺术的法则：文学场的生成与结构》(新修订本)(刘晖译，北京：中央编译出版社，2011年)一书"权力场中的文学场"一节的论述。

[②] Michel Hockx, ed., *The Literary Field of Twentieth-Century China*, Richmond: Curzon Press, 1999, p.12.

[③] 皮埃尔·布尔迪厄：《艺术的法则：文学场的生成与结构》(新修订本)，刘晖译，北京：中央编译出版社，2011年，第230页。

即弱小民族文学的"中国化"是典型的适应20世纪二三十年代中国社会内在和外在双重需求的产物。

其次,弱小民族文学的"中国化"满足了民族心理认同的需要。本尼迪克特·安德森(Benedict Anderson)在《想象的共同体:民族主义的起源与散布》一书中曾将民族定义为"一种想象的政治共同体"[①]。在安德森看来,民族不仅具有政治性,而且也具有文化性,这就意味着民族与文学之间有着密不可分的联系。安德森的观点在很大程度上与关注民族身份和民族心理的德里达(Jacques Derrida)、西克苏(Hélène Cixous)、克里斯蒂娃(Julia Kristeva)、斯皮瓦克(Gayatri C. Spivak)以及霍米·巴巴(Homi K. Bhabha)等理论家相似,在这些后现代理论家看来,民族无疑是"一种话语结构,是一种只有通过话语才能发生的事物"[②]。这种文化的民族界定赋予了文学特殊的意义和价值,即文学是民族文化和民族精神的核心和首要体现,是构建和叙述民族历史与文化的重要艺术形式之一,它以其独特的"话语结构"所展示出来的艺术魅力和隐蔽的叙述策略表达着民族身份和民族心理认同的重要功能。或者说,文学通过话语一方面建构作家自我的身份与民族意识,另一方面表达强烈的民族—国家诉求,从而成为一种兼及个体诉求与民族诉求双重任务的言说形式。20世纪二三十年代中国挽救民族危亡的特殊历史现实决定了文学必然要承担发挥民族心理认同、弘扬民族精神的历史重任,如当时的《泰东月刊》编辑部便公开宣称中国急需"代表无产阶级苦痛的作品","代表时代反抗精神的作品"以及"代表新旧势力的冲突及其支配下现象的作品",而相反的"个人主义的、温情的、享乐的、厌世的———一切从不彻底不健全的意识而产生的文艺"则应该"绝迹"。[③] 也就是说,当时的民族心理需要反抗意识强烈、表现民族苦难以及鼓吹民族斗争的文艺作品,因为这些作品在表现现实方面最贴近当时的中国时局,而欧美弱小和被压迫民族文学恰恰在这一点上与当时中国的民族心理吻合。当时的中国处于被压迫的弱势境地,而利用并吸收与当时中国境遇和所面临问题相同或相似的弱小和被压迫民族文学的"他者"经验,一方面可以排解自身的民族焦虑感,另一方面可以为民族生存找到文化上的原动力,借以"他者"文化完成自身的民族身份认同,进而实现最大限度上的民族力量的凝聚。

[①] 本尼迪克特·安德森:《想象的共同体:民族主义的起源与散布》,吴叡人译,上海:上海人民出版社,2003年,第6页。

[②] 马克·柯里:《后现代叙事理论》,宁一中译,北京:北京大学出版社,2003年,第101页。

[③] 《九期刷新征文启事》,《泰东月刊》1928年4月。

詹明信曾谈及后现代视阈中"第三世界"(Third-World)文本的寓言性和特殊性问题。在他看来,葛兰西(Gramsci)等理论家的"臣属"等理论非常适合描述"第三世界"文本的后殖民心态。他引用黑格尔关于奴隶和奴隶主关系的比喻来形象化地说明弱势和强势民族之间的关系及两种自我指涉机制的不同:

> 比起更为普通的"物质主义"一词,我倒宁愿选择"境遇意识"(situational consciousness)来形容这两种对立的现实。黑格尔对奴隶主与奴隶的关系所做的熟悉的分析,仍然是区别这两种文化逻辑的最有效和戏剧化的分析。势均力敌的双方相互为取得对方的承认而斗争:一个情愿为这个最高价值而牺牲自己的生命,另一个则是布莱希特和斯威克安式的酷爱躯体和物质世界的英雄懦夫,他为了继续生存而屈服。奴隶主以丑恶非人道的封建贵族对没有荣誉的生命的蔑视的代价换取了对方对自己的承认。所带来的利益,使对方变成了谦卑的农奴或奴隶。但是在这里发生了冷嘲式的辩证颠转:只有奴隶主才是真正的人,因此次等人奴隶对奴隶主的"承认"一经达到便已消失,这种承认提供不了真正的满足。黑格尔严峻地观察道:"奴隶主的真理是奴隶;奴隶的真理是奴隶主。"但是第二个颠转也在这个过程之中:奴隶被迫为奴隶主干活,为他提供所有适合奴隶主的至高无上的权力的物质利益。但是这最终意味着只有奴隶才真正懂得什么是现实和抵抗;只有奴隶才能够取得对自己情况的真正物质主义的意识,因为正是因为他的物质主义意识他才受到惩罚的。然而奴隶主却患了理想主义的不治之症——他奢侈地享受一种无固定位置的自由。在那种自由里,任何关于他自己具体情况的意识如同梦幻般地溜掉了。①

在此意义上,"第三世界"文学的寓言性质是在"讲述关于一个人和个人经验的故事时最终包含了对整个集体本身的经验的艰难叙述"②。尽管"第三世界"文学并不等同于弱小和被压迫民族文学,其后现代境遇也与20世纪二三十年代的社会文化环境有很大的差别,但詹明信站在西方文化立场上之于"第三世界"文学寓言性质的论述和分析仍具理论借鉴意义。它形象地喻指了处于弱势地位的民族文学所包含的特殊体验,这种体验对于当时的中国和其他弱小及被压迫民族同样感同身受。与其说其他弱小和被压迫民族文学是迥异于当时

---

① 詹明信:《处于跨国资本主义时代中的第三世界文学》,张京媛译,詹明信著,张旭东编:《晚期资本主义的文化逻辑:詹明信批评理论文选》,陈清侨等译,北京:生活·读书·新知三联书店,1997年,第544—545页。
② 同上书,第545页。

中国社会的"他者",不如说它们的境遇与当时的中国社会别无二致。换言之,弱小和被压迫民族文学的"中国化"是当时民族文化主体特殊体验的一种艺术化传达,是民族呼声和民族身份认同最恰如其分的载体之一。

最后,弱小民族文学的"中国化"也是承袭近代以来梁启超等人所开创的"西学救国"思想的必然结果。梁启超"文界革命"和"诗界革命"的重要思想之一就是"西学救国"。在梁启超看来,唯有充分引进西学并与中国实际相结合,才能实现真正意义上的民族独立和国家富强。梁启超曾言:"过渡时代,必有革命。然革命者,当革其精神,非革其形式……能以旧风貌含新意境,斯可以举革命之实矣。"① 此处之"新意境"即指向"欧洲意境"。梁启超的这种思想在《夏威夷游记》中有更为明确的表述:"然此境至今日,又已成旧世界,今欲易之,不可不求之于欧洲。"② 在梁启超看来,旧诗之"旧"主要在于意境陈旧,要革新其意境而成为新诗,必当引入西方欧洲之诗歌意境和观念。明确主张以西方思想作为新文学的内容是梁启超的重要观念,而这一观念在梁启超那里又与其现代政治学说中的一种逻辑相互呼应,即中国当时之第一要务在于"新民","新民"的关键又必须以西方思想武装国民。"五四"新一代知识分子充分意识到了当年以梁启超为代表的有识之士提出借鉴西方思想和文学观念为现实服务的重要性,以欧美弱小民族文学为思想武器,唤起民族心理的共鸣,使文学在特定历史情境下发挥出了审美之外的巨大的社会政治用途。

总之,欧美弱小民族文学的"中国化"历程充分显示了文学革命话语下欧美文学译介的显性趋向,也充分揭示了中国当时所面临的一系列社会民族问题,它在很大程度上代表了中国民族主义抗争的文学缩影,堪称是民族和时代精神的文学聚合场。

---

① 梁启超:《诗话》,《饮冰室文集·四十五(上)》,北京:中华书局,1936年,第41页。
② 梁启超:《夏威夷游记》,《饮冰室文集·二十二》,北京:中华书局,1936年,第190页。

第三个问题：

20世纪二三十年代欧美文学译介的基本特征和价值取向

20世纪二三十年代，由于立足点和价值追求的差异，欧美文学的译介和研究逐步呈现出多样化态势。大致有三种主导倾向：一是一些自由主义知识分子，出于兴趣或猎奇以及谋生等原因进行欧美文学的译介与研究；二是一些具有民主思想的早期知识分子，出于宣传欧美民主科学的要求进行译介和研究；三是有自觉目的的无产阶级革命知识分子，出于反映时代要求和社会进步的愿望以及为无产阶级领导的新民主主义革命服务的政治目标而投身于欧美文学的译介与研究工作之中。三种情形的译介和研究虽然各具特征，从不同视角映射出20世纪二三十年代前后中国思想界的不同价值取向，但最终具有无产阶级革命倾向的欧美文学译介成为主流。

一、自由主义知识分子的欧美文学译介研究及价值选择

以梁实秋、徐志摩、李健吾、叶公超、戴望舒、梁宗岱、宗白华、费鉴照等为代表的具有自由主义倾向的知识分子在20世纪二三十年代的中国文坛相当活跃，他们往往从自身学术兴趣出发，或从现实谋生角度，致力于欧美文学的译介与研究，李健吾之于福楼拜、梁实秋之于莎士比亚、梁宗岱之于里尔克（Rilke）、叶公超之于托·斯·艾略特（T. S. Eliot）的研究和译介莫不如此。

这些具有自由主义倾向的知识分子对于他们心目中的欧美作家研究往往具有得天独厚的优势条件。他们大都曾经留学于欧美，甚至与研究对象有过实际交往，这使得他们对研究对象相对来说比较熟悉，增强了他们把握研究对象和文本目标的实际能力。叶公超在晚年曾这样回忆他与艾略特的交往："我在英国时，常和他见面，跟他很熟。大概第一个介绍艾氏的诗和诗论给中国的，就

是我。有关艾略特的文章,我多半发表于《新月》杂志。"①徐志摩也曾骄傲地宣称:"我们不仅懂得莎士比亚,而且还认识丹麦王子汉姆雷德,英国留学生难得高兴时讲他的莎士比亚,多体面多够根儿的事,你们没到过外国看不完全原文的当然不配插嘴。"②由此可见,完备的欧美留学和教育体系使这些具有自由主义倾向的知识分子因与研究对象的直接接触而具备了倾力于系统译介与研究某一个欧美作家的能力,甚至他们留学时的导师后来就成了他们研究的重要对象。不仅与研究对象的关系比较特殊,这些具有自由主义倾向的知识分子在研究观点和研究方法上也显现出独特的价值选择。他们往往从研究的独立性和纯粹性角度出发,阐述自己对于欧美文学的见解和理论主张,研究方法也紧跟欧美文学批评的潮流,具有一定程度的国际前沿视野。他们的努力在很大程度上代表了20世纪二三十年代我国欧美文学纯学术研究的最高成就。下面以李健吾之于福楼拜、梁实秋之于莎士比亚、叶公超之于艾略特的译介和研究为个案进行深入的分析与阐释。

留学法国的李健吾从20世纪三十年代开始着手翻译《福楼拜全集》,陆续翻译出版了《福楼拜短篇小说集》(即《三故事》)、《圣安东的诱惑》《情感教育》《包法利夫人》等小说作品,还先后在《文学季刊》等杂志上发表了《论福楼拜的人生观》《福楼拜文学形体一致观》《〈包法利夫人〉的时代意义》等评论文章。1935年商务印书馆出版了他的《福楼拜评传》一书,引起了学术界的广泛关注。书名虽为"评传",但实则为批评研究的专著。全书仅第一章"福楼拜"简要讨论了作家的生平和作为小说家的禀赋特征以及作家与浪漫主义文学传统的因缘关系外,从第二章至第七章分别论述阐释了作家的《包法利夫人》《萨郎宝》《情感教育》《圣安东的诱惑》《短篇小说集》和《布法与白居榭》六部重要作品,第八章"福楼拜的宗教"则分析了作家的宗教观及其与艺术观的联系。全书篇幅宏大,每章的材料翔实丰富,还配有《福楼拜的故乡》《十九世纪法国现实主义的文学运动》和《〈圣安东的诱惑〉初稿》三篇附录以及大量的法文原版参考资料,考虑到此书的写作与李健吾的福楼拜译介属于同一时期,足见李健吾在当时对福楼拜的译介和研究达到了何等的深入程度。

从《福楼拜评传》可以看出李健吾之于福楼拜的研究和译介具有如下特点:其一,认知精准,能够将福楼拜置于19世纪欧洲现实主义文学的整体序列中加以考察,并在比较中把握福楼拜小说创作的独特性。对此,李健吾在评传的序

---

① 叶公超:《文学·艺术·永不退休》,《中国时报·副刊》(台北)1979年3月15日。
② 徐志摩:《汉姆雷德与留学生》,《晨报副刊》1925年10月26日。

言中有多处论述:"司汤达深刻,巴尔扎克伟大,但是福楼拜,完美。巴尔扎克创造了一个世界,司汤达剖开了一个人的脏腑,而福楼拜告诉我们,一切由于相对的关联。他有他风格的理想,而每一部小说,基于主旨的不同,成功不同的风格的理想。"[1]"犹如司汤达与巴尔扎克,福氏没有派别。有的天才来在他的时代,有的天才受尽了物质的折磨;司汤达生早了好些年,巴尔扎克多亏了他的毅力,唯有福楼拜,是天之骄子。"[2]"不像司汤达那样神秘,不像巴尔扎克那样单纯,他是居斯达夫·福楼拜。"[3]其二,严谨而渊博,尤其是具体作品的分析阐释详细到位,对作品人物和情节有着独特见解,很显然这与李健吾对作品的深入阅读密不可分。当然从另一方向来看,这也有利于促进相关作品忠实而精准的译介,这正是李健吾研究与译介相得益彰、相互补充、配合得完美无缺并形成良好互动关系的重要秘诀之一。以对《包法利夫人》的分析和阐释为例,在谈到小说及人物的浪漫风格时,李健吾认为小说人物的浪漫气质与作为艺术家的福楼拜一脉相承:"在这一群浪漫主义者之中,有一位生性浪漫,而且加甚的青年,却是福氏自己。他和他们一样热狂,一样沉醉,一样写了许多过分感伤的自叙的作品;他感到他们的痛苦,他们的欢悦;他陪他们呻吟,陪他们流泪,陪他们狂笑。"[4]在分析小说女主人公爱玛的性格时,李健吾引用"包法利夫人,就是我!"来阐释说明爱玛的性格与福楼拜的关系:"爱玛是他,因为无形中分有他浪漫的教育,传奇的心性,物欲的要求,现世的厌憎,理想的憧憬;而且我们敢于斗胆说,全书就是她一个人——一个无耻的淫妇!——占有他较深的同情。"[5]在分析爱玛悲剧的原因时,他又结合西方的命定论加以辩驳,指出并不完全是爱玛一味的主观愿望的堕落才造成她人生的悲剧:"爱玛的一生,可以说是瞎碰,其间作祟的,是种种奇巧的不幸的遇合,仿佛隐隐有一种定命论主宰全书的进行。"[6]"但是这是她的过错吗?她自己没有想到她会变成淫妇,人人也没有想到,然而经过了一步一步的错落,她变成淫妇。责备她吗?但是负责的却应该是游戏人间的命运小儿。"[7]李健吾对人物的分析,既符合小说文本的实际,又具有宏观的西方文化视野,可谓精细至极。其三,李健吾的福楼拜研究还具有

---

[1] 李健吾:《福楼拜评传》,桂林:广西师范大学出版社,2007年,"序"第2—3页。
[2] 同上书,第6页。
[3] 同上。
[4] 同上书,第41页。
[5] 同上书,第58页。
[6] 同上书,第70页。
[7] 同上书,第71页。

自觉的中国化意识,即为了使中国读者接受他对福楼拜的小说分析与阐释,体会福楼拜的文学韵味,李健吾自觉地以中国古典文学为参照,在中西比较中获得认同。在谈到《包法利夫人》的故事内容时,他指出其实故事内容并不重要,重要的在于作家的运用和别出心裁的安置。为了说明这一观点,他以中国古代家喻户晓的故事为例说明问题:"西施总有人歌咏,莺莺总有人谱曲,然而怎样把她们写成不同的有血有肉的女人,这却在作者,不在故事。"①在谈及《情感教育》中人物的时代环境时,他则强调了"还有一个时代更和我们——中国——的今日相近的!"②而在分析福楼拜小说的憎恨主题时,他更是自觉联系中西方在憎恨问题上的不同态度:"在东方,特别在中国,我们或许不大了解——不大承受这种极端的憎恨。我们宁可愚而无知,听其自然,避免一切人力的挣扎。我们一生下来,不是无为而为,就是色即是空。福氏对于东方具有深厚的同情,但是他热烈的憎恨,与其说是他的生性,不如归于浪漫主义者的征候。"③

总之,无论在福楼拜作品的译介上,还是在作品的研究上,李健吾都代表着当时中国福楼拜研究的最高水准,也代表了具有自由主义倾向的知识分子对法国文学与文化的基本态度和选择倾向。

在英国文学研究方面,以梁实秋为代表的自由主义知识分子对莎士比亚的译介和研究尤为突出。近现代中国的莎士比亚研究呈现出名家荟萃的盛况,但在众多的学者中,梁实秋堪称用力最勤的一位。自决意译介莎士比亚戏剧以来,到1939年,梁实秋相继译介出版了《哈姆雷特》《马克白》(今译《麦克白》)、《李尔王》《奥赛罗》《威尼斯商人》《如愿》《暴风雨》《第十二夜》八部戏剧。除了力求绝对的忠实于原著的散文文体的翻译外,梁实秋还在1932年至1939年间写下了大约20余篇莎评文章,成为同期国内发表莎评数量最多的学者。这些文章大致分为以下几类:其一是他为自己在这一时期翻译的八部莎剧写就的译者序,这些译序除了为读者提供诸如剧本年代、故事来源、舞台历史、批评综述等莎士比亚戏剧的相关背景材料外,对于个别重要戏剧的意义阐释尤其值得关注,如《哈姆雷特》译序的第五部分"哈姆雷特问题"、《奥赛罗》译序的第四部分"《奥赛罗》的特点"等。其二是带有莎评综述性质的文章,包括《莎士比亚在十八世纪》《哈姆雷特问题之研究》以及《莎士比亚之伟大》等。其三是介绍莎士比亚书目和译本的文章,包括《介绍两本莎士比亚书目》和《莎翁名著〈哈姆雷特〉

---

① 李健吾:《福楼拜评传》,桂林:广西师范大学出版社,2007年,第44页。
② 同上书,第159页。
③ 同上书,第263页。

的两种译本》等。前者介绍了研究莎士比亚重要的两本传记,后者则比较了邵挺译《天仇记》和田汉译《哈孟雷特》(《哈姆雷特》)两种中译本的优劣。其四是探讨莎士比亚戏剧具体问题的文章,包括《略谈莎士比亚作品里的鬼》《〈马克白〉的历史》《关于〈威尼斯商人〉》等。在《略谈莎士比亚作品里的鬼》一文中,梁实秋深入分析了莎剧中鬼的作用:"莎士比亚作品中的鬼完全是一种'戏剧的工具'。鬼,在莎士比亚戏剧中,永远不是剧中的主要部分,永远是使剧情更加明显的方法,永远是使观众愈加明了剧情的手段。"[①]梁实秋还采用中西比较的方法深入阐释鬼的观念,"而中国鬼故事里颇有些恶厉的鬼,啖人肉,吮人血,甚至还有'拉替身'之说",而莎士比亚作品中的鬼似乎没有中国文学中的鬼那么"怪诞离奇"。他还引用王充《论衡》中对于鬼的观念和看法,强调在《马克白》中鬼的出现其实是人的"虚幻心理"和"恐惧"感的反映与描画。[②] 其五是探讨莎士比亚十四行诗的文章,包括《莎士比亚的〈十四行诗〉》《谈一首"不很明白清楚"的诗》等。其六是探讨莎士比亚阶级性的文章,包括《关于莎士比亚》《作品与自传》《莎士比亚与劳动阶级》等。这三篇文章都在不同程度上涉及了莎士比亚的阶级观和对待劳动者的基本看法。在梁实秋看来,莎士比亚在很大程度上是超阶级的,虽然他曾讥笑过劳动阶级,但同样他也讥笑过其他阶级,"任何阶级都有他的弱点,那弱点便都是可以成为文学家的讽刺的对象的"[③]。此外还有一些诸如《莎士比亚是诗人还是戏剧家?》《是培根还是莎士比亚?》《由莎士比亚谈到戏剧节》等杂论性质的文章。

梁实秋的莎士比亚评论与译介具有一些显著的特点:首先是译介与研究相互促进,这一点和李健吾译介研究福楼拜颇为相像。译序本身就是精湛的评论文章,是文本翻译的重要副产品。其次是研究的深入广泛,既有对戏剧的深入探讨,也有对诗歌的分析,还有对作家生平的解疑释惑;既有如哈姆雷特问题等细节的多重阐释,也有对阶级性等思想观念的评述。再次是自觉的中国文化引入和比较意识,如中英文学观念中对鬼的看法等。最后是印象式灵感点评与深入性系统研究的完美结合,既显现出作为文学家的梁实秋的感悟力,又能见出作为学者的梁实秋的大家风范。

与李健吾对于福楼拜、梁实秋对于莎士比亚的译介与研究相类似的还有叶公超对于托·斯·艾略特的介绍与研究。1934年,叶公超撰写《艾略特的诗》

[①] 梁实秋:《略谈莎士比亚作品里的鬼》,《梁实秋文集》第8卷,厦门:鹭江出版社,2002年,第656页。
[②] 同上书,第656—657页。
[③] 同上书,第648页。

一文,刊载于《清华学报》第九卷第二期,系统评述了艾略特的文论思想,还广泛涉及对《荒原》主题的理解及对艾略特诗歌技巧的分析。在叶公超看来,了解艾略特的诗歌理论主张是理解艾略特创作的关键。由此,叶公超对艾略特的"非个人化观念""客观对应物"等思想展开了详细的评介。他认为,艾略特诗论中写得最精彩、最重要的部分莫过于关于情绪如何传达的问题。他引述艾略特答问情绪界定"客观对应物"的原文:"唯一用艺术形式来传达情绪的方法就是先找着一种物界的关联东西(Objective correlative)。换句话说,就是认定一套物件,一种情况,一段连续的事件来作所要传达的那种情绪的公式;如此则当这些外界的事实一旦变成我们的感觉经验,与它相关的情绪便立即被唤起了。"① 可见,叶公超对艾略特诗学的评述并非一般意义上的常识引进,而是紧紧抓住了艾略特诗学的核心,这对进一步理解和阐释艾略特的诗歌创作具有重要的理论意义。而叶公超论述分析艾略特诗歌与宗教的关系时,更是将艾略特的诗歌创作上升至为了人类文明前途设想的高度,从而突出了艾略特诗歌的共同价值意义。

以李健吾、梁实秋、叶公超为代表,包括费鉴照的济慈(John Keats)译介与研究、宗白华的歌德译介与研究等,在 20 世纪二三十年代形成了具有独立品格和个性模式的欧美文学译介与研究体系。尽管这些独具特点和个性的自由主义研究取得了巨大的成就,甚至在某些作家的个案研究上代表了当时中国欧美文学研究的最高成就,但他们的译介与研究未能融入宏大的社会历史语境之中,未能体现民族最迫切的要求,这一点未免有些遗憾,只能作为"另一种模式"的欧美文学译介与研究,从纯学术和审美的角度加以考察。

二、具有民主思想的早期知识分子的欧美文学译介研究及价值选择

20 世纪三十年代初苏联文艺界进行了一次关于文学创作方法再检讨的论争,这次论争在当时的中国文坛也产生了影响,关于如何对待文学遗产问题的讨论与言说便是最直接的显现。茅盾作为文学遗产问题讨论的主将之一,先后写下了《文学的遗产》《我们该怎样接受遗产》《我们有什么遗产》《中国的文学遗

---

① 叶公超:《艾略特的诗》,《清华学报》1934 年第九卷第二期。

产问题》《再谈文学遗产》等多篇文章。在茅盾看来,文学遗产是没有国界的,我们不仅要注重自身的文学遗产,更为重要的是"还得多多从世界文学名著去学习"①。而在谈及俄苏的文学遗产时,他强调必须放弃"新的是好的,旧的是坏的"②的观念,必须以批判的视野接受既往历史的文学遗产,因为接受遗产的目的是"增富现代"和"拿来实际受用"。③ 在茅盾的倡导下,欧美古典文学开始受到研究者们的关注,而具有民主思想的早期知识分子也在欧美古典文学中看到了与民主科学的启蒙精神相一致的思想观念,从而使接受文学遗产的论争和言说逐步转向了继续欧美古典作家的现实主义创作道路和写实精神、树立"为人生"的正确世界观的再启蒙话语。

"五四"启蒙前后,热切地期待社会变革的早期民主知识分子曾经掀起过俄罗斯古典文学译介的高潮,但随着社会思想的变迁,俄罗斯古典文学被逐渐看成是过时的、落伍的精神代表,因而俄罗斯古典文学的译介脚步逐渐放缓,甚至停滞。20 世纪 30 年代,当俄罗斯古典文学通过文学遗产论争的话语再一次被纳入现实主义的理论体系之时,其"为人生"的写实主义精神和启蒙作用获得了重新肯定,再一次成为中国新文学和中国社会现实观照仿效的切实指导。据统计,仅 1928 年至 1937 年期间,俄罗斯古典文学的新译就高达 140 种,年均达到了 14 种。④ 且较之"五四"启蒙时期的中短篇译介,鸿篇巨制明显增多,主要包括阿尔志跋绥夫的《沙宁》(1930 年)、果戈理的《死魂灵》(1935 年)、托尔斯泰的《安娜·卡列尼娜》(1937 年)以及陀思妥耶夫斯基的《罪与罚》(1930—1931 年)和《被侮辱与被损害的》(1931 年)等。不仅是在长篇小说领域,长篇诗歌的译介也有突破。1935 年陈国华翻译出版了涅克拉索夫的长篇叙事诗《在俄罗斯谁能快乐而自由》的第三部分"农妇",1939 年高寒(楚图南)又将全诗译出,由商务印书馆出版。涅克拉索夫的另一代表作《严寒·通红的鼻子》1936 年也由孟十还译介出版。在高寒看来,涅克拉索夫的长诗不仅在艺术风格上采用了俄国民歌的形式,而且更为重要的是在内容上"说出了俄国农民的忧患和辛苦,刻画出了俄国农民的真挚而伟大的灵魂",其对平凡人的生活与不幸的歌咏使得诗歌的气魄"可以比之于荷马,且殊胜于荷马"。⑤ 而孟十还则认为涅克拉索夫

---

① 茅盾:《文学青年如何修养》,《文学》1934 年 4 月第二卷第四号。
② 茅盾:《文学的遗产》,《文学》1934 年 1 月第二卷第一号。
③ 茅盾:《我们该怎样接受遗产》,《文学》1934 年 1 月第二卷第一号。
④ 李今著,杨义主编:《二十世纪中国翻译文学史 三四十年代·俄苏卷》,天津:百花文艺出版社,2009 年,第 212 页。
⑤ 涅克拉索夫:《在俄罗斯谁能快乐而自由》(一),高寒译,上海:商务印书馆,1939 年,"引言"第 1 页。

"对于下层人民的爱,好像一条绳子拴系住他底全部的作品;他一生对这种爱始终是忠实的"①。可以说,在这两位译者心目中,涅克拉索夫作为伟大的俄国诗人的地位甚至比普希金和莱蒙托夫还要高。

纵观文学遗产问题论争中具有民主思想的早期知识分子对俄罗斯古典文学译介与再认识的全过程,鲁迅对果戈理的小说《死魂灵》和陆蠡、丽尼、巴金对屠格涅夫的长篇小说代表作的翻译及由此引发的理论探讨颇具代表性。

鲁迅应郑振铎编辑《世界文库》的需要,从1935年2月开始动笔翻译《死魂灵》,至10月完成第一部,连载于《世界文库》第1至第6期,同年11月由上海文化生活出版社出版。自1936年2月鲁迅开始着手翻译第二部,至5月因病中止,译至第三章,1936年3月《译文》复刊后连载于第一至第三期。1938年上海文化生活出版社出版增订版《死魂灵》,加上了鲁迅所译的第二部的部分篇章,但可惜的是第二部第三章的一半、第四章和结尾部分鲁迅未能译出。

被高尔基称为俄国文学史上无与伦比的作品的《死魂灵》是果戈理经过六年的苦心经营方才完成的伟大作品,代表着果戈理现实主义创作的顶峰。小说的主人公乞乞科夫是19世纪三四十年代俄国社会中从小贵族地主向新兴资产阶级过渡的典型。他投机钻营,到偏僻省份收购"死魂灵"来牟取暴利。随着小说情节的逐步展开,一个个栩栩如生、活灵活现的地主形象出现,包括懒散的梦想家玛尼洛夫、愚昧贪财的科罗博奇卡、酒鬼赌棍形象的诺兹德列夫、粗鲁顽固的索巴凯维奇以及爱财如命的吝啬鬼泼留希金等。果戈理以辛辣讽刺的艺术手法,形象而出色地描绘了这些人物的生活环境、嗜好、言谈举止以及行为心理,使他们成为俄国19世纪批判现实主义文学中不朽的艺术典型。同时,小说还通过对残废军人戈贝金反抗沙皇政府的描写反映了人民反对专制统治的情绪,表达了对俄国未来光明前途的无比信心和无限憧憬。完成这样一部作品的译介,对于晚年的鲁迅来说是一次巨大的心理和体力考验。鲁迅曾一度认为翻译比创作要容易得多,但在翻译《死魂灵》的过程中他一再反思和检讨自己的观念,反复强调过于小觑《死魂灵》这部作品了,本以为容易,实则很难翻译,原因在于这部小说在写法上虽然"的确不过平铺直叙","但到处是刺,有的明白,有的却隐藏",对于这种隐晦的风格首先"要感得到",其次才是"竭力保存它的锋头"。②事实上,在逐步翻译《死魂灵》的过程中,鲁迅已深深被果戈理的讽刺艺术所折服,他感受到了果戈理讽刺艺术的伟大与力量,对此,他在给胡风的信中

---

① 涅克拉绍(索)夫:《严寒·通红的鼻子》,孟十还译,上海:文化生活出版社,1936年,"后记"第1页。
② 鲁迅:《"题未定"草》,《鲁迅全集》第六卷,北京:人民文学出版社,1981年,第351页。

曾赞赏果戈理的讽刺是"千锤百炼的"①。鲁迅不仅在翻译过程中感受到了果戈理作为俄国现实主义奠基人的"写实风格"以及以讽刺的方式对当时社会的反抗精神，而且还认识到这种精神的发扬对当时的中国具有重要意义。为此，他又推出了《死魂灵百图》，不仅收入了"因其不尚夸张，一味写实，故为批评家所赞赏"②，即使在苏联也为"不易入手的珍籍"③的阿庚百图，而且还附印了梭可罗夫的图画十二幅，以集成《死魂灵》画像之大成，从而与小说构成左图右史的相辅相成的格局，让读者更好地理解和明白19世纪上半叶俄国社会的风俗与状况。他还为《死魂灵百图》的出版写了小引，明确指出作者对小说中人物形象的塑造"到现在还很有生气，使我们不同国度，不同时代的读者，也觉得仿佛写着自己的周围，不得不叹服他伟大的写实的本领"④。鲁迅还曾亲自拟定一套六卷本的《果戈理选集》，其中第五和第六卷即是《死魂灵》，但最终未能如愿。尽管选集未能成形，但在翻译《死魂灵》的过程中，为了更好地理解和传达作品写实的风格和讽刺的艺术，鲁迅翻译了日本评论家立野信之所著的《果戈理私观》一书，译本出版时还增译了内斯妥尔·珂德略来夫斯基的近两万字的序言，他本人也先后写成了《几乎无事的悲剧》《〈死魂灵百图〉小引》《〈死魂灵〉第二部第一章译后附记》《〈死魂灵〉第二部第二章译后附记》等文章，为读者全面理解小说的人物情节和把握小说的写实精神奠定了重要基础。

鲁迅之所以重视果戈理的写实主义精神，在很大程度上源于他认为果戈理在小说中塑造了平常人物。在谈及果戈理《死魂灵》中的地主形象时他说："然而即使他并不知道大俄罗斯的地主的情形罢，那创作出来的脚色，可真是生动极了，直到现在，纵使时代不同，国度不同，也还使我们像是遇见了有些熟识的人物。讽刺的本领，在这里不及谈，单说那独特之处，尤其是在用平常事，平常话，深刻的显出当时地主的无聊生活。"⑤换言之，鲁迅在果戈理的笔下见到了一种共同的人物描写方式，果戈理所塑造的不仅是俄罗斯那个时代的形象，更为重要的是，这也是当今中国社会的众多形象。对此，鲁迅又说道："听说果戈理的那些所谓'含泪的微笑'，在他本土，现在是已经无用了，来替代它的有了健康的笑。但在别地方，也依然有用，因为其中还藏着许多活人的影子。况且健

---

① 鲁迅：《致胡风》，《鲁迅全集》第十三卷，北京：人民文学出版社，1981年，第129页。
② 鲁迅：《〈死魂灵百图〉广告》，《鲁迅全集》第八卷，北京：人民文学出版社，1981年，第463页。
③ 同上。
④ 鲁迅：《〈死魂灵百图〉小引》，《鲁迅全集》第六卷，北京：人民文学出版社，1981年，第445页。
⑤ 鲁迅：《几乎无事的悲剧》，《鲁迅全集》第六卷，北京：人民文学出版社，1981年，第370页。

康的笑,在被笑的一方面是悲哀的,所以果戈理的'含泪的微笑',倘传到了和作者地位不同的读者的脸上,也就成为健康;这是《死魂灵》的伟大处,也正是作者的悲哀处。"①鲁迅在此虽然没有直接点出《死魂灵》对当时中国社会的借鉴意义,但影射和蕴含的意味已经十分显了。从整体来看,鲁迅还是站在启蒙思想"人"的角度以及对社会的反抗立场来译介和看待《死魂灵》以及果戈理的价值的。

鲁迅不仅重视果戈理的译介,而且也关注屠格涅夫的引进情况。他在给孟十还的信中曾这样评述外国文学和屠格涅夫的译介情形:"外国的作家,恐怕中国其实等于并没有介绍。每一作家,乱译几本之后,就完结了。屠格涅夫被译得最多,但至今没有人集成一部选集。"②鲁迅的希冀和愿望很快被陆蠡、丽尼和巴金完成了。三人出于对翻译出版事业的热爱,决心出版屠格涅夫选集,翻译屠格涅夫的六部长篇小说,其中陆蠡译《罗亭》和《烟》,丽尼译《贵族之家》和《前夜》,巴金译《父与子》和《处女地》。三人的翻译进度虽有不同,但最终都出色地完成了各自的任务。他们三人对屠格涅夫长篇小说的系统翻译,被王西彦评价为中国翻译界的最佳收获。他们不仅感受到了屠格涅夫小说的语言之美,而且在翻译过程中对人物性格和心理的塑造,对情境的渲染等都体现出了一种外国文学翻译的最佳境界。诚如丽尼所言:"屠格涅夫底文章承继着普式庚底诗和明洁,果戈理底讽刺和丰富,加上他自己底抒情主义和忧郁;他将两位伟大的创业者所遗留下来的文学语言变成更纯熟,更洗练,而且更'诗'的。"③

郑振铎曾总结认为,自革命失败以来,俄国便有一种倾向,反对在不同时期占据俄国文学的三种伟大的思想,其中便包括"屠格涅夫的宁静的悲观主义"④。然而在中国知识界的情形却有所不同。尽管左翼作家从阶级论角度批判指责屠格涅夫具有某种没落的贵族情绪,但似乎这并未从根本上动摇屠格涅夫在中国知识分子心目中的地位。早在社会文化变革的"五四"时期,中国就曾出现过虚无主义,因此屠格涅夫的《父与子》的主题和主人公巴扎洛夫的形象都曾引发过热议,一度成为话题,鲁迅、郑振铎等都曾围绕屠格涅夫与虚无主义发表过论述。至20世纪20年代末30年代初,这一话题开始由零散而发的态势转向系统的研究阶段,出现了带有启发性和总结性的文章。

---

① 鲁迅:《几乎无事的悲剧》,《鲁迅全集》第六卷,北京:人民文学出版社,1981年,第371—372页。
② 鲁迅:《致孟十还》,《鲁迅全集》第十二卷,北京:人民文学出版社,1981年,第582页。
③ 屠格涅夫:《贵族之家》,丽尼译,上海:文化生活出版社,1937年,"译者小引"第7页。
④ 阿志巴绥夫(阿尔志跋绥夫):《沙宁》,郑振铎译,上海:商务印书馆,1930年,"译序"第7页。

1928年《小说月报》第19卷第10号刊载了冯雪峰的文章《巴扎洛夫与沙宁——关于两种虚无主义》。文章从知识分子与俄国革命的角度分析了两种不同的虚无主义知识分子的性格特质和社会角色。其中之一的巴扎洛夫是屠格涅夫的小说《父与子》中的主人公,另一人物是阿尔志跋绥夫的小说《沙宁》中的同名主人公。冯雪峰认为巴扎洛夫是俄罗斯19世纪60年代虚无主义的代表,而沙宁则是现代虚无主义的代表,他们虽然分属不同的类型,但通过他们之间的联结,可以考察出从巴扎洛夫到沙宁的知识分子阶级的发展过程。文章认为,巴扎洛夫是属于希望凭借知识之力创造新世界的小资产阶级知识分子的先驱和典型,而沙宁则预示着平民知识分子经过半个多世纪的进化改造对传统的否定。但无论是巴扎洛夫还是沙宁,当无产阶级登上历史舞台之后,他们都会不可避免地转向拥抱统治阶级。冯雪峰作为一个马克思主义者,显然在文章中对具有民主倾向的早期知识分子持否定态度,认为他们应该从启蒙的个人主义、人道主义立场转向革命的立场。与冯雪峰的文章相关但立场却截然不同的是钟兆麟于1930年刊载于《国立中央大学半月刊》第一卷第六期的专题论文《什么叫做虚无主义》。该论文以《父与子》和《沙宁》两篇小说为基础材料系统论述了何为虚无主义。在作者看来,虽然小说中的人物在现实生活中可能并不存在,只是文艺作品的描写而已,但人物的思想和行动却是虚无主义的真实写照。文章作者以巴扎洛夫和沙宁为材料,阐释说明他们之间的过渡与转变,以他们的共性为基础来论证虚无主义的特质。文章作者还在论文中给予虚无主义以极高的评价:"虚无主义在人生意义之估量一点上,是极重要极有价值的。它虽然没有如卢骚和尼采对于旧文化批评所遗下来的影响之深,但是在批评者的本身方面而言,那末,虚无主义之伟大,较卢骚和尼采,有过之无不及。"①文章作者还进一步认为,在社会历史发展过程中,虚无主义表现出一种新人生的典型,它本想踢开旧时的一切,但因为与环境的关系而昙花一现退出了历史的舞台。

虽然持不同价值立场者对待虚无主义的态度截然不同,但虚无主义借助屠格涅夫的《父与子》等作品的译介和巴扎洛夫等文学形象在20世纪30年代的中国形成了瞬时的流行思潮,这在很大程度上延续了"五四"启蒙反抗传统文化和社会黑暗的不满情绪以及革命失败所带来的心理迷茫与颓唐。诚如鲁迅评价沙宁时所言,屠格涅夫和阿尔志跋绥夫式的虚无主义"其实俄国确曾有,即中

---

① 钟兆麟:《什么叫做虚无主义》,《国立中央大学半月刊》1930年第一卷第六期。

国也何尝没有,不过他不叫沙宁"①。

20世纪二三十年代以来具有民主倾向的早期知识分子通过对果戈理、屠格涅夫,当然也包括陀思妥耶夫斯基、托尔斯泰等"为人生"的19世纪俄国古典现实主义作家作品的译介和研究,不仅在汉语世界创造了一幅细腻而明晰的俄国黄金时代文学的盛大图景,而且他们借助文学完成了又一次以"人"为核心的新的启蒙,并对有自觉目的的无产阶级革命知识分子的欧美文学译介研究形成了补充态势。

三、具有自觉目的的无产阶级革命知识分子的欧美文学译介研究及价值选择

具有自觉目的的无产阶级革命知识分子在思想和价值观方面与自由主义知识分子和早期具有民主思想的知识分子都有所不同。他们往往从政治性和阶级性立场出发,以思想性和社会进步性为标准来衡量文学。在无产阶级革命知识分子看来,文艺的重要功用之一就是推动社会历史向前发展,配合和推进无产阶级革命事业。因此,他们一方面积极引入和构建马克思主义文艺观,以此来指导革命文艺的发展,另一方面努力使无产阶级文学适应中国现实革命的需要,从而构筑起20世纪二三十年代以后占据主流地位的文学发展趋向。欧美文学"中国化"作为无产阶级革命文艺的重要组成部分,也表现出了上述明显的倾向性。

由于价值选择的倾向性,苏联文学成为这一时期具有自觉目的的无产阶级革命知识分子译介的首选。之所以选择苏联文学,有其多方面的复杂原因和深刻的历史发展的必然性。

首先,在帝国主义和封建主义压迫下的中国人民从社会主义苏联的过去和现在中看到了自身发展的未来。苏维埃社会主义革命前的俄罗斯社会状态与当时的中国社会有着诸多的相似之处,这使得当时有自觉目的的无产阶级革命知识分子将中国社会的变革寄希望于苏联式的革命,从中获取革命斗争和建设新社会的双重经验。而俄罗斯和苏联的文学作品是了解苏联社会、吸取革命经验最直接的方式之一。郭沫若在1923年的《我们的文学新运动》一文中明确提

---

① 鲁迅:《致徐懋庸》,《鲁迅全集》第十二卷,北京:人民文学出版社,1981年,第302页。

出要在文学中"爆发无产阶级的精神"①,后又在《革命与文学》一文中呼吁"我们所要求的文学是同情于无产阶级的社会主义的写实主义的文学"②。欲建设郭沫若所称的具有无产阶级和社会主义性质的新文学,除了从既有的文学文化遗产中挖掘进步的、革命的因素外,更为重要的则是新的思想内容和新的观点的养分输入。而在这一点上,社会主义苏联能够给予当时中国社会的最多,也最直接便利。这是决定着当时有自觉目的的无产阶级革命知识分子亲近苏联文学的重要原因之一。诚如早期的革命知识分子瞿秋白所说:"俄国布尔什维克的赤色革命在政治上,经济上,社会上生出极大的变动,掀天动地,使全世界的思想都受他的影响。大家要追溯他的远因,考察他的文化,所以不知不觉全世界的视线都集于俄国,都集于俄国的文学;而在中国这样黑暗悲惨的社会里,人人都想在生活的现状里开辟一条新道路,听着俄国旧社会崩裂的声浪,真是空谷足音,不由得不动心。"③毛泽东在总结新民主主义革命经验时也有类似观点:"俄国人举行了十月革命,创立了世界上第一个社会主义国家。过去蕴藏在地下为外国人所看不见的伟大的俄国无产阶级和劳动人民的革命精力,在列宁、斯大林领导之下,像火山一样突然爆发出来了,中国人和全人类对俄国人都另眼相看了。"④

其次,最为直接的原因当属 20 世纪 20 年代末资本主义世界爆发了全面的经济危机,这被人们普遍视为现代资本主义经济、社会政治制度和道德信仰体系全面崩溃的前兆。与之形成强烈而鲜明对比的是,苏联在"新经济政策"的刺激下经济已基本恢复至内乱前的水平,苏联人民和苏联社会在斯大林的领导下也开始了第一个五年计划的实施,社会主义苏联以崭新的无产阶级社会制度向全世界展现出了经济稳定、国力强盛、工业突飞猛进的美好蓝图。经济和社会发展的一系列向好态势,加之苏联国家控制下的强大社会舆论宣传,造成苏联"空前繁荣"的景象。即将消灭一切阶级、贫苦和失业的社会主义苏联逐步成为劳动阶级和知识分子的普遍向往之地,人们的思想也逐步转向苏联式的革命模式,苏联文艺随之繁盛并向世界传播。对此,《新俄大学生日记》一书的英译者沃斯(Alexender Werth)分析认为,苏联的无产阶级社会主义革命不仅仅是一

---

① 郭沫若:《我们的文学新运动》,《创造周报》1923 年 5 月 27 日第 3 号。
② 郭沫若:《革命与文学》,《创造月刊》1926 年 5 月第一卷第三号。
③ 瞿秋白:《〈俄罗斯名家短篇小说集〉序》,《瞿秋白文集》文学编第二卷,北京:人民文学出版社,1986 年,第 248 页。
④ 毛泽东:《论人民民主专政》,《毛泽东选集》第四卷,北京:人民出版社,1991 年,第 1470 页。

次政治革命,更为重要的是它在很大程度上撼动了全世界,其在积极和消极两方面对于20世纪人类的社会、经济、文化的影响都是巨大的。①

再次,中国与苏联由于政治地缘因素较早便具有一种亲近感。早在辛亥革命期间,孙中山为了求得国际援助,便把希望寄托在新兴的苏维埃政权上。而列宁为了摆脱国际上对于社会主义苏维埃政权的孤立,也把目光投向了中国。正是在苏联的帮助下,为了鼓励民众参加国民革命,国民党经过改组而披上了"赤色"的外衣,并与中国共产党建立了革命统一战线。尽管后来经过"五卅惨案",尤其是蒋介石发动"四一二"反革命政变,中国民众认清了国民党的实质,但却没有就此消除中国民众对于苏联模式的渴望,反而随着国际国内形势的变化,苏联日益成为中国民众和知识分子心目中革命的向往之地与楷模。在此背景下,苏联文学成为中国具有自觉目的的革命知识分子青睐的对象既水到渠成,又具有不同寻常的政治和文化意义。

最后,苏联文学自身的品质也是有自觉目的的无产阶级革命知识分子选择和亲近的原因。苏联文学与俄罗斯文学具有一脉相承的文化品质,俄罗斯文学所表现出来的深深隐藏着的、愉快的、对劳动人民的热爱被苏联文学所传承,俄罗斯文学与俄罗斯解放运动的紧密联系以及由此生发出的高度的思想性和精湛的艺术性在苏联文学中也有所显现。苏联文学所承袭的这一切内在的品质使其在世界文学的艺术宝库中显得格外绚烂夺目,吸引着包括当时有自觉目的的中国无产阶级革命知识分子在内的全世界人民的注意。

基于上述原因,苏联文学的译介在当时的中国展开了一个崭新的、声势浩大的局面。瞿秋白、茅盾等一批具有自觉目的的无产阶级革命知识分子以及后期成为马克思主义战士的鲁迅都相继投入其中。

瞿秋白是最早译介苏联文学的无产阶级革命者之一。他在1921年所著的《赤都心史》一书中曾谈到了他与马雅可夫斯基会面的情形,后又在《劳农俄国的新文学》中高度赞扬马雅可夫斯基的革命热情,称其为苏联革命后五年中"未来主义的健将",称赞其"以革命为生活,呼吸革命,寝馈革命",并断定"他的诗才,真足以在俄国革命后的文学史中占一很重要的地位"。② 瞿秋白这一时期还大量译介了普希金、果戈理、托尔斯泰、契诃夫、莱蒙托夫等俄罗斯作家的文学篇章,探寻苏联文学的文化传统和文化渊源。无产阶级伟大作家高尔基的

---

① 参见 N. Ognyov:《新俄大学生日记》,江绍源译,上海:春潮书店,1929年,"英译者的引言"第2页。
② 瞿秋白:《劳农俄国的新文学》,贾植芳、陈思和主编:《中外文学关系史资料汇编(1898—1937)》下册,桂林:广西师范大学出版社,2004年,第805页。

《劳动的汗》和《时代的牺牲》也是在这一阶段被瞿秋白翻译过来的。此外,他还写作了《十月革命前的俄罗斯文学》等系列介绍俄罗斯文学和苏联文学的研究文章,指导当时的中国知识界了解苏联文学的发展现状及其与俄罗斯文化传统之间的承袭关系。

《小说月报》在"海外文坛消息"中十分注重对苏联文学现状的介绍,马雅可夫斯基等苏联文坛大作家的名字时常出现在其中。勃洛克的《十二个》于1922年被翻译成中文,刊载于《小说月报》第12卷第4号。爱伦堡著名的短篇小说《烟袋》于1926年由曹靖华翻译过来,刊载于《小说月报》第17卷第7号。而《小说月报》的"俄国文学研究"专号还刊载了由沈泽民翻译的高尔基的《高原夜话》(今译《马加尔·楚德拉》)。

鲁迅于1921年翻译了阿尔志跋绥夫的《工人绥惠略夫》,并于《小说月报》上连载。小说集中刻画了一个虚无的厌世者的人物形象。小说的主人公对世间的一切都感到绝望,对社会充满复仇的心理,过着虚无荒唐的生活。在鲁迅看来,小说中所描写的俄国的许多情境与中国都很相像,"譬如其中的改革者的被迫,代表的吃苦,便是现在"①。这些改革者"先是为社会做事,社会倒迫害他,甚至于要杀害他,他于是一变而为向社会复仇了,一切是仇仇,一切都破坏。中国这样破坏一切的人还不见有,大约也不会有的,我也并不希望其有。但中国向来有别一种破坏的人,所以我们不去破坏的,便常常受破坏。我们一面被破坏,一面修缮着,辛辛苦苦地再过下去。所以我们的生活,便成了一面受破坏,一面修补,一面受破坏,一面修补的生活了"②。从鲁迅的评论来看,其对工人绥惠略夫的遭遇是怀有深深的同情的。他之所以要翻译阿尔志跋绥夫的这本书,用他自己的话无非是"借借他人的酒杯罢"了。而其中传达出来的无奈和悲观的情绪在某种程度上也反映出了那一时期鲁迅本人对革命失败的失望与悲观。应该说,鲁迅虽然感受到了小说中被压抑者的呼声,但尚未看到人民群众潜在的革命的可能性力量,诚如瞿秋白所评价的那样:"这些早期的革命作家,反映着封建宗法社会崩溃的过程,时常不是立刻就能够脱离个性主义——怀疑群众的倾向的;他们看得见群众——农民小私有者的群众的自私、盲目、迷信、自欺,甚至于驯服的奴隶性,可是,往往看不见这种群众的'革命可能性',看不见他们的笨拙的守旧的口号背后隐藏着革命的价值。"③

---

① 鲁迅:《记谈话》,《鲁迅全集》第三卷,北京:人民文学出版社,1981年,第356—357页。
② 同上书,第357页。
③ 瞿秋白:《〈鲁迅杂感选集〉序言》,《瞿秋白选集》,北京:人民出版社,1985年,第544页。

如果说翻译《工人绥惠略夫》时期的鲁迅的指导思想还是进化论和个人主义观念的话,那么经过极端残酷的革命斗争后,鲁迅后期已完全转变为马克思主义战士。具有自觉目的的革命知识分子出于中国革命的现实需要译介苏联文学的动机得到了鲁迅的高度认同,其结果是鲁迅积极转向参与苏联进步文艺的译介和研究工作中来。鲁迅痛斥帝国主义对苏联的攻击,慨叹中国已经被帝国主义及其侍从们欺骗得太久了,并宣称一定要将苏联的道路作为中国自己的道路。正是在这样的信念下,在马克思主义文艺观的指引下,鲁迅译介了大量的苏联"同路人"作家的作品。对此,鲁迅坦言道:"这也是无足异的。一者,此种文学的兴起较为在先,颇为西欧及日本所赏赞和介绍,给中国也得了不少转译的机缘;二者,恐怕也还是这种没有立场的立场,反而易得介绍者的赏识之故了。"[①]正是在鲁迅所说的这种"没有立场的立场"中,"同路人"作家的作品传达出了前所未有的苏联社会主义革命和建设的信息,而这些信息又通过译介的方式转化为中国革命的动力。而这一时期鲁迅将更多的精力投入苏联文学的译介之中还表现在他翻译了大量的卢那察尔斯基(又译卢那卡尔斯基)和普列汉诺夫的文艺理论著述以及标题为《苏联的文艺政策》一书,还有苏联作家法捷耶夫的《毁灭》和《十月》以及众多的苏联短篇小说作品。

中国左翼作家联盟的成立和瞿秋白对苏联"拉普"理论的介绍以及周扬等人对社会主义现实主义文艺创作方法的提倡无疑进一步推动了苏联无产阶级革命文学向纵深发展。不仅《毁灭》《十月》《铁流》等一大批苏联文学作品相继获得了重印,而且还有《静静的顿河》《暴风雨里所诞生的》等一批作品被重译,尤其是对伟大的无产阶级文学家高尔基作品的翻译与研究逐步达到高潮无疑成为20世纪30年代苏联文学"中国化"最显著的标志。其后,随着抗日战争的全面爆发和进入战略相持阶段,苏联反法西斯卫国战争文学成为中国最直接的精神力量源泉。1942年毛泽东《在延安文艺座谈会上的讲话》发表以后,解放区更是掀起了译介苏联卫国战争文学的新高潮,很多苏联文学作品不仅为抗战中的中国人民提供了精神上的激励,而且成为战争中具有实践指导意义的军事教科书。可以说,苏联文学在20世纪40年代的中国发挥了宣传和实战武器的双重作用。总体来看,具有自觉目的的无产阶级革命知识分子开创的对苏联进步文学译介的传统贯穿于1919年至1949年欧美文学"中国化"进程的始终,甚至可以说这种传统从未中断,直至中华人民共和国成立之后仍在发挥作用,并

[①] 鲁迅:《〈竖琴〉前记》,《鲁迅全集》第四卷,北京:人民文学出版社,1981年,第435页。

且获得了更大范围和更深层次的新的弘扬。

在关注苏联文学的同时,具有自觉目的的革命知识分子也将目光投向了英、法、德等国家的进步作家和文学。法国进步作家罗曼·罗兰和巴比塞(Henri Barbusse)就是在这一时期引起中国文艺界重视的,不仅《小说月报》刊载他们的反战文学,甚至鲁迅主编的《莽原》杂志还于1926年出版过"罗曼·罗兰专号"。而对英国和德国进步文学的翻译主要是由投身革命的郭沫若完成的。这一时期郭沫若翻译了英国无神论者和积极浪漫主义作家雪莱的诗选。马克思曾称赞雪莱是彻底的革命者和社会主义的先锋,这说明雪莱的诗歌具有极强的战斗性和革命激情,也正是因为这一点,雪莱的诗歌契合革命知识分子的价值取向。而对德国作家歌德的《少年维特之烦恼》《浮士德》以及海涅(Heinrich Heine)诗歌的翻译也在不同程度上体现出了革命知识分子的立场。

纵观具有自觉目的的无产阶级革命知识分子的欧美文学译介及其价值选择,呈现出一些有别于自由主义知识分子和具有民主思想的早期知识分子的鲜明特征。首先是无产阶级革命知识分子的译介活动和目标选择始终与反帝反封建的革命斗争紧密联系。符合革命斗争精神的作品被大力宣传和弘扬,反之则遭到冷落和文化批判。其次是无产阶级革命知识分子的译介目的性十分明确,即中国社会现实的迫切需要。作品要么为社会解放服务,要么为新社会和新制度的建立服务。再次是无产阶级革命知识分子在译介过程中树立了诸多的文学优良传统,这些传统对中国作家自身的文艺创作产生了至关重要的影响。最后则是无产阶级革命知识分子的译介始终坚持马克思主义思想的指导,具有政治的正确性和导向的先进性,这确保了译介方向的稳定。早期的马克思主义宣传者李大钊、瞿秋白等写作和译介了大量宣传马克思主义辩证唯物主义和历史唯物主义的文章,陈独秀还邀请陈望道翻译了《共产党宣言》,这些马克思主义的文章、著作为这一时期有自觉目的的无产阶级革命知识分子的欧美文学的"中国化"提供了政治思想上的有力保障。

第四个问题：

20世纪二三十年代马克思主义文艺观的传播为欧美文学"中国化"带来的新气象

成仿吾在《文化批判》创刊号的《祝词》中曾明确表示，"没有革命的理论"就"没有革命的行动"。① 成仿吾在此所说的"革命的理论"就是他在日本接受的马克思主义。尽管中国启蒙运动较早孕育出了文学革命的思想，但面对20世纪30年代以来日益复杂的国内外形势，当时的中国还是迫切需要一种明确而先进的思想观念来指导社会前进。在此意义上，马克思主义理论作为总的指导纲领的确立便显示出了特别重大的意义和价值。对此，李泽厚评价道："没有哪一种哲学或理论，能在现代世界史上留下如此深重的影响有如马克思主义；它在俄国和中国占据统治地位已数十年，从根本上影响、决定和支配了十几亿人和好几代人的命运，并从而影响了整个人类的历史进程。"② 费正清在叙述马克思主义理论"中国化"及其影响时则指出："无论如何，1924和1927年这几年的特点，最重要的是作为知识分子一种主要观点的马克思主义的某些看法在城市知识分子当中引人注意的传播。"③ "的确，莫斯科的激烈斗争证明，马克思列宁主义并没有给予现成启示，但是只要革命的道路在向前发展，相信莫斯科是世界性智慧源泉这样一种愿望就仍然是很强烈的。"④ 而毛泽东在总结新民主主义革命经验时也认为正是马克思主义的传入和影响改变了中国的社会面貌："谢谢马克思、恩格斯、列宁和斯大林，他们给了我们以武器。这武器不是机关枪，而是马克思列宁主义。"⑤ "中国人找到马克思主义，是经过俄国人介绍的。在十月革命以前，中国人不但不知道列宁、斯大林，也不知道马克思、恩格斯。十月革命一声炮响，给我们送来了马克思列宁主义。十月革命帮助了全世界的

---

① 成仿吾：《祝词》，《文化批判》1928年1月第一卷第一号。
② 李泽厚：《中国现代思想史论》，北京：生活·读书·新知三联书店，2008年，第150页。
③ 费正清编：《剑桥中华民国史（1912—1949年）》上卷，杨品泉等译，北京：中国社会科学出版社，1994年，第499页。
④ 同上书，第500页。
⑤ 毛泽东：《论人民民主专政》，《毛泽东选集》第四卷，北京：人民出版社，1991年，第1469页。

也帮助了中国的先进分子,用无产阶级的宇宙观作为观察国家命运的工具,重新考虑自己的问题。"①

纵观马克思主义理论在20世纪二三十年代中国传播和影响的轨迹,可以看到其不仅对中国革命起到了至关重要的思想引领作用,而且对文艺发展方向和路径的指引作用同样不可小觑,自然也深刻影响并制约了欧美文学"中国化"的历史进程。

一、马克思主义文艺观的形成与传播

中国对马克思主义理论学说的系统介绍是在1918年至1919年间,当时马克思主义的重要先行者李大钊连续发表了《法俄革命之比较观》《Bolshevism 的胜利》《庶民的胜利》等一系列文章,对俄国十月革命和马克思主义理论实践的成功给予了高度的赞扬和肯定。1919年5月,李大钊又发表了《我的马克思主义观》一文,全面而系统地介绍了马克思主义的理论学说,这篇文章的发表标志着中国先进知识分子对马克思主义理论学说的初步理解和接受。在李大钊的号召和影响下,中国在20世纪二三十年代掀起了声势浩大的学习马克思主义理论学说的思潮,在此过程中出现了瞿秋白等一批马克思主义理论学说的信仰者和传播者,他们践行马克思主义思想的过程,对响应中国救亡图存的迫切历史需求起到了至关重要的行动指南作用。

恩格斯在总结马克思一生的伟大功绩时认为,马克思毕生有两个重要发现,一是如达尔文发现有机界的发展规律一样发现了人类历史的发展规律,即唯物史观和阶级斗争学说;二是发现了现代资本主义生产方式和它所产生的资产阶级社会的特殊的运动规律,即剩余价值理论。尽管剩余价值理论是马克思主义思想的重要基础,但针对当时中国特定的经济条件和政治条件,很明显剩余价值理论不是马克思主义思想"中国化"的重点,相反,以唯物史观和阶级斗争为主的意识形态学说成为"中国化"的重中之重,这构成了马克思主义"中国化"的核心。对此,李大钊曾描述:"马氏社会主义的理论,可大别为三部:一为关于过去的理论,就是他的历史论,也称社会组织进化论;二为关于现在的理论,就是他的经济论,也称资本主义的经济论;三为关于将来的理论,就是他的

---

① 毛泽东:《论人民民主专政》,《毛泽东选集》第四卷,北京:人民出版社,1991年,第1470—1471页。

政策论,也称社会主义运动论,就是社会民主主义。离了他的特有的史观,去考他的社会主义,简直是不可能的。因为他根据他的史观,确定社会组织是由如何的根本原因变化而来的……预言现在资本主义的组织不久必移入社会主义的组织,是必然的命运……他这三部理论,都有不可分的关系,而阶级竞争说恰如一条金线,把这三大原理从根本上联络起来。"①陈独秀在《社会主义批评》、李达在《马克思还原》等文章中也对马克思主义做过类似介绍,突出强调了马克思主义思想观念中的阶级斗争学说和唯物史观。

之所以会突出马克思主义实践工具性和意识形态阶级性这两个重要特征,既是应和中国传统文化心理结构的必然结果,也是革命斗争的最现实需要。

李泽厚在《实用理性与乐感文化》一书中明确指出,中国文化的内在心理建构包含两个重要方面的内容,其一便是"实用理性"(Pragmatic Reason)。所谓"实用理性",从哲学角度主要是指"经验合理性"(empirical reasonableness)的概括或提升。②李泽厚明确指出,所谓"实用理性"绝不是一个封闭概念,如同"积淀"和"文化心理结构"一样,它不是某种固定不变的模式和形式,相反是典型的在"一个活生生的过程中"生成的"结构原则或创造原则",是一个"不断展开、不断向前的推进的过程"。③而在这一"塑形"(shaping)和"形成"(forming)过程中,"实用理性"始终与中国古代的血缘宗法制社会紧密相连,它是中国传统文化心理结构的重要现实基础。具体来说,李泽厚认为"实用理性"的表现集中体现在"关注于社会现实生活,不作纯粹抽象的思辨,也不让非理性的情欲横行,事事强调'实用'、'实际'和'实行',满足于解决问题的经验论的思维水平,主张以理节情的行为模式,对人生世事采取一种既乐观进取又清醒冷静的生活态度"④。他还进一步认为,这种源于狭义的实践性的"实用理性"加之中国社会早熟型的系统构架决定了中国"不仅善于接收、吸取外来事物,而且同时也乐于和易于改换、变易、同化它们,让一切外来的事物、思想逐渐变成自己的一部分,把它们安放在自己原有体系的特定部位上,模糊和销蚀掉那些与本系统绝对不能相容的部分、成分、因素,从而使之丧失原意。总之,是吸取接收之后加一番改造,使之同化于本系统"⑤。"五四"新文化运动以来,中国虽说完成了表

---

① 李大钊:《我的马克思主义观》,《李大钊选集》,北京:人民出版社,1959年,第176—177页。
② 李泽厚:《实用理性与乐感文化》,北京:生活·读书·新知三联书店,2005年,第3页。
③ 同上书,第250页。
④ 李泽厚:《中国现代思想史论》,北京:生活·读书·新知三联书店,2008年,第342页。
⑤ 同上书,第345页。

面意义上的反传统,但传统文化的内在心理构造依然牢固地存在着,并无时无刻不产生着影响。在此意义上,"五四"时期中国文化界对以杜威(John Dewey)为代表的美国实用主义的接受和对马克思主义思想观念的接受具有相类似的心理出发点。对此,李泽厚对比分析道:"尽管 Dewey 本人坚持反对马克思主义,但 Dewey 的工具主义理论或如他所自称的'实验经验主义'(experimental empiricism),我认为,却恰好可以看作是 Karl Marx 唯物史观的实践观念非常重要的具体开展和补充。"①历史学家余英时也有类似观点:"杜威和马克思之间有许多根本分歧,但在'改变世界'这一点(包括强调理论与实践的统一),他们的思想是属于同一形态的。马克思主义之所以能继实验主义之后为许多中国知识分子所接受,这也是基本原因之一。"②

除了"实用理性"的内在文化传统,革命和社会现实的需要也是中国注重宣传马克思主义实践工具性和意识形态阶级性的主要原因。英国当代著名的马克思主义文艺理论家特里·伊格尔顿(Terry Eagleton)曾指出:"马克思主义是一种关于人类社会以及改造人类社会的实践的科学理论;更具体地说,马克思主义所要阐明的是男男女女为摆脱一定形式的剥削和压迫而进行斗争的历史。"③20 世纪中国特定的历史和社会状态决定了着力接受并宣传马克思主义学说的工具性和意识形态性更具现实意义和价值,它在很大程度上配合了革命的最紧迫需求。

马克思主义理论学说的"中国化"不仅在社会政治思想领域产生了深远影响,在文学领域同样如此。文学的意识形态本质④决定了它必然自觉而首要地成为马克思主义理论重要的宣传和传播阵地,而马克思主义思想观念与文学本质的根源性契合点也决定了马克思主义文艺批评大有可为。诚如伊格尔顿所

---

① 李泽厚:《实用理性与乐感文化》,北京:生活·读书·新知三联书店,2005 年,第 14 页。
② 余英时:《中国近代思想史上的胡适——〈胡适之先生年谱长编初稿〉序》,《现代危机与思想人物》,北京:生活·读书·新知三联书店,2012 年,第 172 页。
③ 特里·伊格尔顿:《马克思主义与文学批评》,文宝译,北京:人民文学出版社,1980 年,第 2 页。
④ 关于文学的意识形态本质问题,欧美众多的文艺理论家都曾论及。美国文艺理论家乔纳森·卡勒(Jonathan Culler)认为"文学是意识形态的手段,同时文学又是使其崩溃的工具"。参见乔纳森·卡勒:《文学理论入门》,李平译,南京:译林出版社,2008 年,第 41 页。特里·伊格尔顿也有类似观点。他认为文学与某种"思想意识形态"的权力关系密不可分:"我们迄今所揭示的,不仅是在众说纷纭的意义上说文学并不存在,也不仅是它赖以构成的价值判断可以历史地发生变化,而是这种价值判断本身与社会思想意识有一种密切的关系。它们最终所指的不仅是个人的趣味,而且是某些社会集团借以对其他人运用和保持权力的假设。"见 Terry Eagleton, *Literary Theory: An Introduction* (Second Edition), Oxford: Blackwell Publisher, 1996, p.14。

言:"马克思主义批评在改造人类社会方面具有不说是中心的、也是重要的作用。马克思主义批评是一个更大的理论分析体系中的一部分,这个体系旨在理解意识形态——即人们在各个时代借以体验他们的社会的观念、价值和感情。而某些观念、价值和感情,我们只能从文学中获得。理解意识形态就是更深刻地理解过去和现在;这种理解有助于我们的解放。"①

纵观 20 世纪二三十年代中国马克思主义文艺批评理论的形成过程和机制,大致呈现出四种主要的倾向和模式:以钱杏邨为代表的"新写实主义"、以茅盾为代表的"客观写实主义"、以胡风为代表的"真实典型理论"和以瞿秋白为代表的"政治文学统一理论",其中影响最大的当属瞿秋白及其政治与文学相统一的马克思主义文艺批评观。

钱杏邨的"新写实主义"主要承袭日本文艺理论家藏原惟人。藏原惟人的"新写实主义"理论主张的要点包括两个主要方面:"第一,用无产阶级前卫的眼光看世界;第二,用严正的现实主义态度来描写。"②出于理解上的偏差和当时文艺论战的实际需要,钱杏邨断定藏原惟人所说的"新写实主义"的关键点不在第二点,而是集中在第一点上,即是否表现了无产阶级的思想观念才是新旧写实主义的根本分界之所在。以此价值判断为基础和核心,钱杏邨全面阐述了他的马克思主义文艺理论观。在艺术家的题材选择方面,他力主作家应摄取"尖端题材",描写"阶级化"和"组织化"的自觉反抗意识。在表现人物形象方面,他强调艺术家应充分体现无产阶级革命精神,展现具有新的思想观念的人物特质。在艺术家与艺术品之间的关系问题上,他认为作家应坚决克服"客观观照"和"如实描写"的创作态度,要明确表明自己的阶级立场和主观倾向性,避免"马克思主义与非马克思主义同栖的倾向、矛盾的倾向"③。钱杏邨依据马克思主义思想观念所提倡的"新写实主义"批评模式明确了文艺批评的阶级意识,强化了文艺批评中运用马克思主义思想观念的重要性,具有一定的现实价值。但由于其过于机械的运用方式,事实上马克思主义理论在"新写实主义"理论主张中已经蜕变为脱离现实和艺术本质特征的机械论,其批评效果和对文艺建设产生的"脸谱化"效应可想而知。诚如冯雪峰所评价的那样,"新写实主义"无论作为文学

---

① 特里·伊格尔顿:《马克思主义与文学批评》,文宝译,北京:人民文学出版社,1980年,第2—3页。
② 藏原惟人:《到新写实主义之路》,《太阳月刊》1928年7月第一卷第七号。
③ 钱杏邨:《安特列夫与阿志巴绥夫倾向的克服》,《拓荒者》1930年5月第一卷第四五期合刊。

批评方法还是文学创作原则在本质上都"没有触到现实主义的真实核心"①。

与钱杏邨机械的、模式化的马克思主义文艺批评观有所不同,茅盾提出了沟通无产阶级文学与"五四"现实主义文学传统的"客观写实主义"文艺批评观,从而在文学的现实主义批评方面丰富、发展了马克思主义文艺批评理论。茅盾根据自身对文学的理解,从现实主义文学观出发,认为无产阶级文学区别于旧有文学的最大特征就在于彻底的现实主义创作态度。他认为文学的内容应该具有客观真实性,文学家所展现的人生绝非个人和家庭的人生,而是在更为广阔意义上的社会和民族的人生。为此,他以苏联作家高尔基为榜样来赞扬他心目中的客观写实主义典范。在茅盾看来,高尔基是"第一个把无产阶级所受的痛苦真切地写出来,第一个把无产阶级灵魂的伟大无伪饰无夸张地表现出来,第一个把无产阶级所负的巨大的使命明白地指出来给全世界人看"②的伟大作家。而在文学与现实的关系上,茅盾坚持以现实生活作为评价文艺作品的标准,强调文学不是简单的生活对应物,文学"不要感伤于既往,也不要空夸着未来,应该凝视现实,分析现实,揭破现实"③,以对现实的深刻洞察力来显现整个社会的面貌。尽管茅盾的"客观写实主义"文艺批评观中很少论及艺术家的无产阶级世界观问题,对于无产阶级文学与大众化的矛盾冲突也未能提出切合实际的解决办法,但其将现实主义与马克思主义相结合的文艺思想,无疑在当时庸俗社会学批评泛滥的时代环境中独辟蹊径,显示出了文艺批评进步的大方向。

如果说茅盾已经认识到了现实主义批评原则的重要性的话,那么胡风的马克思主义文艺批评则进一步找到了现实主义批评原则在文艺内部的发展动力和规律,从而为马克思主义文艺批评开辟了新的路径,确立了全新的立足点。胡风发展马克思主义文艺批评观的主要贡献表现在对现实主义"典型"说的进一步拓展和具体化上。在论及文艺作品与现实的关系方面,胡风依据马克思主义的典型学说,认为文艺创作的中心在于塑造典型的人物形象:"创作活动底中心方向是描写人,创造典型,自然和社会环境底描写都是附从在这个中心方向下面的。"④在胡风看来,"艺术活动底最高目标是把捉人底真实,创造综合的典

---

① 冯雪峰:《论民主革命的文艺运动》,转引自艾晓明:《中国左翼文学思潮探源》,北京:北京大学出版社,2007年,第154页。
② 茅盾:《论无产阶级艺术》,《茅盾全集》第十八卷,北京:人民文学出版社,1989年,第500页。
③ 茅盾:《写在〈野蔷薇〉的前面》,《茅盾论创作》,上海:上海文艺出版社,1980年,第49—50页。
④ 胡风:《为初执笔者的创作谈》,《胡风评论集》上册,北京:人民文学出版社,1984年,第224页。

型"①,艺术家只有抓住了典型人物,充分发挥创作主体的能动作用,才能实现探索现实主义文学之路,因为只有"真实的现实主义的创作方法,能够补足作家底生活经验上的不足和世界观上的缺陷。"②基于此,胡风提出了一系列的文学批评主张,例如要尊重作家的创作个性和对题材的选择处理,要处理好创作主体的精神活动与艺术真实之间的关系等。胡风从创作主体的精神活动出发,以马克思主义典型学说为切入路径,在作家的感情与理智、想象与直观的矛盾对立中,深化了现实主义创作方法的内在机制,阐明了现实主义文艺批评观的巨大实践价值和深远影响。

作为革命理论家的瞿秋白在阐述马克思主义文艺批评观方面比钱杏邨、茅盾和胡风更直接、更坦率。他明确提出了文学的党性、阶级性和政治性原则,从而将文艺批评牢固地建立在了文艺与政治的交叉契合点上。瞿秋白认为,无论是文艺创作本身还是文艺家都离不开政治,"每一个文学家其实都是政治家。艺术——不论是那一个时代,不论是那一个阶级,不论是那一个派别的——都是意识形态的得力的武器,它反映着现实,同时影响着现实"③。他还进一步论述认为,艺术家只有艺术的力量是远远不够的,还需要有"一定的宇宙观和社会观"④,因为艺术家如果不在政治上和一般宇宙观上努力去了解革命和阶级意识的意义,那么客观上他就会走到出卖灵魂的烂泥里去,他所谓的"客观的描写"和"艺术的价值"就将间接"替现存制度服务",甚至"被反动阶级所利用"。⑤瞿秋白之所以会如此直截了当地提出文艺批评的政治标准,意在向庸俗的社会学批评和机械论文艺观提出挑战。在他看来,在"政治主义"的前提下,无产阶级应建立属于自己的新型艺术:"他们要创造新的艺术,他们的艺术要公开的号召斗争,要揭穿一切种种的假面具,要提出自己的理想和目的;他们要不怕现实,要认识现实,要用强大的艺术力量去反映现实,同时要知道这都是为着改造现实的。"⑥在这里,瞿秋白不仅汲取了钱杏邨、茅盾等文艺批评模式的合理内核,突出现实的写实主义的重要性,而且还明确提出了文艺批评改造世界的宏观目标,与马克思主义作为一个活生生的思想体来参与改造世界的终极定位高

---

① 胡风:《张天翼论》,《胡风评论集》上册,北京:人民文学出版社,1984年,第36页。
② 胡风:《略论文学无门》,《胡风评论集》上册,北京:人民文学出版社,1984年,第392页。
③ 瞿秋白:《"Apoliticism"——非政治主义》,《瞿秋白文集》文学编第一卷,北京:人民文学出版社,1985年,第541页。
④ 同上书,第543页。
⑤ 同上书,第543—544页。
⑥ 同上书,第543页。

度吻合。瞿秋白虽然没有对现实主义文艺创作和批评方法的内部规律进行深入探讨,但却把现实主义原则作为无产阶级文学的基本原则确立了下来。他反复强调文学要用"描写"和"表现"的手法去"尽力于活的现实的反映",[①]而不是一味宣传和图解思想观念,从而把作品和人物变成单纯的时代精神的号筒。客观来看,瞿秋白的文艺批评理论反映了他对文学的独特思考。他充分注意到马克思主义文学观的一般特征,在综合钱杏邨、茅盾等人的合理主张的基础上,试图以现实主义原则作为文学与政治、革命之间的契合点。尽管他未能全面而深刻地就所有文艺批评问题给出令人满意的答案,但作为自觉运用马克思主义指导文艺思想的第一人,他的文艺批评观还是从一个侧面代表了中国文艺理论家将马克思主义思想观念运用于文学批评的重要尝试。

马克思主义及其文艺批评观的广泛传播在当时形成了一种文化氛围,不仅推动了文艺论争和无产阶级文学艺术的繁荣发展,也潜移默化地改变着某些艺术家的思想观念,鲁迅是最为典型的例子。作为"五四"新文学的代表人物和著名的翻译家,鲁迅是如何从小资产阶级转变为无产阶级文人代表的,又是如何从拥护达尔文主义社会进化论转变为马克思主义者的,转变之后又是如何推动无产阶级文学进一步发展的,这些问题都值得深入思考和仔细研究。诚如学者艾晓明所说:"在马克思主义文学批评对文学运动的推动方面,也许没有什么比鲁迅研究的进展更能说明问题了。"[②]

二、以鲁迅为代表的中国先进知识分子对马克思主义文艺观的接受

费正清这样描述鲁迅对马克思主义理论的认识和接受过程:"鲁迅向马克思列宁主义靠拢要痛苦而艰难得多。实际上,五四事件并没有减轻他因旧文化'吃人'势力而深深感到的沮丧。他对1911年以前那个时期许多年轻的理想主义者的遭遇的辛辣回顾,也许是他没有响应五四的一个原因。他对接受人类进步的新理论犹犹豫豫,也可能是由于他认为他那些创造社的论敌们故作浪漫的

---

① 瞿秋白:《画狗罢》,《瞿秋白文集》文学编第一卷,北京:人民文学出版社,1985年,第356页。
② 艾晓明:《中国左翼文学思潮探源》,北京:北京大学出版社,2007年,第168页。

革命姿态,他们幻想通过他们的浮夸的普罗①文学影响历史的进程,对此他很反感。即使在他已转向马克思主义阵营时,他还想从普列汉诺夫等人寻找理论根据来支持他对他们的抨击,他抨击他们任性地夸大文学的作用,认为文学能引起社会革命。1927年以前他就开始应用马克思主义的范畴,但最终促使他接近共产党的原因,是民国政府处决他最亲近的追随中的一些年轻人,这引起了他极大的愤怒;这表明了他的特点。他更积极地,但也是迟疑地期望马克思列宁主义比过去的种种进化学说能更准确地分析历史,这无疑使他更加接近共产党。"②暂且不论这段描述是否科学,评价是否恰当,但它至少揭示出了鲁迅对马克思主义理论接受的几个关键点:首先,鲁迅对马克思主义理论的接受有一个渐进的过程;其次,鲁迅对马克思主义理论的了解主要是通过普列汉诺夫等人的马克思主义文艺理论著作获得的,这直接决定了鲁迅对马克思主义的接受是和当时的文艺发展紧密联系在一起的,且翻译在其中起到了至关重要的作用;最后,鲁迅选择马克思主义最为主要的目的是解除思想上的迟疑,探索一种新的精神武器,以便更好地认知当时中国的社会现实。事实上,鲁迅在接受并选择马克思主义理论过程中透过翻译所展示出来的基本内涵和广阔的艺术视野是惊人的,作为一种有益的可能性的价值取向,鲁迅为中国早期马克思主义文艺理论批评的发展奠定了基础,指明了方向。

众所周知,鲁迅对马克思主义及其文艺观的接受是从译介普列汉诺夫和卢那察尔斯基的文艺理论著作入手的。在1929年3月至10月间,鲁迅一鼓作气译出了普列汉诺夫的《艺术论》和卢那察尔斯基的《艺术论》《文艺与批评》《文艺政策》四部理论文集。通过这些译著,鲁迅深刻探求了马克思主义及其文艺观的理论源头,并结合当时的中国社会现实和自身的人生阅历及艺术修养对其加以全面地吸收和消化,一举成为当时最为重要的马克思主义文艺观的宣传者和批评实践者。关于鲁迅的这种接受途径和方式,有学者这样描述:"他一直是苏联文学批评(借助日文译本)如'自由'马克思主义者列夫·托洛茨基和亚历山大·沃隆斯基作品的热心读者。……他的思想来源之一,日本马克思主义者、'新写实主义'成员藏原惟人,正是钱杏邨及其支持者们树立的偶像。1928年末,鲁迅将注意力转向'正统的'马克思理论者如普列汉诺夫和卢那察尔斯基,

---

① "普罗"是法语"普罗列塔利亚"的简称,意思为"无产阶级的"。本书行文中均写作"普罗",瞿秋白在《普洛大众文艺的现实问题》中使用"普洛",引用时予以保留。

② 费正清编:《剑桥中华民国史(1912—1949年)》上卷,杨品泉等译,北京:中国社会科学出版社,1994年,第500—501页。

准备宣扬更为左倾的观念。"①

鲁迅之所以要集中译介普列汉诺夫和卢那察尔斯基的马克思主义文艺理论著作,直接的导火索来自他与创造社和太阳社的论战。关于这场论战的情形,鲁迅曾这样描述:"但我到了上海,却遇见文豪们的笔尖的围剿了,创造社,太阳社,'正人君子'们的新月社中人,都说我不好,连并不标榜文派的现在多升为作家或教授的先生们,那时的文字里,也得时常暗暗地奚落我几句,以表示他们的高明。我当初还不过是'有闲即是有钱'、'封建余孽'或'没落者',后来竟被判为主张杀青年的棒喝主义者了。"②鲁迅与创造社和太阳社当时论争的焦点主要集中在无产阶级文学的问题上,包括文艺的本质和起源、文艺的阶级性和艺术性、文艺与社会生活之间的关系以及艺术家的世界观与艺术创作之间的关系等。在论争过程中,批评的盲目性和对理论问题认知的浅显性让鲁迅觉得有必要引入纯正的马克思主义理论来充实自己的观点,并对创造社和太阳社的观点给予回击和修正。对此,鲁迅在多篇文章中有所论及。在谈及译介普列汉诺夫的《艺术论》时,鲁迅这样表述:"我有一件事要感谢创造社的,是他们'挤'我看了几种科学底文艺论,明白了先前的文学史家们说了一大堆,还是纠缠不清的疑问。并且因此译了一本蒲力汗诺夫的《艺术论》,以救正我——还因我而及于别人——的只信进化论的偏颇。"③在《"硬译"与"文学的阶级性"》一文中,鲁迅不仅提到了所谓的号称"无产阶级底批评家"钱杏邨在《拓荒者》杂志上引用卢那察尔斯基的话来为"革命文学"辩护,其实质是一种有意或无意的歪曲,而且还明确指出了创造社和太阳社批评家们的肤浅和自满:"其实,这些纷纭之谈,也还是只看名目,连想也不肯想的老病。译一本关于无产文学的书,是不足以证明方向的,倘有曲译,倒反足以为害。我的译书,就也要献给这些速断的无产文学批评家,因为他们是有不贪'爽快',耐苦来研究这些理论的义务的。"④鲁迅还进一步表明了自己逐字逐句"硬译"马克思主义文艺理论家著作的决心:"但我自信并无故意的曲译,打着我所不佩服的批评家的伤处了的时候我就一笑,打着我的伤处了的时候我就忍疼,却决不肯有所增减,这也是始终'硬译'的一个原因。"⑤在鲁迅看来,要想宣传马克思主义,必须首先懂得马克思主义,这

---

① 孙康宜、宇文所安主编:《剑桥中国文学史》下卷(1375—1949),刘倩等译,北京:生活·读书·新知三联书店,2013年,第545页。
② 鲁迅:《〈三闲集〉序言》,《鲁迅全集》第四卷,北京:人民文学出版社,1981年,第4页。
③ 同上书,第6页。
④ 鲁迅:《"硬译"与"文学的阶级性"》,《鲁迅全集》第四卷,北京:人民文学出版社,1981年,第210页。
⑤ 同上。

正是鲁迅在论战中不断呼吁真正的马克思主义和无产阶级理论家诞生的原因："我希望中国也有一两个这样的诚实的俄文翻译者,陆续译出好书来,不仅自骂一声'混蛋'就算尽了革命文学家的责任。"①但事实却让鲁迅失望："我那时就等待有一个能操马克斯主义批评的枪法的人来狙击我的,然而他终于没有出现。"②正是在这样的复杂背景下,鲁迅满含强烈的求知热情,以既不盲目自信也不随意排斥的、迥异于创造社和太阳社的严谨态度踏上了译介马克思主义及其文艺观的征程。

鲁迅对于马克思主义及其文艺观的接受是有选择的,他所译介的理论家绝非一般人物,而是马克思主义批评理论中有所建树的重要人物,相应的著作也是俄苏马克思主义文艺批评的经典之作。

普列汉诺夫是鲁迅的首选。在《〈艺术论〉译本序》中,鲁迅称赞普列汉诺夫是"伟大的思想家""俄国的马克斯主义者的先驱和觉醒了的劳动者的教师和指导者"③;在《论文集〈二十年间〉第三版序》的译者附记中,他又称普列汉诺夫是"俄国社会主义的先进",并提醒从事文艺的人注意"他又是用马克斯主义的锄锹,掘通了文艺领域的第一个"。④ 而在为《苏俄的文艺论战》一书所写的前记中,他又特别提到了《蒲力汗诺夫与艺术问题》一文,突出介绍这是一篇"用Marxism于文艺的研究的"、对于读者"连类的参考"⑤具有重大价值的文献。鲁迅多次在文章中提及普列汉诺夫,足见其在他心目中的重要地位。

鲁迅对普列汉诺夫马克思主义文论的译介主要包括普列汉诺夫的著作《艺术论》和论文《车勒芮绥夫斯基的文学观》以及从日本文艺理论家藏原惟人所译的《阶级社会的艺术》一书中重译而来的《论文集〈二十年间〉第三版序》。⑥ 在翻译的同时,他还身体力行地写出了《〈艺术论〉译本序》《论文集〈二十年间〉第三版序·译者附记》等文章来全面介绍、评价普列汉诺夫的马克思主义艺术观点和理论功绩。

鲁迅所译的普列汉诺夫的《艺术论》主要包括《论艺术》《原始民族的艺术》

---

① 鲁迅:《"硬译"与"文学的阶级性"》,《鲁迅全集》第四卷,北京:人民文学出版社,1981年,第211页。
② 同上书,第236页。
③ 鲁迅:《〈艺术论〉译本序》,《鲁迅全集》第四卷,北京:人民文学出版社,1981年,第255页。
④ 鲁迅:《论文集〈二十年间〉第三版序·译者附记》,《鲁迅全集》第十卷,北京:人民文学出版社,1981年,第313页。
⑤ 鲁迅:《〈苏俄的文艺论战〉前记》,《鲁迅全集》第七卷,北京:人民文学出版社,1981年,第267页。
⑥ 《鲁迅译文集》第六卷收录普列汉诺夫的《艺术论》,《鲁迅译文集》第十卷收录普列汉诺夫的论文《车勒芮绥夫斯基的文学观》以及从日本文艺理论家藏原惟人所译的《阶级社会的艺术》一书中重译而来的《论文集〈二十年间〉第三版序》。

和《再论原始民族的艺术》三封信以及作为补充的藏原惟人的《论文集〈二十年间〉第三版序》。其中前三封信系普列汉诺夫生前发表的《没有地址的信》①一书,此书是普列汉诺夫运用马克思主义唯物史观集中阐释并解决美学和艺术问题的重要著作。鲁迅在详细参考并潜心研究了苏联党史和革命史等多方面的著述后,写下了《〈艺术论〉译本序》一文,不仅详细介绍了普列汉诺夫每一封信的主要内容,而且还以客观严谨的态度对普列汉诺夫的基本观点展开剖析。根据鲁迅的介绍,在第一篇《论艺术》中,普列汉诺夫首先提出了"艺术是什么"的问题,补正了托尔斯泰对艺术的相关定义。普列汉诺夫将艺术的特质断定为感情和思想的具体而形象的表现,从而为进一步申明艺术是一种社会现象奠定了重要的唯物史观基础。鲁迅在此表明他特别赞赏普列汉诺夫将艺术作为社会生产的观点,这就使得对于文学的研讨有必要"从生物学到社会学去","从达尔文的领域的那将人类作为'物种'的研究,到这物种的历史底运命的研究去"。②在鲁迅看来,普列汉诺夫"解明了生产力和生产关系的矛盾以及阶级间的矛盾,以怎样的形式,作用于艺术上;而站在该生产关系上的社会的艺术,又怎样地取了各别的形态,和别社会的艺术显出不同"③。在第二篇《原始民族的艺术》中,普列汉诺夫集中阐明了生产技术和生活方法是如何反映在艺术,尤其是原始艺术上的。鲁迅认为"蒲力汗诺夫就想由解明这样的原始民族的艺术,来担当马克斯主义艺术论中的难题"④。在第三篇《再论原始民族的艺术》中,普列汉诺夫则在批判之后集中"用丰富的实证和严正的论理,以究明有用对象的生产(劳动),先于艺术生产这一个唯物史观的根本底命题"⑤。最后,鲁迅总结了普列汉诺夫理论的基本点和核心:"蒲力汗诺夫之所究明,是社会人之看事物和现象,最初是从功利底观点的,到后来才移到审美底观点去。"⑥鲁迅认为普列汉诺夫这部《艺术论》"虽然还未能俨然成一个体系,但所遗留的含有方法和成果的著作,却不只作为后人研究的对象,也不愧称为建立马克斯主义艺术理论,社

---

① 《没有地址的信》一书经历了补充合并的过程,最初发表时只有《论艺术》《原始民族的艺术》和《再论原始民族的艺术》三封信,后研究者根据普列汉诺夫的手稿对其进行了补充与合并,成为我们今天看到的《没有地址的信》。关于《没有地址的信》的成书过程,参见普列汉诺夫:《论艺术(没有地址的信)》,曹葆华译,北京:生活·读书·新知三联书店,1973年,第147—153页。
② 鲁迅:《〈艺术论〉译本序》,《鲁迅全集》第四卷,北京:人民文学出版社,1981年,第262页。
③ 同上。
④ 同上书,第263页。
⑤ 同上。
⑥ 同上。

会学底美学的古典底文献的了。"①

鲁迅在译本序中除了介绍《艺术论》的主要内容和赞扬普列汉诺夫为马克思主义文艺理论奠定了基础外,还大段引用了共产国际刊物《国际通讯》杂志上的一篇题为《G. V. 蒲力汗诺夫和无产阶级运动》的评论文章。这篇文章虽然指出了普列汉诺夫思想观念与革命的马克思主义之间相抵触的三个问题——"对于农民层的革命底的可能力的过少评价""国家的问题"和"没有理解那作为资本主义的最后阶段的帝国主义的问题,以及帝国主义战争的性质的问题",②但其对普列汉诺夫功绩的高度评价仍是毫不吝惜的:"在俄国的马克斯主义建设者蒲力汗诺夫,决不仅是马克斯和恩格斯的经济学,历史学,以及哲学的单单的媒介者。他涉及这些全领域,贡献了出色的独自的劳作。使俄国的劳动者和智识阶级,确实明白马克斯主义是人类思索的全史的最高的科学底完成,蒲力汗诺夫是与有力量的。惟蒲力汗诺夫的种种理论上的研究,在他的观念形态的遗产里,无疑地是最为贵重的东西。"③文章的作者还引用了列宁的话来进一步评价普列汉诺夫:"倘不研究这个(蒲力汗诺夫的关于哲学的叙述),就谁也决不会是意识底的,真实的共产主义者的。因为这是在国际底的一切马克斯主义文献中,最为杰出之作的缘故。"④鲁迅之所以大段抄录这篇文章的内容,无疑暗示出他在内心是赞成这些观点的。

考察鲁迅思想和艺术观形成的具体过程可知,他最初接受的是达尔文的进化论观念,中间在一定历史时期又以译介日本文艺理论家厨川白村的《苦闷的象征》为标志融入了生命论与心理学观念,最终才接受了普列汉诺夫的马克思主义社会外部根源论。何以让鲁迅有如此巨大的思想转变?换言之,推动鲁迅从进化论和生命论转变到社会根源论的根本点是什么?又或者说,究竟是什么使鲁迅最终选择并接受了马克思主义文艺理论观呢?

特定时代的社会现实以及普列汉诺夫思想与鲁迅内在精神的契合是鲁迅接受普列汉诺夫马克思主义文艺观的核心动力。随着革命形势的发展,鲁迅渐渐意识到原有的进化论和生命心理观念已无法解释现实社会的发展,更无法适应阶级斗争的实际需要。对此,鲁迅曾描述道:"我一向是相信进化论的,总以为将来必胜于过去,青年必胜于老人,对于青年,我敬重之不暇,往往给我十刀,

---

① 鲁迅:《〈艺术论〉译本序》,《鲁迅全集》第四卷,北京:人民文学出版社,1981年,第261页。
② 同上书,第260页。
③ 同上书,第261页。
④ 同上。

我只还他一箭。然而后来我明白我倒是错了。这并非唯物史观的理论或革命文艺的作品蛊惑我的,我在广东,就目睹了同是青年,而分成两大阵营,或则投书告密,或则助官捕人的事实!我的思路因此轰毁……"①在如此严峻而复杂的革命形式下,鲁迅不得不重新思考一个紧迫的现实问题,即新的思想出路和较为现实的文艺观在哪里？普列汉诺夫的马克思主义思想观念恰巧解决了鲁迅这时的思想困惑。对于鲁迅来说,普列汉诺夫所探讨的问题和相关阐释既具有现实针对性,又具有理论指导意义和价值,关于这一点,可以从鲁迅推介普列汉诺夫的《论文集〈二十年间〉第三版序》中清晰可见:

  这一篇是从日本藏原惟人所译的《阶级社会的艺术》里重译出来的,虽然长不到一万字,内容却充实而明白。如开首述对于唯物论底文艺批评的见解及其任务；次述这方法虽然或被恶用,但不能作为反对的理由；中间据西欧文艺历史,说明憎恶小资产阶级的人们,最大多数仍是彻骨的小资产阶级,决不能僭用"无产阶级的观念者"这名称；临末说要宣传主义,必须豫先懂得这主义,而文艺家,适合于宣传家的职务之处却很少；都是简明切要,尤合于介绍给现在的中国的。②

  不仅普列汉诺夫的思想观念适合当时的中国社会,而且更为重要的是普列汉诺夫的思想观念使鲁迅重新认识了达尔文的进化论理论,并将其调整至思想观念的适当位置。普列汉诺夫认为达尔文进化思想在很大程度上与唯物史观具有一致性。达尔文提出了人具有产生审美愉悦快感的能力,但并未阐明这种审美快感从何而来,只是说明这种快感与人类的思想进程有着一定程度的联系。普列汉诺夫以此为基础和起点继续深入讨论下去,强调唯物史观所要解决的问题正是达尔文所未充分阐释的问题。这样,普列汉诺夫就在逻辑上解决了达尔文进化论观念可能与唯物史观相抵触和矛盾的地方。换言之,达尔文进化论终止的地方正是唯物史观研究起始的地方,普列汉诺夫强调了二者之间的内在接续性。普列汉诺夫的这种思想论证方式客观来说不仅没有从根本上彻底清除鲁迅的进化论思想,反而在一定程度上恢复了鲁迅对于进化论的信念,只不过是从某种角度的修正和补充而已。这避免了鲁迅思想的更替混乱,减缓了鲁迅思想经历巨大变革的可能性冲击,使鲁迅在心理上获得了一个相对稳定的

---

① 鲁迅:《〈三闲集〉序言》,《鲁迅全集》第四卷,北京:人民文学出版社,1981年,第5页。
② 鲁迅:《论文集〈二十年间〉第三版序·译者附记》,《鲁迅全集》第十卷,北京:人民文学出版社,1981年,第313页。

缓冲期。对此,学者艾晓明曾这样评价普列汉诺夫及其《艺术论》对于鲁迅的作用和影响:"从个人思想发展来说,他帮助鲁迅发展了进化论中的战斗唯物主义精神,并把它贯彻到底,推动鲁迅走向马克思主义的社会革命论,并在这个新的思想框架中调整及摆正思想革命、文化批判和文学与政治革命实践的关系。就接受影响的程度而言,鲁迅既吸取了《艺术论》中对文艺的唯物主义的解释,也在方法论上获得了启示,普列汉诺夫对唯物史观与达尔文进化论异同的分析从一个方面表明了马克思主义与非马克思主义的思想学说有所继承又有所突破的辩证关系。而这种关系的辩证性质正是'革命文学'的许多倡导者都不理解的。在这个意义上,鲁迅的翻译就不仅表明了他个人对唯物史观的拥护,而且为中国刚刚萌生同时就伴有庸俗化倾向的马克思主义的文学批评输入了及时而又切要的理论武器。"①

在学习和接受马克思主义及其文艺观的过程中,卢那察尔斯基是鲁迅选择的除普列汉诺夫之外的另一重要标尺。鲁迅将卢那察尔斯基定位为"革命者""艺术家"和"批评家",②称赞卢那察尔斯基的剧本《浮士德与城》是"世界革命的程序的预想"③,认为中国当时近十一年的作品中没有什么作品可以与卢那察尔斯基的戏剧《被解放的堂·吉诃德》相媲美。④

鲁迅译介卢那察尔斯基最主要的功绩在于他先后完成了《艺术论》和《文艺与批评》两部文集的翻译,并分别为它们写下了小序和译者附记。鲁迅根据日译本重译的卢那察尔斯基的《艺术论》共包括五篇:《艺术与社会主义》《艺术与产业》《艺术与阶级》《美及其种类》和《艺术与生活》。鲁迅还增补了一篇《美学是什么》作为附录收入书中。⑤ 根据鲁迅为该书所写的"小序"描述,该书"原本既是压缩为精粹的书,所依据的又是生物学底社会学,其中涉及生物,生理,心理,物理,化学,哲学等,学问的范围殊为广大,至于美学和科学底社会主义,则更不俟言"⑥。而书中所论及的"艺术与产业之合一,理性与感情之合一,真善美之合一,战斗之必要,现实底的理想之必要,执着现实之必要,甚至于以君主

---

① 艾晓明:《中国左翼文学思潮探源》,北京:北京大学出版社,2007年,第184页。
② 鲁迅:《〈艺术论〉(卢氏)小序》,《鲁迅全集》第十卷,北京:人民文学出版社,1981年,第294页。
③ 鲁迅:《〈浮士德与城〉后记》,《鲁迅全集》第七卷,北京:人民文学出版社,1981年,第354页。
④ 鲁迅:《"硬译"与"文学的阶级性"》,《鲁迅全集》第四卷,北京:人民文学出版社,1981年,第207页。
⑤ 卢那察尔斯基《艺术论》的篇章构成参见《鲁迅译文集》(北京:人民文学出版社,1958年)第六卷的目录。
⑥ 鲁迅:《〈艺术论〉(卢氏)小序》,《鲁迅全集》第十卷,北京:人民文学出版社,1981年,第295页。

为贤于高蹈者"在鲁迅看来"都是极为警辟的"。[①] 鲁迅的这些简短介绍与评价集中阐述了卢那察尔斯基文艺理论的两个重要方面,即"生物机构学"和新文化建设的手段问题。

所谓"生物机构学",主要是指卢那察尔斯基认为美学评价是一种典型的心理学事实,因此它存在的重要基础就在于生物学方面的原因。这是卢那察尔斯基文艺观与普列汉诺夫相异之处,也是卢那察尔斯基一度被指为主观主义者的重要原因之一。与普列汉诺夫的唯物史观相比,卢那察尔斯基所探讨的重点集中在美感产生的心理学和生物学规律方面。在卢那察尔斯基看来,唯有从心理学、生物学等相关社会科学的交叉点上突破,才能解决艺术的本质和艺术的评价问题。鲁迅认为这正是卢那察尔斯基文艺观的特殊之处。事实上,从鲁迅介绍的用语中便可看出,他既认识到了卢那察尔斯基文艺观的生物心理要素,同时也强调了它的社会学性质问题,甚至在某种程度上将它与"科学底社会主义"相联系。鲁迅的认知与卢那察尔斯基艺术观的原初目的大体是一致的。因为在卢那察尔斯基看来,艺术既然是一种社会现象,那么它的"生物机构学"规则和要素就必然处于从属地位,艺术始终与社会现实紧密相连,这是毫无疑问的。也就是说,尽管卢那察尔斯基强调了文艺的心理学和生物学要素,但也并未从根本上否定其社会现实性,他的基本观点和立场还是站在唯物主义基础之上的。

鲁迅从卢那察尔斯基那里所得到的启示还包括文化实践方面,具体来说主要是如何建设新文化问题。在"小序"中鲁迅曾提及"书的特色和作者现今所负的任务,原序的第四段中已经很简明地说尽,在我,是不能多赘什么了"[②]。鲁迅这里所说的"原序"指的是书的俄文版编写者所作的序,其中第四段是这样描述书的作者和主要内容的:"本书中所成为焦点者,是艺术本身和那发达的历程。从中,于艺术底创作的历程,尤其解剖得精细。在这里,是分明可见,能将什么给予对于艺术的阶级底观点,是向着无产阶级的,明白地意识着自己的所属性的艺术家。当撰辑这些论文时,出版者用力之处,是不仅在卢那卡尔斯基为科学底社会主义艺术学的理论家,而尤在其为实际底指导者。我们在卢那卡尔斯基的关于一般美学的许多著述中,要将艺术底创造,在那历程上加以意识化的尝试,分明可以看出。卢那卡尔斯基当讲述形式底方法之际,又当讲述艺术的内容的价值之际,读者大约到处会在自己之前,看见不独是各流派的单单

---

① 鲁迅:《〈艺术论〉(卢氏)小序》,《鲁迅全集》第十卷,北京:人民文学出版社,1981年,第296页。
② 同上书,第294页。

的艺术学者,且是一定倾向的实际底指导者的。这完全的活的艺术底经验的结晶之处,即本书的价值和意义之所在。"①那么鲁迅又具体关注卢那察尔斯基什么方面的实践性问题呢? 这似乎可以从他为剧本《浮士德与城》所写的后记中找到端倪。鲁迅在《〈浮士德与城〉后记》一文中曾大段引用卢那察尔斯基《实证美学的基础》一书关于阶级社会文化发展与文化传递规律的论述,并对此进行评价道:"因为新的阶级及其文化,并非突然从天而降,大抵是发达于对于旧支配者及其文化的反抗中,亦即发达于和旧者的对立中,所以新文化仍然有所承传,于旧文化也仍然有所择取。"②鲁迅在这里提出了重要的"文化择取"的观点,这既是鲁迅消化吸收卢那察尔斯基马克思主义文艺观的具体表现,也是鲁迅由单纯的文艺观向"革命文学"观发展的重要转折标志。从此,鲁迅开始以正确的马克思主义文艺观来看待"革命文学"等现实问题,这在很大程度上纠正了当时思想界对于相关问题的错误和偏颇认识。

除了《艺术论》,鲁迅还译介了卢那察尔斯基的《文艺与批评》一书。该书是鲁迅从日译论文集和《战旗》杂志上选编的六篇文章的合集,鲁迅又从日本翻译家尾濑敬止的《革命露西亚的艺术》一书中选择了名为《为批评家的卢那卡尔斯基》一文作为全书的序言。全书依目录顺序除去序言的其他六篇文章的题目分别是《艺术是怎样地发生的》《托尔斯泰之死与少年欧罗巴》《托尔斯泰与马克斯》《今日的艺术与明日的艺术》《苏维埃国家与艺术》以及《关于马克斯主义文艺批评之任务的提要》。鲁迅在《〈文艺与批评〉译者附记》一文中简略地介绍了这六篇文章的译介来源和主要内容:《艺术是怎样地发生的》主要介绍艺术发生的机制这一重大问题;第二、三两篇主要介绍在马克思主义思想下对托尔斯泰的认知与评价问题,广泛涉及作为科学社会主义者的卢那察尔斯基对托尔斯泰的认知过程和评价转变;第四、五两篇集中关注社会主义艺术的发展道路以及艺术与革命的关系问题,鲁迅认为在这一问题上"其中于艺术在社会主义社会里之必得完全自由,在阶级社会里之不能不暂有禁约,尤其是于俄国那时艺术的衰微的情形,指导者的保存,启发,鼓吹的劳作,说得十分简明切要",而这对于当时"忽然高唱自由主义的'正人君子'"以及曾经号称自我为"革命文学家"的人来说"实在是一帖喝得会出汗的苦口的良药"。③ 而在这个集子的所有文章中,鲁迅似乎最为看重最后一篇。鲁迅介绍说这最后一篇是依据日本文艺理

---

① A. 卢那卡尔斯基:《艺术论》,《鲁迅译文集》第六卷,北京:人民文学出版社,1958年,第7页。
② 鲁迅:《〈浮士德与城〉后记》,《鲁迅全集》第七卷,北京:人民文学出版社,1981年,第355页。
③ 鲁迅:《〈文艺与批评〉译者附记》,《鲁迅全集》第十卷,北京:人民文学出版社,1981年,第301页。

论家藏原惟人译载在《战旗》杂志上的日文翻译重译的。关于这篇文章,原译者藏原惟人曾有一段暗语:"这是作者显示了马克斯主义文艺批评的基准的重要的论文。我们将苏联和日本的社会底发展阶段之不同,放在念头上之后,能够从这里学得非常之多的物事。我希望关心于文艺运动的同人,从这论文中摄取得进向正当的解决的许多的启发。"①鲁迅认为藏原惟人的这段解说和认知评价"是可以移赠中国的读者们的"②。

鲁迅为什么认为这最后一篇文章适合中国读者?这要从卢那察尔斯基这篇文章的主要内容谈起。在文章中,卢那察尔斯基面对当时苏联复杂的意识形态局面,详细阐释了马克思主义文艺批评从中肩负的重大历史责任。具体来看,卢那察尔斯基就马克思主义文艺批评的性质、内容与形式之间的关系、批评方法与评价标准以及批评家自身应具备的品质等多方面问题逐一展开了阐释。可以说,这是一篇系统阐释马克思主义文艺观的著述,对当时中国文化界接受正确的马克思主义文艺观并展开真正意义上的马克思主义文艺批评具有不可替代的指导意义和价值。在鲁迅看来,唯有如这篇文章所深刻认知的那样去从事批评,才能"有真的新文艺和新批评的产生的希望",才不至于产生"以马克斯主义文艺批评自命的批评家"的混乱和笑谈:"在所写的判决书中,同时也一并告发了自己。"③

纵观鲁迅对卢那察尔斯基理论的译介和接受,其着力点在于实践性和对当时中国文艺现实的指导作用。卢那察尔斯基的这种注重理论与实践相结合的马克思主义文艺观在很大程度上与普列汉诺夫具有内在的一致性和承袭关系。他们都强调马克思主义理论及其文艺观的复杂性,强调其中蕴含的辩证关系,反对机械而单一的套用方式,认为应该恰当运用马克思主义方法来研究庞杂的文艺现象及其与社会现实和社会思想之间的关系。正因为二者之间的这种内在统一性,才使得鲁迅相继接受了他们的思想观念,不仅完成了一次个人思想的升华与蜕变,而且还将这种转变后的马克思主义文艺思想观念积极应用于欧美文学"中国化"的实践之中,使其得以丰富和发展,并进一步接受实践的检验。而实践检验的具体表现毫无疑问突出地反映在鲁迅对苏联"同路人"文学的译介和传播上。

---

① 鲁迅:《〈文艺与批评〉译者附记》,《鲁迅全集》第十卷,北京:人民文学出版社,1981年,第301—302页。
② 同上书,第302页。
③ 同上。

三、鲁迅与苏联"同路人"文学译介对马克思主义文艺观的深化

如果说鲁迅对普列汉诺夫和卢那察尔斯基文艺理论著作的翻译是在理论上学习马克思主义文艺理论观并向马克思主义靠拢的表现,那么他对苏联"同路人"文学的译介则是将马克思主义文艺理论观"中国化"的具体实践。

所谓"同路人"文学,主要是指苏联那些在政治上同情并拥护苏维埃政权但对革命的性质和意义认识不清、世界观还不是无产阶级的作家和诗人,首先是指"意象派""谢拉皮翁兄弟""山隘""构成主义者文学中心"以及"列夫"等文学团体的作家,同时也包括没有加入任何组织的一部分作家,如列昂诺夫、阿·托尔斯泰等。①"同路人"文学的出现是苏联特定历史条件作用的结果。十月革命以后,俄国的文学界发生了深刻的变化,原先居于文坛中心的资产阶级作家在摧枯拉朽的革命风暴的洗礼中纷纷惊慌失措,或外逃,或陷入沉默之中,这为无产阶级文学的发展提供了难得的社会历史大环境。但由于"物资的缺乏和生活的艰难",俄国文艺在战时的共产主义时代仍处于"受难"的阶段。②而在无产阶级文学尚未发展成熟之际,以"谢拉皮翁兄弟"(鲁迅译为"绥拉比翁的弟兄")等为代表的一批小资产阶级文学团体相继出现,并很快"席卷了全国的文坛"。③

关于"同路人"名称的由来和他们主要的文学理论主张,鲁迅在文章中有多处介绍。在《〈竖琴〉前记》一文中,鲁迅指出"同路人"的名称来源于俄国思想家托洛茨基:"讬罗茨基也是支持者之一,称之为'同路人'。同路人者,谓因革命中所含有的英雄主义而接受革命,一同前行,但并无彻底为革命而斗争,虽死不惜的信念,仅是一时同道的伴侣罢了。这名称,由那时一直使用到现在。"④鲁迅认为以"绥拉比翁的弟兄"为代表的"同路人"之所以会出现,有其必然而简单的理由:"当时的革命者,正忙于实行,惟有这些青年文人发表了较为优秀的作品者其一;他们虽非革命者,而身历了铁和火的试练,所以凡所描写的恐怖和战

---

① 参见《中国大百科全书·外国文学》(北京:中国大百科全书出版社,1982年)第Ⅱ卷第1001—1002页之"'同路人'作家"词条。
② 鲁迅:《〈十月〉后记》,《鲁迅全集》第十卷,北京:人民文学出版社,1981年,第315页。
③ 鲁迅:《〈竖琴〉前记》,《鲁迅全集》第四卷,北京:人民文学出版社,1981年,第434页。
④ 同上。

第四个问题:20世纪二三十年代马克思主义文艺观的传播为欧美文学"中国化"带来的新气象

栗,兴奋和感激,易得读者的共鸣者其二;其三,则当时指挥文学界的瓦浪斯基,是很给他们支持的。"①而在《〈十月〉后记》一文中,鲁迅则引用苏联文学史家珂刚(P. S. Kogan)教授的《伟大的十年的文学》第四章中的介绍和评价来详细说明"同路人"文学的形成:

> "'同路人'们的出现的表面上的日子,也可以将'绥拉比翁的弟兄'于一九二一年二月一日同在'列宁格勒的艺术之家'里的第一回会议,算进里面去。(中略。)在本质上,这团体在直接底的意义上是并没有表示任何的流派和倾向的。结合着'弟兄'们者,是关于自由的艺术的思想,无论是怎样的东西,凡有计划,他们都是反对者。倘要说他们也有了纲领,那么,那就在一切纲领的否定。将这表现得最为清楚的,是淑雪兼珂(M. Zoshchenko):'从党员的见地来看,我是没有主义的人。那就好,叫我自己来讲自己,则——我既不是共产主义者,也不是社会革命党员,又不是帝政主义者。我只是俄罗斯人。而且——政治底地,是不道德的人。在大体的规模上,布尔塞维克于我最相近。我也赞成和布尔塞维克们来施行布尔塞维主义。(中略)我爱那农民的俄罗斯。'
>
> "一切'弟兄'的纲领,那本质就是这样的东西。他们用或种形式,表现对于革命的无政府底的,乃至巴尔底山(袭击队)底的要素(Moment)的同情,以及对于革命的组织底计划底建设底的要素的那否定底的态度。"②

《伟大的十年的文学》中另一段评价"同路人"作家文学的引述则出现在了《〈一天的工作〉前记》中:

> "所谓'同路人'的文学,是开拓了别一条路的。他们从文学走到生活去。他们从价值内在底技巧出发。他们先将革命看作艺术底作品的题材,自说是对于一切倾向性的敌人,梦想着无关于倾向的作家的自由的共和国。然而这些'纯粹的'文学主义者们——而且他们大抵是青年——终于也不能不被拉进全线沸腾着的战争里去了。他们参加了战争。于是从革命底实生活到达了文学的无产阶级作家们,和从文学到达了革命底实生活的'同路人们',就在最初的十年之终会面了。最初的十年的终末,组织了苏联作家的联盟。将在这联盟之下,互相提携,前进了。最初的十年的终

---

① 鲁迅:《〈竖琴〉前记》,《鲁迅全集》第四卷,北京:人民文学出版社,1981年,第434页。
② 鲁迅:《〈十月〉后记》,《鲁迅全集》第十卷,北京:人民文学出版社,1981年,第315—316页。

末,由这样伟大的试练来作纪念,是毫不足怪的。"①

鲁迅转引的这两段评述以"绥拉比翁的弟兄"为核心的"同路人"作家的文字不约而同地都提及了他们的政治主张,即宣称"无主义",构想"无关于倾向的作家的自由王国",这在当时被认为是表现出了一定程度的虚无主义和盲目主义倾向的。正因为此,当时苏联党内对"同路人"这一派作家及其文学的定位产生了很大的争议,关于这一点可以从鲁迅翻译的俄共中央1924年讨论文艺政策问题的会议文件《文艺政策》②上清晰可见。关于这次讨论,如何对待"同路人"作家以及"同路人"作家在苏共的文学事业及无产阶级文学建设中所起到的作用等问题成为焦点。当时针对这些焦点问题主要有三种政治立场:一、由瓦浪斯基和托洛茨基所代表的立场;二、瓦进及其他"那·巴斯图"一派的立场;三、布哈林、卢那察尔斯基等的立场。③ 第一派的主要观点在于否定党对无产阶级文学事业的领导,认为"同路人"作家是当时文学发展的主力。第二派则自封为当时无产阶级文学的唯一代表,蔑视并排斥"同路人"作家。以卢那察尔斯基为代表的第三派则纠正了上述两派的偏颇极端观点,认为在无产阶级文学事业中不能排斥"同路人"作家,但也要注意"同路人"作家与真正的无产阶级作家之间的主次关系以及"同路人"作家的分化和动摇问题,采取正确的态度和方式对其加以引导,即"采取那种足以使他们尽可能迅速地转到共产主义思想方面来的态度",且在此过程中"应当以容忍的态度对待中间的思想形态"。④ 鲁迅充分注意到了苏联对待"同路人"作家的不同态度,并在全面分析考察的基础上,结合当时中国文艺的发展状况和革命的形势,指出中国的无产阶级文学运动在保持相对独立性的前提下,有必要积极团结、争取、教育所谓的"同路人"作家,使其与革命结成牢固的文学联盟,这才是真正正确的马克思主义文艺观和革命文学的主张。鲁迅的这一基本价值立场体现了当时马克思主义文艺观"中国化"以后发展文艺界革命统一战线的重要思想,对当时流行的文艺宗派主义、

---

① 鲁迅:《〈一天的工作〉前记》,《鲁迅全集》第十卷,北京:人民文学出版社,1981年,第357页。
② 《文艺政策》,即《俄苏的文艺政策》,是鲁迅根据日本文艺理论家藏原惟人和外村史郎的日译本重译过来的反映当时俄苏文艺论争会议情况的重要文件,主要包括《关于对文艺的党的政策》《观念形态战线和文学》《关于文艺领域上的党的政策》三篇会议记录与决议,卷首附有藏原惟人所写的"序言",卷末附有日本评论家冈泽秀虎所作的《以理论为中心的俄国无产阶级文学发达史》一文。参见《鲁迅译文集》第六卷目录以及鲁迅所写的《〈文艺政策〉后记》(《鲁迅全集》第十卷,北京:人民文学出版社,1981年,第306—309页)。
③ 藏原惟人:《〈文艺政策〉序言》,《鲁迅译文集》第六卷,北京:人民文学出版社,1958年,第311页。
④ 参见《中国大百科全书·外国文学》(北京:中国大百科全书出版社,1982年)第Ⅱ卷第1001—1002页之"'同路人'作家"词条。

关门主义、"第三种人"等构成了有力的批评,也纠正了放弃文艺革命领导权的错误思想。

鲁迅对"同路人"作家及其文学的译介主要集中于《竖琴》和《一天的工作》两部文学作品集之中。《竖琴》共收入七位苏联"同路人"作家的作品:E. 札弥亚丁的《洞窟》、L. 伦支的《在沙漠上》、K. 费定的《果树园》、A. 雅各武莱夫的《穷苦的人们》、V. 理定的《竖琴》、E. 左祝黎的《亚克与人性》、V. 英培尔的《拉拉的利益》。鲁迅强调"同路人"作家作品还远不止这些,由于篇幅较长原因,他未能全部译出。收入《一天的工作》中的 B. 毕力涅克所写的《苦蓬》和 L. 绥甫林娜所写的《肥料》以及尚未收入这两本文学作品集中的伊凡诺夫、爱伦堡、巴培尔等作家作品都属于"同路人"作家作品的范畴。①

鲁迅不仅翻译了上述主要"同路人"作家的作品,而且还言简意赅地对这些作品进行了介绍和点评,这清楚地显示出鲁迅特定的择取倾向和价值判定标准。

首先,鲁迅在很大程度上认同"同路人"作家着眼于艺术真实的写作手法,赞扬了他们勇于展现社会生活真实本质的精神。在评价札弥亚丁的《洞窟》时,鲁迅认为这篇小说的写法"虽然好像很晦涩",但"仔细一看,是极其明白的",且在已经翻译过来的几篇反映十月革命之初饥饿的作品中,"这是关于'冻'的一篇好作品。"②鲁迅还进一步认为这是为数不多的"描写寒冷之苦的小说",其"巧妙地写出人民因饥寒而复归于原始生活的状态","为了几块柴,上流的智识者至于人格分裂,实行偷窃,然而这还是暂时的事,终于将毒药当作宝贝,以自杀为唯一的出路"。③而在评价理定所写的《竖琴》时,鲁迅认为小说以"简洁的蕴藉"的文字风格"画出着革命俄国的最初时候的周围的生活"。④尽管鲁迅注意到了小说中的某些描写混乱、黑暗,甚至要被斥为"反革命"的文字,但他认为这一切都是必要的,因为只有在血污中才有希望:"这是因为虽然有血,有污秽,而也有革命;因为有革命,所以对于描出血和污秽——无论已经过去或未经过去——的作品,也就没有畏惧了。这便是所谓'新的产

---

① 关于《竖琴》和《一天的工作》中所收录的"同路人"作家作品的名称和顺序可参见《鲁迅译文集》第八卷目录;关于鲁迅所说的未收入上述两部作品中的其他"同路人"作家作品,参见鲁迅的《〈竖琴〉后记》(《鲁迅全集》第十卷,北京:人民文学出版社,1981年,第338—351页)一文。
② 鲁迅:《〈竖琴〉后记》,《鲁迅全集》第十卷,北京:人民文学出版社,1981年,第338页。
③ 鲁迅:《〈洞窟〉译者附记》,《鲁迅全集》第十卷,北京:人民文学出版社,1981年,第352页。
④ 鲁迅:《〈竖琴〉后记》,《鲁迅全集》第十卷,北京:人民文学出版社,1981年,第344页。

生'。"① 类似的着眼于现实性的"同路人"文学评价还有许多,如鲁迅称赞绥甫林娜的《肥料》描写了"十月革命时一个乡村中的贫农和富农的斗争"②;称赞雅各武莱夫的短篇小说《农夫》描写了"'人类的良心'的胜利"③,而在《十月》中,尽管其中的人物"没有一个是铁底意志的革命家",但还是表现出了"进步的观念形态的"。④

卢那察尔斯基曾强调文学要表现现实的真实,要在发展过程中再现真实,因为文学只有在发展、冲突和斗争的展示中才能更接近本质。鲁迅从艺术真实角度介绍"同路人"作家的思想和艺术成就,客观来看与卢那察尔斯基的文学真实观相一致,充分显现出作品的真实性与内在倾向性之间的必然联系。但鲁迅的这种对"同路人"作家展现真实的赞扬并不是盲目和不加区分的。鲁迅清晰地看到了其中的扭曲,甚至是歪曲的成分,并展开了对这种问题倾向的严肃批判。鲁迅曾批评毕力涅克所描写的革命"不过是暴动,是叛乱,是原始的自然力的跳梁",且认为其笔下革命后的农村"也只有嫌恶和绝望"。⑤ 而在谈到他所写的小说《精光的年头》时,鲁迅又评价他"将内战时代所身历的酸辛,残酷,丑恶,无聊的事件和场面,用了随笔或杂感的形式,描写出来的。其中并无主角,倘要寻求主角,那就是'革命'"⑥。在鲁迅看来,面对复杂的社会矛盾和阶级斗争形势,艺术家对现实的反映既不能矫枉过正,也不能消极悲观、颓废虚无,更不能一味宣扬超阶级的人性论和人道主义思想,这一点可以从他对雅各武莱夫的评价中见出。在谈到雅各武莱夫的基本创作倾向时,鲁迅认为他的本质是"农民"和"宗教"的,他的基调是"博爱和良心",而透过小说《穷苦的人们》又看到作家所宣传的"互相救助爱抚的精神",即作家所信仰的"人性"是"幻想的产物"。⑦ 而在谈及小说《十月》时,鲁迅更是直接指出小说所描写的"大抵是游移和后悔,没有一个铁似的革命者在内"⑧,且由于小说在内容上着重描写了"旧房子里的无可挽救的哀惨"而使小说结尾处的几句光明之辞也难掩"通篇的阴郁的绝望底的氛围气"。⑨

---

① 鲁迅:《〈竖琴〉后记》,《鲁迅全集》第十卷,北京:人民文学出版社,1981年,第354页。
② 鲁迅:《〈一天的工作〉后记》,《鲁迅全集》第十卷,北京:人民文学出版社,1981年,第362页。
③ 鲁迅:《〈十月〉后记》,《鲁迅全集》第十卷,北京:人民文学出版社,1981年,第317页。
④ 同上。
⑤ 鲁迅:《〈一天的工作〉后记》,《鲁迅全集》第十卷,北京:人民文学出版社,1981年,第361页。
⑥ 同上。
⑦ 鲁迅:《〈竖琴〉后记》,《鲁迅全集》第十卷,北京:人民文学出版社,1981年,第343页。
⑧ 同上。
⑨ 鲁迅:《〈十月〉后记》,《鲁迅全集》第十卷,北京:人民文学出版社,1981年,第317页。

其次，鲁迅在考察"同路人"作家的艺术真实观念的同时，也精当地评价了他们的艺术创作技巧、表现手法等方面的特征，体现了以普列汉诺夫和卢那察尔斯基为代表的马克思主义文艺批评家重视文本的艺术特色分析的特点，这也是鲁迅运用马克思主义辩证唯物史观评价作品的具体显现。在《〈苦蓬〉译者附记》一文中，鲁迅曾这样评价毕力涅克小说的艺术成就："然而他的技术，却非常卓拔的。如这一篇，用考古学，传说，村落生活，农民谈话，加以他所喜欢运用的 Erotic 的故事，编成革命现象的一段，而就在这一段中，活画出在扰乱和流血的不安的空气里，怎样在复归于本能生活，但也有新的生命的跃动来。惟在我自己，于一点却颇觉有些不满，即是在叙述和议论上，常常令人觉得冷评气息，——这或许也是他所以得到非难的一个原因罢。"①在《〈一天的工作〉后记》中，鲁迅对《苦蓬》的艺术性也做了类似的评价："然而也还是近于随笔模样，将传说，迷信，恋爱，战争等零星小材料，组成一片，有嵌镶细工之观，可是也觉得颇为悦目。"②很显然，鲁迅对毕力涅克的评价是严格建立在思想和艺术二分法的基础之上的，其作品思想性的不足并未影响鲁迅对其艺术技巧的评价。类似的辩证观点也体现在评价绥甫林娜的小说《肥料》上。鲁迅认为《肥料》的选题尽管很普通，但"作者却写得很生动，地主的阴险，乡下革命家的粗鲁和认真，老农的坚决，都历历如在目前，而且绝不见有一般'同路人'的对于革命的冷淡模样，她的作品至今还为读书界所爱重，实在是无足怪的"③。

最后，鲁迅对"同路人"作家的译介和评价明显含有"他山之石，可以攻玉"的意图。鲁迅是在中国无产阶级革命文学倡导的关键时期开始译介"同路人"作家作品的，当时中国流行的革命文学观念中存在一些严重的偏差，如革命文学理论建设相对比较幼稚，文学表现革命背离生活现实，鼓吹"完满的革命，完全的革命人"等。针对当时中国革命文学发展的现实，鲁迅认为以"同路人"作家及其文学作品反观中国文艺发展具有重大的现实参考价值。"同路人"作家着眼于生活现实并充分展现文学创作技巧等优点值得中国作家学习，而其内在的局限性和因政治立场原因可能分裂的倾向值得我们注意并从中吸取经验教训。换言之，鲁迅并非在完全意义上认同"同路人"作家，而是强调在"取其精华，去其糟粕"的基础上积极吸收"同路人"作家创作的合理因素和成分为我所

---

① 鲁迅：《〈苦蓬〉译者附记》，《鲁迅全集》第十卷，北京：人民文学出版社，1981年，第380页。
② 鲁迅：《〈一天的工作〉后记》，《鲁迅全集》第十卷，北京：人民文学出版社，1981年，第361—362页。
③ 同上书，第362页。

用,以达到改观和映照自身的目的。鲁迅的这一意图在译介和评价"同路人"作家作品时经常可见。在《〈十月〉后记》中,鲁迅明确指出了"同路人"作家在思想上的局限必然导致他们不同的政治归宿:"一切'同路人',也并非同走了若干路程之后,就从此永远全数在半空中翱翔的,在社会主义底建设的中途,一定要发生离合变化"①。在《〈竖琴〉后记》中他又明确表达了将"同路人"作家与无产阶级作家进行对比的意义和价值:"将这样的'同路人'的最优秀之作,和无产作家的作品对比起来,仔细一看,足令读者得益不少。"②

总体来看,以鲁迅为代表的先进知识分子对"同路人"作家的立场和观点在很大程度上是吸收并消化了以普列汉诺夫和卢那察尔斯基为代表的马克思主义辩证唯物论文艺观的必然结果,是中国在20世纪二三十年代文艺战线领域具体运用马克思主义唯物史观及其文艺思想展开自觉的文艺批评的典范。期间鲁迅本人所展现出来的睿智机变的能力正是马克思主义批评理论充满旺盛的生命力和顽强的战斗力的充分显现。同时,以鲁迅为代表的先进知识分子对"同路人"作家作品的译介也标志着20世纪欧美文学"中国化"的历程从此有了仿效的前进方向,其价值意义和为欧美文学"中国化"进程带来的新气象不可忽视。首先,促进了鲁迅等先进革命知识分子思想的积极转变,使他们向革命、向中国共产党的理论和主张进一步靠近。译介的过程就是学习的过程,也是思想改进和转变的过程,这一点在鲁迅等人的身上表现得尤为突出。其次,对马克思主义文艺观的译介和消化吸收,为进一步译介更多的欧美具有进步思想的艺术杰作,为欧美文学"中国化"继续健康发展奠定了思想基础,也对左翼革命话语的进一步充实和壮大起到了"添砖加瓦"的作用。再次,从马克思主义文艺观指引下的欧美文学"中国化"实践来看,以鲁迅为代表的先进革命知识分子在文艺界的影响力不断扩大,在他们的积极倡导和辛勤劳动下,译介事业与当时中国的现实需要及反帝反封建的革命斗争的结合日益紧密,这在很大程度上扭转了"五四"前后混乱的、无目的的、无原则的、不配合革命斗争实际需要的翻译倾向,基本奠定了革命的、现实主义的翻译工作路线,而这条路线贯穿20世纪三四十年代欧美文学"中国化"进程的始终。最后,还需特别指出的是,以鲁迅为代表的先进革命知识分子对马克思主义辩证唯物论文艺观的译介和宣传与日后毛泽东《在延安文艺座谈会上的讲话》具有内在精神的契合性和传承性,它们都强调在文艺工作中学习马克思主义唯物论和历史观的重要性,也都强调以马

---

① 鲁迅:《〈十月〉后记》,《鲁迅全集》第十卷,北京:人民文学出版社,1981年,第320页。
② 鲁迅:《〈竖琴〉后记》,《鲁迅全集》第十卷,北京:人民文学出版社,1981年,第346页。

列主义指导理论和实践的价值意义。但这一时期对马克思主义及其文艺观的译介和宣传还没有达到为工农兵和广大人民群众服务的认知高度，在文艺和欧美文学中国化"为什么人服务"的问题上仍需日后《在延安文艺座谈会上的讲话》这一纲领性文献进行进一步确立和明晰。

第五个问题：

20世纪二三十年代左翼文学话语的建立对欧美文学"中国化"的积极意义

从1928年关于革命文学的论争到1937年抗日战争爆发，这一时期在中国现代文学史上被称为"左翼十年"。事实上，早在1920年前后，随着国际无产阶级文学运动的兴起，左翼文学在中国便已经出现了萌芽和端倪。中国现代"左翼十年"最突出的特征之一就是在马克思主义文艺观的指导下，对苏联文学进行了大规模译介，使其服务于中国的新文学和新文化建设。

1930年3月，中国左翼作家联盟（简称"左联"）在上海成立，这是中国共产党领导下创建的一个重要的文学组织，是中国现代文学史上的一面鲜艳的旗帜，是党加强对革命文艺领导的标志。最初加入左联的有50余人，大都是来自原创造社、太阳社、我们社、引擎社和艺术剧社、时代美术社等文艺团体的成员。左联自成立之初便在纲领中明确了无产阶级革命文艺的性质、任务和对作家的要求。左联纲领指出，革命文艺是无产阶级解放斗争的武器，要站在无产阶级解放斗争的战线上，反帝反封建反资产阶级，建设无产阶级的新文艺，要研究马列主义理论，进行理论斗争，参加革命活动。而译介和研究世界无产阶级文学则相应地成为左联重要的历史使命和政治要求之一。在《关于左联目前具体工作的决议》中，左联明确要求学生和工农团体一方面要研究"世界的普罗文学和革命文学"，另一方面要将"世界革命文学的名著用普通的白话传达给群众"。①而作为左联重要成员的鲁迅和茅盾也都认为中国的文艺界和知识界应该从苏联文学中获得精神和力量，从《毁灭》《铁流》那样的作品中获得无产阶级的战斗精神，这是当时的中国最为需要的文学。左联先后主办的《拓荒者》《北斗》《译文》等刊物也把译介和研究国际无产阶级文学作为常规而重要的一项工作加以推广。左联的成立和左翼刊物的创办对推进无产阶级文学，尤其是苏联无产阶级文学的译介和研究起到了重要作用。它适应了当时中国革命现实的需要，构

---

① 《关于左联目前具体工作的决议（一九三二年三月九日秘书处扩大会议通过）》，马良春、张大明编：《三十年代左翼文艺资料选编》，成都：四川人民出版社，1980年，第195—196页。

建起了当时中国欧美文学译介和研究的新的主流秩序。

一、革命文学的论争与左翼文学话语的层累

美国学者理查德·H.佩尔斯(Richard H. Pells)在《激进的理想与美国之梦——大萧条岁月中的文化和社会思想》一书中曾详细分析和论述了苏联这个"幽灵"之于20世纪30年代美国社会的诱惑和影响。在佩尔斯看来,众多美国人心目中的苏联意味着"一个渐露端倪的新时代","随着旧世界的消亡在他们眼前出现了一个新世界。这一切赋予苏联以一种道义上和心理上的优越感"。① 这种优越感反映在生活方式上,也反映在社会经济纲领上,更反映在文学文化上:"死亡和再生、旧世界日益腐朽和新世界朝气蓬勃,这些形象出现在大多数有关苏维埃生活的描绘中。"②而这又直接导致"苏联在许多美国作家心目中既象征着他们自己的传统的政治义务和价值准则的发展,又象征着这些传统政治义务和价值准则的被取代。他们把苏联用作隐喻,正如主张平均地权的人以南方作为隐喻,使人联想到一种可供选择的、可取的文化一样"③。佩尔斯最终得出结论认为,苏联之所以对当时的美国构成吸引和诱惑"不一定是由于意识形态上的理由",更有可能是因为"苏联的实验要求人们超越自己的背景和继承下来的设想与盲目的自然力进行艰巨的斗争,积极参与创建新世界的大业"④。换言之,苏联经验的吸引力根本来源于新的社会图景的建立和新的希望的鼓励,甚至当时有如西奥多·德莱塞(Theodore Dreiser)这样的作家,在访苏归美后坚信无论是世界问题还是美国问题其解决的办法都是苏联建立的共产主义。⑤ 由此可见,全新的苏联及其社会文化政策对当时的美国来说是极具吸引力的,而对于内外交困、形势剧变的中国社会来说,毫无疑问,苏联及其道路更是希望的路径所在。难怪鲁迅曾一度认定苏联的路就是"我们自己的生

---

① Richard H. Pells:《激进的理想与美国之梦——大萧条岁月中的文化和社会思想》,卢允中、严撷芸、吕佩英译,卢允中校订,上海:上海外语教育出版社,1992年,第74页。
② 同上书,第77页。
③ 同上书,第80页。
④ 同上。
⑤ Daniel Aaron, *Writers on the Left: Episodes in American Literary Communism*, New York: Oxford University Press, 1961, p.178.

路"①,甚至他还感叹"现在苏联的存在和成功,使我确切的相信无阶级社会一定要出现,不但完全扫除了怀疑,而且增加许多勇气了"②。

受苏联文艺政策和以高尔基为代表的苏联"红色文学"的影响,中国左翼文学话语经历了从酝酿到层累的逐步转变过程,具体来说主要包括三个重要阶段:革命文学的论争、"拉普"理论的"中国化"和辩证唯物现实主义文学观的提出以及社会主义现实主义创作原则的最终确立。而在整个转型过程中,围绕着以现实主义创作方法为核心的苏联文艺理论与政策的中国式吸收、运用与批判构成了理论建构的中心。

关于左翼革命文学话语的生成、转向与论争,鲁迅曾这样论断:"所以这革命文学的旺盛起来,在表面上和别国不同,并非由于革命的高扬,而是因为革命的挫折。"③鲁迅的判断为我们理解左翼革命文学及其理论提供了重要的历史文化语境,即左翼革命文学话语的萌生和蓬勃发展既是当时中国特定历史环境的需要,也是当时国内外社会形势发展的必然结果。具体来说,国内战乱连年不断,人民生活于水深火热之中,中国社会进入一个黑暗阶段,"所谓一般的民众受两重的压迫——军阀和帝国主义,再进一层说所谓一般劳苦的群众们之受压迫,更不可以想象"④。而国际上,时值马克思主义理论话语权威的崛起和广泛传播阶段,尤其是在日本和刚刚建立起政权的苏联,左翼价值观念和意识形态诉求相对来说处于强盛阶段,这无疑为渴望革命指引的中国提供了可供借鉴和模仿的平台。国内国际诸多因素共同作用使得中国左翼革命文学在积极展开"中国化"理论建构的同时,成为当时世界范围内全球性左翼文学运动不可忽视的重要组成部分。

革命文学的酝酿与论争的发生得益于郭沫若、恽代英、王秋心、蒋光慈、茅盾以及鲁迅等人关于中国社会和革命之间关系以及文学在其中应该扮演何种角色、发挥何等作用的讨论和阐释。早在1923年5月27日,郭沫若在《创造周报》上便发表了《我们的文学新运动》一文,提出"要在文学之中爆发出无产阶级的精神"和"精赤裸裸的人性",并以此来"反抗资本主义的毒龙"。⑤ 同年11月

---

① 鲁迅:《我们不再受骗了》,《鲁迅全集》第四卷,北京:人民文学出版社,1981年,第431页。
② 鲁迅:《答国际文学社问》,《鲁迅全集》第六卷,北京:人民文学出版社,1981年,第18页。
③ 鲁迅:《上海文艺之一瞥》,《鲁迅全集》第四卷,北京:人民文学出版社,1981年,第297页。
④ 光赤:《现代中国社会与革命文学》,北京大学、北京师范大学、北京师范学院中文系中国现代文学教研室主编:《文学运动史料选》第一册,上海:上海教育出版社,1979年,第409页。
⑤ 郭沫若:《我们的文学新运动》,北京大学、北京师范大学、北京师范学院中文系中国现代文学教研室主编:《文学运动史料选》第一册,上海:上海教育出版社,1979年,第390页。

17日,《中国青年》周刊又表发了署名"秋士"的文章《告研究文学的青年》,提出"真正的文学家"应该像俄国作家屠格涅夫那样"于社会改造事业实有重大的助力"。① 针对"秋士"的文章,次年的5月17日,恽代英在同一刊物上发文予以回应,正式提出了"革命的文学"的口号和主张。在这篇题为《文学与革命》的通讯中,恽代英强调他虽然不能明确界定"文学是什么"这一宏大命题,但他相信文学是"人类高尚圣洁的情感的产物",并由此推断必然是"先有革命的感情,才会有革命的文学"。② 恽代英还鼓励说要成为真正的革命文学家,首要的是要投身于真正的革命事业之中,从而培养出真正的革命情感来。萧楚女、蒋光慈等人发表的文章则从文学必须反映生活的角度切入,指出文学的正面积极意义有助于鼓动、提高、刺激社会情绪,并呼吁中国要产生几个真正能够代表民族解放运动精神的文学家来。而在这一阶段的讨论中尤其值得一提的是沈雁冰③于1925年5月发表于《文学周报》上的长文《论无产阶级艺术》。在这篇文章中,作者明确提出了详尽的文学阶级理论主张,其中包括无产阶级文学产生的条件、无产阶级文学的艺术范畴、无产阶级文学的艺术内容以及无产阶级文学的艺术形式和手法等。④ 尽管这篇文章是根据一部分外文资料编译而成的,但毫无疑问它仍是这一阶段关于革命文学讨论中最具理论全面性和系统性的文章之一,为后来李初梨在《怎样建设革命文学》一文中正式提出"革命文学必然是无产阶级文学"的论断奠定了关键性的理论基础。沈雁冰的这篇文章还充分注意了"内容与形式"辩证关系的考察,并由此提出革命文学的创作手法问题,这与后来左翼革命文学话语转向文艺创作方法讨论的路径高度契合。此外,鲁迅也充分注意到了文学对于社会现实的促进作用,认为文学不仅是"国民精神所发的火光,同时也是引导国民精神的前途的灯火"⑤。但鲁迅对革命文学有着更深入的认知和理解。尤其是当时的中国知识界在尚未完全掌握以马克思主义理论为核心的左翼理论的前提下,革命文学的主张难以避免地出现绝对化和片面化的倾向,鲁迅则在后期通过与创造社和太阳社关于革命文学和无产阶级

---

① 秋士:《告研究文学的青年》,北京大学、北京师范大学、北京师范学院中文系中国现代文学教研室主编:《文学运动史料选》第一册,上海:上海教育出版社,1979年,第392页。
② 代英:《文学与革命(通讯)》,北京大学、北京师范大学、北京师范学院中文系中国现代文学教研室主编:《文学运动史料选》第一册,上海:上海教育出版社,1979年,第398页。
③ 沈雁冰即茅盾,当时发表文章时所用名。
④ 具体内容参见沈雁冰的文章《论无产阶级艺术》,原载于1925年5月《文学周报》第172、173、175期以及10月第196期。或参见北京大学、北京师范大学、北京师范学院中文系中国现代文学教研室主编《文学运动史料选》第一册(上海:上海教育出版社,1979年)第414—431页。
⑤ 鲁迅:《论睁了眼看》,《鲁迅全集》第一卷,北京:人民文学出版社,1981年,第240页。

文学的论战中明确提出了自己独特的观点,起到了及时提醒并适度纠正革命文学方向的作用。

在革命文学的阐释和论争过程中,关于革命文学和无产阶级文学的创作手法问题逐渐成为关注的焦点之一,"新写实主义""革命现实主义""普罗列塔利亚写实主义""无产阶级写实主义""新现实主义""辩证唯物主义"创作方法以及"社会主义现实主义"等范畴和理论在中国文坛纷至沓来,一时间形成了以现实主义创作方法和口号为核心的左翼革命文学话语大转向。而就文学史影响来看,其中最为突出和引人注目的当属"新写实主义""辩证唯物主义"创作方法和"社会主义现实主义"理论。它们之间既彼此关联,同时又存在明显的批判、修正关系。

在新写实主义理论的引进和传播过程中,日本文艺理论家藏原惟人是一个关键性的人物。藏原惟人是日本左翼文学团体联盟——"纳普"(全日本无产者艺术联盟)的中坚力量之一。"纳普"形成之后,他积极开展文艺批评,为日本的无产阶级文学发展做出了重要贡献。1928年5月,藏原惟人发表了《到新写实主义之路》一文,提出无产阶级作家必须是战斗的作家,必须以前卫的眼光来反映社会现实,必须以无产阶级现实主义的文艺创作方法进行文艺创作以区别于资产阶级和小资产阶级的现实主义等一系列文艺理论主张。这篇文章很快就被林伯修翻译过来,刊载于1928年7月的《太阳月刊》上,成为中国革命文学论争中创造社和太阳社的重要理论依据和指导性文献。

藏原惟人在文章中集中论述了三大方面的重要问题:一是写实主义和理想主义之间的区别;二是写实主义内部的划分问题;三是真正的写实主义的主要特点。关于写实主义和理想主义的区别,藏原惟人认为理想主义艺术是主观的、观念性的、空想的以及抽象的,是属于没落的社会阶级的艺术,而写实主义则是新兴阶级的艺术,它客观、现实、具体、实在。但近代的写实主义内部又划分为两种,一种是小布尔乔亚写实主义,另一种是布尔乔亚写实主义。前者介于布尔乔亚和普罗列塔利亚[1]之间,主张阶级调和论和思想博爱论,脱离社会阶级,描写抽象的人与人性,不涉及阶级斗争的描写;后者则是典型的资产阶级和小资产阶级写实主义。因此,真正的进步的写实主义是普罗列塔利亚写实主义。它的特点是优先而明确的阶级观点、前卫地看待并描写世界的眼光、阶级

---

[1] 法文 prolétariat,英文 proletariat 的音译。源出拉丁文 proletarius,原指古罗马社会的最下等级。后指代无产阶级。林伯修在翻译藏原惟人的文章时,标题使用的是"新写实主义",内文则用的是"普罗列塔利亚写实主义",指向的实质都是"无产阶级写实主义"。

斗争题材以及包罗万象的普通人物形象塑造等。总之,藏原惟人认为只要切实采取普罗的观点,就能写就新的文学,而将无产阶级的世界观和写实的手法相结合即为走向无产阶级写实主义之路。

藏原惟人的文章在当时中国知识界产生了强烈影响。李初梨在《对于所谓"小资产阶级革命文学"底抬头,普罗列塔利亚文学应该怎样防卫自己?——文学运动底新阶段》一文中谈及艺术形式问题时曾高呼应该把普罗列塔利亚写实主义作为无产阶级文学的一个主潮。① 陈勺水在为自己编译的《日本新写实派代表杰作集》一书所写的序言《论新写实主义》一文中曾明确界定了新写实主义的性质,指出新写实主义必须以社会集团的目光而非个人英雄主义的观点来描写社会环境、意志以及社会活力,从中显现出富于热情、大众美感的真实的有教训的目的来。他还进一步区分了单纯描写无产者怨恨、生活悲苦、理想化模范、公式化理论以及专门暴露社会丑恶等五种情形不应属于新写实主义文学的表现范畴之内。② 作为藏原惟人文章的翻译者,林伯修也亲自撰文《一九二九年亟待解决的几个关于文艺的问题》来积极推广藏原惟人的理论,并指出普罗写实文学的建设问题是中国文艺当前极为重要的问题,只有从内在要求上积极践行普罗文学之路,中国文艺才能从根本上克服形式与内容不相协调的问题。③

继《到新写实主义之路》一文,藏原惟人的另一篇阐述无产阶级写实主义理论的文章《再论新写实主义》于 1930 年 1 月 10 日刊载于《拓荒者》创刊号上。该刊在编后记中特别提醒读者:"《再论新写实主义》一文,不但处理了许多文艺上的重要问题;我们也可以移过来,作为对于观点不正确的陈勺水的《论新写实主义》的答复。"④ 可见,这篇新译文的刊登从一开始便带有明显的论争目的,希望能借此为新写实主义正本清源。

藏原惟人在《再论新写实主义》一文中集中阐述了无产阶级写实主义与马克思主义唯物辩证法之间的密切关系,从而将新写实主义观念深化开去。在藏原惟人看来,写实主义不仅仅是单纯的一种描写方法,更是一种现实主义的态度,在此意义上,写实主义与马克思主义唯物辩证法之间存在着一种密切的相互关系。具体来说,藏原惟人主要讲述了三个方面的问题:一、普罗

---

① 李初梨:《对于所谓"小资产阶级革命文学"底抬头,普罗列塔利亚文学应该怎样防卫自己?——文学运动底新阶段》,《创造月刊》1928 年 12 月第二卷第六期。
② 勺水:《论新写实主义》,《乐群月刊》1929 年 3 月第一卷第三期。
③ 林伯修:《一九二九年亟待解决的几个关于文艺的问题》,《海风周报》1929 年 3 月 23 日第 12 期。
④ 参见《拓荒者》1930 年 1 月第一卷第一期的编后记。

列塔利亚写实主义与浪漫主义之间的关系;二、社会与个人的关系;三、关于心理描写问题。

在谈及普罗列塔利亚写实主义与浪漫主义之间的关系问题时,藏原惟人认为应该区别地对待历史上的两种浪漫主义。一种是生活倦怠、绝望,逃避现实,缺乏面对现实勇气的颓废阶级的浪漫主义,对待这种浪漫主义必须加以坚决排斥。另一种则是古希腊神话、圣经旧约以及近代布尔乔亚初期的浪漫主义,对于这种浪漫主义应该批判地对待。普罗列塔利亚写实主义在辩证地吸收合理的浪漫主义成分的基础上,以不同于表面的、琐细的写实主义的新方法观察现实世界的一切。而这种新方法就是唯物辩证法。在藏原惟人看来,唯物辩证法洞悉社会的前进方向以及偶然性与必然性之间的关系,以此方法观察社会,普罗列塔利亚写实主义可以见出社会现象的本质,把握社会发展的未来。他还强调,普罗列塔利亚写实主义与唯物辩证法的结合从根本上改变了过去的所谓"静"的写实主义,实现了一种新的"动"的或"力学"的写实主义。

如何处理社会与个人关系是普罗列塔利亚写实主义与过去的写实主义,尤其是自然主义写实主义的重要区别。包括自然主义写实主义在内的一切过去的写实主义总是强调个人的中心性地位,社会的变迁往往是个人思想和意志作用的结果。而普罗列塔利亚写实主义则不同,它站在辩证唯物论的立场上从社会角度看待一切问题,认为个人的性格和思想往往是一个时代、一个阶级集团思想的反映,社会隐含着个人的思想和意志,个人的思想和意志不是先天的,而是社会环境变化发展作用的结果。在此意义上,普罗列塔利亚写实主义与布尔乔亚写实主义根本对立,也与自然主义写实主义存在本质区别。

最后在心理描写方面,藏原惟人认为普罗列塔利亚写实主义要充分写出人的复杂性,在人的心理中显示人的个性,彰显出人的心理活动的社会价值。

藏原惟人的上述两篇文章后来被编入上海现代书局出版的《新写实主义论文集》一书。纵观藏原惟人的思想脉络及评论风格,结合他的苏联学习经历,很明显,藏原惟人的文学评论及关于新写实主义的理论主张受到了苏联"拉普"理论的影响。其理论中以前卫的眼光看待并描写世界、辩证唯物论的立场和方法等都留下了明显的"拉普"的痕迹。对此,有评论者直截了当地指出"新写实主义不是藏原惟人的发明,也不是他凭空的捏造,而是社会进展到现阶段的必然的产物。它有它产生的社会根据,以及一贯的国际的意义。在藏原惟人氏在日提倡之先,苏维埃俄罗斯对于这个问题,早已经有过相当的讨论,并且一般作家朝着这个方向,已经有了相当的成绩"①。而从文化交流的宏观历史角度考察,中国文化思想界通过藏原惟人的新写实主义理论间接接受了"拉普"的影响也再一次印证了日本在中国近现代文化思想史上的中转站地位。

事实上,通过藏原惟人间接接受"拉普"理论的同时,当时的中国知识界也在积极从苏联的文艺政策和文学理论中直接汲取"拉普"的精神与核心主张,尤其是对其"辩证唯物主义"创作手法的接受和阐释,不仅为当时中国的文艺表现提供了可供借鉴的理论,而且改变了当时中国社会的文学文化选择路径与方向。鲁迅、冯雪峰以及瞿秋白等理论家和翻译家在这方面进行了积极的尝试与探索。

"拉普",苏联20世纪20年代至30年代最大的文学团体,其前身是"十月"文学小组,1923年以"十月"文学小组为核心成立"莫斯科无产阶级作家联合会"("莫普")。1925年成立"全俄无产阶级作家联合会"("瓦普"),后改名为"俄罗斯无产阶级作家联合会",即"拉普"。作为一个重要的文艺组织,"拉普"从萌芽到壮大再到卓有影响和最终解散前后历时十余年,其全部活动分为明显的两个历史阶段。前期主要围绕评论刊物《在岗位上》展开,代表人物包括罗多夫、瓦尔金等,通称"岗位派";后期主要围绕新的评论刊物《在文学岗位上》展开,代表人物包括阿维尔巴赫、李别进斯基、基尔松、叶尔米洛夫、卢兹金以及小说家法捷耶夫等。两份刊物在名称上的细微差别说明前后两个历史阶段的"拉普"既有区别,又有联系。前期的"拉普"从文艺观到对待"同路人"作家的态度等问题上表现出了严重的"左派幼稚病"倾向,虚无主义和庸俗社会学观念盛行,留下了清晰的无产阶级文化派的深刻烙印。后期的"拉普"在经历了内部分裂和重整之后提出了一些新的文艺观念,在一定程度上扭转了前期的错误幼稚倾向,同时也确立了新的文学文化发展方向。由于中国知识界接触"拉普"的时间已是其发展的中后期,故着重考察"拉普"后期的理论主张及其与当时苏联社会历史文化之间的相互影响和作用关系更具实质性意义。

后期"拉普"理论的核心是"辩证唯物主义"创作方法,"撕下一切假面具""活人论"及心理主义描写、"打倒席勒""杰米扬化""工人突击队员进入文学界并成为文学运动的中心人物"等理论和口号无不围绕着它来展开。

1925年俄共(布)中央在其"决定"中明确指出:"无产阶级应当保持、巩固、日益扩大自己的领导,同时要在思想战线许多新的区域中也占有适当的阵地。

---

① 曼曼:《关于新写实主义》,《拓荒者》1930年5月第一卷第四五期合刊。

辩证唯物主义向完全新的领域(生物学、心理学、一般自然科学)渗透的过程,已经开始了。在文学领域中夺取阵地,也同样地早晚应当成为事实。"①"拉普"根据这段文字的精神提出要为"文学和艺术中的辩证唯物主义方法而斗争"的思想,这是"辩证唯物主义"创作方法得以萌生的主要政策依据。法捷耶夫在1928年5月全苏第一次无产阶级作家代表大会上的讲话中提出了类似的说法:"为了在所有这些小市民喧嚣声中举起一面辩证唯物主义的旗帜,我们需要努力进行教育。"②其后大会决议《文化革命和当代文学》中则明确出现了"只有受辩证唯物主义方法指导的无产阶级作家能够创造一个具有特殊风格的无产阶级文学流派"的表述,这通常被认为是"辩证唯物主义"方法第一次获得提倡并具体化。③ 1929年《在文学岗位上》又刊登了题为《为普列汉诺夫的正统而斗争》的文章,其中谈到了创造"辩证唯物主义"新风格及与之"最为适合的创作方法"的问题。④ 同年"拉普"出版论文集《无产阶级文学的创作道路》,在"后记"中强调不仅要在政治领域联合在一起,而且在艺术纲领的问题上也要持共同的立场,创建无产阶级文学派别,给自己提出"创造彻底的辩证唯物主义方法的任务"⑤。法捷耶夫甚至由此引申开去断言辩证唯物主义方法将是"最先进的、主导的艺术方法",是无产阶级"文学学派的旗帜"。⑥ 法捷耶夫还进一步要求"无产阶级艺术家必须是辩证唯物主义者",而所有的文艺体裁也必须"处于辩证唯物主义唯一的风格范围内"。⑦

"拉普"主张辩证唯物主义创作方法的同时,视浪漫主义方法为唯心主义加以全盘否定,这方面的典型代表是法捷耶夫的文章《打倒席勒》。该文分析了马克思、恩格斯对斐迪南·拉萨尔(Ferdinand Lassalle)的《济金根》的评价,认为

---

① 人民文学出版社编辑部编:《苏联文学艺术问题》,北京:人民文学出版社,1959年,第9页。
② 赫尔曼·叶尔莫拉耶夫:《"拉普"——从兴起到解散》,张秋华译,张秋华、彭克巽、雷光编选:《"拉普"资料汇编》(上),北京:中国社会科学出版社,1981年,第376页。
③ 参见赫尔曼·叶尔莫拉耶夫:《"拉普"——从兴起到解散》,张秋华译,张秋华、彭克巽、雷光编选:《"拉普"资料汇编》(上),北京:中国社会科学出版社,1981年,第376—377页。
④ 参见《在文学岗位上》编辑部的文章《为普列汉诺夫的正统而斗争》。转引自吴元迈:《"拉普"文艺思潮简论》,《文学评论》1983年第1期。
⑤ 参见论文集《无产阶级文学的创作道路》的"后记"。转引自吴元迈:《"拉普"文艺思潮简论》,《文学评论》1983年第1期。
⑥ 法捷耶夫:《三十年间文集》,转引自吴元迈:《"拉普"文艺思潮简论》,《文学评论》1983年第1期。
⑦ 法捷耶夫:《拥护辩证唯物主义艺术家》,转引自赫尔曼·叶尔莫拉耶夫:《"拉普"——从兴起到解散》,张秋华译,张秋华、彭克巽、雷光编选:《"拉普"资料汇编》(上),北京:中国社会科学出版社,1981年,第382页。

马克思批评拉萨尔"最大缺点就是席勒式地把个人变成时代精神的单纯的传声筒"①以及恩格斯警告拉萨尔"不应该为了观念的东西而忘掉现实主义的东西,为了席勒而忘掉莎士比亚"②充分说明现实主义即唯物主义,而理想主义就意味着浪漫主义。法捷耶夫认为席勒是文学中理想的浪漫主义的典型代表,而理想的浪漫主义就意味着"粉饰"并歪曲事实,塑造伪英雄主义形象,因此他得出结论认为进步的无产阶级是不走浪漫主义精神的路线的。

"拉普"否定浪漫主义而坚持辩证唯物主义创作方法的理论核心要求在文学创作中必须做到"撕下一切假面具"和描写"活人"。"撕下一切假面具"的说法来源于列宁的文章《列夫·托尔斯泰是俄国革命的镜子》。在文章中,列宁肯定了托尔斯泰的艺术天才性,赞扬其"不仅创作了无与伦比的俄国生活的图画,而且创作了世界文学中第一流的作品"③。列宁还认为托尔斯泰"无情地批判了资本主义的剥削,揭露了政府的暴虐以及法庭和国家管理机关的滑稽剧,暴露了财富的增加和文明的成就同工人群众的贫困、野蛮和痛苦的加剧之间极其深刻的矛盾",因此他是"最清醒的现实主义",因为他"撕下了一切假面具"。④"拉普"之所以借用并引申列宁的论述,意在强调文学的认知作用与功能,突出文学创作揭示现实发展内在规律的重要性。与"撕下一切假面具"对应的口号是"活人"论及其心理描写。早在1926年的《在文学岗位上》的创刊号上"拉普"便提出了新的活动目标:"党的路线已经按照布尔什维克的方式作了解决。注意中心应该转到创作领域中来。学习、创作、自我批评成了无产阶级作家的基本口号……我们照旧站在岗位上!"⑤"拉普"此番表态意在说明其转向后的重要目标之一是使无产阶级文学获得一种最高权力,并使之成为一种具有群众性质的运动,这与当时苏联将"拉普"定位为党的文艺政策的传达者的方针是高度一致的。"拉普"的这一特殊使命和角色决定了要想从宏观上改变国家的文学文化面貌就必须首先陶冶公众的心灵,使他们成为具有相应心灵、情感和行为的社会主义人物。为此文学就必须相应地成为塑造的工具,对虚构的人物性格

---

① 马克思:《马克思致斐迪南·拉萨尔(1859年4月19日于伦敦)》,《马克思恩格斯选集》第四卷,北京:人民出版社,2012年,第437页。
② 恩格斯:《恩格斯致斐迪南·拉萨尔(1859年5月18日于曼彻斯特特隆克利夫小林坊6号)》,《马克思恩格斯选集》第四卷,北京:人民出版社,2012年,第442页。
③ 列宁:《列夫·托尔斯泰是俄国革命的镜子》,《列宁选集》第二卷,北京:人民出版社,2012年,第242页。
④ 同上。
⑤ 《俄罗斯苏维埃文学批评》(选读本),引自吴元迈:《"拉普"文艺思潮简论》,《文学评论》1983年第1期。

进行深刻的心理分析,把他们变成跟真正的"活人"一样,既矛盾又复杂,这就是所谓的"活人论"及心理描写。1927 年初,李别进斯基发表文章评论法捷耶夫的小说《毁灭》,认为这部小说的革新特点之一就在于对人物内心感受过程的描写,由此李别进斯基提出"在具体性中表现个性是目前时代的基本任务",无产阶级作家应该"表现具有复杂的内心感受过程、内心的改造和有着新的烦恼事情的具体的人"。① 同年 9 月,"活人论"及其心理描写成为莫斯科无产阶级作家协会第六次省代会上的重要讨论题目之一。法捷耶夫在会议报告中明确提出"表现活人的任务"是争取领导权的基本中心任务。而理论家叶尔米洛夫的阐释更为全面,他不仅视"活人"问题为文学中的一个关键性问题,而且还集中概括了"活人"的基本特点,如现实性、有血有肉、承担痛苦和负担以及生活在两个时代的交叉点,既将"父辈、祖辈和曾祖辈多少世纪遗留下来的东西带到新时代来",又往往经受不住"世纪的超重负担"②。"拉普"提出"撕下一切假面具"和"活人论"的口号,一方面是维护辩证唯物主义创作手法的现实需要,另一方面也是他们改变虚无主义态度,积极向俄罗斯古典作家学习的必然结果。

后期"拉普"所提出的理论主张尽管仍存在机械照搬、过度随意诠释与引申、混同文艺方法与哲学方法等诸多问题,但其进步性和明确性是毋庸置疑的,尤其是注目于现实和创作实践的严肃的理论态度对于正处在革命文学论争旋涡中的中国知识分子来说不啻是一剂解决实际问题的良药。

中国全面接触、介绍"拉普"的理论并与之建立精神上的联系是在左联成立后,具体译介工作主要体现在三个方面:一、"拉普"在苏联文学新阶段的理论路线问题;二、"拉普"对弗理契和普列汉诺夫展开批判的情况;三、"拉普"的创作方法理论。其中尤以第三方面的"中国化"最为突出和集中。

1931 年 11 月,《北斗》第一卷第三期刊载了冯雪峰翻译的法捷耶夫的《创作方法论》一文,这是左联刊物上登载的专论"拉普"创作方法理论的最为重要的一篇译作。文章原是法捷耶夫在"拉普"会议上的演说稿,共分"问题的基础""艺术的本质""关于'直接的印象'""关于'剥去所有的假面'"以及"用功的问题"五个方面来具体展开分析论述。文章开篇便明确指出,一切风俗画"必须在唯一的样式——辩证法的唯物论的限界内去找出来",即必须拥护"辩证法的唯

---

① 李别进斯基:《现实主义地表现个性是无产阶级文学的当前任务》,转引自艾晓明:《中国左翼文学思潮探源》,北京:北京大学出版社,2007 年,第 223 页。
② 叶尔米洛夫:《当代文学中的活人问题和列昂诺夫的〈小偷〉》,转引自艾晓明:《中国左翼文学思潮探源》,北京:北京大学出版社,2007 年,第 223—224 页。

物论的立场",并以此"反抗观念论的,机械论的,尤其彼列威尔谢夫一派的袭击的",①其战斗性和论辩性的声音清晰可见。在"问题的基础"部分,法捷耶夫强调了文学和艺术既是"世界改造的强有力的武器",也是"一种世界认识",②这决定了必须处理其中现象与本质之间的关系。法捷耶夫在充分引证黑格尔和列宁的相关论述的基础上证明,只有从辩证法的唯物论的立场出发的普罗的科学和艺术才能最完全和最正确地解决文学的本质问题。在"艺术的本质""关于'直接的印象'"和"关于'剥去所有的假面'"三部分,法捷耶夫集中阐述了艺术的本质以及艺术与科学的区别问题,并由此提出了对普罗文学艺术的新要求。在法捷耶夫看来,"艺术家不是从当面的具体的现象的抽象化的路来传出现象的本质,而是借直接的存在之具体的指示和表现来传达",即"艺术家是借现象这东西的指示来解明合法则性的"。③ 艺术的这种通过个别来显示普遍的本质决定了艺术必须保存"直接性,可视性,活的生活的幻象这些东西或这些东西的印象"④,这是艺术与科学之间最为重要的区别。普罗文学的任务就在于把握艺术的本质,通过一切人能观察到的事物来阐明本质性的"真的东西",否则普罗艺术将不是艺术。那么普罗文学艺术如何透过个体显现本质呢?法捷耶夫认为最为重要的保证就在于普罗艺术家必须站在普罗列塔利亚这一前卫的世界观的基础之上,必须"把握着辩证法的唯物论的方法,并且将它应用到自己的创作中不可"⑤,因为"只有前卫的革命的世界观,才把最彻底地从现实上'剥去所有的假面'而解明现实的本质的这可能性,授予普罗艺术家"⑥。最后,在"用功的问题"部分,法捷耶夫重申了他在《打倒席勒》一文中的核心观点,以此突出强调了唯有普罗列塔利亚是今日诞生的明日社会主义时代的真的历史担当者:

> 第一,普罗的前卫的艺术家,不走浪漫主义的路,就是不走现实的神秘化的路,作为"时代精神的传声机"的英雄的人格的考案的路,"使我们昂扬起来的虚伪"的路,而是走最彻底的,决定的无容情的,从现实上"剥去所有的假面"的路。第二,普罗的前卫的艺术家,不走粗朴的写实主义的路,他要从"自来的先入观念",从"事物的最外表的外在的可视性",给出最清明

---

① 法捷耶夫:《创作方法论——法捷耶夫的演说》,何丹仁(冯雪峰)译,贾植芳、陈思和主编:《中外文学关系史资料汇编(1898—1937)》下册,桂林:广西师范大学出版社,2004年,第919页。
② 同上。
③ 同上书,第922页。
④ 同上书,第924页。
⑤ 同上书,第925页。
⑥ 同上书,第926页。

的生活的各种光景,就是要能够做到在最大限度地传达出的程度上,从"偶然性的斑点"之下证明现实的客观的辩证法。第三,和过去的伟大的写实主义者们不同,普罗艺术家要看见社会的发展过程,及推动这过程和决定这发展的那各种根本的力;就是他要表现在旧的东西中的新的东西的诞生,在今日之中的明日的诞生,以及新的对于旧的斗争和胜利。这又是说:普罗艺术家是比过去的任何艺术家,都更其不但只说明世界,而且有意识地服务世界的变革的工作的。①

法捷耶夫的文章充分阐明了"拉普"的创作理论观点,对于当时中国的革命知识界及时准确地了解"拉普"的文艺精髓起到了关键性的传播作用。

直接译介固然重要,但消化、吸收乃至"中国化"的创造更具现实意义,在这方面瞿秋白表现得尤为积极主动,自觉意识十分鲜明。在《斯大林和文学》一文的结尾瞿秋白写道:"中国的普洛文学运动还在很幼稚的时期,它的许多弱点和错误正需要坚决的斗争和勇敢的自我批评来纠正。世界无产阶级的领导队伍——苏联无产阶级的文学斗争应当是我们的模范。读者对于苏联普洛文学运动之中的新的任务,应当深刻的去了解,应当会应用他们所研究出来的原则到中国的普洛文学方面来。"②很明显,瞿秋白主张以苏联"拉普"的文艺经验和理论来为中国的革命文学事业提供宝贵的借鉴。而在《苏联文学的新阶段》一文中,他又再次重申了这一观点,强调"拉普"的文艺方向之于中国革命文艺实践的重要性:"这些民族的革命文学和普洛文学的发展过程,对于中国是很有趣味的先例,将来找到材料之后,我们一定要来详细的介绍。"③他还进一步指出鉴于中国的革命文学组织——"左翼作家联盟"和苏联的革命文学组织在形成时间上相差无几,所以"中国的革命文学界应当特别深刻的了解苏俄普洛文学的新的阶段"④。具体到译介实践方面,除了大量介绍"拉普"的理论路线和政策外,瞿秋白的着力点全面聚焦于"拉普"的创作方法,其"发起的对'革命罗曼蒂克'的批判和对革命现实主义的倡导,从根本上突破了'拉普'在创作方法理论上自造的桎梏,体现了马克思主义的现实主义理论与中国实际相结合所取得

---

① 法捷耶夫:《创作方法论——法捷耶夫的演说》,何丹仁(冯雪峰)译,贾植芳、陈思和主编:《中外文学关系史资料汇编(1898—1937)》下册,桂林:广西师范大学出版社,2004年,第928页。
② 瞿秋白:《斯大林和文学》,《瞿秋白文集》(二),北京:人民文学出版社,1953年,第564页。
③ 瞿秋白:《苏联文学的新的阶段》,《瞿秋白文集》(二),北京:人民文学出版社,1953年,第574页。
④ 同上书,第575页。

的重大收获"①。

瞿秋白对"拉普"创作方法的"中国化"表现在相辅相成的两个基本方面:一是转述"拉普"的创作方法理论,明晰它与马克思主义现实理论之间的辩证关系。二是创造性地积极吸收"拉普"唯物辩证法的创作方法的合理内涵,并结合中国革命文艺的实践经验,提出"中国化"的马克思主义文艺理论观点。前者集中体现于1932年瞿秋白编译的《现实——马克思主义文艺论文集》②中,包括他本人撰述的《马克思恩格斯和文学上的现实主义》等5篇文章,后者则包括他所撰写的《普洛大众文艺的现实问题》《马克思文艺论底断篇后记》以及《〈鲁迅杂感选集〉序言》等文章。

《马克思恩格斯和文学上的现实主义》一文是瞿秋白转述马克思、恩格斯现实主义文艺理论主张并弘扬"拉普"辩证唯物主义创作方法的重要文章。文章开门见山指出"马克思和恩格斯对于文学上的现实主义,是非常之看重的"③,这可以从马克思和恩格斯致玛格丽特·哈克奈斯(Margaret Harkness)、斐迪南·拉萨尔等人的书信中见出。具体来说,马克思和恩格斯鼓励现实主义的方法而反对浅薄的浪漫主义方法。对此,瞿秋白总结道:"马克思恩格斯的反对'席勒化'和鼓励'莎士比亚化',是他们对于文学上的两种创作方法的原则上的意见。第一种是主观主义的理想化——极端的曲解客观的阶级斗争的过程,这是马克思恩格斯所反对的。第二种是现实主义——暴露资本主义发展的内部矛盾的,这就是马克思恩格斯所鼓励的。"④瞿秋白还进一步指出,虽然资本主义的现实主义是唯心的,但只要它还能多多少少暴露一些矛盾,那么对于一般的文化发展和工人阶级的将来就是有相当价值的。文章详细引述了马克思、恩格斯对狄更斯和巴尔扎克的现实主义的评价,指出"揭穿假面具"的手段正是马克思、恩格斯在资产阶级和小资产阶级现实主义中所看重的问题,而无产阶级所需要继承的正是在巴尔扎克现实主义基础上发展而来的"辩证唯物主义的创

---

① 艾晓明:《中国左翼文学思潮探源》,北京:北京大学出版社,2007年,第252页。
② 据瞿秋白本人记述,《现实——马克思主义文艺论文集》是根据公谟学院(Komakademie)《文学遗产》第一、二两期的材料编译而成的,共包括13篇文章。这些文章大致可以分成三类:第一类是原著者文本,包括恩格斯论巴尔扎克和易卜生的两封信,普列汉诺夫论易卜生、别林斯基、法国戏剧文学和绘画以及唯物史观艺术论的4篇文章,列宁论托尔斯泰的2篇文章以及拉法格论左拉的1篇文章。第二类是苏联诠释者的文章。第三类是瞿秋白重新撰写的转述苏联文艺思想并增加自己评论的文章。参见《现实·后记》,《瞿秋白文集》(二),北京:人民文学出版社,1953年,第1192—1193页。
③ 瞿秋白:《马克思恩格斯和文学上的现实主义》,《瞿秋白文集》(二),北京:人民文学出版社,1953年,第1015页。
④ 同上书,第1017—1018页。

作方法"。文章最后总结认为,马克思、恩格斯所谈及的问题从根本上来说是如何运用过去的文化遗产问题,且他们明确指出了运用文化遗产的具体方法:"他们用'历史的对比',说明新的革命文学应当怎样去学习过去时代的大文学家,学习他们的'揭穿假面具'的精神,暴露社会发展的内部矛盾。至于资产阶级的伟大艺术家所能够见到的'假面具',那当然不会和我们所见到的'假面具'相同,他们的阶级性质限制着他们的眼光。我们现代的新的文学将要超越过去的文学艺术,正因为只有无产阶级才能够真正彻底的充分的'揭穿一切种种假面具',才能够最深刻的最切实的了解到社会发展的遥远的前途。'揭穿假面具'的精神,我们是要继承的;我们还要更加彻底的,更加深刻的了解社会发展的内部矛盾,要发展辩证法唯物论的创作方法。这是无产阶级文学对于过去时代的文学遗产的正确的态度。"① 瞿秋白的这篇文章明确了"拉普"的"揭穿假面具"和"辩证唯物主义的创作方法"与马克思、恩格斯所倡导的现实主义创作方法是内在辩证统一的,对于确立"拉普"理论的主流意识形态性起到了重要作用。同时瞿秋白也指出了无产阶级文学创作方法的建构方向,为进一步提出并详细阐释"普罗现实主义"的概念奠定了坚实的理论基础。

《拉法格和他的文艺批评》是《现实——马克思主义文艺论文集》一书中另一篇值得高度重视的文章。瞿秋白在这篇文章中引述拉法格(Paul Lafargue)的一段完整论述来阐明何为"辩证法唯物论的创作手法"这一核心问题:"马克思像维科的上帝一样,达到了事物的实质。他不但看见表面,而且深入到内部,他研究组成部分的互相的关系和互相的影响。他先把每一个组成部分隔离起来,研究它的发展的历史。此后,他再去研究事物和它的环境,而考察环境对于事物的影响以及事物对于环境的影响。然后,他回到这个对象的发生,变化,进化和革命,一直到这个对象的最远的影响。他所看见的,并不是各个的'自己为自己','自己在自己之内'的,和周围没有联系的事物,而是整个的复杂的永久运动着的世界。马克思竭力把这个世界的生活,表现在他的各种各样的不断变换的行动和反行动之中。"② 拉法格以深入事物的内部、研究部分与部分之间的相互关系和相互影响以及研究事物发生和变化的规律来概括马克思辩证法的精髓和本质可谓一语中的,对此瞿秋白评价道:"拉法格能够指出辩证唯物论的

---

① 瞿秋白:《马克思恩格斯和文学上的现实主义》,《瞿秋白文集》(二),北京:人民文学出版社,1953年,第1030页。
② 瞿秋白:《拉法格和他的文艺批评》,《瞿秋白文集》(二),北京:人民文学出版社,1953年,第1121—1122页。

方法对于艺术创作的意义,这是艺术家可以深入现象的实质而正确的反映现实的唯一方法。"①瞿秋白在此高度认同了马克思辩证唯物论的方法,并突出了将其运用于文学创作的借鉴价值。

在充分掌握并理解了"拉普"的核心创作方法内涵以及它与马克思辩证唯物法之间的内在契合关系后,瞿秋白提出了自己的富于洞见的,并在很大程度上超越"拉普"创作主张的"中国化"的现实主义文艺理论观点,主要包括提倡"普罗现实主义"和反对"革命罗曼蒂克"这相辅相成的两部分。

瞿秋白的"普罗现实主义"观集中体现在他1931年10月25日发表的题为《普洛大众文艺的现实问题》一文中。文章开篇提出"中国的普洛大众文艺的问题,已经不是什么空谈的问题,而是现实的问题"②的核心观点,由此突出"普洛大众文艺应当立刻实行"③的迫切性。接下来文章从"用什么话写""写什么东西""为着什么而写""怎么样去写"以及"要干些什么"五个方面全面阐述了普罗文学"面向大众"和"面向现实"的两个方针。瞿秋白重点论述了"怎么样去写"这一问题,强调普洛大众文艺作品在兼顾艺术性的同时,必须用"普洛现实主义的方法来写"④。瞿秋白虽然没有详细阐述"普罗现实主义"的具体内涵,但他罗列了种种"普罗现实主义"文学应当预防的文艺现象,其中包括"感情主义""个人主义""团圆主义"和"脸谱主义"等几个方面。在瞿秋白看来,所谓"感情主义",在"五四"以来的"民众"文学中曾以各种形式加以表现,其主导倾向是一种典型的"浅薄的人道主义",这既是普罗文学所不需要的、也是必须克服的,即普罗文学要防止"感情主义的诉苦、怜惜、悲天悯人的名士气"⑤。所谓"个人主义",是与"集体主义"相对立的普罗文学需要克服的第二种倾向,它的显现方式是"个人英雄决定一切"。普罗文学要改变这种创作倾向,就必须"真切的理解群众的转变,群众的行动,群众的伟大的作用"⑥。"团圆主义"主要指一种"没有失败,只有胜利;没有错误,只有正确"的倾向,这是一种"简单的公式主义"⑦,是无产阶级自我欺骗的一种方式。只有在错误中,在现实经验和斗争中无产阶级才能增长斗争的力量,所以"团圆主义"要不得。而所谓的"脸谱主义"则类似

---

① 瞿秋白:《拉法格和他的文艺批评》,《瞿秋白文集》(二),北京:人民文学出版社,1953年,第1122页。
② 瞿秋白:《普洛大众文艺的现实问题》,《瞿秋白选集》,北京:人民出版社,1985年,第456页。
③ 同上书,第459页。
④ 同上书,第477页。
⑤ 同上书,第474页。
⑥ 同上书,第474—475页。
⑦ 同上书,第475页。

"京戏里面奸臣画白脸,忠臣画红脸,小丑画小花脸"①,这是另一种形式的简单化和概念化的倾向,在"脸谱主义"影响下,一旦"遇见巧妙一些的欺骗,立刻就会被迷惑,遇见复杂一些的现象,立刻就不会分析"②。而真正的"普洛文学"应当表现"真正的生活、分化、转变、团结的过程"③。基于上述四种主要倾向的分析,瞿秋白指出,无产阶级出于认识现实和改造现实的需要,要规避"矫揉做作的麻醉的浪漫谛克"④的鼓舞,要在切实了解现实和实际的行动中团结自己、武装自己。瞿秋白文章中谈及的创作方法和创作倾向问题明显与"拉普"重视艺术个性,反对笼统主义以及"揭穿一切假面具"的辩证唯物论方法相呼应,是"拉普"理论自觉"中国化"的重要成果,它反映出了作为革命家和政治家身份的瞿秋白看待文学的特殊观点。后来在评价华汉的《地泉》时,瞿秋白又明确地将上述种种偏离真正意义的现实主义的倾向概括为"革命的浪漫谛克"⑤。他严厉批评了《地泉》的创作倾向,指出《地泉》所走的路线是浪漫主义的,按此路线所创作的文艺作品"不能够深刻的写到这些人物的真正的转变过程,不能够揭穿这些人物的'假面具'",然而作者却"把这种丑陋的现实神秘化了,把他们变成了'时代精神的号筒'"。⑥瞿秋白还意味深长地写道:"我们应当走上唯物辩证法的现实主义的路线,应当深刻的认识客观的现实,应当抛弃一切自欺欺人的浪漫谛克,而正确的反映伟大的斗争;只有这样,方才能够真正帮助改造世界的事业。"⑦瞿秋白的这番表态与他在评价《地泉》的文章前大段引述法捷耶夫的《打倒席勒》一文中的核心观点应该说是前后紧密呼应的。

瞿秋白坚决反对"革命浪漫谛克"的创作倾向、极力主张辩证唯物论的现实主义创作方法的思想倾向在其杂文和其他文论中也有显现。在评价茅盾的小说《三人行》时,他明确指出其创作方法是"违反第亚力克谛——辩证法的",小说也没有能够艺术化展示"三种人物的生长和转变",即"没有恰切现实生活的发展过程",因此《三人行》在本质上是"非现实主义的"。⑧他还从反向思维立场提出了《三人行》的借鉴意义问题:"如果这篇作品可以在某种意义之下算做小

---

① 瞿秋白:《普洛大众文艺的现实问题》,《瞿秋白选集》,北京:人民出版社,1985年,第475页。
② 同上书,第476页。
③ 同上。
④ 同上。
⑤ 瞿秋白:《革命的浪漫谛克——评华汉的三部曲》,《俄国文学史及其他》,上海:复旦大学出版社,2004年,第166页。
⑥ 同上书,第168页。
⑦ 同上。
⑧ 瞿秋白:《谈谈〈三人行〉》,《俄国文学史及其他》,上海:复旦大学出版社,2004年,第163页。

资产阶级革命文学的收获,那么,也只在于它提出了几个重要的问题,并且在它的错误上更加提醒普罗文学的某些任务,例如新现实主义的创作方法必须正确的运用起来,去对付敌人的虚无主义等等的迷魂阵。再则,就只有零碎的片段——揭穿了那些绅士教育家等等的假面具了。如果《三人行》的作者从此能够用极大的努力,去取得普洛的唯物辩证法的宇宙观和创作方法,那么,《三人行》将要是他的很有益处的失败,并且,这是对于一般革命的作家的教训。"①在《郑译〈灰色马〉序》一文中,借对《灰色马》小说情节人物进行评述之机,瞿秋白再次慨叹道:"社会革命党何以有这种颓废派任性派的智识阶级倾向,——有这种佐治式的英雄?——这是暗杀运动的反应作用,反应于党员之'心的变化'。不但如此,同时亦是旧民粹派的唯心论,领袖热,个性主义,'智识阶级崇拜'等理论在事实上之逻辑的自然结论呵!"②而在《〈鲁迅杂感选集〉序言》中,瞿秋白不仅称赞鲁迅勇于"揭穿那些反理想重经验的人的假面具,指出他们的所谓'经验'正是皇帝和奴才的经验!"③,而且还将年轻一代的精神状貌、个性主张、生活阅历和环境与鲁迅的进行比较,进而揭示出"浪漫谛克"态度形成的社会历史根源:"这种知识阶层和早期的士大夫阶级的'逆子贰臣',同样是中国封建宗法社会崩溃的结果,同样是帝国主义以及军阀官僚的牺牲品,同样是被中国畸形的资本主义关系的发展过程所'挤出轨道'的孤儿。但是,他们的都市化和摩登化更深刻了,他们和农村的联系更稀薄了,他们没有前一辈的黎明期的清醒的现实主义——也可以说是老实的农民的实事求是的精神——反而传染了欧洲的世纪末的气质。这种新起的知识分子,因为他们的'热度'关系,往往首先卷进革命的怒潮,但是,也会首先'落荒',或者'颓废',甚至'叛变',——如果不坚决的克服自己的浪漫谛克主义。"④总之,如瞿秋白在《马克思文艺论底断篇后记》中所总结的那样:"无产阶级所需要的,是切实的唯物论辩证法的认识现实——认识具体的阶级关系和历史条件,这是决定他们革命策略的基础,这是改造现实底真正的出发点。所以在文艺上,他们不会需要浪漫主义。"⑤他还进一步结合中国革命文学实际评述道:"中国底初期革命文学——往往有些'革命的团圆主义',那是比拉萨尔更粗浅十倍的,可是,居然会称为'普洛文学'!"⑥

---

① 瞿秋白:《谈谈〈三人行〉》,《俄国文学史及其他》,上海:复旦大学出版社,2004年,第163—164页。
② 同上书,第180页。
③ 瞿秋白:《〈鲁迅杂感选集〉序言》,《瞿秋白选集》,北京:人民出版社,1985年,第535—536页。
④ 同上书,第544—545页。
⑤ 瞿秋白:《马克思文艺论底断篇后记》,《瞿秋白文集》(二),北京:人民文学出版社,1953年,第1008页。
⑥ 同上。

瞿秋白对"拉普"文艺创作方法及相关理论的译介、阐释、创新与发展对指引革命文学的发展方向无疑具有重大的历史借鉴和参考意义。其理论的深度和广度在很大程度上不仅远远超越"拉普"的局限,而且更为重要的是瞿秋白在此过程中加深了对马克思主义文艺观的理解,并自觉将其运用于当时中国文艺乃至革命实践之中,从而提出了具有新的理论高度和适应当时中国文艺发展新状况的现实主义理论主张。但随着苏联文艺政策的逐步调整,尤其是解散"拉普"、成立苏联作家协会、确定"社会主义现实主义"为苏联文学新的创作方法,中国的革命知识界对"拉普"及其创作方法的认知也随之发生了悄然的变化。

1933年10月1日《现代》杂志第三卷第六期刊登了署名"森堡"的人翻译的华希里可夫斯基的名为《社会主义的现实主义论》的文章。文章作者多次提到"社会主义的现实主义"这一专有名词,指出对于艺术家来说社会主义的现实主义道路就是"走向马克思主义的世界观底道路",它是"我们底时代和历史底推动者",是"朝着那适应革命的,英雄的斗争的艺术的作品走去的道路","现实主义,我们底社会主义的现实主义——除此之外,在我们底时代里,就不能够有着别的"。① 这是中国文艺思想界较早接触到苏联"社会主义现实主义"新的文艺政策的重要开端。紧接着,《京报》副刊《沙泉》、《文学》杂志第一卷第六号以及《文学新地》创刊号分别刊载了苏联著名文艺理论家卢那察尔斯基的《社会主义现实主义》一文。② 卢那察尔斯基在文章中批判了"拉普"的教条主义错误倾向,指出一段时间以来流行的普遍说法,即"艺术家,包括剧作家在内,应该好好研究辩证唯物主义,了解辩证唯物主义在艺术创作中要采用什么形式,然后才可以根据这个来写作"③是根本不对的。批判的同时,卢那察尔斯基高度注重建构,即阐明正确的社会主义现实主义理论主张。在卢那察尔斯基看来,"社会主义现实主义者把现实理解为一种发展,一种在对立物的不断斗争中进行的运动。但他不仅不是静止论者,他也不是宿命论者:他看见自己处在这个发展、这个斗争中,他确定了他的阶级立场,确定了他属于某个阶级或者他走向这个阶级的道路,也确定了自己是谋求使过程这样进展而不是那样进展的一份积极力

---

① 华希里可夫斯基:《社会主义的现实主义论》,森堡译,《现代》1933年10月第三卷第六期。

② 《社会主义现实主义》一文原是卢那察尔斯基1933年2月在苏联作家协会筹委会第二次全体会议上所做的报告,原标题为《苏联戏剧创作的道路和任务》,今据蒋路译卢那察尔斯基《论文学》(北京:人民文学出版社,1978年)一书中所用的标题。《京报》副刊《沙泉》刊载时名为《社会主义的写实主义底特质》,式钧译;《文学》第一卷第六号刊载时名为《社会主义的艺术底风格问题》,吴春迟译;《文学新地》1934年9月25日创刊号刊载时名为《苏联的演剧问题——论社会主义的现实主义、文学和戏剧》,余文生译。

③ 卢那察尔斯基:《社会主义现实主义》,《论文学》,蒋路译,北京:人民文学出版社,1978年,第64页。

量。他确定自己一方面是历史过程的表现,另一方面又是能够决定这个过程的进展情况的积极力量"①。因此,社会主义现实主义的重要任务便是"绘出充满真实性的图画,从现实的对象出发来真确地描写它,阐明它,而又总是能使人感觉到对象的发展、运动、斗争"②。为了完成它所肩负的历史重任,社会主义现实主义必须成为"一个广泛的纲领",必须包括"我们现有的许多不同的手法"和"我们还在觅取中的种种手法"。③卢那察尔斯基从社会主义现实主义的对象特点、历史任务和表现手法等诸多方面对社会主义现实主义手法进行了总结概括,这对于当时的中国革命知识界反思"拉普"的理论,并进一步接受苏联文艺创作的新方法具有重要的启发意义。

受社会主义现实主义理论译介的影响,中国革命知识界的主动阐释也随之出现。周扬根据苏联理论家吉尔波丁的报告编写而成的《关于"社会主义的现实主义与革命的浪漫主义"——"唯物辩证法的创作方法"之否定》④一文是其中理论性最强、阐释较为明晰的一篇。周扬在首肯社会主义现实主义创作方法具有划时代意义的基础上,着重评述了两大方面的内容:"拉普"的错误和社会主义现实主义的基本内涵。在谈及"拉普"的错误时,周扬指出,"拉普"在组织上是典型的宗派主义,在理论上是严重的教条主义,这尤其反映在"唯物辩证法的创作方法"上:"'唯物辩证法的创作方法'这个口号便是'拉普'组织上的宗派性之在批评活动上的反映。'拉普'的批评家们常常用'唯物辩证法的创作方法'这个抽象的烦琐哲学的公式去绳一切作家的作品。他们对于一个作品的评价并不根据于那作品的客观的真实性,现实主义和感动力量之多寡,而只根据于作者的主观态度如何,即:作者的世界观(方法)是否和他们的相合。他们所提出的艺术的方法简直就是关于创作问题的指令,宪法。结果,为唯物辩证法的创作方法的斗争就变成了唯物辩证法的歪曲,和创作实践的脱离,对于作家的创造性和幻想的拘束,压迫。"⑤在谈及把握社会主义现实主义的本质特征与内涵时,周扬突出了"真实性""典型性""大众性""单纯性"以及方法的"包容性"是社会主义现实主义的核心观念。所谓"真实性"是一切文艺作品不可或缺的

---

① 卢那察尔斯基:《社会主义现实主义》,《论文学》,蒋路译,北京:人民文学出版社,1978年,第54页。
② 同上书,第60页。
③ 同上书,第61页。
④ 该文原载《现代》1933年11月第四卷第一期,署名"周起应"。后收入1984年人民文学出版社版《周扬文集》第一卷。
⑤ 周扬:《关于"社会主义的现实主义与革命的浪漫主义"——"唯物辩证法的创作方法"之否定》,《周扬文集》第一卷,北京:人民文学出版社,1984年,第103页。着重号为原文所加。

前提条件。"真实性"保证了文艺对资本主义的反对和对社会主义的拥护。周扬转述吉尔波丁对于"真实性"的论述:"只有无产阶级文学和正转向到劳动阶级方面来的作家所制作的文学,才能在艺术形象之中,在其一切的真实上,在其矛盾上,在其发展的方向上,在无产阶级党和正建设着的社会主义的历史的展望上,体现着现实。正在这中间,就最包含着'社会主义的现实主义'的这个口号的意义。"① 所谓"典型性"主要是指马克思和恩格斯所论述的现实主义必须塑造典型环境中的典型性格。所谓"大众性"和"单纯性",主要指社会主义现实主义文学必须面向人民大众,为大众所接受,在通俗化的同时又避免迎合低级趣味。所谓创作方法的"包容性"主要指如何处理社会主义现实主义与革命浪漫主义的关系问题。"拉普"坚决排斥浪漫主义,但社会主义现实主义认为其自身与革命浪漫主义之间并不矛盾,而且革命浪漫主义完全可以成为包容于其中的一个要素。对此,周扬评述道:"现实主义和浪漫主义,从来是被看成两个绝对不能相容的要素的。文学史家——甚至进步的文学史家往往将现实主义看成文学上的唯物论,浪漫主义看成文学上的观念论。但是,这种分法是独断的。……把浪漫主义和现实主义当作主观的观念论的创作方法和客观的现实主义的创作方法而对立起来,显然是错误的。"② 他还进一步援引吉尔波丁的表述:"革命的浪漫司的性质是社会主义的现实主义所固有的,只是在不同的艺术家有不同的程度。社会主义的现实主义,无论怎样,也不是古典的资产阶级的现实主义之简单的反复。在它的创作上,可以有擅长革命的浪漫谛克的方面的描写的艺术家。"③ 周扬在同一时间写作的《现实的和浪漫的》《高尔基的浪漫主义》等文章也都肯定了文艺创作方法上的积极浪漫主义与现实主义之间的包容性问题,间接呼应了他对社会主义现实主义创作原则的阐释。

继周扬之后,胡楣的《用什么方法去写诗》、婉龙的《新写实主义文学概观》等文章也都介绍评述了社会主义现实主义创作手法及其核心思想观念,尤其值得一提的是1937年4月10日在日本东京创刊的《文艺科学》杂志,其创刊号登载了"社会主义的现实主义"专辑,刊登了许修林的《苏联文学运动方向转换的考察——拉普的理论清算》一文以及包括吉尔波丁的《论社会主义的现实主义》

---

① 周扬:《关于"社会主义的现实主义与革命的浪漫主义"——"唯物辩证法的创作方法"之否定》,《周扬文集》第一卷,北京:人民文学出版社,1984年,第110页。
② 同上书,第112—113页。
③ 同上书,第113—114页。着重号为原文所加。

一文在内的其他5篇介绍社会主义现实主义的译文。① 所有这些文章都为"社会主义现实主义"创作方法的广泛传播和在革命文学知识界的正式确立奠定了重要基础。

从"革命文学"口号的论争到"拉普"的"辩证唯物主义"创作方法的"中国化",再到"社会主义现实主义"的传播、认同,中国文艺思想界在20世纪二三十年代经历了左翼话语的大转换,确立了现实主义方法难以撼动的中心地位。同时,左翼批评家也逐渐认识到文艺与政治之间的特殊关系,认识到"活生生的现实"的真实性与重要性以及文学表现手法的复杂性和特殊性,即现实主义不是单一的僵化的模式,而是一种特殊的个人化的手法,它需要在不同的创作方法竞争中去实现自身,它可以兼容其他创作手法,甚至是革命的浪漫主义手法。

二、以高尔基为中心的苏联无产阶级文学的译介与研究

左翼话语的转换促使中国文艺思想界再一次瞩目俄苏文学,掀起了中国现代文艺史上又一次"邻壁借光"的高潮。诚如鲁迅所言:"我看苏维埃文学,是大半因为想绍介给中国,而对于中国,现在也还是战斗的作品更为紧要。"② 具体来说,当时的中国文艺界掀起了苏联"红色文学"出版的热潮,法捷耶夫、费定、阿·托尔斯泰等一大批"红色作家"的代表作被译介与评价,其中尤以高尔基作品的"中国化"最为显著和突出。

早在20世纪20年代,高尔基的许多作品就被译介过来,主要包括郑振铎译《木筏之上》(1921年2月《小说月报》第12卷第2号);孙伏园译《我们二十六个和一个女的》(1921年6月《小说月报》第12卷第6号);董秋芳译《争自由的波浪》(1922年4月10日《小说月报》第13卷第4号);瞿秋白译《劳动的汗》(1923年10月15日《文学周报》第92期);耿济之译《我的旅伴》(1925年4月10日《小说月报》第16卷第4期);韦素园译《海燕歌》和《埃黛钓丝》(1925年7月10日《莽原周刊》第12期及7月17日《莽原周刊》第13期);宋桂煌译《高尔

---

① 《文艺科学》1937年4月10日出版的创刊号刊载的"社会主义的现实主义"专辑的目录顺序分别是:许修林的《苏联文学运动方向转换的考察——拉普的理论清算》;施惠林等著、梁惠译《社会主义的现实主义概观》;吉尔波丁等著、田芳绥译《论社会主义的现实主义》;罗森达尔著、卓戈白译《社会主义的现实主义基本的诸源泉》;西尔列尔著、李微译《社会主义的现实主义的前提》;吉尔波丁著、赫戏译《新现实主义与革命的浪漫主义》。

② 鲁迅:《答国际文学社问》,《鲁迅全集》第六卷,北京:人民文学出版社,1981年,第18—19页。

基小说集》(1928年2月上海民智书局)等。进入20世纪30年代,高尔基作品的译介趋势有增无减,具体包括沈端先(夏衍)译《奸细》(1930年5月上海北新书局);鲁迅编、柔石等译《戈里基文录》(1930年8月上海光华书局,该书后易名为《高尔基文集》于1932年1月再版);蓬子译《我的童年》(1930年10月上海光华书局);林曼青译《我的童年》(1930年12月上海亚东图书馆);杜畏之等译《我的大学》(1931年9月上海湖风书局);华蒂等译《隐秘的爱》(1932年1月上海湖风书局);穆木天译《初恋》(1932年2月上海现代书局);史铁儿(瞿秋白)译《不平常的故事》(1932年11月上海合众书店);黄源编译《高尔基代表作》(1933年10月上海前锋书店);萧参(瞿秋白)译《高尔基创作选集》(1933年10月上海生活书店);赵璜译《颓废》(1934年3月上海商务印书馆);何妨译《忏悔》(1934年4月上海中华书局);鲁迅等译《恶魔》(1934年12月上海春光书店);钟石韦译《三人》(1935年4月上海商务印书馆);巴金译《草原的故事》(1935年11月上海文化生活出版社);卞纪良译《我的童年》(1936年5月上海启明书店);孙光端译《母》(1936年8月上海开明书店);王季愚译《在人间》(1936年9月上海读书出版社);夏衍译《母》(1936年9月上海开明书店);树华译《阿路塔毛奥甫家的事情》(1937年1月天津生活知识出版社);林华译《深渊》(1937年1月上海启明书局);黄远译散文《回忆安特列夫》(1937年5月上海引擎出版社);树华译《莽撞人》(1937年5月天津生活知识出版社);寒克译《下层》(1937年8月上海燎原书店);黄源译《三人》(1938年8月生活书店)等。而进入20世纪40年代,高尔基作品的译介热度丝毫没有减退,出现了更多的新译本和重译本,题材也由传统的小说逐步向戏剧等其他类型拓展,如郝拔夫译戏剧《骨肉之间》(1940年1月上海文汇出版公司);适夷译戏剧《仇敌》(1941年2月上海国民书店);焦菊隐译戏剧《布利乔夫》(1942年12月桂林国光书社);芳信译戏剧《下层》(1944年2月上海世界书局);林陵译戏剧《索莫夫及其他》(1946年2月上海时代书报出版社)等。高尔基被译介作品如此之多,实在令人惊叹。

胡风在谈及社会主义现实主义对于中国左翼文学运动的影响时曾这样追忆高尔基在其中所起到的关键性影响作用:

> 对于中国革命文学,不用说高尔基底影响也发生了决定的意义。除开指示了作家生活应该向那里走这一根本方向以外,我想还有两点是非常重要的。第一,不要把作家看成留声机,只要套上一张做好了的片子(抽象的概念),就可以背书似地歌唱;作家也不能把他底人物当作留声机,可以任

意地叫他替自己说话。这理解把作家更推进了生活,从没有生命的空虚的叫喊里救出了文学,使革命的作家知道了文艺作品里的思想或意识形态不能够是廉价地随便借来的东西。第二,文学作品不是平面地反映生活,也不是照直地表现作家所要表现的生活,它应该从现实生活创造出"使人想起可以希望的而且是可能的东西",这样就把文学从生活提高,使文学底力量能够提高生活。如果我们底文学多多少少地离开了公式主义(标语口号)和自然主义(客观主义)的圈子,在萌芽的状态上现出了社会主义的现实主义底胜利,那么,我们就不能不在极少数的伟大的教师里面特别地记起敬爱的高尔基来。①

胡风在这里从艺术家的创作论和艺术品的表现论两大方面来评价高尔基的文学影响,指出中国当时的文艺唯有像高尔基的文学那样呈现出社会主义的现实主义的创作倾向,才能真正提升生活的力量。这既是对高尔基的评价,也是对中国当时文艺创作的警醒。因为在胡风看来,和高尔基"艺术思想底海一样的内容"相比,"我们所接受的实在太少,比较我们所接受的,我们底误解或曲解还未免太多罢"。② 在另一篇题为《高尔基在世界文学史上加上了什么?》的文章中,胡风再次强化了他的上述观点。在胡风看来,如果说俄罗斯的革命和苏联的建设把人类提高到了一个新的阶段的话,那么无疑高尔基以文学为武器的斗争的一生相应地在世界文学史上展开了一个新的世界:"凭着阶级的本能,和天才的感受,和艰苦的战斗,高尔基把无产阶级革命和社会主义的成功加进了世界文学历史里面,不但使反映人类生活的文学没有被人类生活本身踢开,而且使它有力地推动人类生活前进,证明了文学和政治的完全统一。"③胡风还从社会主义的现实主义高度来积极评价高尔基的文学与政治相统一的思想观念,认为这一思想观念是人类斗争的经验和文学上的进步遗产,是高尔基一生文学创作实践的总结:"高尔基底主题是战争与革命的时代的人类所共有的,他的方法也已在全世界底进步的文学阵营里面浸润、成长。"④

无独有偶,与胡风高度评价高尔基的深远影响并论证高尔基价值的普适性

---

① 胡风:《M. 高尔基断片——当作我底悼词》,《胡风评论集》上册,北京:人民文学出版社,1984年,第333—334页。
② 同上书,第334页。
③ 胡风:《高尔基在世界文学史上加上了什么?》,《胡风评论集》中册,北京:人民文学出版社,1984年,第84—85页。
④ 同上书,第87页。

相类似,茅盾在谈及高尔基对中国文坛的长久影响时也曾不无感慨地评价道:"年轻的中国的新文艺,从高尔基那里得到许多宝贵的指导。'五四'以来,我们的新文艺工作者在实践中曾经遇到好些问题,而这些问题都可以在高尔基的作品中找到解答。'五四'以来,中国新文艺的道路是现实主义的道路,构成中国现实主义文艺的因素不止一个,俄国文学的优秀传统以及欧洲古典文学的影响,都是应当算进去的;但是高尔基的影响无疑地应当视为最直接而且最大。'五四'以来,曾经有好多位外国的作家成为我们注意的对象,但是经过三十年之久,唯有高尔基到今天依然是新文艺工作者最高的典范。"[①]

纵观欧美文学"中国化"历程,被胡风评价为具有普适意义和被茅盾誉为文艺最高典范的高尔基在现代中国曾经历一个"后来居上"的曲折过程。"五四"时期对高尔基及其作品已有所提及,但整体上热度明显不够,其译介和评价作品远不及列夫·托尔斯泰、陀思妥耶夫斯基、普希金、屠格涅夫等其他俄国作家的译介。对此,鲁迅这样评述:"当屠格纳夫、柴霍夫这些作家大为中国读书界所称颂的时候,高尔基是不很有人很注意的。即使偶然有一两篇翻译,也不过因为他所描的人物来得特别,但总不觉得有什么大意思。"[②]"这原因,现在很明白了:因为他是'底层'的代表者,是无产阶级的作家。对于他的作品,中国的旧的知识阶级不能共鸣,正是当然的事。"[③]鲁迅在这里指出了高尔基作品被冷落和忽视的主要原因在于风格和主导倾向与"五四"前后中国知识界的主流价值取向不完全一致。如果说鲁迅表述得过于隐晦的话,那么结合时代特征,更直白地表述应该是:高尔基的无产阶级作家身份及由此所带来的过于强烈的意识形态宣传性与"五四"前后中国社会文化语境的整体性之间存在不协调或不吻合性,因为在当时的文化语境下过于直白和露骨的政治宣传还是难以被接受的。鲁迅所揭示出的固然是高尔基作品受冷落和被忽视的一个原因,但还有一个现实因素也是无法回避的,即中国当时社会文化语境的价值选择明显受到苏联政治时局和价值观念的影响。苏联对于高尔基的态度存在前后两个时期的明显不同。前期的革命家往往认为高尔基的革命性不够坚决,甚至因为他在1923年离开苏联而传闻其不满十月革命,反对无产阶级。这种对高尔基革命性的判定直接影响到了中国对其作品的接受,这一点可以从李初梨翻译的苏联

---

① 茅盾:《高尔基和中国文学》,罗果夫、戈宝权合编:《高尔基研究年刊(一九四七年)》,上海:时代书报出版社,1947年,第50页。
② 鲁迅:《译本高尔基〈一月九日〉小引》,《鲁迅全集》第七卷,北京:人民文学出版社,1981年,第395页。
③ 同上。

无产阶级作家塞拉菲莫维奇的《高尔基是同我们一道的吗?》①一文中窥得一斑。该文代表着"拉普"对高尔基的基本看法。"拉普"视高尔基为"同路人",认为高尔基的作品缺乏明确的阶级意识。对此,作为译者的李初梨在译介前言中还特意表达了自己的观点。他认为高尔基虽然承认十月革命的历史必然性,但对于革命理论的实践仍有很多追随不及的地方。苏联后期的革命家对高尔基的态度则发生了巨大的转折,尤其是1928年高尔基返苏后,以斯大林为核心的苏联政治界全面重塑了高尔基的形象,重新定位了其文学的意义和价值,称赞其既是作家,也是革命家,是文学家政治化的最高典范,从而开启了特定时代"神化"高尔基的重要阶段。这不仅长久地影响着苏联对高尔基的定位,也直接改变了中国文化知识界对高尔基及其作品的看法。况且,苏联对高尔基再认识的基调与20世纪30年代中国社会语境的文学革命论整体转向也恰巧吻合,这为高尔基及其作品直接成为中国革命的宣传武器,并在其中发挥教育和指导作用提供了基础性的条件。诚如学者李今所评价的那样,高尔基在中国文坛由受冷淡到"热"得登峰造极,一方面"是与中国文坛主流一个'否定性'的转折相伴随,即从五四新文学到无产阶级革命文学",另一方面苏联对于高尔基形象的重新阐释为中国左翼作家展开了"无产阶级新文化想象的翅膀",从而"为完成精神和思想上的根本性转折"发挥了巨大的说服和指导作用。②

1928年鲁迅曾译介了《第三国际通讯》上刊载的布哈林的一篇文章,题目为《苏维埃联邦从Maxim Gorky期待什么?——为Maxim Gorky的诞生六十年纪念》,③该文从一个侧面反映了当时苏联主流思想界对高尔基及其文学的期待。该文一方面高度赞扬了高尔基的文学成就,称其为"卓越的观察者""生活知悉者",强调其文艺的样式是真正的生活而非"被抽象了的本质",其内容"不是粉饰而是真实,也不是虚伪的恸哭"。④ 另一方面则从官方意识形态角度对高尔基及其文学提出特殊的期望:"我们期待Gorky成为我们的苏维埃联邦,我们的劳动阶级和我们的党——他和这是结合了多年的——的艺术家。"⑤苏联学术思想界和官方着力将高尔基塑造成革命的无产阶级政治家和文学家的

---

① 塞拉菲莫维奇:《高尔基是同我们一道的吗?》,李初梨译,《创造月刊》1928年8月第二卷第一期。

② 李今著,杨义主编:《二十世纪中国翻译文学史 三四十年代·俄苏卷》,天津:百花文艺出版社,2009年,第130页。

③ 该译文刊载于1928年7月的《奔流》第一卷第二期上。

④ 尼古拉·布哈林:《苏维埃联邦从Maxim Gorky期待什么?——为Maxim Gorky的诞生六十年纪念》,鲁迅译,《鲁迅译文集》第十卷,北京:人民文学出版社,1958年,第127—128页。

⑤ 同上书,第129页。

意图在这里表现得十分明显,他们希望高尔基回国后能通过自身的文学创作为社会主义事业服务,为社会现实服务。事实证明,高尔基的文学创作和评价确实在很大程度上是沿着这一路径进行的,他始终处于被"神化"、被"塑造"并被日趋单一化的历史进程之中,他的文学的意识形态性在很长一段时间内获得了前所未有的扩大和彰显,他本人则成为某种"象征",对他的推崇则带有了某种"仪式"的意义:"苏联赋予高尔基以世界上任何阶级的作家都无法企及的最高地位和荣誉,事实上也制造了一个无产阶级政权与文学的神话,它象征着无产阶级文学的道路与无产阶级的政治革命相结合所能达到的最完满的境界。"①

中国左翼文学界对高尔基的评价基本上沿袭了苏联的倾向,甚至堪称亦步亦趋。具体来说,左翼文学以苏联理论界对高尔基评介的文章的译介为基础,对高尔基的观点进行引述性阐发和宣传,高扬高尔基的正面形象,将其塑造为中国革命的导师和文学的领路人,以此来表明自身文化革命的鲜明态度和立场,表明为中国劳苦大众奋斗的决心。换言之,中国左翼文学与高尔基的革命文学思想形成了巨大的共鸣,这构成了左翼文学推动高尔基文学"中国化"的一个基本点。

推崇与宣传高尔基的社会主义的现实主义理论观点是中国左翼文学的首要着力点。高尔基的文学论文是高尔基文学最为重要,也是最有特色的组成部分之一,冯雪峰回忆说他最爱读的就是高尔基的文学论文,尤其是他批判资本主义文化及打倒反动敌人的论文给他的力量特别大。② 而高尔基文论的核心在于对社会主义现实主义手法的理论阐释,这正是苏联文艺界、批评界长期以来视高尔基为"苏联社会主义现实主义方法的奠基者"③以及"无产阶级的、社会主义的文学底真正的创始人"④的重要原因。

高尔基从实践出发认为现实有两种,一种是统治阶级和掌握政权阶级的现实,"这种阶级从人底幼年时代起,就通过家庭、学校和教会,不惜任何牺牲,要求确立自己对于人的权力,如果有人反抗,就不惜大规模地屠杀"⑤。另一种则为被统治阶级、被征服者、服从者的现实,这种现实"是在不断的苦役之中的、在

---

① 李今著,杨义主编:《二十世纪中国翻译文学史 三四十年代·俄苏卷》,天津:百花文艺出版社,2009年,第127页。
② 雪峰:《我爱高尔基的什么作品》,罗果夫、戈宝权合编:《高尔基研究年刊(一九四七年)》,上海:时代书报出版社,1947年,第59页。
③ 季莫菲耶夫:《苏联文学史》,水夫译,北京:作家出版社,1958年,第133页。
④ 捷明契耶夫等:《俄罗斯苏维埃文学》,李时译,上海:新文艺出版社,1958年,第117页。
⑤ 高尔基:《创作方法》,林焕平编:《高尔基论文学》,南宁:广西人民出版社,1980年,第104页。

趋向肉体退化的贫困之中的、没有欢乐的生活"①,它的恐怖和屈辱早已为人所熟知。在高尔基看来,这两种现实属于典型的"过去的现实"和"现在的现实",是"我们在某种程度上参加创造的那种现实"。② 而工人阶级掌握国家政权后要实现的是"第三种现实",即"足以从生活当中扫清人底主要罪恶底根源——一切本能、嫉妒、贪欲、对于未来的恐惧以及为了生活而忧虑的现实"③,这是一种属于"未来的现实"④。高尔基强调只有通过文艺的形式将这"第三种现实"列入日常生活现象并不断地描写它,才能更好地理解何为社会主义现实主义方法这一根本问题,因为它是从高处和将来对于过去的观察,是一种必要的新的倾向:"社会主义的现实主义认定存在是一种行动、一种创造,它的目的是为着人之征服自然界力量,为着人的健康和长寿,为着住在大地上的伟大的幸福,而不断地发扬人的最有价值的各别的才能,因为人按照自己的需要的不断增长,愿意把大地彻底改造为那联合成一家的全体人类的美妙的住宅。"⑤

高尔基的社会主义现实主义理论主张对于左翼文学的发展具有特殊的意义。

其一,高尔基的社会主义现实主义理论坚定了左翼作家对创作方法的自信。

左翼作家一直关注文学的创作方法问题,这直接关系到如何处理文学与政治之间的关系、作家如何获得无产阶级世界观以及如何树立正确的适合时代的观点立场等一系列重要问题,从"新写实主义"到"唯物辩证法"再到"社会主义现实主义"的探索过程本质上就是解决作家的创作观和世界观问题。高尔基对社会主义现实主义的详尽阐述,及他对这种手法的有效性和普适性价值的坚信不疑,为左翼作家的积极探索提供了坚定而明确的答案,这在很大程度上平息了关于究竟应该如何处理现实问题的论争。左翼作家们自此进一步确证,以艺术的方式,透过社会主义现实主义手法一定能实现真正意义上的无产阶级文学,同时他们也充分相信在文艺与政治之间能够寻找到一个恰当的平衡点。

其二,高尔基的社会主义现实主义理论主张进一步引发了左翼作家对于如何创作与建设左翼文学的深入思索。

---

① 高尔基:《创作方法》,林焕平编:《高尔基论文学》,南宁:广西人民出版社,1980 年,第 104 页。
② 同上书,第 103 页。
③ 同上书,第 104 页。
④ 同上书,第 103 页。
⑤ 同上书,第 99—100 页。

以社会主义现实主义为核心,高尔基进一步提出了文学的典型论和形象论观点。在高尔基看来,文学的真实性与现实是无法脱离的,这就决定了文学的真实在本质上是现实中许多同类事实中提炼出来的精粹,而艺术家所要完成的正是将这种来源于现实的、反复出现的现象概括化,将其反映在一个艺术现象上,这便是典型化的过程:"必须使现象典型化。应该把微小而有代表性的事物写成重大的和典型的事物——这就是文学的任务。"①"艺术就是进行典型化的艺术,就是说,选取最有普遍意义的、最有人性的东西,以之构造某种令人信服的,不可摇撼的东西。"②典型性又与形象性紧密相连,因为文艺是通过特殊的形象手段来传达并完成典型塑造的:"作为一个艺术家,您要从容地和朴素地把人放在最典型的生活现象的圈子里,它们的中心里,您要用形象和画面来给他描绘这些现象,这些东西他好歹是可以理解的,他也许可以稍微思考一下的。"③"文学的任务是反映和描绘劳动生活的图画,把真理化为形象、——人物的性格和典型。"④高尔基建筑在社会主义现实主义手法基础上的典型论和形象论对当时的中国左翼文艺界产生了极大的促动,其中尤以胡风和周扬关于典型化问题的论争最为突出。

在《什么是"典型"和"类型"》一文中,胡风依据高尔基的现实主义典型说提出了自己的关于典型的普遍性与特殊性的界定:"它含有普遍的和特殊的这两个看起来好象是互相矛盾的观念。然而,所谓普遍的,是对于那人物所属的社会群里的各个个体而说的;所谓特殊的,是对于别的社会群或别的社会群里的各个个体而说的。"⑤紧接着,胡风以阿Q的艺术形象为例进行说明:"就辛亥前后以及现在的少数落后地方的农村无产者说,阿Q这个人物底性格是普遍的;对于商人群地主群工人群或各个商人各个地主各个工人以及现在的在不同的社会关系里的农民说,那他的性格就是特殊的了。"⑥胡风在这里所提出的"普遍性"是没有争议的,与高尔基所说的从一个阶级中所抽象和概括出来的共性相一致。而其所说的"特殊性",则意在强调与其他社会群和社会阶层相比较,这意味着在人物自身所属阶层中没有特殊性而言。胡风的这一论断遭到了

---

① 高尔基:《形象和典型》,林焕平编:《高尔基论文学》,南宁:广西人民出版社,1980年,第45页。
② 同上书,第41页。
③ 同上。
④ 高尔基:《创作方法》,林焕平编:《高尔基论文学》,南宁:广西人民出版社,1980年,第113页。
⑤ 胡风:《什么是"典型"和"类型"——答文学社问》,《胡风评论集》上册,北京:人民文学出版社,1984年,第97页。
⑥ 同上。

周扬的"修正":"阿Q的性格就辛亥前后以及现在落后的农民而言是普遍的,但是他的特殊却不在对于他所代表的农民以外的人群而言,而是就在他所代表的农民中,他也是一个特殊的存在,他有他自己独特的经历,独特的生活样式,自己特殊的心理的容貌,习惯,姿势,语调等,一句话,阿Q真是一个阿Q,即所谓'This one'了。如果阿Q的性格单单是不同于商人或地主,那末他就不会以这么活跃生动的姿态而深印在人们的脑里吧。因为即使是在一个最拙劣的艺术家的笔下,农民也总不致于被描写成和商人或地主相同的。"①周扬之所以要"修正"胡风的观点主要源于他在现实主义典型问题上的观点与胡风略有不同。在周扬看来,"典型的创造是由某一社会群里面抽出最性格的特征,习惯,趣味,欲望,行动,语言等,将这些抽出来的体现在一个人物身上,使这个人物并不丧失独有的性格"②。他还引用高尔基的表述进一步说明典型的共性与个性的融合关系:"典型不是模特儿的摹绘,不是空想的影子,而是作者用丰富的想象力把实际上已经存在或正在萌芽的某一社会群共同的性格,综合,夸大,给与最具体真实的表现的东西。"③基于上述对高尔基现实主义典型说的理解,针对胡风对自己"修正"的再"修正",周扬在《典型与个性》一文中再一次对典型说进行了全面的批判与阐述:

> 可惜得很,陷进混乱里面的是胡风先生自己。我不是形式逻辑主义者,共同的和独特的两个概念我不觉得是不能同时并存的。作为文艺表现之对象的人原就是非常复杂的包含了矛盾的东西。在"人的本质是社会关系的总和"这个意义之下,人总是群体的人,各个人具有群体的共同性,但是在同一个群体的界限里面,各个人对于现实的各方面有各种各样的接近和体验,因此虽同是群体的利害的表现者,但是各个人的性格却是沿着不同的独特的方向面发展的。在我们面前有着各色各样的人。正如高尔基所说,有的人是饶舌的,有的人是寡言的,有的人是非常执拗而又自负,有的人却是腼腆而无自信的。这种个人的多样性并不和社会的共同性相排斥,社会的共同性正通过各个个体而显现出来。一个典型应当同时是一个活生生的个体。从来文学上的典型人物都是"描写得很生动,各具特色,各具不同的个性征候的人(苏联文学顾问委员会:《给初学写作者的一封信》)。"

---

① 周扬:《现实主义试论》,《周扬文集》第一卷,北京:人民文学出版社,1984年,第161页。
② 同上书,第160页。
③ 同上书,第161页。

不错,高尔基常常提到典型是由某一群体里的本质的共同特征造成的,但是胡风先生却似乎不应忘了高尔基同时也说过下面这样的话:"在要表现的各个人里面,除了社会群共同的特性之外,还必须发现他的最特征的,而且在究极上决定他的社会行动的那个人的特性。"在给青年作家的一封信里,高尔基把这个意见说得更具体而明确:"作家应当把他的主人公当作活生生的人去观察。作家在他们中间的各个人物里面探究和指摘出说话的神情,举止,姿态,容貌,微笑,眼睛的转动等等的性格的独创的特殊性,而把它强调的时候,他的主人公才是活生生的。这样,作家才能使他自己表现出来的东西很鲜明地印入读者的耳目。完全相同的人物是不会有的。人无论外表内面都各有其特异的东西。"照胡风先生的观点判断起来,高尔基主张在"社会群的共同的特性"之外还要发现甚么"个人的特性""独创的特殊性""特异的东西"等等,那岂不是等于否认"典型",诱导青年作家去创造"神话里的脚色"吗?或者是高尔基竟也陷进了"无法收拾的混乱"里面吗?然而这样的判断,高尔基却不能接受。①

对于胡风与周扬之间围绕高尔基的现实主义典型说的论争,目前评论界的评说莫衷一是。其实周扬所主张的典型是群体意义和个体独特性相融合的观点,胡风也做过类似表述。这就意味着他们论争的场域和焦点并非孰是孰非,或谁的典型论观点更接近高尔基的原意,也不是评论者们所说的视角不同造成的观点差异。究其根本,这场关于典型说论争的实质在于如何更好地利用现实主义的典型说来为左翼文学和革命事业服务,来发挥社会主义现实主义手法的最大现实效应。关于这一点可以从周扬文章的结尾见出:"典型问题的提起应当和中国目前文学的主要任务配合。国防文学由于民族危机和民众反帝运动而被推到了第一等重要的地位。文学者应当描写民族解放斗争的事件和人物,努力于创造民族英雄和卖国者的正负的典型。在现代中国历史舞台上展开着的,就正是这两类人的生死的决斗的壮烈的光景。胡风先生既以现实的文学形势作立论根据,对于文学的这个最神圣的任务竟没有一字提及,这样,所谓典型的创造云云,就成为和现实的历史的运动没有关系了。不但如此,胡风先生的关于典型的理论是还有取消文学的武器作用的危险的。"②在周扬看来,文学与现实隔离及落后于实践的现状,促使不应把创造典型的希望放得太近太高,而

---

① 周扬:《典型与个性》,《周扬文集》第一卷,北京:人民文学出版社,1984年,第163—165页。引文中的着重号为原书所加。

② 同上书,第168页。

将典型的创造与中国文学的战斗任务区别开来更是一种不值取的错误倾向。这才是他与胡风典型说的根本区别所在,而非单纯地就文学典型来谈文学典型问题。客观来看,周扬的意图与高尔基的本意较为接近,也比较符合左翼作家积极引入并弘扬社会主义现实主义手法的初衷。

当然,就高尔基文学"中国化"的整体而言,除了社会主义现实主义中心外,左翼作家还广泛涉猎了高尔基文学的人道主义思想、如何处理好艺术家的世界观等其他重要问题。所有的一切共同组成了左翼文学视阈下多维的、影响深远的高尔基面孔。诚如郭沫若在20世纪40年代总结高尔基影响时所说:"近十年来的关于高尔基的介绍,尤其是值得振笔特书的。他的影响径直是超文学的。他被中国的作家们崇敬、爱慕、追随;他的生活被赋与了神性,他的作品被视为了《圣经》,尤其是他的《文学论》,对于中国的影响是决不亚于在苏联本国。文艺工作者的生活态度和创作过程,普遍而深切地受着了指示。我们借此不仅可以知道应该如何去创作或创作些什么,而且还学习了应该如何生活或成为一个怎样的人。高尔基在我们文艺工作者精神上所占的地位,在中国长远的文艺史上,似乎还找不出一个人可以和他匹敌。"[①]

[①] 郭沫若:《中苏文化之交流》,《郭沫若全集》文学编第十九卷,北京:人民文学出版社,1992年,第26页。

第六个问题：

论争对欧美文学"中国化"的发展趋势的推动作用

论争作为一种特殊的文学批评与讨论形式在1919年至1949年这三十年间欧美文学"中国化"的历程中发挥着独特的促进与推动作用。就字面意义而言，所谓"论争"主要指向认识活动的一种高级形态，其实质是典型的评价性思维活动。"论"是其形式化载体，"争"是其目标性归宿，"论争"就是以言语为媒介，通过摆事实讲道理的方式来获取对某一事物之"真理"的阐发、衡量及最终的评介，从中获得支配性话语权力。对于文学来说，论争有广义和狭义之分。广义的论争是一种复杂的文学批评活动，只要有批评，就会有论争；狭义的论争则是指规模较大、对文学发展本身和文学史建构具有重大意义的过程性事件。这里所使用的"论争"一词主要着眼于后者，即狭义的范畴。

学界一般认为论争对于文学思想的发展有如下推进作用：主体的对话性建构；论辩式的话语权争夺以及"视界融合"带来的本质"趋明性"特点。

所谓主体的对话性建构功能，主要源于文学论争是一种涉及范围广、牵涉人物众多的集体性活动，是代表不同话语利益方的不同声音之间的语言交锋和思想论战，他们秉持各自的立场和身份发表观点和看法，尽管无法达成统一，但对话性本身所带来的主体间的意见交换对于认知"真理"的本质大有益处。俄国文艺理论家巴赫金在谈及对话性的价值时曾这样表述："真理只能在平等的人的生存交往过程中，在他们之间的对话中，才能被揭示出一些来。"[①]"一种涵义在与另一种涵义、他人涵义相遇交锋之后，就会显现出自己的深层底蕴，因为不同涵义之间仿佛开始了对话。这种对话消除了这些涵义、这些文化的封闭性与片面性。"[②]从文学效果上来看，论争在很大程度上正如巴赫金所论述的对话性的价值一样，彼此弥补各自观点的局限和"视野剩余"，在对话交流中实现深

---

① 巴赫金：《在长远时间里》，钱中文译，钱中文主编：《文本 对话与人文》，白春仁等译，石家庄：河北教育出版社，1998年，第372页。

② 巴赫金：《答〈新世界〉编辑部问》，晓河译，钱中文主编：《文本 对话与人文》，白春仁等译，石家庄：河北教育出版社，1998年，第370页。

层次的超越。

所谓论辩式的话语权争夺主要是指论争通过论辩的方式达成话语权争夺的实质。在法国思想家米歇尔·福柯看来,话语往往与权力有着密切的联系。而文学论争的媒介恰恰是话语及其言说方式,因此,文学论争通常是以争夺话语权为终极目标的,这一点在1919年至1949年这三十年欧美文学"中国化"的历程中尤其明显,并形成了鲜明的"文学论争政治化"倾向,即从自身的政治立场和政治态度出发借助文学的形式来表达、阐述政治化观点以达到为某一特殊阶级或政治团体服务的目的。如国内某些学者通过对20世纪30年代文学论争的研究得出结论认为贯穿整个20世纪30年代中国文坛的论争"几乎都有着深厚的政治文化根源,或者说其背后都有着政治文化的潜因",其论争的出发点和所持的观点"往往并非出自文学的或学术的思考,而常常是从自身的政治立场、政治态度出发,针对自身对当时政治文化形势的理解而采取的某种文学策略"①。而从政治的隐性角度来看待文学论争,更有利于还原论争的真实形态,形成立体化的图景,毕竟就当时中国的特定形势来看,"意识形态分歧、美学观念冲突、话语权力争压,这三者相互纠结,共同构成了文艺论争的原因机制,只是在历次的论争中各有其偏重而已"②。

所谓"视界融合"带来的本质"趋明性"则是指论争对象通过论争形式达成"去蔽"、深化认知以及建立多维化视野的过程。论争的出发点是某一特定的角度或视阈,而恰恰是出发点的这种特定性往往会导致某种理解的"盲视"。论争的意义之一就在于通过思想和语言的交锋来相互弥补这种"盲视",从而在论辩中使问题的本质逐渐清晰而明确地显露出来,不断向纵深层次发展。在此意义上,问题本质的"趋明性"呈现为一种动态、交互的历史性过程。德国学者、阐释学代表人物伽达默尔(Hans-Georg Gadamer)在诠释"理解"是阐释学的核心时曾明确指出"视界融合"是理解的关键所在。伽达默尔将特殊的历史情景称为"视界",在他看来,视界不是封闭的,而是开放的,理解者总在不断的对话和交流中扩充自己的视界,不断地与理解对象"趋同",并最终融合在一起形成一个共同的新的视界。③ 伽达默尔强调"视界融合"在一定程度上可以弥补阐释过

---

① 朱晓进:《政治化角度与中国20世纪30年代文学论争》,《南京师大学报》(社会科学版)2002年第4期。
② 王黎君:《话语权力之争:文艺论争的一种隐形形态》,《北方论丛》2004年第4期。
③ 伽达默尔关于"视界融合"的论述,参见汉斯-格奥尔格·伽达默尔所著的《诠释学Ⅰ:真理与方法——哲学诠释学的基本特征》(洪汉鼎译,北京:商务印书馆,2007年)一书的"理解的历史性上升为诠释学原则"一节。

程中的"偏见",达成新的高度上共同而明晰的见解。论争在很大程度上可以达成类似伽达默尔所说的"理解"过程中"视界融合"的历史效果。

以"问题意识"为核心导向,考察1919年至1949年这三十年间欧美文学"中国化"进程中影响巨大的论争,尤其是发生在20世纪二三十年代不同价值立场之间关涉权力话语的论争,通过对论争过程的细致梳理以及对论争各方主要观点的阐述,能够更好地探寻论争的文学文化意义及其与欧美文学"中国化"自觉意识形成之间的内在必然联系。

一、关于欧美文学"中国化"工具载体的论争

晚清以降至辛亥革命前后的欧美文学翻译当以林纾的成就最大、影响最突出,对此,现代名家多有论述和回忆。鲁迅在谈及自己接触西方文学作品的情景时曾提到阅读林译小说的感受:"我们曾在梁启超所办的《时务报》上,看见了《福尔摩斯包探案》的变幻,又在《新小说》上,看见了焦士威奴(Jules Verne)所做的号称科学小说的《海底旅行》之类的新奇。后来林琴南大译英国哈葛德(H. Rider Haggard)的小说了,我们又看见了伦敦小姐之缠绵和非洲野蛮之古怪。"①无独有偶,钱锺书也曾回忆对林译小说的痴迷以及林译小说的影响:"我自己就是读了林译而增加学习外国语文的兴趣的。商务印书馆发行的那两小箱《林译小说丛书》是我十一二岁时的大发现,带领我进了一个新天地,一个在《水浒》、《西游记》、《聊斋志异》以外另辟的世界。我事先也看过梁启超译的《十五小豪杰》、周桂笙译的侦探小说等,都觉得沉闷乏味。接触了林译,我才知道西洋小说会那么迷人。我把林译哈葛德、迭更司、欧文、司各德、斯威佛特的作品反复不厌地阅览。假如我当时学习英语有什么自己意识到的动机,其中之一就是有一天能够痛痛快快地读遍哈葛德以及旁人的探险小说。"②甚至连曾经对林纾的翻译提出过尖锐批评的胡适也曾一度转变态度,高度赞扬林纾以古文翻译欧美文学所取得的成就:"林纾译小仲马的《茶花女》,用古文叙事写情,也可以算是一种尝试。自有古文以来,从不曾有这样长篇的叙事写情的文章。

---

① 鲁迅:《祝中俄文字之交》,《鲁迅全集》第四卷,北京:人民文学出版社,1981年,第459页。
② 钱锺书:《林纾的翻译》,《七缀集》,北京:生活·读书·新知三联书店,2002年,第93页。

《茶花女》的成绩,遂替古文开辟一个新殖民地。"①"平心而论,林纾用古文做翻译小说的试验,总算是很有成绩的了。古文不曾做过长篇的小说,林纾居然用古文译了一百多种长篇小说,还使许多学他的人也用古文译了许多长篇小说,古文里很少滑稽的风味,林纾居然用古文译了欧文和迭更司的作品。古文不长于写情,林纾居然用古文译了《茶花女》和《迦茵小传》等书。古文的应用,自司马迁以来,从没有这种大的成绩。"②胡适甚至还认为这些成绩最终归于失败的原因不在林纾,而在古文自身的毛病。

林译小说对于近代欧美文学"中国化"的贡献自不必说,但在摧枯拉朽的"五四"启蒙及文学革命的新时代,其所代表的方向明显与主流思想观念相抵触和矛盾,这直接决定了其必然成为集中的批判对象。

论争起始于"双簧信"的发表。1918年3月15日《新青年》第四卷第三号发表了署名"王敬轩君来信"的《文学革命之反响》一文,该文以保守的观点和态度批评新学"流弊甚多",认为中国文字远胜于西洋文字,赞扬林纾以古文方式译介西洋文学的成就:

> 林先生为当代文豪。善能以唐代小说之神韵。迻译外洋小说。所叙者皆西人之事也。而用笔措辞。全是国文风度。使阅者几忘其为西事。是岂寻常文人所能企及。而贵报乃以不同相诋。是真出人意外。以某观之。若贵报四卷一号中周君所译陀思之小说。则真可当不通二字之批评。某不能西文。未知陀思原文如何。若原文亦是如此不通。则其书本不足译。必欲译之。亦当达以通顺之国文。乌可一遵原文逐译。致令断断续续。文气不贯。无从讽诵乎。噫。贵报休矣。林先生渊懿之古文。则目为不通。周君蹇涩之译笔。则为之登载。真所谓弃周鼎而宝康瓠者矣。林先生所译小说。无虑百种。不特译笔雅健。即所定书名。亦往往斟酌尽善尽美。如云吟边燕语。云香钩情眼。此可谓有句皆香。无字不艳。香钩情眼之名。若依贵报所主张。殆必改为革履情眼而后可。试问尚复求何说话。③

这段评述大致包含三层意思:一是林译西洋小说虽为西洋之事,但却呈现

---

① 胡适:《五十年来中国之文学》,欧阳哲生编:《胡适文集》3,北京:北京大学出版社,1998年,第213页。
② 同上书,第215页。
③ 王敬轩:《文学革命之反响》,郑振铎编选:《中国新文学大系·文学论争集》,上海:上海文艺出版社,2003年影印本,第24—25页。标点从旧,未改动。

出中国唐代小说的神韵。二是林译小说具有通顺之"国文风度",与"不通"之西文翻译方式形成鲜明对比。三是林译小说不仅"译笔雅健",而且书名字斟句酌,香艳无比。表面来看,这三方面是在称赞林译小说的功绩和特色,实际上恰恰相反,通过这封所谓的署名信,新文学主将们实则将林纾和林译小说推向了论争的前沿,使其成为论争的对象和靶子,因为所谓林译小说的特色正是新文学主将们所深恶痛绝的,同时也正是新文学发展方向的对立面。针对"王敬轩君来信"及其观点,刘半农发表了《复王敬轩书》,予以批评和反驳。在刘半农看来,林译小说若作"闲书"来读无可厚非,但若以文学的眼光加以评判,则必在攻击之列。具体来说,林译小说存在三大主要问题:第一是"原稿选择得不精,往往把外国极没有价值的著作,也译了出来;真好的著作,却未尝——或者是没有程度——过问";第二是"谬误太多","把译本和原本对照,删的删,改的改",不仅"精神全失,面目全非",而且还因为信笔删改而"闹得笑话百出";第三是林译著作虽多,但译书的原则不对,"译书应以原本为主体;所以译书的文笔,只能把本国文字去凑就外国文,决不能把外国文字的意义神韵硬改了来凑就本国文"。① 刘半农针对林译小说所指出的问题,在本质上突出了新形势下欧美文学"中国化"的新方向和新路径,即多多译介有价值的西洋著作、保持译本与原本的一致性以及尊重西洋文字的表达习惯。而就文学史意义来看,这无疑标志着新文学主将们真正找到了现实中论战的对象,为进一步阐述新文学观念营造了良好的思想学术氛围。对此,郑振铎曾回忆评述道:

> 在《新青年》的四卷三号上同时刊出了王敬轩的给《新青年》编者的一封信,和刘复的《复王敬轩书》。王敬轩原是亡是公乌有先生一流人物。托为王敬轩写的那一封信乃是《新青年》社的同人钱玄同的手笔。
>
> 为什么他们要演这一出"苦肉计"呢?
>
> 从他们打起了"文学革命"的大旗以来,始终不曾遇到过一个有力的敌人们。他们"目桐城为谬种,选学为妖孽"。而所谓"桐城,选学"也者却始终置之不理。因之,有许多见解他们便不能发挥尽致。旧文人们的反抗言论既然竟是寂寂无闻,他们便好像是尽在空中挥拳,不能不有寂寞之感。
>
> 所谓王敬轩的那一封信,便是要把旧文人们的许多见解归纳在一起,

---

① 刘半农:《复王敬轩书》,郑振铎编选:《中国新文学大系·文学论争集》,上海:上海文艺出版社,2003年影印本,第30—31页。

而给以痛痛快快的致命的一击的。①

由钱玄同、刘半农等新文学主将们自编自导的以"双簧信"形式出现的关于林译小说和欧美文学"中国化"新方向的论争很快得到了胡适、罗家伦、傅斯年等人的响应与附和。在《建设的文学革命论》一文中，胡适提出了自己对这一问题的观点。胡适首先明确了建设"真文学"和"活文学"、消灭"假文学"和"死文学"的目标，并提出这一目标之达成有赖于"国语的文学，文学的国语"的宗旨。胡适认为，提倡文学革命的根本就在于替中国创造一种国语的文学，否则便没有生命和价值。而回顾中国两千多年的文学发展都是没有真生命和真价值的"文言的文学"，主要原因在于古代文人用死了的语言文字做文学。在胡适看来，死文字和死文言绝不能产生出活文学，欲创造崭新的活的新文学，就必须从工具、方法和创造三方面努力变革。所谓的工具，胡适明确提出"白话"的重要性："古人说得好：'工欲善其事，必先利其器'，写字的要笔好，杀猪的要刀快。我们要创造新文学，也须先预备下创造新文学的'工具'。我们的工具就是白话。我们有志造国语文学的人，应该赶紧筹备这个万不可少的工具。"②所谓的方法包括收集材料的方法、结构的方法和描写的方法等。其中在谈及究竟怎样预备才能得到一些高明的文学方法时，胡适认为只有一条法子，即"赶紧多多的翻译西洋的文学名著做我们的模范"③。之所以如此，一方面在于"中国文学的方法实在不完备，不够作我们的模范"，另一方面"西洋的文学方法，比我们的文学，实在完备得多，高明得多，不可不取例"。④ 具体到实践方面，他还进一步提出了改变所译西洋文学书"收效甚小"的措施：第一，"只译名家著作，不译第二流以下的著作"⑤。在这一条中，胡适建议国内真正懂得西洋文学的学者应该开一个会，"公共选定若干种不可不译的第一流文学名著"，而"第二流以下，如哈葛得之流，一概不选"。⑥ 这明显与林纾的翻译取向形成了鲜明对比，因为哈葛德之流正是林纾的最爱。第二，"全用白话韵文之戏曲，也都译为白话散文"⑦。胡适强调用古文译书，必失原文的好处，他还特意提及"如林琴南的'其

---

① 郑振铎：《中国新文学大系·文学论争集·导言》，郑振铎编选：《中国新文学大系·文学论争集》，上海：上海文艺出版社，2003年影印本，"导言"第5—6页。
② 胡适：《建设的文学革命论》，欧阳哲生编：《胡适文集》2，北京：北京大学出版社，1998年，第50页。
③ 同上书，第55页。
④ 同上书，第55—56页。
⑤ 同上书，第57页。
⑥ 同上。
⑦ 同上。

女珠,其母下之',早成笑柄,且不必论"①,如此译书,不如不译,"又如林琴南把萧士比亚的戏曲,译成了记叙体的古文!这真是萧士比亚的大罪人,罪在《圆室案》译者之上!"②这明显是在批评林纾以古文为工具载体的翻译方法。第三则是"创造",即"工具用得纯熟自然了,方法也懂了,方才可以创造中国的新文学"③。志希(罗家伦)在《今日中国之小说界》一文中通过转述美国人芮恩施(Paul S. Reisch)的观点,间接批评了林纾的译文方式:

> 中国人译外国小说的,首推林琴南先生。林先生是我们前辈,我不便攻击他。而且林先生自己承认他不懂西文,往往上当;并且劝别人学西文,免蹈他的覆辙;所以按照"恕"字的道理,我也不愿意攻击他。但是美国芮恩施博士,却抱定"责备贤者"之义,对于林先生稍有微词。芮恩施博士所著的《远东思想政治潮流》一书中说:"中国人中有一位严复的同乡,名叫林琴南,他译了许多西洋的小说如 Scott,Dumas,Hugo 诸人的著作却是最多的。……中国虽自维新以来,对于文学一项,尚无确实有效的新动机,新标准。旧文学的遗传,还丝毫没有打破;故新文学的潮流也无从发生。现在西洋文在中国虽然很有势力,但是观察中国人所翻译的西洋小说,中国人还没有领略西洋文学的真价值呢。中国近来一班文人所译的都是 Harriet Beecher Stowe, Rider Haggard, Dumas, Hugo, Scott, Bulwer Lytton Cannan Doyle,Julds Verne,Gaboriau,诸人的小说。多半是冒险的故事,及'荒诞主义'的矫揉造作品。东方读者能领略 Thai Keray 同 Anatole France 等派的著作却远慢呢。"④

在芮恩施看来,以林纾为代表的西洋小说翻译家虽然译介了大量欧美文学作品,但并没有从根本上理解欧美文学的本质所在。换句话说,芮恩施认为当时中国对欧美文学的引入只有"数量",而没有真正的"质量",主要原因在于当时的中国并未建立起崭新的文学标准。针对芮恩施的评判,罗家伦提出了自己关于欧美文学"中国化"的原则与方针。一是要选择翻译那些近世的、以"改良社会"为目的并积极描写"人类的天性"的小说。二是采用白话文译文。三是在对译小说过程中要找西文程度好的合作者。四是要尊重原文,不能用中国的思

---

① 胡适:《建设的文学革命论》,欧阳哲生编:《胡适文集》2,北京:北京大学出版社,1998年,第57页。
② 同上。
③ 同上。
④ 志希:《今日中国之小说界》,郑振铎编选:《中国新文学大系·文学论争集》,上海:上海文艺出版社,2003年影印本,第352页。

想和风俗习惯等替代原著的韵味。① 很明显,罗家伦提出的这四条原则是与林纾的实际翻译情形相对的,同时也与胡适的主张基本吻合,尤其在欧美文学"中国化"的内容、题材以及运用白话文工具等问题上几乎与胡适如出一辙。与罗家伦共同创办新潮社的傅斯年也发表了对林纾的看法。在《译书感言》一文中,傅斯年曾这样总结当时中国的译书情况:"论到翻译的书籍,最好的还是几部从日本转贩进来的科学书,其次便是严译的几种,最下流的是小说。论到翻译的文词,最好的是直译的笔法,其次便是虽不直译,也还不大离宗的笔法,又其次便是严译的子家八股合调,最下流的是林琴南和他的同调。翻译出的书既然少极了,再加上个糟极了,所以在中国人的知识上,发生的好效力极少。仔细想来,这都是因为译书没主义。没有主义,所以有用的却不翻译。翻译的多半没用。"② 傅斯年主张通过学习外国语和翻译外国书来求得现代化的有益知识,但却不主张像林纾那样不负责任地译书,因此才把林纾的小说翻译归结到"最下流"的层次中去。在傅斯年看来,译书在选材上要谨慎负责,千万不能随便翻译,要对读者负责。

　　从钱玄同、刘半农的"双簧信"到胡适、罗家伦、傅斯年等人的文章,之所以共同选择林纾的翻译为批判对象,主要原因在于林译小说的方式代表的是旧有的文学观。林译小说以古文为工具载体,保存中国古典文学韵味,其在形式和内容方面都不符"五四"新文学的发展方向。在此意义上,对林译小说的批判和检视反映出了在新的中国社会形势下新文化运动的主将和倡导者们力图除旧布新的迫切愿望。换言之,即使如某些学者所研究的那样,林纾在其所翻译的《英孝子火山报仇录》《鬼山狼侠传》等小说中表达出了一种开放的、不保守的忧患意识,"希望从中找到西方富强的内在原因",且这一动机"和他的同乡严复异曲同工",③但他仍然要遭到批判,仍然会成为新文化运动的主要攻击对象,因为其在欧美文学"中国化"的内容和工具的选择上是逆文化潮流而动的。对此,夏志清评论认为,林纾的翻译尽管"流传极广,大受欢迎",但就翻译来看,文言文难以符合准确的要求,也"不是一种传播新知识、新观念的理想工具"。④也正是因为此原因,尽管林纾在《论古文白话之相消长》等文章中针对批判进行

---

① 志希:《今日中国之小说界》,郑振铎编选:《中国新文学大系·文学论争集》,上海:上海文艺出版社,2003年影印本,第355—356页。
② 傅斯年:《译书感言》,欧阳哲生主编:《傅斯年全集》第一卷,长沙:湖南教育出版社,2003年,第189页。
③ 李欧梵:《林纾与哈葛德——翻译的文化政治》,彭小妍主编:《文化翻译与文本脉络——晚明以降的中国、日本与西方》,台北:"中央研究院"中国文哲研究所,2013年,第38页。
④ 夏志清:《中国现代小说史》,刘绍铭等译,香港:香港中文大学出版社,2015年,第5页。

了看似针锋相对的有力反驳,但他的观点注定不为绝大多数新文化运动者所接受。吴俊对此评论道:"视白话为'引车卖浆之徒所操之语'的林琴南,恰恰是用文言小说催生了自己的掘墓人。这大概是他意想不到的。"①

二、关于欧美文学"中国化"路径与方向的论争

欧美文学"中国化"路径与方向的论争主要是指以胡适、郑振铎为代表的名著经典路径和以鲁迅及左翼作家为代表的现实"窃火"路径之间的潜在角力。前者提出较早,伴随着欧美文学"中国化"的工具论与方法论问题;后者在实际发展过程中占据主流,表现强势。

胡适多次阐述系统翻译西方世界文学经典名著的构想。在谈及翻译西洋文学名著的方法时,他提出"只译名家著作,不译第二流以下的著作"的观点:

> 我以为国内真懂得西洋文学的学者应该开一会议,公共选定若干种不可不译的第一流文学名著:约数如一百种长篇小说,五百篇短篇小说,三百种戏剧,五十家散文,为第一部"西洋文学丛书",期五年译完,再选第二部。译成之稿,由这几位学者审查,并一一为作长序及著者略传,然后付印;其第二流以下,如哈葛得之流,一概不选。诗歌一类,不易翻译,只可从缓。②

胡适在此提出的以"西洋文学丛书"形式出现的世界文学名著经典的翻译计划可谓宏大。首先,系统翻译西洋文学名著应该包括多种文学体裁形式,有长篇和短篇小说,也要有戏剧、散文和诗歌作品,只不过在胡适看来诗歌翻译的要求比较高,所以从缓;其次,系统翻译西洋文学名著应该足够多,小说、戏剧、散文合在一起在胡适的计划中已接近一千部,而这只是初期阶段,还有第二期;再次,系统翻译西洋文学名著要与系统介绍和评价并驾齐驱,二者缺一不可,这是"作长序"和"略传"的主要目的,这样有利于读者对西洋文学名著有一个全面而深入的了解。最后,当然也是最重要的,就是在选篇上务必是一流作品,二流以下坚决排除在外,这是典型的经典意识,即要选择那些公认的、经历过时间和读者检验的伟大作品。在《论翻译(与曾孟朴先生书)》一文中,胡适再次重申了系统译介西洋文学名著的观点,并发出"努力多译一些世界名著,给国人造点救

---

① 吴俊:《序略》,钱谷融主编,吴俊标校:《林琴南书话》,杭州:浙江人民出版社,1999年,第1页。
② 胡适:《建设的文学革命论》,欧阳哲生编:《胡适文集》2,北京:北京大学出版社,1998年,第57页。

荒的粮食!"①的呼吁。之所以如此迫切,在胡适看来与当时堪忧的西洋文学名著译介现实有着密切关系:

> 中国人能读西洋文学书,已近六十年了;然名著译出的,至今还不满二百种。其中绝大部分,不出于能直接读西洋书之人,乃出于不通外国文的林琴南,真是绝可怪诧的事!近三十年来,能读英国文学的人更多了,然英国名著至今无人敢译,还得让一位老辈吾昭宸先生出来翻译《克兰弗》,这也是我们英美留学生后辈的一件大耻辱。英国文学名著,上自 Chaucer,下至 Hardy,可算是完全不曾有译本。莎翁戏剧至今止译出一二种,也出于不曾留学英美的人。近年以名手译名著,只有吾先生的《克兰弗》,与徐志摩译的《赣第德》两种。故西洋文学书的翻译,此事在今日直可说是未曾开始!②

胡适在此指出了西洋文学名著翻译的两大问题。一是译出名著的数量太少,二是具有专业知识和外语专长的西洋文学翻译者也太少,这两大问题导致西洋文学名著的翻译长期处于起步阶段。胡适之所以强调多译世界文学名著,主要着眼于文学革命的建设问题。在胡适看来,世界文学名著是重要的启蒙工具,有利于新文学的创作与发展。当然,从客观效果来看,胡适主张和提倡的欧美文学"中国化"的名著经典路径得到了"五四"以来新文化运动者们的普遍认同,成为一种知识界的共识,这为后来欧美文学名著在20世纪三四十年代大规模的系统译介奠定了重要的基础。

欧美文学名著"中国化"普及时代的到来是多种文化因素共同作用的结果,其中文学史知识及观念的普及具有重要意义。因为文学史是了解文学名著的基本根据,是引领读者进入文学名著殿堂的重要导引,郑振铎在这方面做出了切实的努力。早在1921年发表于《小说月报》的《文艺丛谈》一文中,他便提出编写世界文学史的构想:"文学是没有国界的。……但是文学的统一——综合——的研究,却没有什么人从事过。我们只看见有什么《法国文学史》、《英国文学史》等等,却没有看见过有所谓'世界文学'的。"基于此,他慨叹并呼吁道:"咳!'世界文学'!几时才得出现?但是——我们却不可不勉力!"③在1922年

---

① 胡适:《论翻译(与曾孟朴先生书)》,欧阳哲生编:《胡适文集》4,北京:北京大学出版社,1998年,第613页。
② 同上。
③ 郑振铎:《文艺丛谈》,《小说月报》1921年1月第12卷第1期。

发表于《文学旬刊》的《我的一个要求》一文中,他又再次呼吁要尽力介绍文学上的一些知识进来,以利于欧美文学名著的普及。随后 1924 年在编写《俄国文学史略》一书时他进一步强调了这一问题的重要性。郑振铎认为,如果要提供给中国读者较为完备的文学知识,文学史类书籍的出版是"刻不容缓的":"我们没有一部叙述世界文学,自最初叙到现代的书,也没有一部叙述英国或法国,俄国的文学,自最初叙到现代的书。我们所有的只是散见在各种杂志或报纸上的零碎记载。"这种情形"实是现在介绍世界文学的一个很大的遗憾"。[①] 正是出于这种传播世界文学名著知识的责任感,郑振铎决心身体力行地编写一部真正的世界文学史。从 1923 年下半年开始,至 1927 年 10 月止,郑振铎采用边写边连载的方式陆续写出了《文学大纲》的全部内容,向中国读者介绍世界优秀的文学名著作品。该书共分四卷,借鉴英国剧作家和诗人约翰·德林瓦特(J. Drinkwater)同名文学史著作的基本结构框架编写而成,系统讲述了上自古籍时代下至 19 世纪末世界各国文学发展的主要脉络,其中著名作家作品的介绍尤其系统翔实,在当时的知识界备受欢迎,影响巨大。在郑振铎及其同人的号召和努力下,欧美文学史及其相关著作的撰写和译介工作在 1927 年至 1933 年间形成了一个小高潮。据《民国时期总书目》"外国文学"和"文学理论·世界文学·中国文学"卷的初步统计,这一时期关于外国文学史、国别文学史、思潮史及文体史的著作及译作多达 70 余种,[②] 其对文学名著的普及效力可见一斑。

　　文学史知识普及的最直接结果是文学名著读者群的建立和扩大以及接下来的大规模出版时机的到来。比利时裔美国翻译理论家安德烈·勒菲弗尔(André Lefevere)曾提出过著名的"赞助者"理论。所谓"赞助者"指的是"足以促进或窒碍文学的阅读、书写或重写的力量(包括人和机构)","他(它)们可以是一些人、宗教团体、政党、社会阶层、朝廷、出版商,以至报纸、杂志、电台、电视台等传播媒介等,他们协调文学系统跟其他系统之间的关系,构成一个社会或文化。为了更好地协调作品的发行以至书写,赞助者会建立一系列的建制,包括学院、评审制度和机关、评论性的刊物等,而最重要的是教育机制"。[③] 在勒菲弗尔看来,"赞助者"包含了三个元素:"一是意识形态上的,足以左右作品形

---

① 郑振铎:《俄国文学史略》,上海:商务印书馆,1924 年,"序"第 1—2 页。
② 李今著,杨义主编:《二十世纪中国翻译文学史 三四十年代·俄苏卷》,天津:百花文艺出版社,2009 年,第 21 页。
③ 安德烈·勒菲弗尔:《翻译、重写与文学声誉的操控》,转引自王宏志:《重释"信达雅":二十世纪中国翻译研究》,上海:东方出版中心,1999 年,第 31 页。

式及内容的选取和发展;二是经济方面的,赞助者必须确保作者及重写者能够解决生活的问题,包括提供金钱或职位,还有是对专业人士如教师及评论家提供薪酬、稿费或版税;三是地位方面的,专业人士接受了赞助,除了物质方面的问题得到解决外,还代表了他们能够融入某些团体以及它们的生活方式"[①]。以"赞助者"理论考察20世纪30年代欧美文学名著大规模的普及,毫无疑问作为专业出版机构的出版社在其中占据首屈一指的重要地位。这些出版社主要包括商务印书馆、生活书店、文化生活出版社、中华书局等。

商务印书馆先后组织策划了"万有文库""世界文学名著丛书"和"文学研究会世界文学名著丛书"。"万有文库"并不是专门的世界文学类的丛书,而是一套综合类的包罗万象的"百科新著",在名著新译方面该丛书出现了众多名家名译,为欧美文学名著的初期普及奠定了重要基础,如傅东华翻译的密尔顿(John Milton)的《失乐园》,方于和李丹合译的雨果(Victor Hugo)的《可怜的人》(即《悲惨世界》第1部和第2部)、李霁野翻译的陀思妥耶夫斯基的《被侮辱与被损害的》、陈西滢翻译的屠格涅夫的《父与子》等。此外,该丛书中的世界各国短篇小说精粹别具一格,显示出了名家选名篇的特色,如施蛰存编选的《匈牙利短篇小说集》和《波兰短篇小说集》、伍蠡甫编选的《瑞典短篇小说集》、戴望舒编选的《西班牙短篇小说集》和《意大利短篇小说集》以及傅东华和于熙俭编选的《美国短篇小说集》等。在"万有文库"出版的同时,商务印书馆还策划了一套"世界文学名著丛书",集中于1933年至1937年间陆续出版,共计约154种。这套书是20世纪30年代最大的文学名著翻译丛书,且其核心宗旨着眼于名著意识和翻译的推陈出新,如王了一翻译的乔治·桑(George Sand)的《小芳黛》及左拉(Émile Zola)的《娜娜》、傅雷翻译的罗曼·罗兰的《约翰·克利斯朵夫》等都是名家名译,而施托姆(Hans Storm)的《恋爱与社会》、夏洛蒂·勃朗特(Charlotte Brontë)的《孤女飘零记》(即《简·爱》)、奥斯丁(Jane Austen)的《傲慢与偏见》等则带有新译的性质,周学普翻译的歌德的《浮士德》等则属于重译。与此同时,商务印书馆在1936年还集中出版了"文学研究会世界文学名著丛书",其中包括涅克拉索夫等俄苏诗人的作品,还有卞之琳译的波德莱尔(Charles Pierre Baudelaire)的《西窗集》、李劼人译的福楼拜的《萨朗波》及徐霞村译的《皮蓝德娄戏曲集》等重要作品。

生活书店出版了由郑振铎主编的"世界文库"。这套丛书不仅规模宏大,而

[①] 安德烈·勒菲弗尔:《翻译、重写与文学声誉的操控》,转引自王宏志:《重释"信达雅":二十世纪中国翻译研究》,上海:东方出版中心,1999年,第31—32页。

且声势浩大,仅参与的学者和翻译家就多达一百多位,堪称中国文坛系统译介世界文学名著的一次最高努力。郑振铎在《世界文库发刊缘起》中明确提到:"世界文学名著的介绍和诵读,乃是我们这一时代的人的最大的任务(或权利)和愉快。""我们的工作,便是有计划的介绍和整理,将以最便利的方法,呈现世界的文学名著于一般读者之前。"在郑振铎看来,"我们介绍欧美文学,已有三四十年的历史,却从不曾有过有计划的介绍;往往都是随手抓到一本便译,或为流行的观念所拘束,往往费了很大的力量去译些二三流的著作",基于此,系统性译介和"第一流"观念势在必行。① 郑振铎的这一文库出版主张和实践在很大程度上是对20世纪20年代以来胡适所提倡的名著意识最好的呼应,事实也证明果真如此。"世界文库"中先后出现了包括鲁迅翻译的果戈理的《死魂灵》、傅东华翻译的塞万提斯(Cervantes)的《吉诃德先生传》、周筧(即周扬)和罗稷南翻译的托尔斯泰的《安娜·卡列尼娜》、周立波翻译的肖洛霍夫的《被开垦的处女地》、李健吾翻译的福楼拜的《圣安东的诱惑》等在内的一批精良的欧美文学名著译本,这些译本无论从作家作品的选择还是译文水准来看都堪称一流。

文化生活出版社推出了整套的欧美作家选集形式的"译文丛书",其特点是一流欧美作家名译的大汇总,既反映出欧美文学名著"中国化"的系统性特征,也是欧美文学"中国化"水准的总结与提升。从入选作家来看,这套丛书包括果戈理选集、托尔斯泰选集、屠格涅夫选集、高尔基选集、狄更斯选集、福楼拜全集、左拉选集、冈察洛夫选集、雷马克全集等欧美一流作家的作品,而翻译家则包括鲁迅、高植、孟十还、巴金、陆蠡、丽尼、耿济之、丰子恺、汝龙、李健吾、毕修勺、朱雯等。此外,中华书局、启明书局、湖风书局、晨光出版公司等出版机构也分别出版了译介欧美文学名著的丛书,冠以"现代文学丛刊""新文艺丛书""世界文学名著""世界文学名著译丛""晨光世界文学丛书"等名称。

尽管鲁迅曾反对出版"克日速成"的丛书,认为其"使读者化去不少的钱,实际上却不过得到一大堆废物,这恶影响之在读书界是很不小的"②。但不可否认的是,无论是重印旧作还是推陈出新,相继涌现出的欧美文学名著丛书对欧美文学"中国化"进入普及阶段起到了至关重要的作用,至少从数量上形成了蔚为壮观的欧美文学名著"中国化"的集群效应,尽管其中的质量仍有不尽如人意的地方,但也不乏传世的名家经典。因此,其基本上可以看作是"精华",也在相

---

① 郑振铎:《世界文库发刊缘起》,《世界文库》第1卷,上海:生活书店,1935年,第2—5页。
② 鲁迅:《书的还魂和赶造》,《鲁迅全集》第六卷,北京:人民文学出版社,1981年,第231页。

当程度上达到了"救读者们的智识的饥荒"[①]的目的。

较早提出名著意识路径的胡适在20世纪三四十年代欧美文学经典普及过程中以翻译"赞助者"身份发挥着独特作用。胡适自1930年7月起被聘任为中华教育文化基金会"编译委员会"委员长,该机构的任务之一就是编译世界文学名著,这为胡适实践并完成他的译介欧美文学名著梦想提供了绝佳的契机和条件。胡适亲自拟定包括主旨、程序、选书、选择译者、译后审查及编译稿费等细节在内的详尽编译计划,为欧美文学名著的大规模引进提供了制度和财政经费的保障。在任期间,胡适主持的编译委员会曾资助卞之琳翻译纪德(Andre Gide)作品、梁实秋翻译莎士比亚作品、张谷若翻译哈代(Thomas Hardy)作品、袁家骅翻译康拉德(Joseph Conrad)作品、李健吾翻译福楼拜作品、罗念生翻译古希腊戏剧、徐霞村翻译笛福(Daniel Defoe)作品等,既及时准确地推出了一批欧美文学名著,也造就了经典翻译家,保障了他们在努力翻译欧美文学名著的同时,获得宽裕的物质生活条件。

当然,20世纪三四十年代欧美文学名著的普及也离不开中国特色的翻译"赞助者"——文艺期刊。当时很多文学名著的翻译是首先刊载在文艺期刊上的,尤其是中短篇小说和诗歌、散文类的作品。当然也有大规模以集中刊发形式对某一专题进行系统译介的情况,《现代》杂志就是其中的典型。如《现代》1934年第五卷第六期便集中推出"现代美国文学专号",分类别译介了美国现代小说、戏剧、诗歌、文艺批评等四种,作家则包括了杰克·伦敦(Jack London)、辛克莱(Upton Sinclair)、德来塞(即德莱塞,Theodore Dreiser)、刘易士(即辛克莱·刘易斯,Sinclair Lewis)、奥尼尔(Eugene O'Neill)、帕索斯(John Dos Passos),甚至美国南方作家福尔克奈(即威廉·福克纳,William Faulkner),其系统和广泛的影响在欧美文学"中国化"的历史进程中占据了重要的一页。在该专号的导言中,编者还针对当时欧美文学"中国化"的现状和普及欧美文学名著的迫切性进行了带有问题意识的阐述,强调了译介和普及欧美文学名著是时代呼唤的重要职责:

> 在这里,我们似乎无庸再多说外国文学的介绍,对于本国新文学的建设,是有怎样大的帮助。但是,知道了这种重要性的我们,在过去的成绩却是非常可怜,长篇名著翻译过来的数量是极少,有系统的介绍工作,不用说,是更付缺如。往时,在几近十年以前的《小说月报》曾出了《俄国文学研

[①] 鲁迅:《书的还魂和赶造》,《鲁迅全集》第六卷,北京:人民文学出版社,1981年,第231页。

究》和《法国文学研究》,而替十九世纪以前的两种最丰富的文学,整个儿的作了最有益的启蒙性的说明,那种功绩,是我们至今都感谢着的。不幸的是,许多年的时间过去,便简直不看见有继起的、令人满意的尝试;即使有,也似乎始终没有超越了当时《小说月报》的那个阶段。现在,二十世纪已经过了三分之一,而欧洲大战开始迄今,也有二十年之久,我们的读书界,对二十世纪的文学、战后的文学,却似乎除了高尔基或辛克莱这些个听得烂熟了的名字之外,便不知道有其他名字的存在。对各国现代文学,我们比较知道一点的是苏联,但我们对苏联文学何尝能有系统的认识呢?这一种对国外文学的认识的永久的停顿,实际上是每一个自信还能负起一点文化工作的使命来的人,都应该觉得惭汗无地的。于是,我们觉得各国现代文学专号的出刊,决不是我们的"兴之所至",而是成为我们的责任。①

系统译介欧美文学名著不仅是《现代》杂志的企盼,也是知识界的共识。鲁迅在编校《奔流》杂志时曾描述过一般文艺期刊在这方面的自觉或有意识的尝试与努力:"单就文艺而言,我们实在还知道得太少,吸收得太少。然而一向迁延,现在单是绍介也来不及了。于是我们只好这样:旧的呢,等他五十岁,六十岁……大寿,生后百年阴寿,死后N年忌辰时候来讲,新的呢,待他得到诺贝尔奖金。但是还是来不及,倘是月刊,专做庆吊的机关也不够。那就只好挑几个于中国较熟悉,或者较有意义的来说说了。"②尽管鲁迅的这段论述蕴含着针对欧美文学翻译的无奈的成分,但其所谈到的中国文艺期刊充分利用作家的寿辰、获得诺贝尔文学奖等机会进行大规模译介和传播的情形,在客观效果上确实对欧美文学名著的普及和影响起到了一定的推进作用。

系统译介和普及欧美文学名著的愿望是持续发展的,但在现实中却常与"窃火"的功用主义发展路径形成矛盾,两条路径的潜在论争从未停止过。以1921年至1922年间文学研究会和创造社之间就翻译欧美古典文学名著是否符合时宜而展开的论争为例,最终还是确立了是否有利于人生和现实、是否有利于"足救时弊"的译介原则,强调优先选择翻译那些与人生关系密切的作品。之所以如此,其着眼点和出发点在于强调欧美文学的"中国化"是中国社会现实需要的一部分,甚至是中国革命的一部分。

鲁迅是注重功用的"窃火"路径的集中代表。早在1921年的《域外小说集》

---

① 编者:《现代美国文学专号导言》,《现代》1934年10月第五卷第六期。
② 鲁迅:《〈奔流〉编校后记》,《鲁迅全集》第七卷,北京:人民文学出版社,1981年,第162页。

的序言中,鲁迅就曾表明他的观点:"我们在日本留学时候,有一种茫漠的希望:以为文艺是可以转移性情,改造社会的。因为这意见,便自然而然的想到介绍外国新文学这一件事。"①在鲁迅看来,译介的核心在于"改造社会",为社会现实服务。在为日本作家武者小路实笃的《一个青年的梦》所写的序言中,他再次重申了译介的功用目的:"我以为这剧本也很可以医许多中国旧思想上的瘤疾,因此也很有翻译成中文的意义。"②如果译介武者小路实笃是医治中国社会顽疾的需要,那么介绍苏联的文艺政策则更是出于这一实用目的:"从这记录中,可以看见在劳动阶级文学的大本营的俄国的文学的理论和实际,于现在的中国,恐怕是不为无益的。"③鲁迅之所以反复强调欧美文学"中国化"的实用路径,主要是当时的社会大环境所趋。1928 年无产阶级革命文学的倡导及 1930 年左翼作家联盟的成立,促使文艺逐渐成为革命的武器,而社会的阶级斗争形势及 20 世纪 30 年代后民族矛盾的上升,使中国知识分子和有识之士进一步认识到自己肩负着以文艺促革命思想转变的历史重任。鲁迅是这一观念的早知早觉者,也是积极实践者。当时鲁迅策划着两个重要的登载译文的刊物《奔流》和《译文》,这两个杂志不约而同地将这一观念贯彻始终。《奔流》在坚持经典标准、汇聚"全世界上有世界的意义的文章"和"有世界的意义的作品"④的同时,刊载了大量的俄苏文学、欧洲弱小和被压迫民族文学的作品,其中包括易卜生和列夫·托尔斯泰的纪念增刊。《译文》则更是全程侧重俄苏文学作品及理论,努力团结有志于革命的青年。其刊载的罗曼·罗兰、纪德、普希金、高尔基等专辑都具有极高的现实号召力。总之,俄苏革命文学及其理论和具有世界性声誉的亲苏左翼作家成为两本刊物的译介主体,弱小民族文学和巴尔扎克、狄更斯、左拉等作家的现实主义文学成为有益的必要补充。

鲁迅的"窃火"功用路径得到了众多同时代知识分子的响应和认同。罗家伦在《今日中国之小说界》一文中认同了小说的责任是要改良社会、写出人类天性的观点,并强调达此目的有赖于社会学和心理学的研究,其中托尔斯泰和莫泊桑一派小说就是"从观察中得来的"典范。⑤ 而作为文学研究会重要成员的

---

① 鲁迅:《〈域外小说集〉序》,《鲁迅全集》第十卷,北京:人民文学出版社,1981 年,第 161 页。
② 鲁迅:《〈一个青年的梦〉译者序二》,《鲁迅全集》第十卷,北京:人民文学出版社,1981 年,第 195 页。
③ 鲁迅:《〈奔流〉编校后记》,《鲁迅全集》第七卷,北京:人民文学出版社,1981 年,第 159 页。亦见鲁迅:《〈文艺政策〉后记》,《鲁迅全集》第十卷,北京:人民文学出版社,1981 年,第 307 页。
④ 鲁迅:《〈奔流〉编校后记》,《鲁迅全集》第七卷,北京:人民文学出版社,1981 年,第 168 页。
⑤ 志希:《今日中国之小说界》,郑振铎编选:《中国新文学大系·文学论争集》,上海:上海文艺出版社,2003 年影印本,第 354 页。

茅盾更是多次论及这一问题。在《对于系统的经济的介绍西洋文学底意见》一文中,他强调选择"最要紧最切用"的作品先译"才是时间上人力上的经济办法"。① 在《一年来的感想与明年的计划》中,他指出了翻译的文学作品具有"疗救灵魂"的作用:"我觉得翻译文学作品和创作一般地重要,而在尚未有成熟的'人的文学'之邦像现在的我国,翻译尤为重要;否则,将以何者疗救灵魂的贫乏,修补人性的缺陷呢?"②在《现实主义的道路——杂谈二十年来的中国文学》一文中,他强调翻译要成为现实主义文学的"开路先锋",尤其要多多关注俄国文学对中国文坛和社会现实的巨大影响。③ 而在《祝全国文艺家的大团结》中,他更是直接呼吁欧美文学"中国化"为抗日战争的现实服务:"抗战的文艺工作的范围应该是极广大的;我们赞美直接鼓励抗战情绪,加强必胜信念的著作,但我们也不应该忽视了甚至看低了间接对于抗战文艺的质的提高有所帮助的工作,——外国名著的翻译,世界文艺思潮的介绍,本国文艺的研究,乃至民间文艺的探讨。"④鲁迅和茅盾等人主张的"窃火"及为现实、为人生服务的欧美文学"中国化"原则在毛泽东发表《在延安文艺座谈会上的讲话》前后得到了进一步的夯实和强化。尤其在解放区,向进步的俄苏文学学习以指导实际更是长期占据着"清一色"的绝对优势,大量的战争文学凭借服务现实的特质被译介和广泛传播,很好地实践了为人民群众和工农兵大众服务的原则。甚至以"革命的同伴"身份引进的美国左翼文学也要向俄苏文学看齐并加以比较:"在世界的左翼文学都不自觉的被苏联的理论所牢笼着,支配着的今日,只有美国,却甚至反过来可以影响苏联。且不论辛克莱一班人所代表的大规模的暴露文学为苏联所未曾有过,只看新起的帕索斯的作品在苏联所造成的,甚至比在美国更大的轰动,就已经够叫人诧异了。美国的左翼作家并没有奴隶似地服从着苏联的理论,而是勇敢的在创造着他们自己的东西。"⑤

---

① 茅盾:《对于系统的经济的介绍西洋文学底意见》,《茅盾全集》第十八卷,北京:人民文学出版社,1989年,第21页。
② 茅盾:《一年来的感想与明年的计划》,《茅盾全集》第十八卷,北京:人民文学出版社,1989年,第148页。
③ 茅盾:《现实主义的道路——杂谈二十年来的中国文学》,《茅盾全集》第二十二卷,北京:人民文学出版社,1993年,第171—172页。
④ 茅盾:《祝全国文艺家的大团结》,《茅盾全集》第二十一卷,北京:人民文学出版社,1991年,第376页。
⑤ 编者:《现代美国文学专号导言》,《现代》1934年10月第五卷第六期。

三、关于欧美文学"中国化"基本原则的论争

欧美文学"中国化"基本原则的论争主要是指20世纪三四十年代围绕翻译原则的"直译""硬译""意译"和"复译"等问题展开的错综复杂的多次论争,表面来看这是关于翻译原则的论争,但实质上蕴含着翻译政治的深层次动机。论争的双方形成了针锋相对的两个阵营,一方为"功利派",主张欧美文学"中国化"含有政治、阶级因素,强调欧美文学"中国化"是文化战线上新民主主义革命的重要组成部分。另一方为"艺术派",主张欧美文学"中国化"以艺术标准为首要原则,既要忠实于原文,又要展现欧美文学原著的艺术风采。前者的代表是鲁迅和瞿秋白等,后者的代表是梁实秋和林语堂等。

在《"硬译"与"文学的阶级性"》一文中,鲁迅曾这样慨叹他与20世纪30年代文学论争之间的关系:"从前年以来,对于我个人的攻击是多极了,每一种刊物上,大抵总要看见'鲁迅'的名字,而作者的口吻,则粗粗一看,大抵好像革命文学家。但我看了几篇,竟逐渐觉得废话太多了。解剖刀既不中膝理,子弹所击之处,也不是致命伤。"①鲁迅对自身境况的这番描述表明大大小小的论争都与他有着或多或少的联系,其中尤其是他与瞿秋白和梁实秋之间的论争最具代表性。

鲁迅与瞿秋白之间的论争起始于瞿秋白以《论翻译》为题刊载于1931年12月《十字街头》第一和第二期上的致鲁迅的长信。瞿秋白以鲁迅翻译的苏联作家法捷耶夫的《毁灭》的出版为契机,提出了自己对于以翻译为中介的欧美文学"中国化"的看法,并就相关问题与鲁迅商榷。在《论翻译》的开头,瞿秋白首先从普罗文学普及的角度出发认为,像《毁灭》这样的苏联文学译介对于中国读者是一件十分值得纪念的事情:

> 你译的《毁灭》出版,当然是中国文艺生活里面的极可纪念的事迹。翻译世界无产阶级革命文学的名著,并且有系统的介绍给中国读者(尤其是苏联的名著,因为它们能够把伟大的十月,国内战争,五年计划的"英雄",经过具体的形象,经过艺术的照耀,而贡献给读者),——这是中国普洛文学者的重要任务之一。虽然,现在做这件事的,差不多完全只是你个人和

---

① 鲁迅:《"硬译"与"文学的阶级性"》,《鲁迅全集》第四卷,北京:人民文学出版社,1981年,第209页。

Z 同志的努力;可是,谁能够说:这是私人的事情?! 谁?!《毁灭》《铁流》等等的出版,应当认为一切中国革命文学家的责任。每一个革命的文学战线上的战士,每一个革命的读者,应当庆祝这一个胜利;虽然这还只是小小的胜利。①

紧接着,瞿秋白提出了对于欧美文学翻译问题的看法:

> 翻译——除出能够介绍原本的内容给中国读者之外——还有一个很重要的作用:就是帮助我们创造出新的中国的现代言语。中国的言语(文字)是那么穷乏,甚至于日常用品都是无名氏的。中国的言语简直没有完全脱离所谓"姿势语"的程度——普通的日常谈话几乎还离不开"手势戏"。自然,一切表现细腻的分别和复杂的关系的形容词,动词,前置词,几乎没有。宗法封建的中世纪的余孽,还紧紧的束缚着中国人的活的言语,(不但是工农群众!)这种情形之下,创造新的言语是非常重大的任务。欧洲先进的国家,在二三百年四五百年以前,已经一般的完成了这个任务。就是历史上比较落后的俄国,也在一百五六十年以前就相当的结束了"教堂斯拉夫文"。他们那里,是资产阶级的文艺复兴运动和启蒙运动做了这件事。例如俄国的洛莫洛莎夫……普希金。中国的资产阶级可没有这个能力。固然,中国的欧化的绅商,例如胡适之之流,开始了这个运动。但是,这个运动的结果等于它的政治上的主人。因此,无产阶级必须继续去澈底完成这个任务,领导这个运动。翻译,的确可以帮助我们造出许多新的字眼,新的句法,丰富的字汇和细腻的精密的正确的表现。因此,我们既然进行着创造中国现代的新的言语的斗争,我们对于翻译,就不能够不要求:绝对的正确和绝对的中国白话文。这是要把新的文化的言语介绍给大众。②

瞿秋白在这一长段的论述中集中阐述了四方面的问题:一是翻译的功能问题,即翻译不仅要忠实地传递内容,更为主要的是要创造现代中国的言语。二是中国当时言语落后的现状,决定了创造新的言语是迫切的任务。三是资产阶级没有能力领导并完成这一历史重任,因此无产阶级必须担当。四是翻译在创造现代中国新言语方面具有独特的优势,但必须做到"绝对的正确和绝对的中国白话文"。这些理论主张和观点既是瞿秋白针对欧美文学"中国化"本身提出的看法,也是他的政治主张的重要组成部分。众所周知,瞿秋白在写作《论翻

---

① 瞿秋白:《论翻译——给鲁迅的信》,《俄国文学史及其他》,上海:复旦大学出版社,2004 年,第 189 页。
② 同上书,第 190 页。着重号为原文所加。

译》的同时,还写出了《欧化文艺》《普罗大众文艺的现实问题》《大众文艺的问题》等一系列文章,围绕着普罗大众文艺需要认真解决的"用什么话写""写什么东西""为着什么而写""怎么样去写"以及"要干些什么"①等现实问题进行集中阐述。在瞿秋白看来,所谓的"绝对的中国白话文"并非"五四"时期的白话文。他指出,"五四"时期推行的白话文是"资产阶级民权革命之中的一般文化革命的任务",这一文化革命任务已随着1927年革命的失败而失败,它是一项没有完成的任务,其结果是"产生了一个非驴非马的新式白话"。而这种白话"仍旧是士大夫的专利,和以前的文言一样"。② 在此意义上,"中国还是需要再来一次文字革命,像俄国洛孟洛莎夫到普希金时代的那种文字革命"③。瞿秋白将新的文字革命称为"俗语文学革命运动"。他指出"这个(俗语)革命的任务,是一般文化革命的任务,一切革命的文化组织应当担负起来,而尤其是文学的革命组织。"④具体来说,俗语文学革命首先涉及的就是"用什么话写"的问题。瞿秋白明确提出不是用周王朝的文言文写,也不是用"五四"式的白话文写,更不是章回体白话文,而是"无产阶级自己的话,将要领导和接受一般智识分子现在口头上的俗语——从最普通的日常谈话到政治演讲,——使它形成现代的中国普通话"⑤。这种俗语是"更浅近的普通俗话",其重要标准在于"当读给工人听的时候,他们可以懂得"。⑥ 瞿秋白还着重强调以"现代话"和"读出来可以听得的话"来写普罗的大众文艺是"一切问题的先决问题",且"这个问题不解决,其余的努力大半要枉费的"。⑦ 正是基于普罗大众文学的现代白话书写的理论主张,瞿秋白认为鲁迅翻译的《毁灭》"做到了'正确'",但"还没有做到'绝对的白话'"。⑧ 换言之,瞿秋白肯定了鲁迅翻译的忠实度,但建议使用真正通顺的现代中国文:

> 我的意见是:翻译应当把原文的本意,完全正确的介绍给中国读者,使中国读者所得到的概念等于英俄日德法……读者从原文得来的概念,这样的直译,应当用中国人口头上可以讲得出来的白话来写。为着保存原作的

---

① 瞿秋白:《普洛大众文艺的现实问题》,《俄国文学史及其他》,上海:复旦大学出版社,2004年,第126页。
② 同上书,第126—127页。
③ 同上书,第127页。着重号为原文所加。
④ 同上书,第128页。着重号为原文所加。
⑤ 同上书,第129页。着重号为原文所加。
⑥ 同上书,第130页。着重号为原文所加。
⑦ 同上。
⑧ 瞿秋白:《论翻译——给鲁迅的信》,《俄国文学史及其他》,上海:复旦大学出版社,2004年,第192页。

精神,并用不着容忍"多少的不顺"。相反的,容忍着"多少的不顺"(就是不用口头上的白话),反而要多少的丧失原作的精神。①

针对瞿秋白关于直译问题的商榷,鲁迅给予了响应。在给瞿秋白的回信中,鲁迅详细阐述了自己选择"宁信而不顺"的直译的主要意图。在鲁迅看来,欧美文学"中国化"的方式问题不是一个简单的问题,其首先取决于接受译作的读者:

> 我们的译书,还不能这样简单,首先要决定译给大众中的怎样的读者。将这些大众,粗粗的分起来:甲,有很受了教育的;乙,有略能识字的;丙,有识字无几的。而其中的丙,则在"读者"的范围之外,启发他们是图画,演讲,戏剧,电影的任务,在这里可以不论。但就是甲乙两种,也不能用同样的书籍,应该各有供给阅读的相当的书。供给乙的,还不能用翻译,至少是改作,最好还是创作,而这创作又必须并不只在配合读者的胃口,讨好了,读的多就够。至于供给甲类的读者的译本,无论什么,我是至今主张"宁信而不顺"的。②

鲁迅主张应该考虑读者的接受程度的同时,也阐明了他所谓的"宁信而不顺"的主要意图:

> 所谓"不顺",决不是说"跪下"要译作"跪在膝之上","天河"要译作"牛奶路"的意思,乃是说,不妨不像吃茶淘饭一样几口可以咽完,却必须费牙来嚼一嚼。这里就来了一个问题:为什么不完全中国化,给读者省些力气呢?这样费解,怎样还可以称为翻译呢?我的答案是:这也是译本。这样的译本,不但在输入新的内容,也在输入新的表现法。中国的文或话,法子实在太不精密了,作文的秘诀,是在避去熟字,删掉虚字,就是好文章,讲话的时候,也时时要辞不达意,这就是话不够用,所以教员讲书,也必须借助于粉笔。这语法的不精密,就在证明思路的不精密,换一句话,就是脑筋有些胡涂。倘若永远用着胡涂话,即使读的时候,滔滔而下,但归根结蒂,所得的还是一个胡涂的影子。要医这病,我以为只好陆续吃一点苦,装进异样的句法去,古的,外省外府的,外国的,后来便可以据为己有。③

---

① 瞿秋白:《论翻译——给鲁迅的信》,《俄国文学史及其他》,上海:复旦大学出版社,2004年,第193—194页。
② 鲁迅:《关于翻译的通信》,《鲁迅全集》第四卷,北京:人民文学出版社,1981年,第381—382页。
③ 同上书,第382页。

鲁迅在这段中讲述了几层意思:一是所谓的"不顺"并非是刻意为之,乃是不得已而为之。二是不完全"中国化"的原因在于中国的文字实在不够精密,不足以传达原作的意思。三是"宁信不顺"的译本不仅是在输入内容,也是在输入新的表现方式,这样的方式可以弥补中国文字的不足,以便最终"据为己有"而被接受,因为只有这样,"群众的言语才能够丰富起来"。① 在此意义上,"宁信不顺"并非"防守",而是另一角度的"进攻":"一面尽量的输入,一面尽量的消化,吸收,可用的传下去了,渣滓就听他剩落在过去里。"②鲁迅还进一步强调"宁信不顺"非永久之计,"其中的一部分,将从'不顺'而成为'顺',有一部分,则因为到底'不顺'而被淘汰,被踢开"③。换言之,鲁迅相信"宁信不顺"的直译方式会带来语言的自我沉淀和选择,最终会达成基本通顺的效果。

在回信的最后,鲁迅指出了译介《毁灭》等苏联文学的必要性,并表达了对瞿秋白某些观点的赞同:

> 还有《铁流》,我也很喜欢。这两部小说,虽然粗制,却并非滥造,铁的人物和血的战斗,实在够使描写多愁善病的才子和千娇百媚的佳人的所谓"美文",在这面前淡到毫无踪影。不过我也和你的意思一样,以为这只是一点小小的胜利,所以也很希望多人合力的更来介绍,至少在后三年内,有关于内战时代和建设时代的纪念碑的文学书八种至十种,此外更译几种虽然往往被称为无产者文学,然而还不免含有小资产阶级的偏见(如巴比塞)和基督教社会主义的偏见(如辛克莱)的代表作,加上了分析和严正的批评,好在那里,坏在那里,以备对比参考之用,那么,不但读者的见解,可以一天一天的分明起来,就是新的创作家,也得了正确的师范了。④

针对鲁迅的回信和响应,瞿秋白撰写了《再论翻译——答鲁迅》一文,再次强调了他的观点以及与鲁迅的差别。瞿秋白首先解释了继续阐释翻译问题的必要性:"翻译的问题在中国还是一个极重要的问题,从'五四'到现在,这个问题屡次提出来,屡次争论,可是始终没有得到原则上的解决。"⑤接下来针对鲁迅的回信,瞿秋白再次强调了自己的观点:"问题的根本不在于'顺不顺',而在

---

① 鲁迅:《关于翻译的通信》,《鲁迅全集》第四卷,北京:人民文学出版社,1981年,第383页。
② 同上。
③ 同上。
④ 同上书,第385—386页。
⑤ 瞿秋白:《再论翻译——答鲁迅》,《俄国文学史及其他》,上海:复旦大学出版社,2004年,第198页。

于'翻译是否能够帮助现代中国文的发展'。"①由于瞿秋白坚持翻译必须使用口头上能够说出来的现代白话文,所以他表达了对鲁迅观点的诸多方面的异议。他不同意鲁迅"宁信而不顺"意图的解释,始终认为将"宁信而不顺"变为一种原则是"极不妥当的"②,即使是为了输入新的表现方法,瞿秋白还是无法忍受"不顺"的态度。③面对鲁迅提出的"中国化"要考虑不同接受读者进行适当"改译"的问题,瞿秋白明确指出:"至于翻译,那么,既然叫做翻译,就要完全根据原文,翻译的人没有自由可以变更原文的程度。"④总之,瞿秋白认为要开始新的文学革命和新的文字斗争,就必须"打倒新式的林琴南主义",就一定要"坚定的清楚的认定白话本位的原则"。⑤

瞿秋白对鲁迅译文提出商榷,主要还是着眼于鲁迅并未使用"绝对的白话",也就是说,瞿秋白认为鲁迅没有使用能够贯彻无产阶级革命文学任务的语言。与其说瞿秋白和鲁迅在欧美文学"中国化"方式上的论争是关于"直译"或"宁信而不顺"观点的论争,不如说在更大范围内是政治观点的论争。鲁迅的翻译观重在提高,瞿秋白则关注普及,以便以译本语言为战斗武器更好地为革命服务。在此意义上,鲁迅和瞿秋白的分歧从根本上说是文学家和政治家、文化启蒙和政治启蒙的分歧。然而,尽管他们的翻译观表面上看来存在差异和论争,但实质上他们的出发点又是基本相同的,即他们都注重欧美文学"中国化"的功利目的,都强调欧美翻译文学为社会现实目的服务,只不过鲁迅在强调欧美文学政治性的同时,也认识到了包括翻译文学在内的文艺自身的独立性及其本体论定位与目标。

如果说鲁迅和瞿秋白关于欧美文学"中国化"基本方式和原则的论争尚且属于左翼文艺阵营内部就某些问题进行的商榷的话,那么他与梁实秋的论争则明显带有不同文艺集团相互攻讦的意味。

在题为《论鲁迅先生的"硬译"》的文章里,梁实秋严厉批评了鲁迅过分忠实于原著的翻译方法,并引用陈西滢所下的定义将其称之为"死译":"他们非但字比句次,而且一字不可增,一字不可先,一字不可后,名曰翻译;而'译犹不译',这种方法,即提倡直译的周作人先生都谥之为'死译'。"⑥他还进一步引证鲁迅

---

① 瞿秋白:《再论翻译——答鲁迅》,《俄国文学史及其他》,上海:复旦大学出版社,2004年,第198页。
② 同上书,第200页。
③ 同上书,第201页。
④ 同上书,第204页。
⑤ 同上书,第203—204页。
⑥ 梁实秋:《论鲁迅先生的"硬译"》,《新月》1929年9月第二卷第六七号合刊。

的三段译文,指出没有人能够看得懂如此稀奇古怪的句法,并讽刺说读鲁迅的译文和译书,犹如"看地图一般","要伸着手指来寻找句法的线索位置"。① 在梁实秋看来,译书的首要条件是看得懂,译出来读者看不懂,尤其是从头到尾都在"死译",实在是枉费精力的表现。梁实秋反对鲁迅的"硬译",但同时也不接受"曲译",因为"曲译"对于原文"太不忠实","把精华译成糟粕"。② 梁实秋在接下来两三年间陆续写成的《通讯一则——翻译要怎样才好?》以及写给叶公超的《论翻译的一封信》中,一再嘲讽鲁迅的译文,并反复强调了他对于"硬译""曲译"等问题的看法:

> 坏的翻译,包括下列几个条件:(一)与原文意思不符。(二)未能达出"原文的强悍的语气"。(三)令人看不懂。三条有其一,便不是好翻译;若三者具备,便是最坏的翻译。误译,曲译,死译,硬译,都是半斤八两。误译者不要笑硬译,莫以为指责别人译的硬便能遮盖自己译的误;硬译者也不要笑误译,莫以为指责别人译的误便能遮盖自己译的硬。③

面对梁实秋的尖锐指责,鲁迅在《"硬译"与"文学的阶级性"》一文中进行了集中回击。鲁迅在文章开头援引梁实秋的观点指出了论争的起源:

> 听说《新月》月刊团体里的人们在说,现在销路好起来了。这大概是真的,以我似的交际极少的人,也在两个年青朋友的手里见过第二卷第六七号的合本。顺便一翻,是争"言论自由"的文字和小说居多。近尾巴处,则有梁实秋先生的一篇《论鲁迅先生的"硬译"》,以为"近于死译"。而"死译之风也断不可长",就引了我的三段译文,以及在《文艺与批评》的后记里所说:"但因为译者的能力不够,和中国文本来的缺点,译完一看,晦涩,甚而至于难解之处也真多;倘将仂句拆下来呢,又失了原来的语气。在我,是除了还是这样的硬译之外,只有束手这一条路了,所余的惟一的希望,只在读者还肯硬着头皮看下去而已"这些话,细心地在字旁加上圆圈,还在"硬译"两字旁边加上套圈,于是"严正"地下了"批评"道:"我们'硬着头皮看下去'了,但是无所得。'硬译'和'死译'有什么分别呢?"④

针对梁实秋的"严正"批评,鲁迅回应之处在全文中似乎较少,最为明显的

---

① 梁实秋:《论鲁迅先生的"硬译"》,《新月》1929年9月第二卷第六七号合刊。
② 同上。
③ 梁实秋:《论翻译的一封信》,《新月》1933年4月第四卷第五号。
④ 鲁迅:《"硬译"与"文学的阶级性"》,《鲁迅全集》第四卷,北京:人民文学出版社,1981年,第195页。

只有一处,仍是强调"硬译"只是暂时性策略:

>但我自信并无故意的曲译,打着我所不佩服的批评家的伤处了的时候我就一笑,打着我的伤处了的时候我就忍疼,却决不肯有所增减,这也是始终"硬译"的一个原因。自然,世间总会有较好的翻译者,能够译成既不曲,也不"硬"或"死"的文章的,那时我的译本当然就被淘汰,我就只要来填这从"无有"到"较好"的空间罢了。①

关于"硬译"是迫不得已的暂时性策略选择问题,鲁迅曾在其他文章中多次谈及。在《关于翻译》中,鲁迅慨叹当时翻译的现状:"翻译也倒了运,得到一个笼统的头衔是'硬译'和'乱译'。但据我所见,这些'批评家'中,一面要求着'好的翻译'者,却一个也没有的。"②在此情形下,鲁迅强调如果中国暂时没有好的翻译家,就只能支持"硬译"了。在为卢那察尔斯基的《艺术论》所写的翻译"小序"中,鲁迅再次提到期待更好的翻译的愿望:"倘有潜心研究者,解散原来句法,并将术语改浅,意译为近于解释,才好;或从原文翻译,那就更好了。"③而在《"题未定"草》中,鲁迅则提出了翻译需要兼顾的两面性的问题,即一面要"力求其易解",另一面则要"保存着原作的丰姿"。④ 前者意味着不"硬译"与"死译",后者着眼于不"曲译"和"误译"。

鲁迅之所以在《"硬译"与"文学的阶级性"》一文中针对梁实秋指责的"硬译"问题回应较少,那是因为鲁迅已敏锐地察觉到梁实秋指责的根本不在"硬译"的方式问题上,而是在"硬译"了什么的问题上。换言之,鲁迅觉察到了梁实秋批评背后的政治目的,这是鲁迅需要集中精力批驳和反诘的重点所在。因此,文章的重心不在"硬译"上,而在"文学的阶级性"上。

鲁迅和梁实秋人生经历的差别决定了他们不同的文学观和政治观。梁实秋早年倾向于浪漫主义文学,但自从在哈佛大学接受了欧文·白璧德(Irving Babbitt)的人文主义思想观念,其文学观和思想都发生了转折性的变化。梁实秋认为,文学是表现普遍的人性的,文学自身没有任何阶级性,甚至人生的许多现象都是超越阶级的,将文学与个体生活和阶级简单联系在一起是太肤浅太狭隘的表现。梁实秋的主要观点在其题为《文学是有阶级性的吗?》中得到了集中

---

① 鲁迅:《"硬译"与"文学的阶级性"》,《鲁迅全集》第四卷,北京:人民文学出版社,1981年,第210页。
② 鲁迅:《关于翻译》,《鲁迅全集》第四卷,北京:人民文学出版社,1981年,第553页。
③ 鲁迅:《〈艺术论〉(卢氏)小序》,《鲁迅全集》第十卷,北京:人民文学出版社,1981年,第295—296页。
④ 鲁迅:《"题未定"草》,《鲁迅全集》第六卷,北京:人民文学出版社,1981年,第352页。

的诠释。而鲁迅在经历了革命文学的论争后,逐渐转向了左翼文学阵营,更加倾向于左翼的无产阶级文学。由此,倾向于左翼的鲁迅遭到坚持普遍人性的梁实秋的挑战也就在情理之中了。而鲁迅则主观认为梁实秋不是一个人在战斗,他在本质上代表的是整个"新月派"的观点,因此在集中反驳梁实秋普遍人性观点的同时,鲁迅也将论争的矛头指向了作为"集团"的"新月派":"新月社的声明中,虽说并无什么组织,在论文里,也似乎痛恶无产阶级式的'组织','集团'这些话,但其实是有组织的,至少,关于政治的论文,这一本里都互相'照应'。"①

鲁迅首先断定梁实秋论争的重点不在"硬译"问题上,而在于"硬译"了无产阶级作品和理论:

"什么卢那卡尔斯基,蒲力汗诺夫"的书我不知道,若夫"婆格达诺夫之类"的三篇论文和托罗兹基的半部《文学与革命》,则确有英文译本的了。英国没有"鲁迅先生",译文定该非常易解。梁先生对于伟大的无产文学的产生,曾经显示其"等着,等着,等着"的耐心和勇气,这回对于理论,何不也等一下子,寻来看了再说呢。不知其有而不求曰胡涂,知其有而不求曰懒惰,如果单是默坐,这样也许是"爽快"的,然而开起口来,却很容易咽进冷气去了。

例如就是那篇《文学是有阶级性的吗?》的高文,结论是并无阶级性。要抹杀阶级性,我以为最干净的是吴稚晖先生的"什么马克斯牛克斯"以及什么先生的"世界上并没有阶级这东西"的学说。那么,就万喙息响,天下太平。但梁先生却中了一些"什么马克斯"毒了,先承认了现在许多地方是资产制度,在这制度之下则有无产者。不过这"无产者本来并没有阶级的自觉。是几个过于富同情心而又态度褊激的领袖把这个阶级观念传授了给他们",要促起他们的联合,激发他们争斗的欲念。②

其次,鲁迅就梁实秋的普遍人性论展开了针锋相对的批驳。鲁迅指出梁实秋所谓的"文学就是表现这最基本的人性的艺术"及资本家和劳动者在人性方面基本相同、都有喜怒哀乐等结论是"矛盾而空虚的"。③ 鲁迅反驳认为,"文学不借人,也无以表示'性'",但是一旦用人,且在阶级社会里,"即断不能免掉所

---

① 鲁迅:《"硬译"与"文学的阶级性"》,《鲁迅全集》第四卷,北京:人民文学出版社,1981年,第195页。
② 同上书,第201—202页。
③ 同上书,第203页。

属的阶级性,无需加以'束缚',实乃出于必然"。① 鲁迅还模拟梁实秋的经典表述,指出"倘说,因为我们是人,所以以表现人性为限,那么,无产者就因为是无产阶级,所以要做无产文学"②。鲁迅还从人性和阶级之间的关系入手强调文学家是不可能做到超阶级的:"文学有阶级性,在阶级社会中,文学家虽自以为'自由',自以为超了阶级,而无意识底地,也终受本阶级的阶级意识所支配,那些创作,并非别阶级的文化罢了。"③而针对梁实秋提出最痛恨"无产文学理论家以文艺为斗争的武器",把文艺当作"宣传品"的观点,鲁迅认为这是典型的"自扰之谈"。他明确指出,"凡文艺必有所宣传",而并没有主张"只要宣传式的文字便是文学"。④

最后,鲁迅突出表明了自己"硬译"和强调文学具有阶级性的主要意图和根本原因,即以普罗米修斯式的精神从别国"窃火"为我所用:

> 人往往以神话中的 Prometheus 比革命者,以为窃火给人,虽遭天帝之虐待不悔,其博大坚忍正相同。但我从别国里窃得火来,本意却在煮自己的肉的,以为倘能味道较好,庶几在咀嚼者那一面也得到较多的好处,我也不枉费了身躯:出发点全是个人主义,并且还夹杂着小市民性的奢华,以及慢慢地摸出解剖刀来,反而刺进解剖者的心脏里去的"报复"。⑤

纵观鲁迅和梁实秋整个论争的过程,可以看出他们都是以翻译问题为手段和借口来表达自己的政治观点,攻击与己政见不同之人。从鲁迅到瞿秋白的左翼作家们始终坚信欧美文学"中国化"历程包含政治使命,尤其是翻译苏联文学及理论是在中国传播马列主义的迫切需要,而在以梁实秋为代表的自由主义知识分子看来,这无疑是宣传,而非艺术,鲁迅与赵景深的根本分歧也在这里。翻译理论中经常关注翻译的政治功能问题,毫无疑问鲁迅与梁实秋、赵景深的论争,甚至鲁迅与瞿秋白的论争都用事实阐明了这一点。

林语堂虽然没有直接参与功利派与艺术派之间就欧美文学"中国化"的基本原则问题展开的论争,但毫无疑问他的翻译观以及对直译、意译等问题的看法是与论争的大背景直接相关的。林语堂提出,"翻译是一种艺术"这是翻译者首先要觉悟的事件,在此艺术标准下,译者应具备三个方面的基本素养:"第一

---

① 鲁迅:《"硬译"与"文学的阶级性"》,《鲁迅全集》第四卷,北京:人民文学出版社,1981年,第204页。
② 同上。
③ 同上书,第205—206页。
④ 同上书,第206页。
⑤ 同上书,第209页。

是译者对于原文文字上及内容上透彻的了解;第二是译者有相当的国文程度,能写清顺畅达的中文;第三是译事上的训练,译者对于翻译标准及手术的问题有正当的见解。"①更明确来看,林语堂将翻译的标准确定为三个主要的方面:"第一是忠实标准,第二是通顺标准,第三是美的标准。"②处理好这三个标准,又涉及译者对原文、对中文以及"翻译与艺术文"之间的关系问题,即译者要对原文负责,要对中国读者负责,也要对艺术负责。而在论述忠实原文问题时,林语堂针对一直论争不断的直译、死译、意译、胡译等提法阐明了自己的观点。在林语堂看来,这四种提法分别代表了忠实于原文的四个程度,其中死译是直译的极端化结果,胡译是意译的极端化结果,死译和胡译中都包含"过激"成分。而这些提法的出现都与反对林纾和严复的翻译方法有直接关系,因为他们二者是胡译的极端代表。但就"直译"和"意译"来说,名字同样不中肯,且容易引起误会,即将"直译"看作"逐字逐句"的翻译,将"意译"阐释为带有"乱译"的成分。林语堂强调,翻译方法的不同以及自由和忠实程度的不同绝不能当作翻译可有歧义标准的说辞,因为"至当的标准只有一个,最适宜的技术也只有一个"③。针对上述翻译问题,林语堂提出"译文须以句为本位"的翻译方式,取代逐字逐句翻译的方式,即"非可一字一字叠成":

> 第一,译者必将原文全句意义详细准确的体会出来,吸收心中,然后将此全句意义依中文语法译出。这就是我们所谓"句译"的方法。
> ……
> 第二,行文时须完全根据中文心理。
> ……
> 第三,翻译与艺术文——以上所论翻译之忠实与通顺问题,系单就文字上立论,求译文必信必达的道理。但是还有翻译艺术上之问题,也不能不简略考究一下。翻译于用之外,还有美一方面须兼顾的,理想的翻译家应当将其工作做一种艺术。④

林语堂的翻译观明显具有一种调和论争的味道,试图在"忠实"和"艺术"之间找到"还原"和"归化"的平衡点,突出"中国化"的要义在于尽可能准确地传达

---

① 林语堂:《论翻译》,罗新璋编:《翻译论集》,北京:商务印书馆,1984年,第417页。
② 同上书,第418页。
③ 同上书,第421页。
④ 同上书,第428—430页。

原作的精神风貌,对此,茅盾在辨析相关论争观点时也有类似表述：

> 我们以为所谓"直译"也者,倒并非一定是"字对字",一个不多,一个也不少。因为中西文字组织的不同,这种样"字对字"一个不多一个也不少的翻译,在实际上是不可能的。……"直译"的意义就是"不要歪曲了原作的面目"。倘使能够办到"字对字",不多也不少,自然是理想的直译,否则,直译的要点不在此而在彼。
>
> 文学作品跟理论文章又有别。有些文学作品即使"字对字"译了出来也看得懂,然而未必就能恰好表达了原作的精神。假使今有同一原文的两种译本在这里,一是"字对字",然而没有原作的精神,又一是并非"字对字",可是原作的精神却八九尚在,那么,对于这两种译本,我们将怎样批判呢？我以为是后者足可称为"直译"。这样才是"直译"的正解。①

纵观20世纪三四十年代围绕欧美文学"中国化"若干基本原则的论争,一方面葆有就翻译的具体问题和实际操作的技术问题进行论辩,以促进更好、更优秀的欧美文学译本出现的文学层面的目的,但也不能忽视其服务现实的策略性和针对性问题。新文学革命者们视翻译为创造新文学的重要范本和需要积极引入和借鉴的文化方法,并以此文化上的变革来推动革命的变革与发展。在此意义上,欧美文学"中国化"一定程度上沦为了一项"附属的事业",继续充当着革新政治的工具角色,肩负着宣教启蒙的历史重任。

---

① 茅盾:《直译·顺译·歪译》,《茅盾全集》第二十卷,北京:人民文学出版社,1990年,第40—41页。

第七个问题：

《在延安文艺座谈会上的讲话》引领欧美文学"中国化"的新航向

丹麦著名的文学史家勃兰兑斯（Brandes）在以某些主要作家集团和运动的探讨来勾画19世纪上半叶的文学轮廓时，突出强调了1848年的坐标意义："暴风雨的一八四八年是一个历史的转折点，因而也是一个分界线……从世纪初到世纪中这段时期，出现了许多分散的、似乎互不关联的文学活动。但只要细心观察文学主流，就不难看出这些活动都为一个巨大的有起有伏的主导运动所左右，这就是前一世纪思想感情的减弱和消失，和进步思想在新的日益高涨的浪潮中重新抬头。"①无独有偶，美国学者让-米歇尔·拉巴泰（Jean-Michel Rabaté）在研究西方现代主义文学思想观念时关注了1913年的"摇篮"意义："依照法国和美国人的看法，1913年返照了一个自我满足的旧世界的所有回光，人们都尽情地享受着那份来之不易的优待和一场工业革命的成果。我并不把这一年当作最后的天真时光（虽然以前也曾给我这样的美好感觉），相反，我现今意识到，更确切地讲，这一年可以说是我们现代全球化阶段的元年：1913年，人们已经感觉到一股牵引第一次世界大战的力量在热情高涨的人群中蠢蠢欲动，这股热情创造了许许多多杰出的文艺作品；从这个意义上讲，我们可以得出共识：虽然这一年给世界带来了厄运，但也永远改变了我们对新旧观念的感知。"②

以勃兰兑斯和让-米歇尔·拉巴泰的考察时间节点的方式来审视1919年至1949年这一历史时期，毫无疑问，1942年堪称中国具有特殊意义的标志性一年，中国现代文艺思想史上划时代意义的纲领性文献——毛泽东的《在延安文艺座谈会上的讲话》（简称《讲话》）发表。《讲话》的出现有其特殊的时代环境和历史文化语境。20世纪40年代，战争成为全中国政治形势最突出的关键词，抗日战争进入了最紧迫的时期。在这一宏观形势下，文学艺术如何为战争

---

① 勃兰兑斯：《十九世纪文学主流》第一分册，张道真译，北京：人民文学出版社，1997年，"引言"第1页。
② 让-米歇尔·拉巴泰：《1913：现代主义的摇篮》，杨成虎等译，上海：上海外语教育出版社，2013年，第1页。

这一最大的政治服务,如何发挥工具和武器的功能,如何起到宣传和鼓动的作用成为关注和讨论的焦点。1939年8月3日,陕甘宁边区中央局在延安召开了民族形式问题座谈会。何其芳在会上宣读了《论文学上的民族形式》一文,集中强调在特殊的历史时期应该积极吸收和借鉴欧洲文学比较健康、比较新鲜、比较丰富的养分来更中国化、更民族化地表现中国的新文学,这既能丰富中国文学的表现手法以服务当时的社会政治形势,又不失中国文学特有的民族内涵。何其芳对待欧美文学的态度和看法代表了陕甘宁边区乃至全国进步文艺工作者的心声,《讲话》在很大程度上是对这一普遍看法和观念的总结和精辟化、系统化论述。在此意义上,《讲话》不仅具有政治意识形态方面统摄全局的意义,而且引领了中国文艺发展,包括欧美文学"中国化"的新方向。它不仅在当时特定的历史条件下明确了中国抗战文艺的新路线,而且对于团结文艺界的抗战信心起到了不容忽视的作用。

一、《讲话》的历史地位与基本内涵

《讲话》自发表以来,关于它的论争从未间断过,其焦点始终聚集在如何评价这一历史性文献的地位和作用上。承袭了《讲话》的早期评论者周扬等人的核心观点,代表了主流意识形态或官方的政治声音,认为《讲话》阐述了众多文艺和思想的原点问题,是现代中国文艺思想发展史上光辉的一页,代表中国文艺发展的唯一道路和方向,不仅"规定了新中国的文艺的方向",而且还"把新文艺推进到了一个新的历史阶段","假如说'五四'是中国近代文学史上的第一次文学革命,那末《在延安文艺座谈会上的讲话》的发表及其所引起的在文学事业上的变革,可以说是继'五四'之后的第二次更伟大、更深刻的文学革命"[1]。

关于《讲话》的定位和历史价值等问题的认知差异在当下的几种现当代文学史著作中也有所体现和反映。钱理群、温儒敏和吴福辉所著的《中国现代文学三十年》一书之"毛泽东《在延安文艺座谈会上的讲话》"一节高度赞扬了《讲话》的历史地位和影响,称《讲话》是"马克思主义文艺理论'中国化'的重要成果",是"中国共产党领导中国革命文艺运动历史经验的总结",是"中共制定文

---

[1] 周扬:《坚决贯彻毛泽东文艺路线——一九五一年五月十二日在中央文学研究所的讲演》,北京师范大学中文系现代文学教学改革小组编:《中国现代文学史参考资料·社会主义革命和建设时期的文学(1949—1958)》第三卷上册,北京:高等教育出版社,1959年,第21页。

艺政策指导文艺运动的根本方针,具有无可怀疑的权威性"。① 洪子诚在《中国当代文学史》一书中谈及毛泽东的文艺思想时则指出,包括《讲话》在内的一系列文献的基本出发点是"文学的社会政治效用",它构成了毛泽东文艺思想的"核心问题",因为包括《讲话》在内的一系列文献基本着眼点都是"经济基础"决定"上层建筑"。在此意义上,洪子诚认为毛泽东是"不承认具有独立品格和地位的文学的存在"的。② 与之相对应,陈思和在其主编的《中国当代文学史教程》一书中则强调《讲话》的基础和出发点是毛泽东站在"战争所要求的立场上"强调"如何把文学运动改造成文化军队的现实需要",因此其具有鲜明的"战时文化的特殊印迹"。③

　　面对《讲话》思想认知层面的差异和观点侧重的不同,如何才能客观评价其社会历史地位和作用呢?对此,李泽厚主张必须首先返回历史本身。他强调只有在"具体的历史背景下"才能理解当时文艺批评的诸多时代特点,"也才能理解毛泽东《在延安文艺座谈会上的讲话》的历史性意义和地位"。④ 事实上,除了李泽厚所说的结合当时中国社会特定的历史文化形势进行"历史性"的理解之外,还需注重以下两个方面的交叉互文阅读:一是《讲话》与作为整体的毛泽东文艺思想之间的承接与发展关系,从而在联系的观点中对《讲话》的历史脉络形成清晰的认识;二是《讲话》与马列文艺思想之间的互文关系,尤其是对列宁《党的组织与党的文学》一文观点的继承与发展。

　　《讲话》首先明确了目标,即"研究文艺工作和一般革命工作的关系,求得革命文艺的正确发展,求得革命文艺对其他革命工作的更好的协助,借以打倒我们民族的敌人,完成民族解放的任务"⑤。很显然,在这一目标中,《讲话》将文艺视为完成革命事业和民族解放与独立的必不可少的重要组成部分,是"整个革命机器的一个组成部分,作为团结人民、教育人民、打击敌人、消灭敌人的有力的武器,帮助人民同心同德地和敌人作斗争"⑥。这一目的决定了文艺工作中许多问题有待进一步明确和解决,具体包括文艺工作者的立场问题、态度问题、工作对象问题以及学习问题等诸多方面。其中文艺的方向和文艺的道路问题

---

① 钱理群、温儒敏、吴福辉:《中国现代文学三十年》(修订本),北京:北京大学出版社,1998年,第458页。
② 洪子诚:《中国当代文学史》,北京:北京大学出版社,1999年,第11页。
③ 陈思和主编:《中国当代文学史教程》,上海:复旦大学出版社,1999年,第4页。
④ 李泽厚:《中国现代思想史论》,北京:生活·读书·新知三联书店,2008年,第84页。
⑤ 毛泽东:《在延安文艺座谈会上的讲话》,《毛泽东选集》第三卷,北京:人民出版社,1991年,第847页。
⑥ 同上书,第848页。

是最为关键的两个问题,前者关涉的是"我们的文艺是为什么人的"①问题,这是一个"根本的问题,原则的问题"②,后者则指向如何处理文艺与党和革命事业之间的关系问题,即"如何去服务"的根本问题③。

在"为什么人"服务的问题上,《讲话》明确提出为人民大众服务的基本方针,并认为这是列宁早已重点指出的一个问题:"这个问题,本来是马克思主义者特别是列宁所早已解决了的。列宁还在一九〇五年就已着重指出过,我们的文艺应当'为千千万万劳动人民服务'。在我们各个抗日根据地从事文学艺术工作的同志中,这个问题似乎是已经解决了,不需要再讲的了。"④那么"劳动人民"或"人民大众"在当时的中国社会又包括哪些人呢?《讲话》对此做了明确的界定:"最广大的人民,占全人口百分之九十以上的人民,是工人、农民、兵士和城市小资产阶级。所以我们的文艺,第一是为工人的,这是领导革命的阶级。第二是为农民的,他们是革命中最广大最坚决的同盟军。第三是为武装起来了的工人农民即八路军、新四军和其他人民武装队伍的,这是革命战争的主力。第四是为城市小资产阶级劳动群众和知识分子的,他们也是革命的同盟者,他们是能够长期地和我们合作的。这四种人,就是中华民族的最大部分,就是最广大的人民大众。"⑤

明确了文艺服务的主体,《讲话》继而提出了服务的方式方法问题,即关于"普及"和"提高"的问题。《讲话》明确指出"普及"和"提高"的前提必须是深入人民群众中去,唯有了解人民群众和广大工农兵的实际需要,才能正确认识"普及"和"提高"的辩证关系,因为"作为观念形态的文艺作品,都是一定的社会生活在人类头脑中的反映的产物。革命的文艺,则是人民生活在革命作家头脑中

---

① 毛泽东:《在延安文艺座谈会上的讲话》,《毛泽东选集》第三卷,北京:人民出版社,1991年,第854页。
② 同上书,第857页。
③ 同上书,第849—850页。
④ 同上书,第854页。引文中提及列宁论述部分主要是指列宁在《党的组织和党的出版物》一文中的表述:"这将是自由的写作,因为把一批又一批新生力量吸引到写作队伍中来的,不是私利贪欲,不是名誉地位,而是社会主义思想和对劳动人民的同情。这将是自由的写作,因为它不是为饱食终日的贵妇人服务,也不是为百无聊赖、胖得发愁的'一万个上层分子'服务,而是为千千万万劳动人民,为这些国家的精华、国家的力量、国家的未来服务。这将是自由的写作,它要用社会主义无产阶级的经验和生气勃勃的工作去丰富人类革命思想的最新成就,它要使过去的经验(从原始空想的社会主义发展而成的科学社会主义)和现在的经验(工人同志们当前的斗争)之间经常发生相互作用。"参见《列宁选集》第一卷,北京:人民出版社,2012年,第666—667页。
⑤ 毛泽东:《在延安文艺座谈会上的讲话》,《毛泽东选集》第三卷,北京:人民出版社,1991年,第855—856页。

的反映的产物"①。基于这种唯物主义的文学观,《讲话》针对当时中国革命的实际情形提出革命的文艺家,尤其是"有出息"的革命文艺家"必须到群众中去,必须长期地无条件地全心全意地到工农兵群众中去,到火热的斗争中去,到唯一的最广大最丰富的源泉中去,观察、体验、研究、分析一切人,一切阶级,一切群众,一切生动的生活形式和斗争形式,一切文学和艺术的原始材料,然后才有可能进入创作过程。否则你的劳动就没有对象,你就只能做鲁迅在他的遗嘱里所谆谆嘱咐他的儿子万不可做的那种空头文学家,或空头艺术家"②。而在当时抗日战争的硝烟中工农兵面临的主要问题是"正在和敌人作残酷的流血斗争",他们"不识字,无文化",所以"迫切要求一个普遍的启蒙运动"。③ 换言之,《讲话》在"普及"和"提高"问题上是明显倾向于"普及"的,这既是现实情形,也是进一步"提高"的重要基础:"对于他们,第一步需要还不是'锦上添花',而是'雪中送炭'。"④

为了更好地在"普及"中切实提高广大群众,尤其是工农兵的文化水平和思想觉悟,《讲话》着重强调了应该处理好文艺与党的关系问题,即"党的文艺工作和党的整个工作的关系问题,和另一个党外关系的问题,党的文艺工作和非党的文艺工作的关系问题——文艺界统一战线问题"⑤。为此,《讲话》在继承列宁相关论述的基础上明确提出了文艺的"党性原则"问题:"文艺是从属于政治的,但又反转来给予伟大的影响于政治。革命文艺是整个革命事业的一部分,是齿轮和螺丝钉,和别的更重要的部分比较起来,自然有轻重缓急第一第二之分,但它是对于整个机器不可缺少的齿轮和螺丝钉,对于整个革命事业不可缺少的一部分。如果连最广义最普通的文学艺术也没有,那革命运动就不能进行,就不能胜利。"⑥比照列宁在《党的组织和党的出版物》一文中的论述,可以更加清晰地看出《讲话》对学习、借鉴和继承俄苏文艺思想的关系:"出版物应当成为党的出版物。与资产阶级的习气相反,与资产阶级企业主的即商人的报刊相反,与资产阶级写作上的名位主义和个人主义、'老爷式的无政府主义'和唯利是图相反,社会主义无产阶级应当提出党的出版物的原则,发展这个原则,并

---

① 毛泽东:《在延安文艺座谈会上的讲话》,《毛泽东选集》第三卷,北京:人民出版社,1991年,第860页。
② 同上书,第860—861页。
③ 同上书,第861—862页。
④ 同上书,第862页。
⑤ 同上书,第865页。
⑥ 同上书,第866页。

且尽可能以完备和完整的形式实现这个原则。"①列宁还进一步强调:"对于社会主义无产阶级,写作事业不能是个人或集团的赚钱工具,而且根本不能是与无产阶级总的事业无关的个人事业。无党性的写作者滚开!超人的写作者滚开!写作事业应当成为整个无产阶级事业的一部分,成为由整个工人阶级的整个觉悟的先锋队所开动的一部巨大的社会民主主义机器的'齿轮和螺丝钉'。写作事业应当成为社会民主党有组织的、有计划的、统一的党的工作的一个组成部分。"②

鉴于文艺的"党性原则"问题,便有必要展开对文艺批评标准的讨论。对此,《讲话》着重阐述了文艺批评的"政治标准"和"艺术标准"及二者之间的辩证关系,主张"政治标准"第一,"艺术标准"第二,并将其上升为"文艺问题上的两条战线斗争"③的高度,提出克服包括"人性论""人类之爱"论、"光明与黑暗并重"论、"暴露"论等在内的一切现实文艺的不良和不正确倾向,从而使文艺走上现实政治斗争生活真正需要、贴近人民大众的道路。

考察《讲话》的主要内容和核心观点,正确评价其历史地位和作用,应从三方面具体着手:一是将《讲话》置于陕甘宁边区和当时延安具体的社会政治、经济、文化和军事环境下来看其必要性和紧迫性。二是将《讲话》置于中国现代马列文论形成和发展的脉络里来看其作为马列文论和哲学文献的理论贡献与价值。三是将《讲话》置于现代民族—国家建立的宏大历史视野和范畴之中来看其在实践中的巨大促进作用和影响力。

首先,《讲话》是当时中国特定历史情形下的特定文艺政策,具有强烈的针对性和现实性。关于《讲话》发表的目的和要解决的主要问题,以下两段至关重要:

> 现在的事实是什么呢?事实就是:中国的已经进行了五年的抗日战争;全世界的反法西斯战争;中国大地主大资产阶级在抗日战争中的动摇和对于人民的高压政策;"五四"以来的革命文艺运动——这个运动在二十三年中对于革命的伟大贡献以及它的许多缺点;八路军新四军的抗日民主根据地,在这些根据地里面大批文艺工作者和八路军新四军以及工人农民的结合;根据地的文艺工作者和国民党统治区的文艺工作者的环境和任务的区别;目前在延安和各抗日根据地的文艺工作中已经发生的争论问

---

① 列宁:《党的组织和党的出版物》,《列宁选集》第一卷,北京:人民出版社,2012年,第663页。
② 同上。
③ 毛泽东:《在延安文艺座谈会上的讲话》,《毛泽东选集》第三卷,北京:人民出版社,1991年,第870页。

题。——这些就是实际存在的不可否认的事实,我们就要在这些事实的基础上考虑我们的问题。①

再说文艺界的统一战线问题。文艺服从于政治,今天中国政治的第一个根本问题是抗日,因此党的文艺工作者首先应该在抗日这一点上和党外的一切文学家艺术家(从党的同情分子、小资产阶级的文艺家到一切赞成抗日的资产阶级地主阶级的文艺家)团结起来。其次,应该在民主一点上团结起来;在这一点上,有一部分抗日的文艺家就不赞成,因此团结的范围就不免要小一些。再次,应该在文艺界的特殊问题——艺术方法艺术作风一点上团结起来;我们是主张社会主义的现实主义的,又有一部分人不赞成,这个团结的范围会更小些。在一个问题上有团结,在另一个问题上就有斗争,有批评。各个问题是彼此分开而又联系着的,因而就在产生团结的问题比如抗日的问题上也同时有斗争,有批评。在一个统一战线里面,只有团结而无斗争,或者只有斗争而无团结,实行如过去某些同志所实行过的右倾的投降主义、尾巴主义,或者"左"倾的排外主义、宗派主义,都是错误的政策。政治上如此,艺术上也是如此。②

很明显,《讲话》主要针对的是当时中国社会的政治环境及面临的最艰巨的历史重任而言,即国内阶级矛盾日趋尖锐化,中日民族矛盾成为迫切的、亟待解决的重要问题。在这一大的时代背景下,一切文艺都应该暂时服从并服务于革命全局,成为革命最强有力的宣传工具和意识形态武器。对此,李泽厚认为《讲话》是"站在比文艺本身规律'更高'一层的社会政治角度来谈文艺",他进一步解释了之所以"更高"的主要原因在于当时的社会现实生活和人民生活"有比文艺更重要更紧迫的任务和工作",即"救亡",或者说"赶走日本帝国主义",③一切都必须服从于民族危机这一整体性大局,这正是《讲话》提出文艺政治化最基本的社会历史条件。1940年前后,抗日战争和世界反法西斯战争出现了新的情势。在国际上,1941年12月7日,日本偷袭珍珠港,太平洋战争全面爆发。就在同一年,中国的抗日战争也进入最为关键和最为艰难的时期。日本军队对华北各个根据地进行连续的大规模疯狂"扫荡",导致敌后抗日根据地面积急剧缩

---

① 毛泽东:《在延安文艺座谈会上的讲话》,《毛泽东选集》第三卷,北京:人民出版社,1991年,第853页。
② 同上书,第867页。
③ 李泽厚:《中国现代思想史论》,北京:生活·读书·新知三联书店,2008年,第86页。

小。加之国民党在此时停发了八路军的军饷,对敌后根据地实行严密的经济封锁,且不断在军事和政治宣传上制造摩擦和争端,这直接导致陕甘宁边区和延安陷入严重的经济困难。在这样极端的条件下,陕甘宁边区和延安一方面积极开展大生产运动以缓解经济上的压力,另一方面为了促进党内的团结统一,反对主观主义和宗派主义,针对党的高级领导干部展开了政治上的整风运动,以获得思想上对革命战争的一致认识,从而为抗日战争和全国革命的最后胜利奠定思想基础。也正是在整风的过程中,延安的文艺界出现了不同的声音。

关于《讲话》发表前后延安文艺界的盛况,刘白羽曾这样描述:"《讲话》发表于抗日战争时期,那是伟大的时代,像大海一样奔腾汹涌,中华民族在决死的战斗中迎来新生。'红星照耀中国',中国共产党成为民族解放的旗帜,千千万万进步的知识青年、许许多多的文学家和艺术家满怀理想和激情奔向延安,那真是人如海,歌如潮。"①这一时期,中共中央在物资供应相对比较匮乏的条件下,对文艺界的知识分子给予了特别的优待。在较为自由和活跃的氛围下,中共中央先后创办了延安鲁迅艺术学校(简称"鲁艺")等培养、团结青年学生的学校和中华全国文艺界抗敌协会延安分会(简称"文抗")等社团组织,为投奔延安的青年学生和文艺家创造从事文学艺术的条件。这一时期的延安,不仅有周立波诠释《安娜·卡列尼娜》等欧洲经典文学名著,也上演果戈理的《钦差大臣》、契诃夫的《蠢货》以及莫里哀(Molière)的《伪君子》《悭吝人》等戏剧,甚至还将斯坦尼斯拉夫斯基的表演体系引入戏剧教学的实践之中。但随着艺术推广的深入,延安文艺界不切实际、脱离群众和抗日战争现实需要的倾向日益显现出来,主要表现在以下几个突出的方面。

第一,所谓"暴露黑暗"问题。当时的延安有人主张抗战和革命应该"暴露黑暗""不歌功颂德",应多采用"讽刺笔法",认为"杂文时代"写光明就是"公式主义"的表现。1942年3月,《解放日报·文艺副刊》先后发表了丁玲的《三八节有感》、萧军的《论同志的"爱"与"耐"》、王识味的《野百合花》、艾青的《了解作家、尊重作家》以及罗烽的《还是杂文时代》等文章,以知识分子的角度和眼光对当时延安存在的一些落后现象进行了尖锐的批评,个别文章甚至被国民党利用来攻击解放区,造成了一定范围内的不良影响。在毛泽东看来,所谓"暴露黑暗"问题就是"对什么人"的"态度问题",这必须有清醒的认识:"有三种人,一种是敌人,一种是统一战线中的同盟者,一种是自己人,这第三种人就是人民群众

---

① 刘白羽:《延安文艺座谈会的前前后后》,张军锋编:《延安文艺座谈会的台前幕后》下册,西安:陕西师范大学出版总社有限公司,2014年,第47—48页。

及其先锋队。对于这三种人需要有三种态度。对于敌人,对于日本帝国主义和一切人民的敌人,革命文艺工作者的任务是在暴露他们的残暴和欺骗,并指出他们必然要失败的趋势,鼓励抗日军民同心同德,坚决地打倒他们。对于统一战线中各种不同的同盟者,我们的态度应该是有联合,有批评,有各种不同的联合,有各种不同的批评。他们的抗战,我们是赞成的;如果有成绩,我们也是赞扬的。但是如果抗战不积极,我们就应该批评。如果有人要反共反人民,要一天一天走上反动的道路,那我们就要坚决反对。至于对人民群众,对人民的劳动和斗争,对人民的军队,人民的政党,我们当然应该赞扬。"①毛泽东还特别指出,对于人民的缺点"我们应该长期地耐心地教育他们,帮助他们摆脱背上的包袱,同自己的缺点错误作斗争,使他们能够大踏步地前进",而不是"去错误地讥笑他们,甚至敌视他们"。②

第二,艺术上"关门提高"倾向比较明显。高雅艺术在当时的延安成为一种时髦。这与老百姓喜闻乐见的、易于理解的艺术形式之间存在着比较大的认知差距,这直接导致当时的文学艺术脱离抗战实际需要的趋向日益突出。这在毛泽东看来关涉"工作对象问题,就是文艺作品给谁看的问题"③。他特别指出延安根据地的文艺对象具有特殊性,这决定了必须充分了解文艺对象,而不是与他们隔绝:"在陕甘宁边区,在华北华中各抗日根据地,这个问题和在国民党统治区不同,和在抗战以前的上海更不同。在上海时期,革命文艺作品的接受者是以一部分学生、职员、店员为主。在抗战以后的国民党统治区,范围曾有过一些扩大,但基本上也还是以这些人为主,因为那里的政府把工农兵和革命文艺互相隔绝了。在我们的根据地就完全不同。文艺作品在根据地的接受者,是工农兵以及革命的干部。根据地也有学生,但这些学生和旧式学生也不相同,他们不是过去的干部,就是未来的干部。各种干部,部队的战士,工厂的工人,农村的农民,他们识了字,就要看书、看报,不识字的,也要看戏、看画、唱歌、听音乐,他们就是我们文艺作品的接受者。"④

第三,在处理艺术与政治的关系上,一些文艺工作者认识比较模糊,认为马列主义的立场和观点会妨碍艺术创作,甚至有人主张文艺创作应该脱离政治。

---

① 毛泽东:《在延安文艺座谈会上的讲话》,《毛泽东选集》第三卷,北京:人民出版社,1991年,第848—849页。
② 同上书,第849页。
③ 同上。
④ 同上书,第849—850页。

毛泽东认为这是受到资产阶级影响的结果。毛泽东强调"马克思列宁主义是一切革命者都应该学习的科学,文艺工作者不能是例外"①。马列主义不但不会妨碍艺术创作,相反还能为文艺创作提供内容并把握方向:"文艺工作者要学习社会,这就是说,要研究社会上的各个阶段,研究它们的相互关系和各自状况,研究它们的面貌和它们的心理。只有把这些弄清楚了,我们的文艺才能有丰富的内容和正确的方向。"②

第四,"小资产阶级自我表现"问题。当时在延安的文艺家中很大一部分出身小资产阶级,是"从上海亭子间来的"③。由于出身原因,他们对根据地的情况不是十分了解,没有充分意识到"从亭子间到革命根据地,不但是经历了两种地区,而且是经历了两个历史时代。一个是大地主大资产阶级统治的半封建半殖民地的社会,一个是无产阶级领导的革命的新民主主义的社会。到了革命根据地,就是到了中国历史几千年来空前未有的人民大众当权的时代。我们周围的人物,我们宣传的对象,完全不同了。过去的时代,已经一去不复返了"④。因此,他们往往把文艺表现的重点放在描写和研究知识分子身上。相反,他们对工人阶级和农民了解不多,即使描写工农大众,也带有明显的小资产阶级知识分子的影子,这反映出当时的延安文艺家们还没有真正解决文艺为什么人服务的根本问题。

第五,文艺工作者内部的团结问题也有待提高。当时延安的两大文艺单位"鲁艺"和"文抗"所聚集的文艺家们思想并不统一,论争不断发生。宗派主义思想观念也有所抬头,彼此间相互攻击,甚至在小问题上挑起争端。这种文艺界内部的现象影响了进步和团结,不利于在抗战中形成思想上的统一认识。

事实上,当时延安文艺界出现的一些问题和倾向早已初露端倪,其中以文艺大众化问题的论争和胡风所著的《论民族形式问题》一书最为明显。胡风提出要坚决维护"五四"启蒙传统,反对简单的文艺服从并服务于救亡实际斗争的观点。他还强调应该把启蒙注入救亡的宏大历史之中,从而使救亡具有民主性的新的时代特征和世界性的水平,即胡风主张"国际革命文艺形式之应该被接受,民间形式之不能被机械地'运用'"⑤的同时,"更不能同意把民族形式还原

---

① 毛泽东:《在延安文艺座谈会上的讲话》,《毛泽东选集》第三卷,北京:人民出版社,1991年,第852页。
② 同上。
③ 同上书,第876页。
④ 同上。
⑤ 胡风:《论民族形式问题》,《胡风评论集》中册,北京:人民文学出版社,1984年,第261页。

为大众化或通俗化"①,因为民族形式问题并非单纯的形式问题,其关系到整个新民主主义文化的发展路径与根本方向。作为"五四"传统坚决捍卫者的胡风所提出的一系列问题和观点,尤其是积极吸收外来欧化风格与形式,结合中国现实社会斗争特点创造民族文化的新形态等论断尽管在很大程度上是进步合理的,但不得不承认其观点过于理想化,与当时中国社会现实尤其是解放区的现实之间存在很大的差距。对此,李泽厚曾有一段切中要害的分析:"但关键却在于当时中国的政治斗争形势。解放区在迅速地扩大,八路军新四军的力量飞速发展,中共领导下的广大农民和农村开始进行着翻天覆地的变化。如何进一步动员、组织、领导农民进行斗争,成了整个中国革命的关键。从而,文艺如何走出知识分子的圈子,自觉地直接地为广大农民、士兵及他们的干部服务,便成了当时焦点所在。要领导、提高他们,就首先有如何适应他们(包括适应他们的文化水平和欣赏习惯)的巨大问题。从民歌、快报、说书到旧戏、章回小说,'民间形式'本身在这里具有了某种远非文艺本身(特别是非审美本身)所必然要求的社会功能、文化效应和政治价值。从当时的政治角度看,要进行革命的宣传和鼓励,'旧瓶装新酒'和通俗化、大众化便是十分重要甚至是首要问题。"②换言之,文艺政策必须首要适应当时社会实践的需要,再好和再正确的文艺观如果脱离实践与现实,也很难发挥应有的效用。

  在革命战争年代,党的核心任务是夺取革命战争的胜利。党的文学作为党的革命事业的一部分,理所应当为党的政治军事目的服务。1940年前后这一历史时期,对党和革命事业最为重要的任务便是夺取抗日战争的胜利。随着这一核心政治任务而来的便是需要文艺大众化,团结一切可以团结的力量建立全民族的抗日统一战线。在此意义上,不可否认的是,《讲话》适合当时中国社会现实革命实践的需要,是属于特定历史时期的某种特殊形态和特定要求,在当时不仅具有重要的实践指导意义,而且对于及时纠正文艺发展方向上的不良倾向起到了划时代的作用。对此,作家丁玲回忆时曾表示,《讲话》"表明了党中央对文艺工作的一贯重视,对文艺工作者的健康成长和发展的一贯关心,对文艺战线上非无产阶级思想的侵蚀和危害的警惕和抵制",同时也是为了"正确解决在新形势下革命文艺工作和文艺思潮中出现的基本问题和倾向"。③

---

① 胡风:《论民族形式问题》,《胡风评论集》中册,北京:人民文学出版社,1984年,第274页。
② 李泽厚:《中国现代思想史论》,北京:生活•读书•新知三联书店,2008年,第84页。
③ 丁玲:《我在延安文艺座谈会前后的经历》,张军锋编:《延安文艺座谈会的台前幕后》下册,西安:陕西师范大学出版总社有限公司,2014年,第43—44页。

其次,《讲话》遵循马列主义文艺观,体现出强烈的政治倾向性和政治介入性。关于文艺的倾向性问题,经典作家恩格斯早有论述:"我决不反对倾向诗本身。悲剧之父埃斯库罗斯和喜剧之父阿里斯托芬都是有强烈倾向的诗人,但丁和塞万提斯也不逊色;而席勒的《阴谋与爱情》的主要价值就在于它是德国第一部有政治倾向的戏剧。现代的那些写出优秀小说的俄国人和挪威人全是有倾向的作家。可是我认为,倾向应当从场面和情节中自然而然地流露出来,而无须特别把它指点出来;同时我认为,作者不必把他所描写的社会冲突的历史的未来的解决办法硬塞给读者。"①后来,在致玛格丽特·哈克奈斯的信中,恩格斯又再一次提及了文艺的倾向性问题:"我决不是责备您没有写出一部直截了当的社会主义的小说,一部像我们德国人所说的'倾向性小说',来鼓吹作者的社会观点和政治观点。我决不是这个意思。作者的见解越隐蔽,对艺术作品来说就越好。我所指的现实主义甚至可以不顾作者的见解而表露出来。"②正是基于上述文艺"倾向性"的基本观点,恩格斯高度赞扬了巴尔扎克的文艺创作,认为其通过《人间喜剧》展示了"法国'社会',特别是巴黎上流社会的无比精彩的现实主义历史"③,从中"在经济细节方面(诸如革命以后动产和不动产的重新分配)所学到的东西,也要比从当时所有职业的史学家、经济学家和统计学家那里学到的全部东西还要多"④。恩格斯从文艺的一般规律出发提出的文艺的"倾向性"问题被列宁直观地改造成了文艺出版物的"党性原则"。而后匈牙利文艺理论家卢卡奇又在《马恩美学著作引论》等著作和文章中对此问题进行了详细的阐释和辩证的调和,从而进一步确认了一切伟大的文学从根本上必是具有"倾向性"的观点。可见,在整个马列文艺理论体系中,文艺的"倾向性"问题既是基本问题,也是重要而关键性的问题之一。《讲话》在兼顾了文艺的审美性和特定的社会历史性的基础上,充分继承了马列文论关于"倾向性"的基本思想,提出了包括文艺的真实性、典型性和党性原则等在内的一系列革命现实主义原则,并由此强调文艺应积极介入现实生活,成为革命战斗和革命宣传的武器。从文艺规律角度来看,《讲话》论及的文艺多样性与独创性、思想与创作之

---

① 恩格斯:《恩格斯致明娜·考茨基(1885年11月26日于伦敦)》,《马克思恩格斯选集》第四卷,北京:人民出版社,2012年,第579页。
② 恩格斯:《恩格斯致玛格丽特·哈克奈斯(1888年4月初于伦敦)》,《马克思恩格斯选集》第四卷,北京:人民出版社,2012年,第590页。
③ 同上。
④ 同上书,第591页。

间的关系等问题与马克思、恩格斯所主张的"真实地再现典型环境中的典型人物"①等现实主义文艺主张高度一致,是马列现实主义文艺思想"中国化"的具体显现。从历史主义角度出发,《讲话》审时度势,辩证看待文艺与政治、社会历史之间的关系,在当时具有先进性和重大指导意义。《讲话》的缘起与延安整风运动紧密相连。整风运动的核心之一在于对革命政治的彻底改造,反对主观主义和教条主义,表现在知识分子身上则是要突破自身现实认知和实践方式上所具有的结构性缺陷。因此,《讲话》中所说的文艺与政治之间的关系意在突出一种自我改造的过程,而"文艺服从于政治"意在要求文艺工作者突破自身的惯性状态而投入革命政治的自我改造中去,进而打造新的革命主题,并创造产生新的文艺。对此,胡乔木在回忆延安文艺座谈会的历史并谈及毛泽东的文艺思想时曾指出:"为人民大众服务,为现实的革命斗争服务,作家应深入群众,深入生活,这是他一贯坚持的文艺思想。"②而就文艺创作实践来看,当时解放区文艺发展方向的转变以及文艺新景象的出现都是在《讲话》所提倡的"政治倾向性"的影响下得以实现的。《讲话》以文艺发展规律和原则的阐释为主,极少提及具体的文艺创作方法。因此,《讲话》的主要影响不在于以文艺理念的方式作用于具体作家和艺术家观念的转变,而在于注重文艺家后续的艺术实践方面。《讲话》意在打破文艺的领域化限制,将文艺创作嵌入政治和群众运动之中,提倡文艺家放弃习以为常的写作方式,暂时搁置高雅的艺术性创作倾向,去创作那些深入群众,与现实革命实际高度融合,充分照顾和满足广大群众接受和需求的作品,从而为形成以群众创作为主体的文艺运动奠定艺术实践的基础。

最后,就宏观建构而言,《讲话》直接涉及现代民族—国家建立的根本问题,是划时代的纲领性文献。自"五四"新文化运动以来,建构强大、独立的民族—国家一直就是潜藏在中国人民心中的最大的"中国梦"。而这一"中国梦"的实现,不仅有来自内部阶级矛盾的阻碍,更为主要的是来自外部世界的严重干扰。随着世界反法西斯战争和革命形势的急遽变化,民族生存危在旦夕,何谈现代化的国家的建立。在此危急时刻,《讲话》的意义远远超出了它的文艺范畴,成为对整个中国社会反日本法西斯的纲领性指导文件。《讲话》所提出的"人民化""大众化""民间化""现实化"等一系列思想观念是从文艺角度出发保证民族

---

① 恩格斯:《恩格斯致玛格丽特·哈克奈斯(1888年4月初于伦敦)》,《马克思恩格斯选集》第四卷,北京:人民出版社,2012年,第590页。
② 胡乔木:《延安文艺座谈会前后》,张军锋编:《延安文艺座谈会的台前幕后》下册,西安:陕西师范大学出版总社有限公司,2014年,第5页。

战争取得最后胜利的关键,唯有以此为基础和发展方向,才能最终完成民族解放的历史重任,也才能实现中国人梦寐以求的夙愿,建立一个真正属于人民大众的现代化的新型民族－国家政体。这也正是《讲话》结尾处对广大知识分子发出殷切希望的原因所在,因为唯有沿着这一方向前进,努力"改造自己和自己作品的面貌","创造出许多为人民大众所热烈欢迎的优秀的作品",才能把"革命根据地的文艺运动和全中国的文艺运动推进到一个光辉的新阶段"。①

总体来看,《讲话》在核心主题上是呈现出多层次逐渐展开的结构的,由最基本的处理文艺的方向问题,转化到民族矛盾的斗争武器问题,直到最后的民族－国家建构问题。文艺为政治服务,为人民大众服务构成其影响巨大的阶段性理论成果,这一基本理论认识既与强调启蒙的"五四"不同,也与20世纪30年代具有革命倾向和国际因素的左翼文学思想不同,其本质是召唤一种基于党的领导的"党的文学"及其观念的出现。它既要扬弃偏于自我表现的"五四"启蒙观念,也要扬弃以"欧化"和"苏化"为文学范式的左翼文学革命观念,更要抵制带有口号性质的"主观战斗精神"的现实主义文艺思想,而是强调文艺工作要在党的统一领导下进行有效的革命宣传,成为直接的社会动员的服务机制,整合为更直接和更有效的中国革命事业这一机器的有机体的一部分。其实践影响充分证明,《讲话》是有着强大生命力的,其现实指导意义丝毫不逊色于理论构建价值。对此,丁玲回忆道:"毛主席在文艺座谈会上的讲话中,提到许多重大问题、根本问题,也提到写光明与写黑暗的问题。每个问题都谈得那样透彻、明确、周全,我感到十分亲切、中肯。我虽然没有深入细想,但我是非常愉快地、诚恳地以《讲话》为武器,挖掘自己,以能洗去自己思想上从旧社会沾染的污垢为愉快,我很情愿在整风运动中痛痛快快洗一个澡,然后轻装上阵,以利再战。当时在文抗整个机关,每个人都打起精神,鼓足勇气,每天开会,互相启发,交换批评,和风细雨,实事求是地检查自己,这一段严肃、紧张、痛苦、愉快的学习经历,将永远留在人们的记忆中,成为一生中幸福的一页。"②

不仅丁玲主动反思、转变了文艺观念,检讨了她在《三八节有感》等文章中的立场问题,包括艾青等在内的一批作家和文艺家也都纷纷转变了态度,积极投身于人民艺术的伟大创作实践中。创作大众化的艺术作品,挖掘和运用已有的民间文艺形式,吸引更多的人民群众广泛参与到文艺活动中来,成为文艺家

---

① 毛泽东:《在延安文艺座谈会上的讲话》,《毛泽东选集》第三卷,北京:人民出版社,1991年,第877页。
② 丁玲:《我在延安文艺座谈会前后的经历》,张军锋编:《延安文艺座谈会的台前幕后》下册,西安:陕西师范大学出版总社有限公司,2014年,第44—45页。

们在《讲话》精神影响和感召下从事艺术实践追求的第一步。艾青主动给毛主席写信,要求深入前线,亲身感受抗战实际和人民群众的需要。艾青还根据他在中央党校领导秧歌队的体会写成了《秧歌剧的形式》一文,认为秧歌剧之所以快速发展且为广大人民群众喜爱,主要在于其体现了《讲话》所引领的文艺新方向,即与群众生活紧密结合,内容上也表现群众的日常生产生活斗争。这篇文章受到了毛泽东的肯定和赞扬。后来文章还被印成了宣传的小册子,充分发挥了教本的作用。青年木刻家古元在深入群众生活的基础上创作了大量的反映陕北农民生活的作品,其作品在大后方展出时引起了文化界的轰动。胡乔木认为《讲话》"把延安文艺家们的思想引入一个新的境界"[1],其所开创的"新的广阔的生活天地,给作家们提供了取之不尽的创作源泉,使解放区的文学艺术呈现出崭新的面貌"[2]。刘白羽则认为《讲话》的根本精神就是"走向人民,走向生活,走向壮阔的时代,走向人民为创造美好未来所进行的伟大实践",在此意义上,《讲话》必将"感召和引领一代又一代的文学家和艺术家"[3]。

二、《讲话》对欧美文学"中国化"的引领作用与指导意义

《讲话》中虽然只有一处明确提及欧美文学,但这绝不意味着《讲话》的对象指向仅限于中国文艺。事实上,《讲话》从整体原则方向到具体措施细节都与欧美文学关系密切,尤其是对欧美文学"中国化"影响深远。《讲话》决定了特定历史条件下欧美文学"中国化"的核心思路、方向路径、选择标准以及语言要求等基本要素。

首先,《讲话》确立了欧美文学"中国化"的核心思路。《讲话》从根本上并没有排斥外国文学,相反还明确提出了外国文学作为优秀的文学遗产的一部分应该同样被继承与利用。换言之,《讲话》明确了欧美文学在现代中国文学中的地位和作用以及对欧美文学进行"中国化"的主要目的——借鉴、改造后为我所用。在此意义上,《讲话》的核心思路和精神实质与"五四"以来所主张的"洋为

---

[1] 胡乔木:《延安文艺座谈会前后》,张军锋编:《延安文艺座谈会的台前幕后》下册,西安:陕西师范大学出版社有限公司,2014年,第16页。
[2] 同上书,第20页。
[3] 刘白羽:《延安文艺座谈会的前前后后》,张军锋编:《延安文艺座谈会的台前幕后》下册,西安:陕西师范大学出版社有限公司,2014年,第58页。

中用"的思想具有内在的传承性和统一性,也与当今文化上所倡导的"转化性创造"高度契合:

> 对于中国和外国过去时代所遗留下来的丰富的文学艺术遗产和优良的文学艺术传统,我们是要继承的,但是目的仍然是为了人民大众。对于过去时代的文艺形式,我们也并不拒绝利用,但这些旧形式到了我们手里,给了改造,加进了新内容,也就变成革命的为人民服务的东西了。①

为了更好地"中国化"并加以改造利用,《讲话》还进一步区分了"优秀的'中国化'"和"低劣的'中国化'"之间的差别以及产生的不同效果:

> 过去的文艺作品不是源而是流,是古人和外国人根据他们彼时彼地所得到的人民生活中的文学艺术原料创造出来的东西。我们必须继承一切优秀的文学艺术遗产,批判地吸收其中一切有益的东西,作为我们从此时此地的人民生活中的文学艺术原料创造作品时候的借鉴。有这个借鉴和没有这个借鉴是不同的,这里有文野之分,粗细之分,高低之分,快慢之分。所以我们决不可拒绝继承和借鉴古人和外国人,哪怕是封建阶级和资产阶级的东西。但是继承和借鉴决不可以变成替代自己的创造,这是决不能替代的。文学艺术中对于古人和外国人的毫无批判的硬搬和模仿,乃是最没有出息的最害人的文学教条主义和艺术教条主义。②

上述《讲话》确立的"批判—借鉴—创新"的欧美文学"中国化"模式在整体上是毛泽东文艺思想的重要组成部分。早在《新民主主义论》一文中,毛泽东就曾论述过批判性地吸收借鉴外国文学与文化的重要性:"中国应该大量吸收外国的进步文化,作为自己文化食粮的原料,这种工作过去还做得很不够。这不但是当前的社会主义文化和新民主主义文化,还有外国的古代文化,例如各资本主义国家启蒙时代的文化,凡属我们今天用得着的东西,都应该吸收。但是一切外国的东西,如同我们对于食物一样,必须经过自己的口腔咀嚼和胃肠运动,送进唾液胃液肠液,把它分解为精华和糟粕两部分,然后排泄其糟粕,吸收其精华,才能对我们的身体有益,决不能生吞活剥地毫无批判地吸收。所谓'全盘西化'的主张,乃是一种错误的观点。形式主义地吸收外国的东西,在中国过去是吃过大亏的。"③在中华人民共和国成立后的《同音乐工作者的谈话》等篇

---

① 毛泽东:《在延安文艺座谈会上的讲话》,《毛泽东选集》第三卷,北京:人民出版社,1991年,第855页。
② 同上书,第860页。
③ 毛泽东:《新民主主义论》,《毛泽东选集》第二卷,北京:人民出版社,1991年,第706—707页。

章中,毛泽东又再次重申了这一核心观念,强调"民族形式可以掺杂一些外国东西"①,且在学习基本理论方面应中外一致,不应该区分中西,尤其要注重继承外国丰厚的文学艺术遗产,因为在近现代文化中毕竟"外国比我们高"。② 而对于外国文艺经过取其精华、去其糟粕的"交配"、借鉴过程后,其根本目的仍在于"创造出中国自己的、有独特的民族风格的东西":"吸收外国的东西,要把它改变,变成中国的"。③ 也就是说,"中国化"与"民族化""时代化"紧密相连。

其次,《讲话》明确了欧美文学"中国化"的具体方向和路径,即积极向苏联进步文学学习,充分借鉴苏联宝贵的文学艺术创作经验以及贴近现实的创作方法。《讲话》在这方面既有宏观审视,也有微观突出。在宏观审视方面,《讲话》的整体文艺观与苏联文艺政策和马列文艺观内在承袭。在毛泽东看来,"就国际范围来说,外国的好经验,尤其是苏联的经验"④具有重大的指导作用,它能使得我们少走许多弯路。在微观方面,《讲话》则特别提到了苏联作家法捷耶夫的《毁灭》,高度赞扬了这部小说贴近现实,为根据地人民服务所产生的世界意义:"法捷耶夫的《毁灭》,只写了一支很小的游击队,它并没有想去投合旧世界读者的口味,但是却产生了全世界的影响,至少在中国,像大家所知道的,产生了很大的影响。"⑤《讲话》以此来证明"愈是为革命根据地的群众而写的作品,才愈有全国意义"⑥,即强调了在抗日战争特定的历史环境下文艺只能,也必须为根据地服务:"中国是向前的,不是向后的,领导中国前进的是革命的根据地,不是任何落后倒退的地方。同志们在整风中间,首先要认识这一个根本问题。"⑦

《讲话》之所以突出向苏联及其文艺学习和借鉴的重要性,其根本着眼点在于苏联的革命形势,包括文艺创作倾向与当时中国抗日战争的革命和文艺形势具有极其相似的背景。1941 年 6 月 22 日,德国法西斯撕毁了《苏德互不侵犯条约》,悍然发动了对苏联的进攻,迫使苏联投身于伟大的卫国战争之中。从那时起,苏联的作家和艺术家们与人民共同担负起保家卫国的历史重任。他们以独特的文艺语言和前所未有的爱国主义热情演绎出不计其数的、鼓舞人民反法西斯士气的伟大作品。可以说,文艺的语言成为苏联军民手中的特殊武器,而当

---

① 毛泽东:《同音乐工作者的谈话》,《毛泽东文集》第七卷,北京:人民出版社,1999 年,第 80 页。
② 同上书,第 81 页。
③ 同上书,第 83 页。
④ 毛泽东:《在延安文艺座谈会上的讲话》,《毛泽东选集》第三卷,北京:人民出版社,1991 年,第 862 页。
⑤ 同上书,第 876 页。
⑥ 同上。
⑦ 同上书,第 876—877 页。

时几乎所有的文艺作品也都在展现一个共同的主题:战争。"他山之石,可以攻玉",苏联卫国战争文学对当时正处于抗日战争艰难时期的中国来说无疑提供了最宝贵,也是最直接的精神力量源泉。换言之,中国的特定历史现实和文艺发展需要与苏联的历史和文艺汇集在了一个共通的、可借鉴交流的大环境下。关于这一点,《讲话》发表前后的历史文献可以提供充分的佐证。1941年6月26日《解放日报》发表社论明确提出:"苏联的胜利愈大,中国抗战的胜利也将愈大。中国和苏联的命运,已经格外亲密的联系在一起了。"① 茅盾在1945年发表于《文哨》杂志上的文章中也谈到了中国对于苏联卫国战争文学认同的特殊意义和价值:"当自己的民族解放事业尚在最艰苦阶段上奋斗的时候,对于表现了自己决定自己命运,创造出人类的地上乐园,而且在反法西斯战争中拯救了人类命运,推动了历史前进的苏联文学,自然不能不发生深厚的兴趣。不,岂但是深厚的兴趣而已,直将由此认识真理,提高勇气。"②

再次,《讲话》确立了欧美文学"中国化"坚持政治与艺术相结合的新标准和新原则。《讲话》在谈及文艺批评时指出,作为复杂现象的文艺批评存在两个标准,即政治标准和艺术标准。结合当时的中国社会形势,所谓的政治标准主要是指"一切利于抗日和团结的,鼓励群众同心同德的,反对倒退、促成进步的东西,便都是好的;而一切不利于抗日和团结的,鼓励群众离心离德的,反对进步、拉着人们倒退的东西,便都是坏的"③。面对具体情况,这种"好的"和"坏的"政治标准还要考察动机和效果之间的关系。而所谓的"艺术标准"则强调"一切艺术性较高的,是好的,或较好的;艺术性较低的,则是坏的,或较坏的",但问题是这种划分不仅涉及社会效果问题,而且在文艺家那里"几乎没有不以为自己的作品是美的"。④ 这便直接涉及如何认识政治标准和艺术标准以及如何正确处理和对待它们之间的关系问题。对此,《讲话》有着独到而精辟的见解:

> 政治并不等于艺术,一般的宇宙观也并不等于艺术创作和艺术批评的方法。我们不但否认抽象的绝对不变的政治标准,也否认抽象的绝对不变的艺术标准,各个阶级社会中的各个阶级都有不同的政治标准和不同的艺术标准。但是任何阶级社会中的任何阶级,总是以政治标准放在第一位,

---

① 《解放日报》1941年6月26日的社论,标题为《世界政治的新时期》。转引自李今著,杨义主编:《二十世纪中国翻译文学史 三四十年代·俄苏卷》,天津:百花文艺出版社,2009年,第91—92页。
② 茅盾:《近年来介绍的外国文学——国际反法西斯文学的轮廓》,《文哨》1945年5月第一卷第一期。
③ 毛泽东:《在延安文艺座谈会上的讲话》,《毛泽东选集》第三卷,北京:人民出版社,1991年,第868页。
④ 同上书,第869页。

以艺术标准放在第二位的。资产阶级对于无产阶级的文学艺术作品,不管其艺术成就怎样高,总是排斥的。无产阶级对于过去时代的文学艺术作品,也必须首先检查它们对待人民的态度如何,在历史上有无进步意义,而分别采取不同态度。有些政治上根本反动的东西,也可能有某种艺术性。内容愈反动的作品而又愈带艺术性,就愈能毒害人民,就愈应该排斥。处于没落时期的一切剥削阶级的文艺的共同特点,就是其反动的政治内容和其艺术的形式之间所存在的矛盾。我们的要求则是政治和艺术的统一,内容和形式的统一,革命的政治内容和尽可能完美的艺术形式的统一。缺乏艺术性的艺术品,无论政治上怎样进步,也是没有力量的。因此,我们既反对政治观点错误的艺术品,也反对只有正确的政治观点而没有艺术力量的所谓"标语口号式"的倾向。①

《讲话》针对文艺批评政治标准和艺术标准的辩证分析以及强调创造政治与艺术、内容与形式相统一的文艺作品的观点对欧美文学"中国化"极具启发和借鉴意义。自"五四"新文化运动以来,关于如何引入和译介欧美文学以及译介什么样的欧美文学这两个问题一直以来存在不同的观点。一种观点认为欧美文学的译介和"中国化"应首要坚持"信"的基本原则。这种观点在很大程度上是着眼于"中国化"的艺术标准。所谓的"信"就是指忠实原文是译介的第一要义,翻译文本要在字斟句酌方面竭力与原著文本建立一一对应关系,从而尽可能忠实地再现原文作品的意蕴和风貌。"信"是译介的基础,也是实现"达"和"雅"的必要前提,甚至在以鲁迅为代表的翻译家们看来要切实做到"宁信不雅",即严格按照原文的句式格调,不增不减,忠实翻译。另一种声音则认为欧美文学的译介和"中国化"应坚持"优秀"和"进步"的标准。这种观点主要关注的是"中国化"过程中的意识形态问题,即要从文艺作品的思想性上进行筛选,做到批判性的接受,取其精华,发展其中优良进步的传统。而《讲话》则高瞻远瞩地提出了"中国化"的双向原则,既要考虑意识形态,也要坚守艺术底线,这在很大程度上更有利于选择思想性和艺术性兼具的文艺作品进行译介和传播,从而保证了文艺作品在特定历史时期的旺盛生命力。事实上,解放区欧美文学"中国化"的众多实践例证都说明和反映了这一点。

最后,《讲话》对欧美文学"中国化"的语言也提出了新要求。在谈及文艺工

---

① 毛泽东:《在延安文艺座谈会上的讲话》,《毛泽东选集》第三卷,北京:人民出版社,1991年,第869—870页。

作者应熟悉他们的对象——工农兵及其干部问题时,《讲话》曾针对某些文艺现象提出了批评,其中就包括了不熟悉人民群众语言的问题:"语言不懂,就是说,对于人民群众的丰富的生动的语言,缺乏充分的知识。许多文艺工作者由于自己脱离群众、生活空虚,当然也就不熟悉人民的语言,因此他们的作品不但显得语言无味,而且里面常常夹着一些生造出来的和人民的语言相对立的不三不四的词句。许多同志爱说'大众化',但是什么叫做大众化呢?就是我们的文艺工作者的思想感情和工农兵大众的思想感情打成一片。而要打成一片,就应当认真学习群众的语言。如果连群众的语言都有许多不懂,还讲什么文艺创造呢?英雄无用武之地,就是说,你的一套大道理,群众不赏识。"①《讲话》由此正式提出了文艺作品语言"大众化"的要求。而欧美文学的译介与"中国化"首要的问题正是语言转化的问题,即如何"本土化"和更好地传播的问题。"五四"以来欧美文学"中国化"曾在不同时期出现过语言过于"欧化"的现象,这在一定范围内和很大程度上是不符合当时中国社会的国情的,也阻碍了欧美文学的进一步传播与融合。为此,毛泽东曾多次提出包括翻译文学在内的文艺作品要体现出自己的"民族形式"和"中国气派"。早在《中国共产党在民族战争中的地位》一文中他便提出了文艺应具有"中国的特性",与此相对应,"洋八股必须废止,空洞抽象的调头必须少唱,教条主义必须休息,而代之以新鲜活泼的、为中国老百姓所喜闻乐见的中国作风和中国气派",且需要把"国际主义的内容和民族形式"紧密地结合起来。② 其后在《新民主主义论》一文中,毛泽东又再次强调了文化"应有自己的形式,这就是民族形式"③。总之,在毛泽东看来,文艺家只有过了语言"本土化""现实化"这一关,才能更受广大老百姓的欢迎,也才能延续自身的艺术生命。

评论家周扬在谈及《讲话》对文艺的理论指引时曾这样总结:"自'文艺座谈会'以后,艺术创作活动上的一个显著特点是它与当前各种革命实际政策的开始结合,这是文艺新方向的重要标志之一。艺术反映政治,在解放区来说,具体地就是反映各种政策在人民中实行的过程与结果。"④以卫国战争文学为核心的苏联进步文学的"中国化"理论实践在很大程度上证明了《讲话》的这种指引作用以及周扬判断的敏锐性。

---

① 毛泽东:《在延安文艺座谈会上的讲话》,《毛泽东选集》第三卷,北京:人民出版社,1991年,第850—851页。
② 毛泽东:《中国共产党在民族战争中的地位》,《毛泽东选集》第二卷,北京:人民出版社,1991年,第534页。
③ 毛泽东:《新民主主义论》,《毛泽东选集》第二卷,北京:人民出版社,1991年,第707页。
④ 周扬:《关于政策与艺术》,《周扬文集》第一卷,北京:人民文学出版社,1984年,第475—476页。

第八个问题：

解放区出现了欧美文学"中国化"的新景象

《讲话》发表后，在解放区和国统区获得了广泛的传播，产生了深远的理论和实践影响。对此，茅盾在新中国成立后总结革命文艺道路和经验时曾评价道："在中国革命文艺发展的过程中，具有非常重大的历史意义的，第一是伟大的苏维埃十月社会主义革命以及苏维埃文学对于中国革命文学的影响，第二是十年前毛泽东主席的《在延安文艺座谈会上的讲话》对于中国革命文艺工作中几个根本问题的明确深刻的指示。"①茅盾在这里将《讲话》对中国文学的指导意义与苏维埃社会主义十月革命对中国文学的影响并置，高度肯定了《讲话》在革命文艺发展过程中起到的至关重要的引领作用。在谈及社会主义新时期文艺的发展问题时，他又再次突出了《讲话》的重要地位，强调《讲话》是"马列主义文艺理论的总结和发展"，唯有"掌握了这个强大的思想武器，才能使介绍世界文学的工作，真能为我国的社会主义革命和社会主义建设的宏伟事业尽其运输精神食粮的任务"②。周扬在纪念《讲话》发表二十周年时，同样深情地回忆了《讲话》的引领作用，并从马克思主义文艺路线高度评价了《讲话》的伟大实践意义：

> 二十年前，毛泽东同志在延安文艺座谈会上，发表了对于我国革命文艺具有重大意义的讲话。在这篇讲话中，毛泽东同志创造性地运用马克思列宁主义的原则，总结了我国革命文艺运动的经验，针对当时的实际，解决了我国革命文艺工作中长期存在的一系列重大问题；最根本的是提出了文艺为工农兵、为广大的人民群众服务的方向，并且指明了文艺为群众服务的途径。党和毛泽东同志提出的文艺为工农兵、为广大人民群众服务的方向，以及后来提出的"百花齐放、百家争鸣"和"推陈出新"的方针，经过文艺

---

① 茅盾：《新中国的文艺运动——为苏联〈文学报〉作》，《茅盾全集》第二十四卷，北京：人民文学出版社，1996年，第236页。

② 茅盾：《学习鲁迅翻译介绍外国文学的精神》，《茅盾文艺评论集》下册，北京：文化艺术出版社，1981年，第683页。

界的实践,已经形成了一条马克思列宁主义的文艺路线。这是发展我国社会主义文艺的最富于战斗性的正确路线。①

在《讲话》精神的指引下,作为革命文艺一部分的欧美文学"中国化"也随之出现了新的变化,尤其在解放区,翻译家们响应《讲话》的精神,按照《讲话》中提出的俄苏文学"法捷耶夫式"作品的方向,努力宣传和译介贴近人民群众生活、能为抗战现实服务的欧美文学作品,实践着文艺为现实、为广大工农兵服务的崇高目标。

一、周立波鲁艺讲稿与《讲话》精神的契合

1938年4月10日,鲁迅艺术学院在延安成立,1940年更名为鲁迅艺术文学院(简称"鲁艺")。周立波在1940年至1942年间在鲁艺开设了"世界文学名著选读"课程,主讲欧洲16世纪文艺复兴文学至19世纪现实主义文学的发展脉络和经典作家作品。从时间上来看,周立波在鲁艺期间对欧洲文学的讲解明显早于延安整风运动与《讲话》的发表,但在特定历史时期内,其基本精神是与《讲话》高度契合的。或者说,周立波在鲁艺对欧洲文学的讲解和认识,代表了《讲话》发表前解放区文艺体系内意识形态的整体氛围。

就周立波鲁艺讲稿的内容和体系来说,呈现出几个明显的特征。

首先,讲解的时间跨度较大,涉猎的文学史范围较广。讲稿从欧洲文艺复兴时期法国散文家蒙田(Michel de Montaigne)开始,至俄国19世纪现实主义文学大家陀思妥耶夫斯基和列夫·托尔斯泰处终止,涵盖欧洲约三百年的文学发展史,还包括了苏联时期的作家作品的讨论,如《毁灭》和《不走正路的安德伦》。

其次,讲解的内容十分丰富,涵盖的文学体裁多种多样。内容主要包括蒙田的《随笔集》、司汤达的《贾司陶的女主持》、巴尔扎克的《人间喜剧》、梅里美(Prosper Merimee)的《卡尔曼》、莫泊桑的《羊脂球》、歌德的《浮士德》、普希金的《驿长》、果戈理的《外套》、陀思妥耶夫斯基的《罪与罚》和列夫·托尔斯泰的《安娜·卡列尼娜》等,国别主要集中于法、德、俄三国,重点则是这三国18世

---

① 周扬:《为最广大的人民群众服务——纪念毛泽东同志〈在延安文艺座谈会上的讲话〉发表二十周年》,周扬著,朱耀军编选:《周扬文论选》,北京:人民文学出版社,2009年,第139页。

启蒙主义文学和19世纪现实主义文学的发展,延伸至20世纪苏联文学的经典作家。体裁既有散文和小说,也包括诗歌甚至是童话和文艺理论,如《关于童话的论述及对〈表〉的分析》以及《关于莱辛论画与诗的界限》等。

再次,讲解的切入点比较中肯,既包含经典作品思想性的分析,也包括艺术性的挖掘与概括,对艺术家和作品整体风格的把握采用广泛联系的思想观念,在文学史的整体性中加以考察,个别概括还相当严谨。如在分析莫泊桑的《羊脂球》时提出"纯客观"与"真写实"的艺术特征概括;在分析列夫·托尔斯泰时,将其艺术概括为最清醒的现实主义、自然与和谐的歌唱者、一切人性的洞察者、青春的心与传道的心五个方面等。当然,作品的思想性也同样不可忽视。周立波注重评论那些贴近人民群众的思想观念,并由此展开对社会现实问题的关照,这是他讲解作品的重要主线之一,也是与《讲话》精神契合的重要表现。在讲解蒙田的散文时,他特意提出了"对穷人的理解"[①]这一项。在讲解巴尔扎克的生平与作品时,他指出巴尔扎克是"在下层群众中,在苦难和斗争中,以一种天才的巨大的贪婪和自然观察着事务","他描写这个在他看来是模范的社会底最后残余怎样在庸俗的铜臭的暴发户底威迫之下逐渐消亡下去,或者被这种暴发户弄得堕落"。[②] 他称赞巴尔扎克是"道德上的解剖学者","他的时代的风俗画家"。[③] 讲到普希金小说的特点时,他又认为普希金的作品彻头彻尾都"充满着现实的精神""弱小者的日常的悲剧"及"反抗者的寂寞"。[④] 他还称赞果戈理的《外套》是"平凡的悲剧","资产阶级社会,以及其他一切人吃人的社会的生活,只有悲剧"。[⑤] 而对于列夫·托尔斯泰,他则强调对于"整个一代的俄罗斯生活的真实画永在","人和作品,和教义,无处不矛盾。艺术家,地主,抗议虚伪,暴露资本主义之罪状。歇斯底里,不吃肉的道德的自我完成者"。[⑥]

最后,也是最为关键的,讲解自始至终多处贯穿着关照中国自身社会现实需要的自觉意识,这一点与毛泽东在《讲话》中强调的吸收国外的先进文化为我所用的精神完全一致。在讲解托尔斯泰晚年的宿命论观念时,周立波将其与延安的思想作对比:"为了他的永久的宗教真理,他要创造永久的人性。然而永久

[①] 周立波:《蒙田和他的散文》,《周立波鲁艺讲稿》,上海:上海文艺出版社,1984年,第3页。
[②] 周立波:《巴尔扎克》,《周立波鲁艺讲稿》,上海:上海文艺出版社,1984年,第24页。
[③] 同上书,第26—27页。
[④] 周立波:《普式庚·〈驿长〉》,《周立波鲁艺讲稿》,上海:上海文艺出版社,1984年,第66页。
[⑤] 周立波:《谈果戈理和他的〈外套〉》,《周立波鲁艺讲稿》,上海:上海文艺出版社,1984年,第72页。
[⑥] 周立波:《作为一个思想家的托尔斯泰》,《周立波鲁艺讲稿》,上海:上海文艺出版社,1984年,第90—91页。

的人性是没有的,延安的女孩们,少妇们,没有安娜的悲剧。"①在讲到《毁灭》时,周立波结合人物形象针对革命的意义和价值议论道:"但是为什么他要把美谛克写得这样好呢?比起企什来,美是好多了,这不但是作者的对于人的爱的心,使他这样,而且也强调了对革命忠实的重要,虽然有千万好处,只要你是对革命不忠实的,就是坏的。革命的道德,高于一切。"②而在讲到《不走正路的安德伦》时,周立波更是针对当时中国文艺的题材问题发表了一段精辟的阐述:"在中国,是有了俄国十月革命前后的情景,但是连涅维洛夫这样的有才能的农村作家,也还没有产生。在中国的主题,大部分还是停留在小资产阶级知识分子的上面,一定要走出这狭窄的小巷,走到大野。把农民,工人,士兵,甚至狱中的囚徒介绍到文学里来,一定要突破知识分子的啾啾唧唧的呻吟,吹起洪亮的军号,而这些新的主题都在现实生活里。在中国,不良的传统和守旧的堕性虽然经过了先驱者们的冲击,但还需要我们奠定新的基础。"③

周立波在鲁艺对欧洲文学的讲解具有特殊的重要意义。一方面这是他自20世纪30年代以来革命文艺思想的承袭,另一方面也表明随着时间的推移,他的马克思主义文艺理论思想逐渐转向作家论的实践方向。而其所讲解的写实主义问题,歌颂与暴露的问题,在一定程度上文艺忽视工农兵题材的问题等,不仅表明了他对于当时中国新文艺发展的真知灼见,而且说明在《讲话》即将发表之际他对延安现状的认识已具有相当的思想高度。而其讲稿中与《讲话》思想精髓高度契合之处,更是表明当时解放区思想界在意识形态上就某些问题已早有认识。在此意义上,完全可以把周立波在鲁艺对欧洲文学的讲解看作是《讲话》呼之欲出的前奏。

二、《讲话》精神在当时的传播与影响

《讲话》发表后,在解放区和国统区的广大知识分子中引起了热烈反响。延安的知识分子首先领悟到《讲话》的精神实质,针对《讲话》提出的两个关键性问题——文艺与政治的关系问题及文艺与群众的关系问题展开了深入的理论探讨。诗人塞克在《解放日报》上发表《论战时艺术工作和创作态度》一文,明确指

---

① 周立波:《安娜·卡列尼娜》,《周立波鲁艺讲稿》,上海:上海文艺出版社,1984年,第108页。
② 周立波:《毁灭》,《周立波鲁艺讲稿》,上海:上海文艺出版社,1984年,第131页。
③ 周立波:《不走正路的安德伦》,《周立波鲁艺讲稿》,上海:上海文艺出版社,1984年,第149页。

出如何处理抗战时期文艺作品的艺术性和政治性问题,强调在特殊的政治环境下艺术家不能过分偏爱艺术形式的美而忽略作品的现实影响。在他看来,即使一个作品不是出自名家之手,甚至技术上有些拙劣,但"思想上是新的、尖锐的、明晰的,题材是活泼新鲜的",且能够在群众中"掀起了一个打击敌人的巨大的行动"①,这个作品也是必然要选择的,因为它首先符合当时的特殊情形。很明显,这一表态与《讲话》强调文艺的政治标准是第一位的精神相吻合。作家刘白羽、周立波等也相继发表文章,强调艺术与现实生活和人民群众结合的必要,强调艺术家进行思想改造的必要性。经过一定时期的动员和氛围营造,1943年10月19日《解放日报》全文发表了《讲话》的内容,同时新华社播发了学习《讲话》的通知:"《解放日报》十月十九日发表的毛泽东同志在一九四二年五月延安文艺座谈会上的讲话,是中国共产党在思想建设理论建设的事业上最重要的文献之一,是毛泽东同志用通俗语言所写成的马列主义中国化的教科书。此文件决不是单纯的文艺理论问题,而是马列主义普遍真理的具体化,是每个共产党员对待任何事物应具有的阶级立场,与解决任何问题应具有的辩证唯物主义历史唯物主义思想的典型示范。各地党组织收到这一文章后,必须当作整风必读的文件,找出适当的时间,在干部和党员中进行深刻的整风学习和研究,规定为今后干部学校与在职干部必修的一课,并尽量印成小册子发送到广大学生群众和文化界的党外人士中去。"②这是中共中央第一次以学习文件的形式全面阐述《讲话》的历史意义和价值。《讲话》被界定为党的思想和理论建设的重要成果,被认定为马列思想"中国化"的教科书,且强调《讲话》具有普遍的文化意义和价值,是马列文艺理论体系的重要延展,是经典化的指导文艺发展方向全局的纲领性文献。在中共中央的号召下,解放区的文艺界展开了以实践为基础的学习《讲话》的热潮,集中批判了文艺界流行的脱离群众实际需要的倾向,并为文艺作品的艺术性与政治性之间关系的问题明确了方向。

在解放区《讲话》的传播和再阐释过程中,周扬发表于1944年4月11日《解放日报》上的为《马克思主义与文艺》一书所写的"序言"具有重要的意义。《马克思主义与文艺》一书旨在系统介绍马克思主义文艺理论的基本原理,而该书的"序言"则成为这一阶段对《讲话》思想理解和诠释最为全面、深刻、系统的文章之一。周扬在文章的开头首先高度概括并评价了《讲话》的历史地位:"毛泽东同志的《在延安文艺座谈会上的讲话》给革命文艺指明了新方向,这个讲话

---

① 塞克:《论战时艺术工作和创作态度》,《解放日报》1942年5月23日。
② 《中央总学委的通知》,《解放日报》1943年10月20日。

是中国革命文学史、思想史上的一个划时代的文献,是马克思主义文艺科学与文艺政策的最通俗化、具体化的一个概括,因此又是马克思主义文艺科学与文艺政策的最好的课本。"①正因为《讲话》具有如此的历史文化地位,所以周扬强调《马克思主义与文艺》一书遵循《讲话》精神而编撰,其中既有马克思、恩格斯、列宁、斯大林、普列汉诺夫、高尔基、鲁迅等马克思主义理论家对文艺的论述,同时也与时俱进地收录了毛泽东对于文艺的评论和意见。在周扬看来,尽管上述马克思主义理论家针对的具体问题和论述的时代有所差别,但贯穿始终的立场方法却完全一致,即"最科学的历史观点与无产阶级的革命精神之结合"②,《讲话》尤其如此。

周扬强调《讲话》的中心思想是"文艺从群众中来,必须到群众中去"③,而毛泽东的贡献不仅在于提出了这一文艺工作的群众路线,关键在于还"最正确最完全地解决了文艺如何到群众中去的问题"④。周扬指出,毛泽东的文艺观点与列宁在《党的组织和党的出版物》一文中提出的"艺术属于人民"的观点是完全一致的,在此意义上,《讲话》"最正确、最深刻、最完全地从根本上解决了文艺为群众与如何为群众的问题":"他把列宁的原则具体化了,丰富了它的内容,使它得到了辉煌的发展。他解决了中国革命文艺运动的许多根本问题,首先是明确地全面地解决了革命作家人生观的问题,并且把这问题作为全部文艺问题的出发点,同时这个问题的提出和解决,恰是纠正了过去革命作家对于这个问题的疏忽和不理解。"⑤周扬还围绕《讲话》思想的三个重要侧面进行了详细的分析和阐释,这三个侧面分别是"什么叫做'大众化'?""提高与普及的关系""如何表现新的群众的时代"。⑥ 从周扬阐释的三个问题来看,与《讲话》的核心内容和基本脉络次序是高度一致的。最后,在文章的结尾,周扬依循《讲话》的路径也提到了苏联的文艺界,指出以苏联文艺为镜鉴并按照苏联的文艺政策和方式才能产生无愧于伟大时代的伟大作品:

> 苏联文艺界现在当然不同了。他们已经产生了反映社会主义的伟大时代的艺术作品,而且为目前的爱国自卫战争作了有效的光荣的服务。他

---

① 周扬:《〈马克思主义与文艺〉序言》,周扬著,朱耀军编选:《周扬文论选》,北京:人民文学出版社,2009年,第112页。
② 同上。
③ 同上书,第113页。
④ 同上。
⑤ 同上书,第118页。
⑥ 同上。

们已无愧于斯大林所给予他们的"灵魂工程师"的称号。比起人家来,我们是惭愧的。新民主主义的伟大时代也应当产生它的伟大的作品,而且我相信,只要有了正确的方向和坚持的努力,一定会产生伟大的作品,我们急起直追吧,毛泽东同志的《在延安文艺座谈会上的讲话》就是对于我们的一个有力的鞭策和号召!①

《讲话》精神在解放区的传播和阐释也影响到了国统区,党领导下的《新华日报》在国统区传播《讲话》的过程中发挥了首要的关键作用。1943年11月11日,《新华日报》发表了题为《文化建设的先决问题》的社论。社论以《讲话》精神为指导,阐述了党对于文化建设问题的基本主张,突出强调了"为人民大众"和"为中国人民的大众"是文化的前提:"我们的文化应该以人民大众的利害为利害,以人民大众的好恶为好恶,我们文化工作者应该熟悉人民大众的生活,贴近人民大众的感情,勇敢地置身于人民大众之中,把自己的思想情绪和人民大众的思想情绪打成一片,一方面耐心地帮助他们摆脱背上的'因袭的重担',他方面积极地从不断成长中的人民大众之中吸取健康丰富的养料,加工整理,而创造出清新泼辣的'中国人民大众化'了的文化。"②该社论将《讲话》中提出的文艺为工农兵大众服务的思想进行了很好的诠释,指出了中国共产党的文艺方向和政策与国民党的差异,在引导国统区树立全新的人民的文艺观方面发挥了不可忽视的作用。1944年1月1日《新华日报》又以《毛泽东同志对文艺问题的意见》为题摘要发表了《讲话》的部分内容,这是《讲话》第一次在国统区公开发表。当时摘录的文章共分三个部分,标题分别为"文艺上的为群众和如何为群众的问题""文艺的普及和提高"和"文艺和政治",堪称是《讲话》最为精华的三部分内容,广泛涉及文艺的群众基础问题、如何更好地为工农兵服务的问题及如何处理文艺作品的艺术标准和政治标准问题。摘录《讲话》内容的同时,《新华日报》还配发"编者按",强调毛泽东在延安文艺座谈会上的两次讲话系统说明了文艺的根本问题。同年的1月16日,《新华日报》又转载了周扬等人评价《讲话》和论述解放区文艺新变化的文章,并在转载的"编者按"中明确了解放区文艺的最近动态对于大后方的文艺工作是具有参考借鉴意义的,其突出强调汲取解放区文艺变化的成功经验指导国统区和大后方文艺工作的意图和倾向十分明显。

---

① 周扬:《〈马克思主义与文艺〉序言》,周扬著,朱耀军编选:《周扬文论选》,北京:人民文学出版社,2009年,第126页。
② 《文化建设的先决问题》,《新华日报》1943年11月11日。

在《新华日报》的积极宣传和引导下,国统区的作家们开始响应《讲话》的精神。身在重庆的郭沫若发表了对《讲话》的理解,提出"凡事有经有权"的看法,即"讲话本身也是有经常之道和权宜之计"。换言之,在郭沫若看来,《讲话》所体现的精神实质既反映了普遍的文艺规律,同时也是适应特定环境和条件的权宜之计。郭沫若的观点历史性地区分了《讲话》的适用前提和内在意图,据胡乔木回忆,郭沫若的观点得到了毛泽东的高度肯定。[①] 当时身处国统区的茅盾也指出要依据《讲话》精神正确处理好歌颂与暴露的问题,以增加反法西斯的力量并促进政治的民主。

《讲话》的广泛传播和深入理解在解放区和国统区形成了浓厚的主流文艺话语氛围,这种氛围为进一步将《讲话》的精神运用到文艺创作和欧美文学的译介实践中去奠定了重要的思想理论基础。

三、《讲话》影响下解放区欧美文学"中国化"的新景象

在解放区,广大文艺工作者和翻译工作者响应《讲话》的号召,按照《讲话》精神的指引努力译介贴近人民群众、有助于广大工农兵了解抗战信息、增强抗战信心的欧美文学作品,使得欧美文学"中国化"在解放区呈现出了蒸蒸日上的全新面貌和气息。苏联卫国战争文学及表现革命精神的文学的"中国化"取得了卓有成效的实绩有力地证明了这一点。根据《解放区根据地图书目录》的统计,这一时期有关苏联文艺理论和文学的译著达 109 种,其中大部分被各个根据地多次翻印。有人估计,《讲话》发表后,陕甘宁、晋察冀、晋冀鲁豫、晋绥等几个边区和东北解放区、山东解放区等地在不到七年的时间里便出版了 56 种苏联文艺理论和文学作品的中译本,其中 30 余种由解放区翻译工作者自行编印,其他则为苏联文学译本的重印本。[②]

纵观解放区欧美文学"中国化"的实践,在《讲话》精神号召下涌现的新译本和以往国统区、敌占区优秀苏联文学旧译的重印本并行与交织是最显著的特点。新译本包括萧三译的柯涅楚克的剧本《前线》、愚卿译的别克的剧本《恐惧

---

① 关于郭沫若对《讲话》的评价,参见梁向阳的文章《延安文艺座谈会的前前后后》(《中国文化报》2012年5月17日第7版)。胡乔木的回忆参见《胡乔木回忆毛泽东》,北京:人民出版社,1994年,第267页。
② 李今著,杨义主编:《二十世纪中国翻译文学史 三四十年代·俄苏卷》,天津:百花文艺出版社,2009年,第97页。

与无畏》(原名《沃洛科拉姆斯克大道》)、赵洵译的奥斯特洛夫斯基的《钢铁是怎样炼成的》以及大量的歌颂苏联红军英勇作战的小说集和诗集,如《苏联红军英雄故事》《苏联抗战故事集》《苏联爱国战争短篇小说译丛》《苏联卫国战争诗选》等。旧译的重印本则包括曹靖华译的亚历山大·绥拉菲莫维奇的《铁流》、叶水夫译的法捷耶夫的《青年禁卫军》、梅益译的奥斯特洛夫斯基的《钢铁是怎样炼成的》、曹葆华译的佐琴科的《新时代的曙光》等。这些作品在题材上基本都属于战争文学和表现革命坚强意志的进步文学,现实针对性极强,号召力、感染力和英雄主义情怀异常突出。

《前线》是苏联作家阿·柯涅楚克(又译科尔内楚克、科尔奈楚克、考纳丘克)于1942年发表的三幕话剧,是苏联卫国战争文学的重要代表作之一。戏剧经过时任苏联最高领导人斯大林的亲自审阅修改,在《真理报》上连载,并被评选为1943年斯大林奖金获奖作品。剧本从内容上尖锐地批判了前线军事总指挥郭尔洛夫的保守与宣传报道的浮夸,塑造了富有主见和干劲的青年指挥员奥格涅夫的伟大形象。剧本中的郭尔洛夫、奥格涅夫、克里空等人物在当时已经成了生活中的专用语,而戏剧采用的讽刺与幽默相结合的艺术手法也给柯涅楚克的创作增添了新的色彩。《前线》在特定的历史时期以尖锐的批判风格来指导实际,成为鼓励苏联卫国战争士气、防止战争中不良倾向滋生的有力的文学战斗武器。尽管《前线》早在1942年和1943年出现过两个中译本,①但敏锐地意识到这部戏剧的现实指导性和教育意义的毛泽东还是点名诗人萧三重译的这部作品于1944年在延安的中共中央机关报《解放日报》上连载,②并指示《解放日报》配发了一篇题为《我们从科尔内楚克的〈前线〉里可以学到些什么》的社论。社论不仅高度赞扬了《前线》的实际指导和教育价值,而且指出了它的帮助作用,认为从中不仅能"教育出很多很多德才兼备、智勇双全的干部",而且还能"提高人民和军队的文化水平",对于"打倒日本帝国主义,实现抗战建国的胜利"具有重要意义。③

与《前线》的情形相类似,西蒙诺夫的《日日夜夜》和别克的《恐惧与无畏》在

---

① 《前线》的1942年中译本标注作者为"考纳丘克",聊伊译,收入上海新知书店出版的"新世界文学译丛";1943年中译本标注作者为"科尔奈楚克",军事委员会外事局译,军事委员会政治部印。参见贾植芳等编:《中国文学史资料全编(现代卷):中国现代文学总书目·翻译文学卷》,北京:知识产权出版社,2010年,第248、260页。

② 萧三的译本作者标注为"科尔内楚克",新华书店1944年初版。参见贾植芳等编:《中国文学史资料全编(现代卷):中国现代文学总书目·翻译文学卷》,北京:知识产权出版社,2010年,第275页。

③ 《我们从科尔内楚克的〈前线〉里可以学到些什么》,《解放日报》1944年6月1日。

当时也发挥了积极作用。《日日夜夜》同样是斯大林奖金获奖作品,主要描写了苏联红军在保卫斯大林格勒战役中的英勇事迹。中篇小说《恐惧与无畏》则反映了莫斯科保卫战中苏联战士的英勇斗争。两部作品不仅高度赞扬了反法西斯战争中苏联红军的英勇大无畏精神,而且极具军事参考价值。它们被部队翻印成册,成为指挥员、参谋等人员军事训练和指挥战斗的基本参考材料。许多军队中的高级将领也时常引用和运用这两部作品中的实战描写,为作战提供案例。聂荣臻和徐向前都曾专门研究过《日日夜夜》中沙伏洛夫指挥斯大林格勒战役一章,并将其置换到中国战场的实际战斗指挥中,取得了意想不到的神奇效果。

此外,在苏联进步文学新译方面,《苏联红军英雄故事》《苏联抗战故事集》等作品也大都表现了反法西斯战争题材并歌颂了苏联红军战士英勇无畏的战斗牺牲精神。这些新译作品以贴近生活的"大众化"语言来进行叙述,在整体上响应了《讲话》贴近现实、贴近工农兵精神的号召,为延安整风运动提供了很好的现实主义文学教材和指导范例。

在解放区和根据地多次翻印的苏联进步文学行列当中,最值得一提,也是最引人注目的当属奥斯特洛夫斯基的《钢铁是怎样炼成的》。这是一部在苏联家喻户晓且具有世界感召力的长篇小说作品,其非凡的精神力量和教育意义堪称人类精神信仰的一个奇迹。作家奥斯特洛夫斯基根据自己的亲身经历塑造的把一切奉献给党和人类解放事业的社会主义"新人"保尔·柯察金的形象更是从苏联的社会主义建设时期一直影响到卫国战争时期。小说描写了十月革命之后直到社会主义建设初期苏联无产阶级在党的领导下战胜敌人和各种困难的伟大斗争,描述了青年在革命的烈火中锻炼成长的过程,歌颂了他们在保卫苏维埃政权和建设社会主义斗争中大无畏的英雄气概和勇于献身的卓越精神。尤其是小说的主人公保尔是苏联文学中塑造的最为成功的英雄主义形象之一。他具有崇高的革命精神和革命品质,心甘情愿地为共产主义事业奋不顾身地战斗与劳动。在小说的结尾,当他因病卧床不起的时候,仍然以坚忍不拔的意志写作,把整个生命和全部精力都献给了人类最壮丽的事业——为人类的解放而斗争。小说中保尔对人民、国家、党以及同志、家庭等诸多方面的态度都显示出了一种新的道德风范,作家不断挖掘并呈现保尔立志献身党和人类解放事业的伟大精神觉悟和高尚内心世界,使保尔成为无产阶级英雄的典型,并散发出无与伦比的精神力量和个体光辉。同时,保尔的成长历程也告诉读者,一个人只有在革命的艰难困苦中战胜敌人、战胜自己,只有在把自己的追求和祖国、人民的利益联系在一起的时候,才会创造出奇迹,才会成长为钢铁战士。这是保尔这一人物形象最大的魅力所在,也是《钢铁是怎样炼成的》这部小说具有强大的精神感召力之所在。

《钢铁是怎样炼成的》在苏联出版于1934年,1938年在上海从事地下党工作的梅益接受了翻译该书的任务,开始了断断续续的翻译工作。对此,梅益后来曾回忆道:

> 一九三八年我在上海地下党工作时,八路军上海办事处的刘少文同志有一天给了我一本纽约国际出版社一九三七年出版的、由阿列斯·布朗翻译的《钢铁是怎样炼成的》的英译本。他对我说,党组织认为这部作品对我国的读者、特别是年轻的读者很有教育意义,要我作为组织交办的任务把它翻译出来。我当即接受这个任务。但因当时较忙,白天工作,晚上编报,家庭也有困难,一直拖到一九四一年冬太平洋战争爆发,日本侵略军进入租界,党组织要我撤到解放区后,才匆忙赶译出来。一九四二年上海新知书店在极其困难的条件下出版了这本书。我是在一九四二年冬一天夜里,在洪泽湖畔半城新四军第四师司令部访问彭雪枫师长时才见到这本书的。当时他正在油灯下读它,他对我说,这是一本好书,读后很受感动。①

在梅益翻译完成《钢铁是怎样炼成的》的同时,解放区还出现了赵洵的译本,1945年由延安韬奋书店出版。国统区也不落后,在茅盾主编的"国讯文艺丛书"中收录了弥沙的译本,1943年由重庆国讯书店出版。几个译本虽然各有特色,但影响最大的还是梅益的译本,东北、晋察冀、苏北等解放区曾大量翻印,成为当时再版率最高的苏联文学作品之一。《钢铁是怎样炼成的》在抗日战争的特殊时期,尤其是在解放区的文艺宣传中起到了至关重要的作用。一方面小说所描述的内容及塑造的人物形象贴近现实、贴近人民大众,在很大程度上暗合了《讲话》所提倡的文艺发展总趋势和总方向,另一方面小说的鼓舞精神和示范意义非同一般。保尔在那个特殊的历史时期成为革命青年的导师和楷模,成为中国人民战胜日本侵略者的精神支柱和力量源泉,许多青年就是读着这本书走上革命道路、续行反抗侵略精神的。难怪梅益先生强调这本书是符合"以高尚的精神塑造人,以优秀的作品鼓舞人"的宗旨的:

> 保尔·柯察金这个自传式的人物,既平凡,又伟大。众多的读者在读

---

① 尼·奥斯特洛夫斯基:《钢铁是怎样炼成的》,梅益译,北京:人民文学出版社,1995年,"译后记"第413页。

完这部小说之后，都可以看出他并不是一个天生的英雄。他是在党，主要是老一辈的党员的教育、培养下，通过他自身的长期实践，在劳动、战斗、工作各个方面刻苦学习和严格要求自己，终于锻炼成为一个具有崇高的理想、坚毅的意志和刚强的性格的自觉的革命战士。尽管他有过这样或那样的缺点和错误，但他的奋斗目标，他为之献身的理想始终是坚定不移的，并且和广大人民的利益紧紧联系在一起。这样他终于通过了种种考验，实践了他在故乡烈士公墓前立下的誓言，把整个生命和全部精力献给世界最壮丽的事业——为人类的解放而斗争。钢铁就是这样炼成的。①

与《钢铁是怎样炼成的》相类似，出于精神鼓舞和教育作用而在这一时期被译介过来的当属《青年近卫军》。小说描述了一群既平凡普通又先进伟大的苏联青年男女和全体人民英勇抗击侵略者的斗争故事。在他们身上体现着苏维埃培养出来的青年一代的优秀品质，凸显出伟大的卫国战争的全民意义。小说中"青年近卫军"总部委员奥列格、邬丽亚、谢辽莎、刘巴和万尼亚及其他英雄成员的形象，也充分显示出了反法西斯战争中苏联人民的精神面貌和无畏品格。《青年近卫军》中译本出版后，不仅在国统区甚至在华东解放区和东北解放区都引起了巨大反响，广大军民一致认为这是又一部贴近《讲话》精神的好作品，纷纷表示要像小说中的青年近卫军一样与日本侵略者抗争到底。

无论是新译本还是翻印本，《讲话》发表前后以卫国战争文学为代表的苏联进步文学的"中国化"历程表明，《讲话》具有巨大的实践引导力和感召力。就当时"中国化"的苏联进步文艺作品的内容来看，尽管这些作品大都是由初学俄文者和初次尝试翻译者通过探索译出，译笔也存在这样或那样的稚嫩之处，甚至文字的润色、表达的流畅度以及对原文的理解也有欠缺的地方，但无疑作品的译介态度是严肃认真的，不仅充分如实地反映了当时苏联文学的现实主义成就以及苏联卫国战争的真实状况，而且极大地鼓舞了中国社会各界的抗日斗志。据翻译家曹靖华回忆，部队经常把某些苏联文学作品的片段和要点印成传单，发给战士作为精神上的食粮。战士们也如饥似渴地阅读着这些苏联小说，把它们和枪以及自己的生命视为最为重要的东西。这些作品中的英雄人物也时刻激励着战士们的英勇行为，成为他们的精神支柱和力量源泉。除了内容方面，从"中国化"的实际效果来看，这些作品按照《讲话》贴近人民大众和战斗实践的

---

① 尼·奥斯特洛夫斯基：《钢铁是怎样炼成的》，梅益译，北京：人民文学出版社，1995年，"译后记"第415页。

要求很好地成为党的方针政策的宣传工具,党的社会理想和工作的政策方针通过这些作品的传播得以深入人心。尤其是在沦陷区和敌占区,在不能和无法直接宣传党的方针政策的情形下,通过这些"中国化"的苏联进步文艺作品的广泛传播,抗战的新形势和新精神得以间接传达和展现。换言之,这些苏联进步文艺作品以文学这种特殊的方式间接地为党的抗战事业的最终胜利做出了属于它们的历史贡献。

一些俄罗斯古典文学作品在特定历史时期被重新诠释后获得了新的生命,这成为《讲话》影响下的解放区欧美文学"中国化"实践的又一显著特征。普希金在这一时期被纳入中国革命走"大众化"道路的榜样体系就是最为鲜明的一例。

1949年前普希金的"中国化"主要出现了两次高潮,第一次是1937年,时值普希金逝世100周年;第二次是1947年,隆重纪念普希金逝世110周年。相应地,普希金在中国现代社会的形象也发生着变化,由"小说家和诗人普希金"逐渐向"革命诗人"普希金过渡。对此,普希金研究专家张铁夫在撰写中国的普希金研究历史时曾明确指出:"由于20世纪三四十年代中国受压迫的社会现实,以及迫切的革命需要,因此当时的普评更偏爱那些张扬'自由'主题的'政治诗'。也因为如此,1927—1949年间,普希金在中国民众的心目中,不仅是一个'诗人',而且是一个'革命诗人',并渐渐成为俄罗斯进步文学的象征和中国文坛的文艺偶像。或者可以说,由于'以俄为师'、'走俄国人的路'、'俄国文学是我们的导师和朋友'等观念深入人心,导致普希金这位俄罗斯近代文学之父在当时中国人的心目中拥有崇高的地位,人们对他的关注已经超越了学理和文学的层面,进入一种心灵和信仰的阶段。"[①]早在瞿秋白译介普希金的《茨冈》时便希冀借助普希金的作品造就劳动人民的语言,这一"中国化"的特定目的和思路在《讲话》提出后更凸显了其意义。普希金的以民族语言写就的诗歌作品更多地被看作是接近人民大众、向大众学习的一条重要道路,且强调只有这条道路才能建立真正的民族文学与文化,也才能实现民族革命的最终胜利。在此意义上,普希金的文学道路和文学精神在本质上与《讲话》的精神高度吻合了,而将普希金纳入《讲话》的体系中加以重新诠释无疑对当时的革命形势大有裨益。在大的政治环境下,普希金带有一定程度的反暴政、争取自由的诗篇,如《致西伯利亚的囚徒》《致恰达耶夫》《自由颂》《致大海》等被反复译介,在这些诗篇中

[①] 张铁夫:《普希金学术史研究》,南京:译林出版社,2013年,第181页。

普希金所表达的情感和政治倾向被认定为与当时中国的现实革命形势趋同。茅盾称赞普希金的一生就是"一首革命的史诗"①,郭沫若更是发出了"向普希金看齐!"的文艺号召。在郭沫若看来,普希金的精神可以概括为三个主要方面,一是"他的为人民服务的精神",二是"他的为革命服务的志趣",三是他的"'富贵不能淫,贫贱不能移,威武不能屈'的大丈夫的气概"。② 这标志着普希金在现代中国社会文学身份的真正转换,由具有"贵族精神"的诗人转变为"为人民服务","站在人民立场上"的"人民革命诗人",普希金被彻底"革命化"和"中国化"了,他不仅是俄罗斯人民和俄罗斯文化的代表,同时他的精神对中国人民也同样适用:"普希金他自己知道,他是俄罗斯人民的代表,是俄罗斯文化的代表,他的受了侮辱,也就是俄罗斯人民受了侮辱,俄罗斯文化受了侮辱,故而他不惜把自己的血和生命来做抵押,要把俄罗斯人民,俄罗斯文化的名誉争取回来。"③而胡风在阐释普希金何以被"当作我们自己的诗人"而被接受时也明确指出,普希金是"一个反抗旧的制度而歌颂自由的诗人,一个被沙皇俄国虐待、放逐、以至阴谋杀害了的诗人"④,是"民主革命运动底诗人,旗手"⑤。在此意义上,普希金是可以代表中国新文艺战斗的人民性格的,因而他和中国的"会合"便不是一件偶然的事情了:"新的人民的文艺,开始是潜在的革命要求的反映,因而推动了革命斗争,接着也就因而被实际的革命斗争所丰富所培养了。中国新文艺一开始就秉赋了这个战斗的人民的性格,它底欲望一直是从现实的人民生活和世界的人民文艺思想里面争取这个性格底发展和完成。从这一点上,而且仅仅只能从这一点上,我们才不难理解为什么普式庚终于被当作我们自己的诗人看待了的原因。"⑥换言之,普希金文学的诸多精神特质正是这一阶段我们的人民文艺和人民革命所需要的,这才是普希金达到了"深刻的人民性""深刻的民族性"以及"深刻的真实性"的原因:

第一,他底追求的热情不但不能从人民底生活实况和生活欲求游离,

---

① 茅盾1947年参观了莫斯科普希金纪念馆,并题词:"诗人的一生就是一首革命的史诗。他的诗篇,光芒万丈,永垂不朽;真如崇拜他的苏维埃人民一样,在黑暗中照亮了人类的未来。"参见《中国大百科全书·外国文学》第Ⅱ册,北京:中国大百科全书出版社,1982年,第822页。
② 郭沫若:《向普希金看齐!》,罗果夫主编、戈宝权负责编辑:《普希金文集》,北京:时代出版社,1947年,第327页。
③ 同上。
④ 胡风:《A.S.普式庚与中国——为普式庚逝世一百十年纪念写》,《胡风评论集》下册,北京:人民文学出版社,1985年,第190页。
⑤ 同上书,第191页。
⑥ 同上书,第190页。

恰恰相反,怎样追求俄罗斯国民生活底将来,怎样安置自己,只有从这个强大的现实出发才使他不会感到虚浮。

第二,因此,西欧的文化思潮在他身上所产生的革命要求,就非常强烈地成为对于同一文化思潮在封建贵族社会里面所形成的装饰性和虚伪性的反抗了;而为了这个反抗,结果又变成了原因,真实而有力的反抗,只有更深入人民底现实才能够使他达到。

第三,那么,当他通过艺术创造来证实并且提升他所追求到的现实的人生真理的时候,那风靡当时的拟古典主义不过是损害生命的枷锁,而反抗这个拟古典主义的浪漫主义虽然开始也帮助了他从这个传统解放出来,但这个上流社会的抒情世界,对于普式庚是太温柔也太虚伪了。他得重新开创,他得从现实的血肉的人民生活里面的他底血肉的感受去追求艺术的生命。这就形成了他底现实主义,为俄罗斯的人民文艺开发了源头的伟大的现实主义。

第四,从这里,我们看到了普式庚是经历着怎样艰苦的自我考验的路。他底火一样的反抗的热情就不能不只是深入生活现实的力量,不能不是反抗任何自我姑息和自我陶醉的向生活现实深处搏斗的力量;他用火一样的反抗的热情所追求到的生活现实,一面通向过去一面通向未来的俄罗斯人民底真实而活泼的生活形象,就能够现出一种质朴而明晰的艺术世界了。我们应该能够理解,对于生活现实的追求,是需要多么强的自我考验的搏斗的。①

与解放区欧美文学"中国化"致力于努力译介苏联卫国战争文学和革命进步文学,并重新发现俄罗斯古典文学价值的新景象形成鲜明对比的是国统区的差异化欧美文学"中国化"进程。尽管这一时期国统区文艺也曾受到解放区的影响,积极向解放区文艺靠拢,也译介并流传过一些革命进步文学,但无论数量还是质量,无论广泛性还是传播影响力度与解放区都存在着巨大的差距。这一时期国统区对应的欧美文学"中国化"主要集中于欧美古典文学的译介,以马耳(叶君健)主编的"古今文艺名著译丛"和"世界文艺名著译丛"最为显著,其中包括了方重译的乔叟(Geoffrey Chaucer)的《屈罗勒斯与克丽西德》、曹鸿昭译的莎士比亚的《维娜丝与亚当尼》等长篇古典诗歌。国统区欧美文学"中国化"的实践往往与翻译者个人的文学志趣相关,方重译乔叟、孙大雨译莎士比亚及梁宗岱译十四行诗莫不如此。

---

① 胡风:《A. S. 普式庚与中国——为普式庚逝世一百十年纪念写》,《胡风评论集》下册,北京:人民文学出版社,1985 年,第 193—194 页。

第九个问题：

1919年至1949年欧美文学"中国化"的基本特征

以建构现代民族－国家为核心目标的1919年至1949年这三十年间的欧美文学"中国化"进程呈现出了诸多鲜明的症候性特征，归纳起来主要包括以下四个方面：一是对文学政治化倾向的强调，二是"为我所用"的"转化性创造"原则，三是"中国化"来源的"两种话语范式"，四是报章杂志等现代传媒的促进机制。对这些基本特征的深入剖析和阐释，有利于进一步认知欧美文学"中国化"的内在规律，并由此形成整体性的宏观视野。

一、对文学政治化倾向的强调

"文学政治"的提法来源于法国历史学家托克维尔（Alexis de Tocqueville）。在《旧制度与大革命》一书中的表述，他曾这样描述18世纪中叶法国文人阶级的创作特征：

> 他们不像大多数德国同行那样，完全不问政治，埋头研究纯哲学或美文学。他们不断关心同政府有关的各种问题；说真的，他们真正关心的正是这些。他们终日谈论社会的起源和社会的原始形式问题，谈论公民的原始权利和政府的原始权利，人与人之间自然的和人为的相互关系，习俗的错误或习俗的合法性，谈论到法律的诸原则本身。这样，他们每天都在深入探索，直至他们那时代政治体制的基础，他们严格考察其结构，批判其总设计。的确，并不是所有作家都把这些重大问题作为进行特殊而深入研究的对象；大部分人只不过是蜻蜓点水，聊以自娱；但是，所有作家都遇到了这些问题。这种抽象的文学政治程度不等地散布在那个时代的所有著作中，从大部头的论著到诗歌，没有哪一个不包含一点这种因素。①

---

① 托克维尔：《旧制度与大革命》，冯棠译，桂裕芳、张芝联校，香港：牛津大学出版社，2013年，第151—152页。

在托克维尔看来,"文学政治"深入为社会思辨的每一位文人心中,政治生活因而被强烈地推进文学之中,文学作品控制住了舆论的导向,甚至在国家的历史进程中占据特殊的地位。文学与政治之间形成了一种微妙的契合关系,文学被赋予或主动承担了更多的政治符号意义和价值:"作家们不仅向进行这场革命的人民提供了思想,还把自己的情绪气质赋予人民。全体国民接受了他们的长期教育,没有任何别的启蒙老师,对实践茫然无知,因此,在阅读时,就染上了作家们的本能、性情、好恶乃至癖性,以至当国民终于行动起来时,全部文学习惯都被搬到政治中去。"①

托克维尔所说的这种"文学政治"倾向在很大程度上是由艺术家关注社会现实的使命和责任所决定的。在西方认知传统中,艺术家不仅被看作是艺术作品的创造者,而且也被认为是社会问题的积极参与者,甚至如法国思想家克劳德·圣西门(Claude-Henri de Rouvroy, Comte de Saint-Simon)所言应该成为世界的领导者。在他们看来,艺术家是具有超群想象力的人,这种想象力决定了艺术家不仅可以预测未来,更为重要的是艺术家还可以改造并影响未来。换言之,被西方社会视为精英阶级的艺术家被希冀成为社会变革的先锋,而他们的作品则被强调具有内在的催生革命和社会变革的潜能。关于艺术家的精英地位决定了他们的社会使命与责任的论述,可以从英国浪漫主义诗人雪莱的论述中见得一斑。雪莱将诗人定位为"世间未经公认的立法者"(the unacknowledged legislators of the world),在他看来,诗人是"不可领会的灵感之祭司",是"反映出未来投射到现在上的巨影之明镜",是"表现了连自己也不解是什么之文字",也是"唱着战歌而又不感到何以激发之号角"。总之,诗人是"能动而非被动之力量"。② 诗人的这种"能动性"决定了他和其他伟大的艺术家们一道有可能成为"社会情况一些始料不及的巨变,或者巩固这些变革的舆情之战友和先驱"。③

关于文艺家的社会预言性或文学的思想意识形态本质,以茅盾为代表的中国现代作家多有论述。在谈及文学家的责任问题时,茅盾突出强调了文学是为展现人生而作的,而文学家所表现的人生,绝不是个人的人生,"乃是一社会一

---

① 托克维尔:《旧制度与大革命》,冯棠译,桂裕芳、张芝联校,香港:牛津大学出版社,2013年,第159页。
② Percy Bysshe Shelley, "A Defense of Poetry", in Hazard Adams and Leroy Searle, eds., *Critical Theory since Plato* (Third Edition), Singapore: Thomson Learning, 2005, p.551.
③ 雪莱:《〈解放了的普罗米修斯〉序》,章安祺编订:《缪灵珠美学译文集》第三卷,北京:中国人民大学出版社,1998年,第86页。

民族的人生",即文学作品所描绘的"虽只是一二人、一二家,而他们在描写之前所研究的一定是全社会、全民族"。① 在论及文学各种新派兴起原因的另一篇文章中,茅盾则明确提出了"文艺是人生的反映,是时代精神的缩影,一时代的文艺完全是该时代的人生的写真"②的观点。在题为《文学与政治社会》一文中,茅盾更是详细探讨了文学与社会政治之间的内在构成关系。他指出,醉心于"艺术独立"的人们诟病文艺的功利主义倾向虽然有一定的道理,但"要把带些政治意味与社会色彩的作品都屏出艺术之宫的门外,恐亦未为全对",因为文学艺术作品在很大程度上是要"趋向于政治的或社会的"。③ 他还引述19世纪俄罗斯文学、匈牙利文学、挪威文学、近十年的波西米亚文学以及保加利亚文学的发展倾向来论证自己的观点。在论证19世纪俄罗斯文学的政治倾向时,他结合克鲁泡特金的观点进行阐释:"第一,因为十九世纪的俄国人民是没有公开的政治生活和社会生活的;他们对于政治的和经济的意见,除却表现在文学里,便没有第二条路给他们走。第二,因为十九世纪俄国政治的腐败,社会的黑暗,达到了极点,俄国的作家大都身受其苦;因为亲身就受着腐败政治和黑暗社会的痛苦,所以更加要诅咒这政治这社会。"④在谈到匈牙利文学的类似倾向时,他又指出匈牙利所面对的社会现实与19世纪的俄国有所不同,主要表现为他们更多地不是像俄国那样"受制于自己国内的政府",而是"受制于异族"。在此社会背景下,匈牙利的政治史就是力争独立自由的血战史,"政治独立是他们的知识阶级中人脑子里惟一的观念;政治上不独立的痛苦,使匈牙利人宁愿牺牲一切以购求独立",文学自然在这一过程中成为"宣传民族革命的工具了"。⑤ 茅盾所论及的19世纪俄国的"内忧"和匈牙利的"外患"情形在近现代半殖民地半封建的中国社会的不同历史阶段以不同形态存在着,这直接决定了对政治倾向性的强调是包括欧美文学"中国化"在内的中国文学文化发展的必然选择。

20世纪欧美文学"中国化"从一开始就走上了满足社会现实、配合政治革命形势发展的实用主义道路,且这种以实用为根本目的的文学政治倾向在不同的历史阶段获得了不同程度的侧重和强化。对此,有学者站在总揽历史的高度从文学创作背景和事实轨迹等角度评述道:

---

① 茅盾:《现在文学家的责任是什么?》,《茅盾全集》第十八卷,北京:人民文学出版社,1989年,第9页。
② 茅盾:《文学上各种新派兴起的原因》,《茅盾全集》第十八卷,北京:人民文学出版社,1989年,第260页。
③ 茅盾:《文学与政治社会》,《茅盾全集》第十八卷,北京:人民文学出版社,1989年,第278页。
④ 同上书,第279页。
⑤ 同上。

虽然自从晚清"新小说"兴起之后,政治与文学已密不可分,但在五四时期和其后数十年中,文学创作终于转变成为一项政治行为,成为一门鲜血和墨汁同等重要的职业。这样一种革命诗学,表现在对文学修辞和国家政策之间存在密切联系的信仰之中,表现在普罗米修斯式的反抗和牺牲之中,表现在"感时忧国"的传统之中,也表现在革命必然导致国家复兴的启示之中。文学创作能够揭露社会丑恶,传播新的进步思想,阐释性别与政治化议题,并构建中国的光明未来。①

五四时期以降,翻译日益成为作家、学者和国家宣扬意识形态的工具。1920年代的文学革命促发了文学杂志的繁盛,它们致力于介绍外国文学和文学理论,从现实主义到俄国形式主义、意象派、浪漫主义和新浪漫主义。领风气之先的文学杂志如《新青年》和《新潮》登载陈独秀、胡适和其他译者的翻译作品,是潮流的引导者;但为了其它目的而出版的翻译作品也大量增加,其范围扩大至被压迫人民的小说,文学研究会关注左拉、莫泊桑、陀思妥耶夫斯基、泰戈尔和屠格涅夫等作家为了人生的文学作品;创造社的成员郭沫若、郁达夫、成仿吾和田汉则主要致力于译介英国和德国浪漫主义代表人物的作品。《小说月报》一度是晚清通俗小说鸳鸯蝴蝶派的大本营,经茅盾之手出现了意识形态的转向,开始出版刊登俄国和法国文学及"被损害民族的文学"的专号。②

遵循《剑桥中国文学史》的爬梳轨迹,早在清末至民国初年的小说界革命便留有深刻的政治烙印。"五四"新文化运动掀起的欧美文学"中国化"的热潮进一步延伸了实用政治的倾向和路径。以文学研究会和创造社为核心的关于文学方向性和目的性的论争在调整中使文学确立了现实主义的主流基调,使得包括高尔基在内的欧美现实主义文学成为"中国化"的核心。"文学研究会丛书"和"文学研究会世界文学丛书"中译介的绝大多数都是欧美现实主义作家作品,而《小说月报》所热衷的拜伦、陀思妥耶夫斯基、契诃夫、罗曼·罗兰、法朗士(Anatole France)、莫泊桑等作家也大都是现实主义倾向强烈凸出的作家,被侮辱和被损害的弱小民族国家文学更是如此。诚如该刊在改革宣言中所言,就世界范围来看,虽然写实主义文学已见衰退迹象,但就中国国内文学界情形而言,"写实主义之真精神与写实主义之真杰作实未尝有其一二",故"写实主义在今

---

① 孙康宜、宇文所安主编:《剑桥中国文学史》下卷,刘倩等译,北京:生活·读书·新知三联书店,2013年,第518页。
② 同上书,第594页。

日尚有切实介绍之必要"。①

从20世纪30年代起,随着民族存亡危机的日益加重,文学相应地承担起了更多地指导民众救亡意识、争取民族生存权利以及击毁敌人的精神武器的职能,其政治意图更加凸出和明显。在以"救亡"和"解放"为核心的抗日战争的宏观背景下,通过"国防文学"和"民族革命战争的大众文学"等口号的论争,文艺界抗日民族统一战线基本形成,大量展现抗战精神、民族魂以及国际主义反战情绪的欧美文学开始成为译介的主流,文学与社会政治现实的呼应达到了前所未有的高度,并自觉承担起了民族和国家声音的喉舌功能。欧美文学的"中国化"作为一种抗战和反战的特殊"武器"和工具,不仅促进了中国自身抗战文艺的创作和发展,而且在很大程度上鼓舞了抵御日本侵略者的决心和士气,甚至成为实战的"教科书"。海明威(Ernest Hemingway)的《战地春梦》(即《永别了,武器》)、《战地钟声》(即《丧钟为谁而鸣》)以及《第五纵队》等作品就是在这一现实需要下被引进和介绍过来的。诚如茅盾在中华全国文艺界抗敌协会成立之际所号召的那样,在民族危急存亡的关键时期,文艺要承担制造精神食粮的重担,在此过程中,"不应该忽视了甚至看低了间接对于抗战文艺的质的提高有所帮助的工作,——外国文学名著的翻译,世界文艺思潮的介绍,本国文艺的研究,乃至民间文艺的探讨"②。而在谈及美国作家厄普顿·辛克莱的文艺作品以及苏联、西班牙两国战争文学成就时他又再次提及翻译文学之于抗战的重要,认为抗战期间实有"积极翻译及介绍外国文学作品的必要,为了丰富我们的文艺作品写作活动,像苏联以内战及反军事干涉为主题的作品,以及西班牙两年来英勇斗争中所产生的作品,更有介绍的必要"③。

1942年毛泽东《在延安文艺座谈会上的讲话》发表,从"党性"原则高度提出文艺为社会现实和工农兵人民大众服务的总方针。《讲话》明确了文艺是完成革命事业、求得民族解放斗争和独立自主精神必不可少的重要组成部分,进一步强化并凸显了文艺的社会政治意识形态功能,为欧美文学"中国化"指明了政治路径的清晰方向。在《讲话》精神的号召下,包括《钢铁是怎样炼成的》在内的一大批苏联进步文学和卫国战争文学得以译介,它们贴近现实、贴近人民大众的故事情节和语言风格鼓舞并激励了几代中国人的革命热情和抗争意志。

---

① 茅盾:《〈小说月报〉改革宣言》,《茅盾全集》第十八卷,北京:人民文学出版社,1989年,第56页。
② 茅盾:《祝全国文艺家的大团结》,《茅盾全集》第二十一卷,北京:人民文学出版社,1991年,第376页。
③ 茅盾:《加紧介绍外国文艺作品的工作》,《抗战文艺》1938年12月第三卷第三期。发表时署名"权"。

"文学往往反映时代的主要趋势"①,1919年至1949年这三十年的欧美文学"中国化"的政治倾向性直接表明社会整体语境和宏观环境对文学价值取向的深刻影响,正是社会环境和国情的变化,才促成现代欧美文学"中国化"实践形成了独特的政治景观和实用性的基本态度选择。

二、"为我所用"的"转化性创造"原则

"对于一个国家来说,只有植根于本土、出自本国一般需要、而不是猴子式摹仿外国的东西,才是好的。对于某一国人民处在某一时代是有益的营养,对于另一国人民也许就是一种毒药。所以想把不植根于本土、不适应本国需要的外国革新引进来,这种企图总是愚蠢的。"②歌德在这里指出了引入外国模式的一个重要的前提性原则,即必须处理好"适应性"和"为我所用"的问题。当代哲学家李泽厚在具体谈及中国社会引入和应用西方思想文化模式时也提出了类似观点,他称之为"西体中用"。所谓的"体",主要指的是"本体、实质、原则(body,substance,principle)";所谓的"用",则指向"运用、功能、使用(use,function,application)"。③李泽厚强调他之所以提出"西体中用"的观点是针对"中体西用"和"全盘西化"两种思想理论主张。在李泽厚看来,"西体中用"的关键在于"用",在于"创造形式",对此,他阐释道:"我提出'转化性的创造'。这词来自林毓生教授提出的'创造性的转化',我把它倒了过来。为什么倒过来?我以为尽管林毓生的原意不一定如此,但'创造性转化'这词语容易被理解为以某种西方既定的形式、模态、标准、准绳来作为中国现代化前进的方向和所要达到的目的,即中国应'创造性地''转化'到某种既定或已知的形式、模态中去。"④换言之,李泽厚认为引进西方思想观念模式走现代化之路的中国不是要转化到西方的某种既定思路和形式上去,而是要充分考虑中国社会历史和现实发展情况,并在此基础上积极利用和借鉴西方思想文化模式,最终创造出属于中国自己的新形式、新模态,即不搞盲目的西方模式崇拜,要衡量西方思想观念模式的

---

① 罗德·霍顿、赫伯特·爱德华兹:《美国文学思想背景》,房炜、孟昭庆译,北京:人民文学出版社,1991年,第1页。
② 爱克曼辑录:《歌德谈话录》,朱光潜译,北京:人民文学出版社,1978年,第24页。
③ 李泽厚:《中国现代思想史论》,北京:生活·读书·新知三联书店,2008年,第370页。
④ 同上书,第380—381页。

适应性和改造性问题,要基于"本土"进行"创造",而非一味地"转化"和"定型"。

歌德的忠告和李泽厚的哲学理性思辨正是以鲁迅、茅盾等为代表的现代中国知识分子所思索并忧虑的问题。他们提倡效法欧美,但并没有一味地沉溺于其中,而是从一开始便注意到了适应中国现实国情需要的根本性目的,并在具体实践中逐步确立了"为我所用"的基本原则。他们并没有以欧美既定的模式和思想观念来厘定中国的现代发展方向,从而陷入单纯的欧美框架之中,相反,他们充分注意到了"中国化"与"本土化"的辩证统一关系,在适度的张力中积极利用一切可利用的欧美文学文化资源,不断充实自我,强大自我,向自我的中心补充扩张,并适时进行"转化性创造"。

鲁迅对待吸收外国思想模式框架的态度集中反映在1934年发表的《拿来主义》一文中。在鲁迅看来,外国的"送来"模式不可取,必须"运用脑髓,放出眼光,自己来拿"[1],这关涉一种态度,究竟是被动接受还是主动索取,效果明显不同。而主动索取只是第一步,接下来的"挑选"过程至关重要,即哪些是可以保留的,哪些是必须扬弃的。他以一个穷青年继承祖上的一所大宅子为比喻来形象说明这一问题:"看见鱼翅,并不就抛在路上以显其'平民化',只要有养料,也和朋友们像萝卜白菜一样的吃掉,只不用它来宴大宾;看见鸦片,也不当众摔在茅厕里,以见其彻底革命,只送到药房里去,以供治病之用,却不弄'出售存膏,售完即止'的玄虚。只有烟枪和烟灯,虽然形式和印度,波斯,阿剌伯的烟具都不同,确可以算是一种国粹,倘使背着周游世界,一定会有人看,但我想,除了送一点进博物馆之外,其余的是大可以毁掉了的。还有一群姨太太,也大以请她们各自走散为是,要不然,'拿来主义'怕未免有些危机。"[2]鲁迅这里暗指对待外国思想文化模式的根本选择标准在于是否能"为我所用",凡能"为我所用"的则尽可能保留并加以合理利用,否则应该果断放弃,即"或使用,或存放,或毁灭"[3]。最后他指出思想文化意义上的有选择倾向的"拿来主义"将产生非凡的效力:"那么,主人是新主人,宅子也就会成为新宅子。然而首先要这人沉着,勇猛,有辨别,不自私。没有拿来的,人不能自成为新人,没有拿来的,文艺不能自成为新文艺。"[4]与鲁迅的"拿来主义"主张有所选择的观点相类似,梁实秋也同样强调了不能一味盲目接受外国文化,应该建立有意识的理性选择标准:"外国

---

[1] 鲁迅:《拿来主义》,《鲁迅全集》第六卷,北京:人民文学出版社,1981年,第39页。
[2] 同上书,第39—40页。
[3] 同上书,第40页。
[4] 同上。

影响的本身也未必尽属不善。不过,承受外国影响,须要有选择的,然后才能得到外国影响的好处。"①梁实秋还进一步以欧美文学"中国化"的主要手段——"文学翻译"为例来论述不加选择的后果必然是投其所好地尽量翻译,"结果是往往把外国第三四流的作品运到中国,视为至宝,争相模拟"②。

如果说鲁迅和梁实秋论及了欧美文学与文化"中国化"选择倾向的重要性的话,那么茅盾则多次阐述了"中国化"之"转化性创造"的必要性。在《"小说新潮"栏预告》一文中,他强调了译介和评述西洋小说之根本在于"发扬我国固有的文艺",所以他极力倡导"要使东西洋文学行个结婚礼,产出一种东洋的新文艺来"③。在《〈小说月报〉改革宣言》一文中,他不仅明确提出译述西洋名家之小说和兼介世界文学之潮流的目的是讨论中国文学革新之方法,而且再次强调了创造新文艺的必要:"同人以为今日谈革新文学非徒事模仿西洋而已,实将创造中国之新文艺,对世界尽贡献之责任;夫将欲取远大之规模尽贡献之责任,则预备研究,愈久愈博愈广,结果愈佳,即不论如何相反之主义咸有研究之必要。故对于为艺术的艺术与为人生的艺术,两无所袒。必将忠实介绍,以为研究之材料。"④而在谈及翻译的功用时,他在突出翻译文学作品之于未有成熟的"人的文学"的国家来说具有"疗救灵魂的贫乏"和"修补人性的缺陷"的作用的同时,又一次提及依靠翻译手段可以达成"我们的目的——自己的新文学"。⑤ 总之,在茅盾看来,将西方文学文化思想进行适合中国现实国情的转换并由此有益于自身文学观念的改变才是欧美文学"中国化"的根本。

"为我所用"的"转化性创造"原则在欧美文学"中国化"实践方面集中表现为选择的倾向性和接受的特定性,这一点可以从某一特定类型文学的汇聚和诠释中得到印证。

涉及战争题材和内容的作品成为文学译介的重要组成部分是欧美文学"中国化"的一个显著现象,其在很大程度上反映出了当时中国本土现实语境的需要。据《中国文学史资料全编(现代卷):中国现代文学总书目·翻译文学卷》的统计,1937年至1945年间,仅英美两国战争文学题材作品就有117种被译介,

---

① 梁实秋:《现代中国文学之浪漫的趋势》,贾植芳、陈思和主编:《中外文学关系史资料汇编(1898—1937)》上册,桂林:广西师范大学出版社,2004年,第226—227页。
② 同上书,第229页。
③ 茅盾:《"小说新潮"栏预告》,《茅盾全集》第十八卷,北京:人民文学出版社,1989年,第1页。
④ 茅盾:《〈小说月报〉改革宣言》,《茅盾全集》第十八卷,北京:人民文学出版社,1989年,第56页。
⑤ 茅盾:《一年来的感想与明年的计划》,《茅盾全集》第十八卷,北京:人民文学出版社,1989年,第148—149页。

占同一时期英美各类译作的近 33%,其中 1938 年等个别年份战争题材作品所占的比例更是高达 54%。① 其中名为"世界知识战时丛刊""二次大战小丛书""空军文学译丛""战争文学文库""世界大战插曲丛刊"等大量反映战争历史以及反抗压迫等主题的作品更是以前所未有的惊人速度和数量出现在中国文坛,其规模之大、译介频次之高达到了空前的程度。究其根本,毫无疑问与欧美战争文学本身对于中国当时的抗战形势能起到鼓舞和借鉴意义有直接关系。换言之,这些作品的"为我所用"性和"转化性创造"价值在特定历史时期远远高于其他欧美文学作品。诚如茅盾在《现代翻译小说选》一书的"绪言"中总结世界反战文学成果时所概括的那样,战争题材的作品"反映出全世界反法西斯的普遍的怒潮,指示了我们生活在这大时代里的意义"②。不仅是茅盾,其他作家和翻译家也有同感。冯亦代曾这样回忆自己读到美国作家厄普顿·辛克莱的作品《不许通过》时的兴奋心情:"一九三六年西班牙内战开始,我视西班牙人民掀起全世界争民主的浪潮为人类的希望。那时中国正在遭受日帝的侵略,我认为西班牙人民的斗争,也就是中国人民的斗争,因此我的身心经常为西班牙内战的形势所左右,政府军推进一个山头或马德里的一条街,我为之欣喜;他们的后退一步,我为之忧愁。到了一九三七年,我偶然在书店里买到了一本厄普顿·辛克莱写的《不许通过》,这是我第一次看到有关保卫马德里的小册子,我读了又读,为之流泪,为之振奋,而且更坚定了我对西班牙人民的同情。其时,日帝在华北发动了'七七事变',而后战火又蔓延到了上海,'八一三'的炮声真正揭开了中国的抗战,无形中就把西班牙内战和中日之战联系在一块了。中西两国人民都是国际法西斯主义的牺牲者。我一有空暇就翻译《不许通过》,我想这是本对我国抗战有帮助的文字。"③同样"为我所用"的想法也出现在冯亦代译介海明威的小说《告发》之时:"但在一九三八年初,我以一个偶然的机会,竟到了香港。虽然我人到异地,但中国军队退出上海后,日帝在闸北所燃起的熊熊大火,却始终在我的胸头燃烧着。有一天我在香港摆花街的一家小书铺里看到了海明威的小说《告发》,我为小说的故事所感动,以后我又得到了其他两篇小说,我决心把它们翻译出来,因为这样的文学作品,对于我们鼓动中国人民抗战,也

---

① 参见王建开所著的《五四以来我国英美文学作品译介史(1919—1949)》(上海:上海外语教育出版社,2003 年)一书第 210—211 页的统计列表和相关分析。
② 参见茅盾编辑的《现代翻译小说选》(上海交通书局,1946 年)的"绪言"部分。这部分内容还以单篇论文形式刊载于 1945 年 5 月 4 日的《文哨》杂志,副标题为"国际反法西斯文学的轮廓"。后又编入《近年来介绍的外国文学》一文的"编者按"中,刊载于 1946 年 2 月 15 日的《文讯》杂志新 2 号上。
③ 冯亦代:《〈第五纵队及其他〉重译后记》,《读书》1982 年第 10 期。

是有好处的。"①而胡愈之在谈及斯诺(Edgar Snow)的《西行漫记》的翻译时与冯亦代的感受相类似,他突出强调了该书对于澄清党在长征以后的情况以及在抗战中所起的作用意义很大,甚至出现了中译本比英文本影响力更大的情况。②

直接翻译具有特定倾向性的欧美文学作品明显着眼于"为我所用",而改编这种更为民族化的形式则立足于"转化性创造",这在欧美戏剧和小说两种体裁中表现得尤为突出。出于服务社会现实的需要,一般认为改译的欧美剧本不仅在人民大众中具有直观的感染力,而且是思想宣传的重要形式,可以激起观众对于抗战现实的回应与反响。改译的欧美剧本大都保留原著的内容精华,但无论是古典剧还是现代剧几乎无一例外地都自觉遵守了一条再创造的规则——加入中国社会现实性的内容,从而成为地地道道的"中国化"的欧美戏剧。以当时出现高潮的莎士比亚戏剧的改编为例,往往都要投下时局的影子。如对《哈姆雷特》的改编,便蓄意突出了该剧所蕴含的社会意义,即在主人公丹麦王子哈姆雷特的身上反抗命运的支配和专制的压迫占据主导地位,其内心是渴望解放并富有革命进取精神的。很明显,这种对人物形象性格的刻意强调与升华,是应和抗战时期中国社会与人民心理需求的结果,是一种典型的"转化性创造"。类似的处理方式也出现在列夫·托尔斯泰小说的改编上。1936年,戏剧家田汉曾将《复活》改编成剧本,引起强烈反响。田汉在《演出特刊》上明确表示,改编的目的在于服务国家现实:"我们以为中国今日国难日亟,需要每个人拿出良心来救国,所以介绍俄国伟大的良心托尔斯泰此著不无意义。"③很明显,作为俄国伟大良心的托尔斯泰在当时的中国社会具有特别的现实意义和价值。

除了战争文学,对欧美弱小和被压迫民族文学的集体译介以及对俄苏文学现实主义风格的青睐等也是绝佳的"为我所用"的"转化性创造"的典型例证,它们也都随着作为译入语民族的中国现实国情的需要在不同程度和不同侧面被强化和再改造。

---

① 冯亦代:《〈第五纵队及其他〉重译后记》,《读书》1982年第10期。
② 参考《胡愈之谈〈西行漫记〉中译本翻译出版情况》,《读书》1979年第1期。
③ 汪介之、陈建华:《悠远的回响——俄罗斯作家与中国文化》,银川:宁夏人民出版社,2002年,第226页。

三、"中国化"来源的"两种话语范式"

所谓"两种话语范式",主要是指欧美文学"中国化"的两个主要来源,即法俄文学和英美文学,前者代表激进的革命话语模式,后者代表渐进的温和话语模式,它们在"五四"以后的中国新文学发展过程中产生了不同程度的影响,它们之间力量的对比消长制约着中国文学不同阶段的发展趋向和总体进程。

文学的风格往往受到社会政治倾向和重大历史事件的深刻影响。1789年法国大革命堪称欧洲历史上影响最大的革命之一,无论是思想上还是实践上其激烈程度远远超出人们的想象和控制能力。托克维尔曾这样描述这场发生在"青春、热情、自豪、慷慨、真诚的时代"之中的革命及其影响:"自1789年以来,我们在法国亲眼看到了许多彻底改革整个政府结构的革命。大部分是依靠暴力完成的非常突然的革命,它公开破坏现存法律。"[①]之所以法国大革命会产生暴力的破坏行为,在托克维尔看来与法国民族性中不稳定的激进因素有直接联系,对此他评述道:

> 当我考虑这个民族本身时,我发现这次革命比它历史上的任何事件更加惊人。它在行动中如此充满对立,如此爱走极端,不是由原则指导,而是任感情摆布;它总是比人们预料的更坏或更好,时而在人类的一般水准之下,时而又大大超过一般水准;这个民族的主要本性经久不变,以至在两三千年前人们为它勾画的肖像中,就可辨出它现在的模样;同时,它的日常思想和好恶又是那样多变,以至最后变成连自己也料想不到的样子,而且,对它刚做过的事情,它常常像陌生人一样吃惊;当人们放手任其独处时,它最喜欢深居简出,最爱因循守旧,一旦有人硬把它从家中和习惯中拉出来,它就准备走到地角天涯,无所畏惧;它的性情桀骜不驯,有时却适应君主的专横甚至强暴的统治权,而不适应主要公民的正规自由的政府;今天它坚决反对逆来顺受,明天它又俯首帖耳,使那些最长于受人奴役的民族都望尘莫及;只要无人反抗,一根纱线就能牵着它走,一旦什么地方出现反抗的榜样,它就再也无法控制;总是使它的主人上当,主人不是过于怕它,就是怕

---

① 托克维尔:《旧制度与大革命》,冯棠译,桂裕芳、张芝联校,香港:牛津大学出版社,2013年,第210页。

它不够;它从未自由到决不会被奴役,也从未奴化到再无力量杂碎桎梏;它适宜于做一切事物,但最出色的是战争;它崇尚机遇、力量、成功、光彩和喧闹,胜过真正的光荣;它长于英雄行为,而非德行,长于天才,而非常识,它适于设想庞大的规划,而不适于圆满完成伟大的事业;它是欧洲各民族中最光辉、最危险的民族,天生就最适于变化,时而令人赞美,时而令人仇恨,时而使人怜悯,时而令人恐怖,但绝不会令人无动于衷,请问世界上有过这样一个民族吗?①

　　托克维尔最终得出结论认为,只有法国这样的激进的民族性才能"造就一场如此突然,如此彻底,如此迅猛,然而又如此充满反复、矛盾和对立的革命"②。较之法国大革命,俄国1917年"十月革命"的激烈程度毫不逊色,它推翻了俄国的沙皇统治,肃清了封建残余势力,扫除了阻碍俄国社会发展的一切落后力量,开创了人类社会历史的新形态,并在很大程度上影响和决定了整个20世纪世界政治格局的发展。

　　法俄疾风骤雨般的社会革命及其思想造就了两国文学激进的话语模式。在法国,文人执着于政治和社会改革,力图将自身的革命理想转化为普罗米修斯式的伟大行动。卢梭痛斥建立在私有制基础上的文明的罪恶,希冀组成契约制体制下的人人平等并享有民主权利的共和政体。雨果则在文学中宣扬人道主义思想观念,对当时法国社会的黑暗与不公进行无情地揭露与剖析,并对下层人民悲惨的生活境遇寄予无限的同情。卢梭和雨果的后继者们,如左拉、罗曼·罗兰等莫不是如此。而俄国文学的革命观念和激进的改良话语较之法国文学有过之而无不及。19世纪以普希金、果戈理、屠格涅夫、陀思妥耶夫斯基、列夫·托尔斯泰、赫尔岑等为代表的一大批俄国进步作家较早地呼应着民族解放的浪潮,展开了文学思想上的反封建反专制的斗争,表现出了强烈的历史使命感和前所未有的革命精神。他们以高亢的热情抨击俄国当时的社会制度,表达了渴慕新社会和新制度的强烈愿望。赫尔岑毫不留情地宣称推翻旧制度是他们那一代俄国知识分子的使命;以别林斯基为代表的"自然派"批评家具有明确的民族危机意识,其文论著作显示出了高度的战斗意识和精神;即使是主张"勿以暴力抗恶"的列夫·托尔斯泰在晚年的日记中也不得不承认当时的俄国社会制度如坍塌的房屋一般,必须从根基加以重新改造。纵观19世纪俄国文

---

① 托克维尔:《旧制度与大革命》,冯棠译,桂裕芳、张芝联校,香港:牛津大学出版社,2013年,第218—219页。

② 同上书,第219页。

学发展，民族危机意识和反抗精神贯穿始终。进入20世纪，俄国文学的激进性和战斗性没有丝毫的减弱，尤其是展现国内战争情形、"十月革命"以及反法西斯战争的文艺作品更是层出不穷，这在一定程度上强化了俄国文学自19世纪以来业已形成的主要倾向和价值选择标准。

法俄社会革命的现实及其在文学中的激进话语形态易于与现代中国社会状况和文学文化诉求形成共鸣，正是基于这一原因，法俄文学才成为现代欧美文学"中国化"的主流。它们所代表的激进文学话语形态对于当时中国社会无论是个性解放的需求、个体本位的张扬、国民性的剖析，还是社会病态与弊端的揭露、反抗外来侵略的民族斗争决心都具有十分重大的刺激和鼓舞作用，同时渗透着现代中国知识分子改进文学观念、推动理想型乌托邦社会建构的内在愿望。

而在法俄激进文学话语体系中，又以俄国文学的表现最为突出。现代中国知识分子热衷俄国文学，既有偶然性的促生因素，也是必然的选择。来自俄国和苏联时期的马克思主义政治和文艺观念、进步的战争文学以及社会主义现实主义的文艺手法都曾广泛地影响着中国新文学的发展和再创造，作为弱小和被压迫民族文学重要组成部分的俄国文学也曾对20世纪二三十年代的中国社会和文化发展起到过巨大的"他者"镜鉴作用。诚如鲁迅对美国学者巴特莱特（Bartlett）所言，俄国文学"对于现代中国的影响最大"，两国的"文化和经验好像有一种共同的关系"。① 夏志清在分析中国现代文学所受外来影响时也表达了类似观点："而西方作家中，以俄国作家最受重视。后来，他们回国介绍西方作家时，对俄国作家，也特别热心。中国和日本的知识分子之所以特别欣赏俄国小说是有特殊的原因的，因为这两个国家都想摆脱传统的枷锁，改革社会现状，建立较为合理的制度。而俄国小说里所表现的社会同情心，对权威和习俗所作的虚无主义式的反抗，对追求生命意义的热诚，对自己祖国的伟大的信心不移（尽管不时对她的弱点冷嘲热讽），这些都是当时中日青年迫切关怀的问题，难怪他们反应如此强烈了。"②

李大钊曾撰《俄罗斯文学与革命》一文，详细分析俄罗斯文学与南欧各国文学之间的差别，指出俄罗斯文学的特质在于"社会的色彩之浓厚"和"人道主义

---

① 巴特莱特：《新中国的思想界领袖》，转引自汪介之、陈建华：《悠远的回响——俄罗斯作家与中国文化》，银川：宁夏人民出版社，2002年，第155页。
② 夏志清：《中国现代小说史》，刘绍铭等译，香港：香港中文大学出版社，2015年，第18页。

之发达"。① "社会的色彩之浓厚"主要指俄罗斯文学与社会生活相呼应,即"文学之于俄国社会,乃为社会的沉夜黑暗中之一线光辉,为自由之警钟,为革命之先声"②。"人道主义之发达"则与俄罗斯特殊的宗教信仰直接相关。李大钊此文的观点虽非完备无误,但在很大程度上折射出了当时中国知识分子对俄罗斯文学的基本认知和强烈期待,也反映出了中国知识分子突出关注俄罗斯文学的一个独特视角,即文学与社会、政治现实之间的关系。王统照的《俄罗斯文学片面》一文也有类似看法。王统照认为俄罗斯文学"幽深暗淡,描写人生的苦痛,直到了极深秘处,几乎为全世界呼出苦痛的喊声来"③。他还以俄罗斯文学最具特色的"人情"的表现来对照中国当时的文学,反问中国文学能否产生如契诃夫、高尔基那样的伟大作家。周作人在谈及俄罗斯近代文学的发展时也曾指出俄国文学的社会性和人生性特点,他还特别提到中国的国情与西欧稍异,相反与俄国却有很多相同之处,因此中国的新文学必然也会走向俄国的社会的、人生的文学之路。④ 与李大钊、王统照和周作人的侧重略有不同,鲁迅突出强化了俄国文学对认知中国社会现实的启发和促进作用。鲁迅称俄国文学为"导师"和"朋友",并赞扬俄国及苏联文学是伟大的"胜利":"十五年前,被西欧的所谓文明国人看作半开化的俄国,那文学,在世界文坛上,是胜利的;十五年以来,被帝国主义者看作恶魔的苏联,那文学,在世界文坛上,是胜利的。这里的所谓'胜利',是说:以它的内容和技术的杰出,而得到广大的读者,并且给与了读者许多有益的东西。"⑤他还进一步强调所谓俄国文学有益,主要在于从中见出了被压迫者的灵魂、酸楚与挣扎及由此产生的战斗精神与意志:"我们的读者大众,在朦胧中,早知道这伟大肥沃的'黑土'里,要生长出什么东西来,而这'黑土'却也确实生长了东西,给我们亲见了:忍受,呻吟,挣扎,反抗,战斗,变革,战斗,建设,战斗,成功。"⑥在《英译本〈短篇小说选集〉自序》一文中鲁迅也有类似结论:"后来我看到一些外国的小说,尤其是俄国,波兰和巴尔干诸小国的,才明白了世界上也有这许多和我们的劳苦大众同一运命的人,而有些作家正在为此

---

① 李大钊:《俄罗斯文学与革命》,转引自汪介之、陈建华:《悠远的回响——俄罗斯作家与中国文化》,银川:宁夏人民出版社,2002年,第144页。
② 同上书,第145页。
③ 王统照:《俄罗斯文学片面》,转引自汪介之、陈建华:《悠远的回响——俄罗斯作家与中国文化》,银川:宁夏人民出版社,2002年,第148页。
④ 周作人:《文学上的俄国与中国——一九二〇年十一月在北京师范学校及协和医学校所讲》,《艺术与生活》(周作人自编文集),止庵校订,石家庄:河北教育出版社,2002年,第71页。
⑤ 鲁迅:《祝中俄文字之交》,《鲁迅全集》第四卷,北京:人民文学出版社,1981年,第459页。
⑥ 同上书,第462页。

而呼号,而战斗。"①茅盾也曾多次谈及俄国与苏联文学的繁盛以及向其学习的必要性。在《诚恳的希望》一文中,他这样描述现代以来俄国和苏联文学的译介历程与影响:"是苏联的胜利一天一天确定起来,苏维埃文化的光芒一天一天发皇起来;伟大的高尔基成为中国青年心目中的'苏联文化的象征'了。跟随着苏联文化的飞速地进展,我们也陆续读到了'同路人'的作品,'拉普'时期的作品,以及工人农民群中自己的作家的作品——我们知道有绥拉亦莫维支的《铁流》,法捷也夫的《溃灭》,格拉特可夫的《水门汀》。而且不但是文学,我们也看见了苏联的电影,绘图,木刻,我们听到了苏联的音乐。这一切,都被广大的中国青年所爱好,所拥护。"②在谈及民族文艺的形式问题时,茅盾再一次强调了俄国和苏联文学的作用:"苏联文学给我们的启示,刺戟应该更多。他们竭力把各少数民族的文艺形式整理发展起来——便成为国际文化开花的准备——这一种贤明的企图尤其值得我们学习。"③他还突出强调过译介苏联反法西斯战争文学的重要性和实用性:"当自己的民族解放事业尚在最艰苦阶段上奋斗的时候,对于表现了自己决定自己命运,创造出人类的地上乐园,而且在反法西斯战争中拯救了人类命运,推动了历史前进的苏联文学,自然不能不发生深厚的兴趣;不,岂但是深厚的兴趣而已,直将由此认识真理,提高勇气。"④

相对于法俄激进的文学话语形态,英美文学话语则相对温和,这主要与英美非激进式社会政治观念和理想有直接关系。纵观英美历史,并非未发生过类似法俄的革命,也并非从未产生过激进的革命思想家。1640年的英国革命、美国独立战争和南北战争等重大历史事件明显属于革命范畴,而以托马斯·潘恩(Thomas Paine)等为代表的思想家在法国大革命思想的感召下对英国旧有的封建君主制和贵族特权展开的批判以及"红色三十年代"期间美国左翼知识分子对资本主义金钱帝国的声讨和对社会主义制度的憧憬也都带有明显的激进改革色彩。但就整体文化氛围来看,无论在范围上还是在程度上英美的这些革命事件和激进改革思想较之法俄都逊色很多。即英美没有真正发生法俄意义上的彻底颠覆和完全改造的大革命,其在政治事件中妥协和改良的意愿和倾向十分明显,其旧有的政治体系没有发生根本性质的改变或遭受重大破坏,其激

---

① 鲁迅:《英译本〈短篇小说选集〉自序》,《鲁迅全集》第七卷,北京:人民文学出版社,1981年,第389页。
② 茅盾:《诚恳的希望》,《茅盾全集》第二十二卷,北京:人民文学出版社,1993年,第78—79页。
③ 茅盾:《在戏剧的民族形式问题座谈会上的讲话(摘录)》,《茅盾全集》第二十二卷,北京:人民文学出版社,1993年,第180页。
④ 茅盾:《近年来介绍的外国文学》,《文讯》1946年2月15日新2号。

进的思想观念往往也存在着一定的可缓和性与伸缩性。

英美文学话语的非激进特征直接决定了其看待世界的方式,既充满对现实世界的关注,又与之保持一定距离,寄希望于人道主义和自由主义等温和思想观念来改造世界,而非颠覆式的全盘否定。人性、自由以及理性等观念通常被视为英美文学话语的标志。对此,深受英美话语方式影响的周作人、梁实秋等人都曾论及文学的本质在于人性,人性才是衡量文学永恒价值的最高标准。

夏志清在分析英美传统的外来影响时曾指出:"中国知识分子对英美的传统比较冷淡,乃是因为这传统所代表的一切与当时中国急待解决的问题,无直接的关系。"[1]英美文学话语范式虽然没有成为欧美文学"中国化"的主流,但其影响同样不容小觑。其主张的"为人生"以及自由观念等既与中国传统文化存在某种内在精神的契合,同时对现代中国观念的更新起着一定程度的辅助作用。甚至对拜伦、雪莱等作家思想观念的译介在某一特定历史时期和环境下与法俄激进文学思想观念存在合流和强化效应。而诸如莎士比亚等一流作家的"中国化"轨迹也从另一个侧面印证了英美文学的普适性价值和永恒艺术魅力。

四、报章杂志等现代传媒的促进机制

"一时代之学术,必有其新材料与新问题。取用此材料,以研求问题,则为此时代学术之新潮流。"[2]对于现代欧美文学"中国化"历史进程和"现代化想象"而言,毫无疑问文艺期刊的繁荣与蓬勃发展是最具中国特色的新材料与新问题。梁启超在《饮冰室自由书》中曾明确将"报章"列为传播现代文明的三大重要工具之一,其后报章与杂志紧密结合,在输入现代西学、构建国民意识和引领现代化思想潮流方面起到了至关重要的作用。换言之,以报章杂志为核心的现代传媒开启了文学时代的新特征,成为现代中国文坛最为醒目的现实。

出版社兼营的杂志和文学社团创办的杂志构成了中国现代文艺期刊的两大主要来源。这些文艺杂志大都具有明确的世界意识,其办刊宗旨也几乎是一致的,即输入西方新观念以发展中国新文学,并进一步改变中国思想和社会面貌。以《中国现代文学期刊目录汇编》收录的 276 种期刊为例,从未刊载过外国

---

[1] 夏志清:《中国现代小说史》,刘绍铭等译,香港:香港中文大学出版社,2015年,第19页。
[2] 陈寅恪:《陈垣敦煌劫余录序》,《金明馆丛稿二编》,北京:生活·读书·新知三联书店,2015年,第266页。

译作的期刊仅有 50 种,占比不足五分之一。《小说月报》《文学周报》(初名《文学旬刊》)、《诗》月刊等杂志大量刊载外国译作,取得了卓越的成效。而在《新月》《新潮》《未名》《沉钟》《奔流》《现代》《译文》《世界文学》等杂志中,刊载外国作家作品及文艺评论更是成为主流和支柱。① 作为《新潮》杂志主要编辑者之一的傅斯年曾明确表示,当时中国学问界的发展情形犹如西方中世纪之后的"文艺再生"时代,二者相距仅四百余年,中国完全有可能以"省事的路程"赶超西方,其关键就在于"学习外国文"并"翻译外国文的书籍","求得现代有益的知识",②这正反映出《新潮》的目标和定位。与《新潮》的出发点相类似,《世界文学》杂志在"发刊词"中阐述其刊名承袭歌德所倡导之"世界文学"观念的同时,也曾特别提出中国文学与世界文学的关系问题:"把内容纳入世界文学的领土去确立中国文学的面向,深化情思,泽润外貌,这也是一个大问题。尤其是从内容上讲,中国文学也正如中国其它若干问题,都须卷入世界的澎湃巨浪,才有相当解决。"③为此,《世界文学》这样确立自身的办刊宗旨:"本刊诞生,要勉尽新文学建树途中的千百万分之一的责任。介绍各国文学,估量它对于世界文学抑即新文学的价值;登载形式或内容可以资取的作品;用绝对客观态度,探寻中国文学走向世界文学的径途。"④而由茅盾主编的《小说月报》更是明确提出译介西洋文学的主张,强调将中国固有之文艺与"西洋文学的特质结合",以达到"另创一种自有的新文学出来"的目的。⑤《小说月报》改革之后,继续承袭先前传统,在译述西洋名家小说的同时,还将兼及"介绍世界文学界潮流之趋向,讨论中国文学革进之方法"⑥作为期刊的进一步发展目标。《现代》杂志的主编施蛰存在"创刊号"之"编辑座谈"栏也明确表示以译介外国文学为该刊主导方面,努力使该刊名副其实:"我希望每一期的本志能给读者介绍一些外国现代作家的作品。"⑦

　　以明确的世界意识确立欧美文学"中国化"的目标只是期刊发展的宏观构想,关键在于具体的实施手段和步骤,对此,各个文艺期刊往往显现出不同的独

---

① 详细的数据统计与分析参见王建开所著《五四以来我国英美文学作品译介史(1919—1949)》(上海:上海外语教育出版社,2003 年)一书第 136—137 页。
② 傅斯年:《译书感言》,欧阳哲生主编:《傅斯年全集》第一卷,长沙:湖南教育出版社,2003 年,第 189 页。
③ 参见《世界文学》"发刊词",1934 年 10 月 1 日第一卷第一期。
④ 同上。
⑤ 茅盾:《"小说新潮"栏宣言》,《茅盾全集》第十八卷,北京:人民文学出版社,1989 年,第 13 页。
⑥ 茅盾:《〈小说月报〉改革宣言》,《茅盾全集》第十八卷,北京:人民文学出版社,1989 年,第 55 页。
⑦ 参见 1932 年 5 月《现代》"创刊号"之"编辑座谈"栏。

具匠心的特色。归纳起来,大致包括多样化的译介方式构建、出版翻译文学专号、重点推介来华欧美作家等几个方面。

多样化的译介方式的构建是现代文艺期刊推进欧美文学"中国化"的重要手段之一。所谓多样化的译介,主要是指现代文艺期刊充分发挥其及时迅捷、系统集中、易于刊载中短篇作品以及便于连载等形式来推进欧美文学的引进。及时迅捷是文艺期刊的独特长处,这决定了文艺期刊有可能刊载最新欧美作家的作品和文学评论,从而使国内读者较早了解欧美文学发展态势,并透过文艺作品感受国际社会政治形势的最新变化。系统集中是现代文艺期刊的另一大长处,这决定了文艺期刊完全可以集中刊载某一欧美作家的多篇和多种文类形式的作品,使读者形成一个相对比较完整的印象和系列感,从而加深读者对某一位欧美作家的深刻认知。有时期刊还可以利用系统集中的长处实现作品加评论的组合,形成欧美作家或欧美文学主题的某一特定专题,其立体式多维效果不仅丰富而且直观,传播效果更佳。除了适合文艺杂志版面的中短篇作品外,长篇连载的方式也成了众多文艺杂志刊载名篇佳作的重要方式,甚至许多欧美文学名著实现了在文艺杂志上的边译边刊,这对于促成作品的早日问世起到了巨大的推进作用。

多样化的译介方式的构建除了体现在刊载形式方面,也广泛体现在刊载体裁和内容选择方面。欧美的小说、诗歌、散文甚至是短剧都曾出现在文艺期刊上,而其内容选择更是呈现出包含欧美名家的主流和非主流作品、当代不知名作家作品、不适合当时国情的作品等多层次全方位发展态势。在第一种情形中欧美名家的主流作品自不必说,而非主流作品的刊载起到了全面认知作家创作风格的作用。如《小说月报》《文学旬刊》等杂志就曾刊载过作为戏剧家的奥斯卡·王尔德的散文诗作品,其补充意义可谓难得。第二种情形打破了欧美文学"中国化"的名著意识,其收效在很多时候比肩名著并不逊色。如《北新》杂志刊载的美国作家比尔斯(Ambrose Bierce)的短篇小说《天空中的骑兵》对美国南北战争期间各种社会现实矛盾冲突的揭示既深刻又震撼,其中蕴含的个人与国家利益的选择问题之于特定历史时期的中国更具现实启示意义。第三种情形则彰显出了欧美文学"中国化"选择风格的丰赡性,其中大多是从纯文学价值角度考虑的结果。如《西洋文学》刊载的爱尔兰现代作家乔伊斯的特辑,包含了乔伊斯的小传、诗歌及小说作品,这是作为意识流作家的乔伊斯有限的早期介绍和译文之一,弥足珍贵。

出版翻译文学专号是现代文艺杂志推进欧美文学"中国化"的重要手段之

二。现代期刊的翻译文学专号大致可分为两类:一类是译文专号,即收集某一特定类型的译文集中刊出,如"被损害民族的文学"号、"现代世界文学"号以及"弱小民族的文学"号等。另一类是作家纪念专号,如"世界文学家纪念号""1935年世界文人生卒纪念特辑"等。由于欧美文学是外国文学"中国化"的主流,所以一般文艺期刊又会单出欧美翻译文学专号,可大致分为作为整体的欧美文学译介专号和欧美作家译介专号两种。前者如《现代》杂志刊行的"现代美国文学专号"等,后者如《小说月报》刊行的"拜伦专辑"、《创造》季刊刊行的"雪莱纪念号"以及《现代》杂志刊行的"司各特百年祭特辑"等。[①] 这些翻译文学专号都以系统译介和评论某一欧美文学类型或作家而著称,其内容的翔实性和立体效应十分明显。以《现代》杂志1934年10月1日第五卷第六期刊行的"现代美国文学专号"为例,其内容涵盖美国小说、戏剧、诗歌、散文、评论等多种文体形式,作家则包括享誉世界的杰克·伦敦、欧·亨利(O. Henry)、海明威、福克纳直至当时不太为中国读者所了解的艾肯(C. Aiken)、鲁宾森(E. A. Robinson)等人,其范围之广,层次之鲜明,评价之精当,堪称全面了解美国现代文学的一次盛宴。"编者"在该专号的"导言"中首先慨叹欧美文学系统性译介的严峻现状:"在这里,我们似乎无庸再多说外国文学的介绍,对于本国新文学的建设,是有怎样大的帮助。但是,知道了这种重要性的我们,在过去的成绩却是非常可怜,长篇名著翻译过来的数量是极少,有系统的介绍工作,不用说,是更付缺如。"[②]在此情形下,"编者"认为译介美国现代文学之于中国有着特殊的意义和借鉴价值。首先,美国现代文学是"创造的",美国因为这种创造精神而发展繁荣:"时间过去,这些新的环境是比任何别的地方都更迅速的发展。美国是达到了作为二十世纪的特征的物质文明的最高峰。电影,爵士音乐,摩天建筑,无线电事业,一切人类在这个世界上所造成的空前的贡献以及空前的罪恶,都不约而同的集中在北美合众国的国土上。在文学方面,由于阿美利加主义的觉醒,作家们是意识的在反叛着英国的传统。主观条件和客观条件二者是密切的结合了,以致,美国文学能够为独特的文学的那种前途,便几乎是没有一个欧洲国家所能够企望办到的。"[③]其次,美国文学是自由的,美国是少数不为独裁

---

① 具体统计可参考王建开的《五四以来我国英美文学作品译介史(1919—1949)》(上海:上海外语教育出版社,2003年)一书,该书第144—148页大致罗列了现代期刊的"翻译专号"情况,第150—154页罗列了现代文艺期刊的"英美文学专号"情况。
② 编者:《现代美国文学专号导言》,《现代》1934年10月第五卷第六期。
③ 同上。

专制所玷污的国家,这种自由精神成为文学的"唯一的保障"。基于上述两点,系统译介和评论美国现代文学是必要的。但"编者"更强调借鉴之后中国文学自身的更生建构:"我们是更迫切的希望能够从这样的说明指示出一个新文化的建设所必需的条件来。自然,我们断断乎不是要自己亦步亦趋的去学美国,反之,我们所要学的,却正是那种不学人的,创造的,自由的精神。"[①]"现代美国文学专号"所传达的这种自我更新的愿望和精神恐怕是当时所有文艺期刊翻译专号内在愿望和心声的表达,即通过欧美文学的系统译介,一方面丰富我们对欧美文学的认知,另一方面建构我们自身的文学体系,进而改进和完善思想体系和社会体系。

重点推介来华欧美作家是现代文艺杂志推进欧美文学"中国化"的重要手段之三。1919年至1949年三十年间有一批欧美作家曾亲自来到中国,从不同侧面描写并记述了他们对中国社会的印象及所思所感。这些欧美作家来华的机缘与目的不尽相同,身份也有差别,其中如毛姆(William Somerset Maugham)、萧伯纳、奥尼尔、海明威、奥登(W. H. Auden)以及斯特朗(Anna Louise Strong)、史沫特莱(Agnes Smedley)等均为后世中国读者所熟知。文艺期刊充分利用他们来华的便利之机,组成专刊或专稿大肆渲染并积极译介、评价他们的作品,不仅极大地促进了中国知识界集中了解这些欧美作家的作品和艺术成就,而且造就了现代欧美文学"中国化"的独特风景线。

总之,现代文艺期刊以迅捷、系统、给读者留下集中印象等诸多传播优势,为欧美文学"中国化"进程做出了属于自身的独特贡献。

---

① 编者:《现代美国文学专号导言》,《现代》1934年10月第五卷第六期。

结　语

从1919年至1949年欧美文学"中国化"走过了三十年的历史进程。从发展过程来看，经历了思想启蒙、"为人生"的现实道路的追寻、救亡图存的历史抉择、马克思主义理论话语的形成和左翼文学运动、《讲话》的引领及解放区出现苏联进步文学的新景象等几个重要的历史阶段，既体现出针对性和现实感，又时刻与时俱进，敢于面对各种复杂的社会形势和挑战。从国别角度来看，俄苏、英、法、美、德、意大利等主要欧美国家的优秀文学作品被源源不断地译介过来，形成了声势浩大的以引进外国先进文化和文学为主要形式，进而促进其自觉民族化的独特文学景观，在尝试中走出了中西融合的现代化民族—国家认同的文化道路。从影响角度来看，这三十年来欧美文学"中国化"一方面促进了中国现代新文化的建立和发展，进而从文学角度积极配合了各个阶段的社会形势发展和革命运动，另一方面为新中国翻译事业的进一步繁荣和发展奠定了重要基础。在此过程中，涌现出了一大批有学养、外语功底扎实、学贯中西的翻译家，他们的独特翻译风格不仅在读者心目中不可取代，而且在现代中国文学译介史上也独树一帜，为欧美文学的民族化建构做出了不可磨灭的重要贡献。对于1919年至1949年欧美文学"中国化"走过的道路和取得的成就，茅盾曾进行过长篇总结：

> 近代外国文学的翻译，可以说开始于十九世纪末年。林纾翻译的法国小仲马的《巴黎茶花女遗事》，在一八九九年就以木刻本出版了。在此后的二十多年中，林纾和他的合作者，共翻译了一百七十一种外国文学作品，使得中国读者知道了英国的莎士比亚、司各特、狄更斯，法国的大仲马、小仲马、巴尔扎克，俄国的托尔斯泰，西班牙的塞万提斯等伟大作家及其不朽的名著。林纾的翻译工作还只是一种迻译大意的性质，和原文有相当大的距离，而对作品的选取，也缺乏一定的标准。他晚年的工作态度也不够严肃。和林纾同时的其他翻译者，也各有贡献；值得指出来的，是伍光建翻译的大仲马的《侠隐记》和《续侠隐记》（即《三个火枪手》和《二十年后》）。但是，从严格的思想与艺术的评价出发，对近代外国文学作了严肃与认真的介绍的，则开始于我国新文学运动的先驱者和导师——鲁迅。他在一九〇七年

写了《摩罗诗力说》,扼要地论述了东方古代和西欧近代文学的主潮;而在他所计划、翻译和出版的《域外小说集》(一九〇九年)中,俄国的契诃夫,波兰的显克微支,法国的莫泊桑,丹麦的安徒生,第一次以真朴的面目,与我国读者相见。"五四"时期,许多先进的刊物、文学团体、出版社,如《新青年》、《新潮》、创造社、文学研究会等等,陆续地、大量地介绍了外国优秀的文学作品。随着五四新文学运动的开展,文学翻译事业与文学创作事业,同时并驱前进,不但产生了优秀的翻译工作者,而且在新文学创作活动中许多有杰出成就的作家,有很大部分是同时担任了文学翻译工作的。通过他们的辛勤的劳作,我国的青年知识分子这才更真切地认识了世界文学中但丁、塞万提斯、莎士比亚、歌德、普希金、果戈理、托尔斯泰、高尔基等大师们的伟大著作。

外国文学的翻译介绍,对于我国新文学的发展,是起了极大的鼓舞和借鉴作用的。如果说,五四新文学的创作,其中有很大部分,是由于吸取近代世界文学中现实主义精神和民主主义、社会主义思想的丰厚养料而成长起来的,那也不是一句过分夸张的话罢?

同时我们也必须指出:通过了这些外国文学作品,我们对于世界各国人民的历史传统和他们的生活与斗争,逐渐了解得更清楚了;特别是从伟大的俄罗斯文学以及十月革命以后的苏联文学,我们吸收了为进行民族解放和人民革命所需要的信心和力量。①

诚如茅盾所总结的那样,不可否认这一阶段欧美文学"中国化"确实取得了卓越的、令人瞩目的伟大成就,但这并不意味着它没有历史局限和值得反思之处。在总结经验教训的基础上,辩证地审视1919年至1949年欧美文学"中国化"的进程,可以为当下欧美文学"中国化"新形态的建构提供理论上和方法上可资借鉴的参考。

首先,是对"中国化"进程中政治化和现实化问题的辩证思考。

现代中国特殊的社会政治环境,导致现代中国社会长时期实行紧密服务现实的革命政策或具有强烈历史惯性和思维定式的"战时经验主义"②,这直接影

---

① 茅盾:《为发展文学翻译事业和提高翻译质量而奋斗——一九五四年八月十九日在全国文学翻译工作会议上的报告(全文)》,《茅盾文艺评论集》上册,北京:文化艺术出版社,1981年,第119—121页。
② 所谓"战时经验主义"指向抗日战争和解放战争时期形成的指导文艺发展的方针政策,这些政策在一定的历史时期是具有巨大的积极作用的,但同时也具有历史惯性和思维定式,形成一种无形的力量不允许人们从另外的角度和视点来阐释和理解文学,仍然将文学看作从属于政治、从属于阶级和党的政治路线。关于"战时经验主义"的影响问题可以参见《20世纪中国马克思主义文学理论走过的历程》(童庆炳:《中国当代文学理论的经验、困局与出路》,北京:北京师范大学出版社,2015年,第3—26页)。

响了现代中国社会知识主体认识和处理文学与政治之间关系的态度和倾向性,对于欧美文学"中国化"的选择和评价方面也不例外。在此意义上,文学与政治之间关系问题的处理既是这一阶段欧美文学"中国化"的一个显著特征,同时过于"政治化"和"现实化"在某种程度上成为这一阶段欧美文学"中国化"的历史局限。

中国现代文学产生之后逐步形成了一种文学观念,即文学可以作为一种旗帜,文学应当给社会的救治提供一种方案,设计一种工程。这种文学观念直接导致要求文学配合各种政治行为和革命行为,强调文学必须有及时性,必须紧跟时代的步伐,必须是时代的晴雨表,这种政治和社会现实至上的一元论倾向对整个现代中国文学影响深远。李泽厚在谈及现代中国救亡文化、革命文化和农民文化时,曾明确表示这几种文化是"政治倾向性极强,政治意识形态性极强"的文化,都属于"旗帜鲜明的政治文化",而20世纪现代中国文化就是"政治文化占有压倒性优势的文化"。①

早在"五四"时期,以鲁迅为代表的中国知识分子便提出了以文艺为手段改造国民性,继而挽救民族危亡的观念:"凡是愚弱的国民,即使体格如何健全,如何茁壮,也只能做毫无意义的示众的材料和看客,病死多少是不必以为不幸的。所以我们的第一要著,是在改变他们的精神,而善于改变精神的是,我那时以为当然要推文艺,于是想提倡文艺运动了。"②在《论睁了眼看》一文中,鲁迅又再次强调了这一观点:"文艺是国民精神所发的火光,同时也是引导国民精神的前途的灯火。"③茅盾在谈及翻译的作用时也表达了类似观念:"我觉得翻译文学作品和创作一般地重要,而在尚未有成熟的'人的文学'之邦像现在的我国,翻译尤为重要;否则,将以何者疗救灵魂的贫乏,修补人性的缺陷呢?"④郭沫若也曾以类比的方式发表过突出文学是实现国家建构的有效途径和工具的观点:"我们可以知道,艺术可以统一人们的情感,并引导着趋向同一的目标去行动。此类的事实很多,一时也说不完:如意大利未统一前,全靠但丁(Dante)一部《神曲》的势力来收统一之效果;法国革命以前福禄特尔、卢梭的著作影响很大。从前德帝国之成立,特莱希克说,歌德的力量不亚于俾士麦(Bismarck);俄罗斯最

---

① 李泽厚:《李泽厚对话集·与刘再复对谈》,北京:中华书局,2014年,第19页。
② 鲁迅:《〈呐喊〉自序》,《鲁迅全集》第一卷,北京:人民文学出版社,1981年,第417页。
③ 鲁迅:《论睁了眼看》,《鲁迅全集》第一卷,北京:人民文学出版社,1981年,第240页。
④ 茅盾:《一年来的感想与明年的计划》,《茅盾全集》第十八卷,1989年,第148页。

近的大革命,我们都晓得是一些赤诚的文学家在前面做了先驱的呢。"[1]如果说鲁迅、茅盾、郭沫若等人还是从思想启蒙的角度来看待文艺与政治之间的关系的话,那么随着20世纪二三十年代马克思主义文艺理论观的系统引入,特别是左联时期受苏联文艺理论观念的影响,普遍接受列宁的文学党性原则及"辩证唯物主义"创作方法,绝大多数知识分子开始逐步接受并最终确立文艺从属于政治的观念。如这一时期的瞿秋白,在与胡秋原和苏汶进行辩论时曾极端地提出过文艺是宣传,是"留声机"的观点:"文艺——广泛的说起来——都是煽动和宣传,有意的无意的都是宣传。文艺也永远是,到处是政治的'留声机'。"[2]1942年抗日战争进入相持阶段以后,以《讲话》为代表,更加突出了文艺的阶级性和政治性,强调文艺必须服从于党在一定革命时期内所规定的革命任务,要将文艺的政治标准放在第一位,艺术标准放在第二位。尽管强调文艺从属于政治以及紧密反映社会和革命现实的观念在现代中国特定历史时期曾经产生过积极的、正面的功效和影响,但无法否认的是这一观念还是在很大程度上过分突出了文艺的"他律"性,而在文艺的"自律"性方面明显认识不足,相应地使文艺在很大程度上失去了自身的艺术价值和存在地位。对此,童庆炳在谈及文艺与文艺批评时曾说:"如果忽视文学自身独特的审美规律,仅仅从单一的道德伦理的政治性的角度去解读文学作品,进行文化批判,我们是不可能从中体验到丝毫的'文学之所以为文学'的美学意涵及其审美快感的。问题的病症就在于:用单一的政治性社会性的眼光取代了'审美的'批评标准,不是以一种'美学'的眼光,从文学的历史的审美规律出发去分析作品,从中体验文学蕴含的审美价值。"[3]其实,即使在政治意识形态较强的经典作家马克思和恩格斯那里,也是将文学和政治严格区分开来的。在他们眼中,文学就是文学,政治就是政治,文学和政治的界限还是相对分明的,文学的首要特征在于审美性,而非政治性,更不能与政治混为一谈。恩格斯在致斐迪南·拉萨尔的信中明确指出,他是以文学的标准来看待拉萨尔的《济金根》的:"您看,我是从美学观点和史学观点,以非常高的亦即最高的标准来衡量您的作品的,而且我必须这样做才能提出一些

---

[1] 郭沫若:《文艺之社会的使命》,饶鸿竞等编:《创造社资料》上册,福州:福建人民出版社,1985年,第103页。

[2] 瞿秋白:《文艺的自由和文学家的不自由》,《瞿秋白选集》,北京:人民出版社,1985年,第512—513页。

[3] 童庆炳:《审美文化——文化诗学建构的理论支点》,见童庆炳:《中国当代文学理论的经验、困局与出路》,北京:北京师范大学出版社,2015年,第460页。

反对意见,这对您来说正是我推崇这篇作品的最好证明。"①恩格斯清楚地意识到他是在评价作为文学作品的《济金根》,所以他要把"美学"标准置于"历史"标准的前面,突出文学应有的价值尺度和批评方式。马克思在评价拉萨尔的同一部作品时也曾指出,拉萨尔的最大缺点就是"席勒式地把个人变成时代精神的单纯的传声筒"②,很明显马克思是不赞同"单纯的传声筒"式的文学作品的。

尽管包括鲁迅在内的现代知识分子也曾注意并论述过文学自身的审美性和艺术性问题,③但现代中国文学政治性和现实性的整体趋向仍是十分突出和鲜明的。作为现代中国文学政治宏大关系场域中重要组成部分的1919年至1949年欧美文学"中国化",在特定的历史环境和条件下还是难以避免这种主流倾向性的影响,从而表现出一些在当下视野看来的历史局限性。第一,1919年至1949年欧美文学"中国化"进程没有更多关注像陀思妥耶夫斯基那样的透彻人的灵魂与心灵深处,进行深入的灵魂剖析的作品,相反由于政治化和现实化的要求,更多关注并译介了那些能够为当时的社会现实和意识形态服务的作品。而这些作为主流被翻译过来的现实性强、政治性强的西方文学作品随着时代环境的改变很大一部分日益显露出其在思想深度和艺术审美方面的缺陷,从而不能成为具有恒久价值和影响力的、思想性与艺术性兼具的经典作品,其文学生命力在新的历史环境下无法延续。第二,1919年至1949年欧美文学"中国化"出现过为了一味追求政治性和现实宣传性而简单化、概念化甚至公式化译介作品的倾向。以抗战文学的翻译为例,译介过来的很多中短篇作品都是出于单纯的宣传目的,这些作品的思想内容性虽然满足了当时社会抗战形势的需要,但艺术形式方面的丰富性明显不足,不能算作是严格意义上的文学作品,难怪当时就有评论者呼吁要产出更多内容与形式兼具、能够反映"真实"的作品,而不是那些"在民众中尽着启蒙教育的任务的'宣传文艺'或'通俗文艺'",更不是那些"接连的放着大炮和机关枪,总有一大批人马奔驰呐喊的'公式文艺'"。④第三,1919年至1949年欧美文学"中国化"过度追求政治性和现实性

---

① 恩格斯:《恩格斯致斐迪南·拉萨尔(1859年5月18日于曼彻斯特特隆克利夫小林坊6号)》,《马克思恩格斯选集》第四卷,北京:人民出版社,2012年,第443页。

② 马克思:《马克思致斐迪南·拉萨尔(1859年4月19日于伦敦)》,《马克思恩格斯选集》第四卷,北京:人民出版社,2012年,第437页。

③ 以鲁迅为例,在《中国小说的历史变迁》中谈到宋代小说时,他曾指出:"加以宋时理学极盛一时,因之把小说也多理学化了,以为小说非含有教训,便不足道。但文艺之所以为文艺,并不贵在教训,若把小说变成修身教科书,还说什么文艺。"(详见鲁迅:《中国小说的历史变迁》,香港:今代图书出版公司,1965年,第19页。)很显然,鲁迅在此强调了文艺之所以为文艺的"自律"性,并认为这是文艺的本质所在。

④ 猛:《关于翻译作品到国外去》,《抗战文艺》1938年第三卷第三期。

也导致一批在欧美文学史上处于末流地位的作家作品被集中译介过来,尤其是那些艺术价值不高,且非作家代表性文艺论著的作品被译介过来。这类作品大多是反映民族危亡和民族生存内容的作品,对它们的过度关注直接导致现代欧美文学"中国化"的转向效应,尤其是在战争年代,与民族生存主题无关的欧美文学的译介工作几乎处于停顿状态,纯艺术的唯美主义、意识流等西方文学类型和作品逐步淡出了主流价值的视线,使得现代欧美文学"中国化"对于像英国作家王尔德、爱尔兰作家乔伊斯、美国作家福克纳等经典大家表现出冷漠的态度,其译介的数量和地位远不及表现现实的作家作品那样备受关注。上述1919年至1949年欧美文学"中国化"三方面的历史局限通过"雷马克现象"和"辛克莱现象"可以窥得一斑。

钱杏邨在《1931年文坛之回顾》一文中曾评价说:"战争小说的产生,以及雷马克的流行,是中国文坛上的一件主要现象。"[1]1928年堪称是德国战争小说的收获年,雷马克(E. M. Remarque)的《西线无战事》、雷恩(L. Renn)的《战争》和格莱塞(E. Glaeser)的《一九〇二级》同时问世,尤其是雷马克的《西线无战事》备受关注,发行量惊人。《西线无战事》通过描写一个班八位普通士兵在战壕中的生活、他们所经受的肉体和精神上的痛苦以及最终的死亡,揭露了帝国主义战争的残酷和毁灭性。作者对交战国之间士兵的肉搏、炮弹的轰击以及毒气杀人等恐怖的战争场景进行了细致的描绘,刻画出了被迫作战的普通士兵的思想感情和内心活动。小说的重要主题思想是"反战",这在当时的中国知识界引发了高度的共鸣。他们盛赞以雷马克的《西线无战事》为代表的战争文学作品标志着欧洲"大大改变了先前低能战争小说家的滥调"[2],认为以雷马克为代表的反战小说家凭借伟大的反战情绪促进了欧洲市民的觉悟。随后《西线无战事》的续篇《战后》也很快被译介过来。雷马克在当时的中国社会之所以被推崇,并引起大多数人的普遍认同感,主要在于他通过反战主题很好地把握住了第二次世界大战即将到来时人们普遍渴望的反省意识,将过去战争的惨剧和关于战争的恐怖预感通过小说艺术再现出来,从而构成一种潜意识的共鸣认同,唤起人们内心对战争的厌恶情绪。然而随着中国革命形势的剧变,尤其是1931年"九一八"事变后中国社会民族矛盾日益上升并成为主要矛盾之时,雷马克和《西线无战事》的反战主题便与中国社会需要动员一切力量进行抗日战争的现实需求不再吻合了,于是雷马克和《西线无战事》的价值随之一落千丈,

---

[1] 钱杏邨:《1931年文坛之回顾》,《北斗》1932年1月第二卷第一期。
[2] 路易棱:《战争》,王公渝译,上海:启明书局,1937年,"小引"第1页。

转而成为批判的主要对象。左翼刊物《文艺新闻》集中介绍了苏联当时对于《西线无战事》一书的反对潮流,其标题为《雷马克,一个轻薄的和平论者》①。《文学月报》也发表了苏联评论家毕哈(Biha)的批判文章,并配以"编后记":"雷马克底《西线无战事》和《退路》的销路,甚至在读书界十分落后的中国,也给予了我们一个非常惊人的数目,这可见他那种麻醉性的非战论的效力之大了。这是非揭破不可的假面具。"②对雷马克和《西线无战事》的先扬后抑及其在当时中国知识界认知的起落,无疑是政治性和现实需要性作用的结果。译介《西线无战事》的主要目的就是宣传,因此其价值和生命力究竟在哪里,是否具有真正的经典性等问题便在很大程度上被忽略了。与雷马克作品的"中国化"情形相类似的是美国作家辛克莱作品的"中国化"。辛克莱作品中对中国影响最大的当属《煤油》《屠场》《石炭王》等"普罗文学",其译介的主要背景都着眼于外国"新兴无产阶级文学"的输入。对此,周扬曾评价道:"辛克来便是一位旗帜鲜明的Propagandist。他说过:'一切的艺术是宣传,普遍地不可避免地是宣传;有时是无意的,而大底是故意的宣传。'我们在他的《林莽》中,便可看出这种艺术的伟大意义,便可看出他显然地是一个大声疾呼的Muck-raker,是一个社会主义的Propagandist。"③很明显,周扬注重的是辛克莱的"黑幕揭发者"和社会主义"宣传者"身份,认为这种身份满足当时中国社会现实的政治需要,继而认为其作品具有强烈的现实指导意义和价值。郭沫若也有类似观点:"这位作家尽有充分的长处足以使我们翻译他,仿学他的。从大体来说,他是坚定地立在反资本主义的立场,反帝国主义的立场的。他生在资本主义最发达的美国,从内部来暴露资本主义的丑恶,他勇敢的暴露了,强有力的暴露了,用坦克用四十二珊的大炮全线的暴露了,这是这位作者最有光辉的一面。他的精神是很强韧的。他有周到的用意去搜集材料,他有预定的计划去处理材料,他有坚忍不拔地把当前的一种对象彻底的克服。这是他的作品中所表演出来的,便是结构的宏大绵密,波澜的层出不穷,力量的排山倒海。他的一些作品,真是可以称为'力作'。"④甚至有评论者认为辛克莱犹如中国的茅盾:"中国之有茅盾,犹如美国

---

① 参见1931年10月12日《文艺新闻》。
② Biha:《雷马克的退路》,华琪译,《文学月报》1940年1月第一卷第一号。
③ 周扬:《辛克来的杰作:〈林莽〉》,《周扬文集》第一卷,北京:人民文学出版社,1984年,第1页。辛克来即"辛克莱",引文部分的Propagandist意为"宣传家",Muck-raker意为"黑幕揭发者"。辛克莱的小说《林莽》又译为《屠场》。
④ 郭沫若:《写在〈煤油〉前面》,辛克莱:《煤油》上册,郭沫若译,上海:国民书店,1939年,第1页。

之有辛克莱,世界之有俄国文学。"①很明显,辛克莱之所以受到当时左翼作家的青睐,主要在于其特定的政治社会观及作品的特定政治现实倾向。而以文学视角来审视辛克莱的作品,宣传意义和促进革命思想变革作用异常突出,但艺术性相对较差,甚至几乎不具备审美艺术价值。在某种程度上完全可以说,辛克莱和雷马克这样的作家作品更多的是"非文学性"的。

"只有审美形式与精神内涵结合得恰到好处,文学作品才能成为一流作品。精神内涵如果缺少审美形式的支援,文学作品就可能乏味,就可能缺少感人的力量。而审美形式如果缺少精神内涵深度,文学作品就可能流于苍白,犯'贫血症'。"②以此标准来反观1919年至1949年欧美文学"中国化"的历程,很明显审美形式方面的作品相对贫乏,审美与精神二者兼具的真正意义的经典作品也有所欠缺。尽管茅盾在《文学与政治社会》一文中曾为文学的政治性辩解,认为文学作品趋向政治和社会不是漫无原因的,把带有政治或社会意味的作品完全摒除在艺术的门外也是不妥的,但他仍然不得不承认"功利的艺术观,诚然不对"③。换言之,以政治和社会现实为出发点来译介或创作文学作品在很大程度上还是会毁坏文学艺术的生命力和价值的。在此意义上,重新检视现代欧美文学"中国化"历程中过度"政治化"和"现实化"倾向对于当下更好地处理文学艺术的思想性和艺术性之间的关系大有裨益。

其次,对"中国化"进程中系统性问题的辩证思考。

茅盾的《为发展文学翻译事业和提高翻译质量而奋斗——一九五四年八月十九日在全国文学翻译工作会议上的报告》既总结了近现代欧美文学"中国化"的成就,同时也反思了这一历史文化进程中存在的主要问题和弊端,指出了近现代欧美文学"中国化"最根本的症结所在,即明显缺乏组织性、计划性和系统性:

> 几十年来,文学翻译工作是有很大成绩的,翻译工作对人民的事业作了很大的贡献。但不可否认,翻译工作中也还存在着不少的问题和缺点,而首先是工作的无组织无计划状态,这是和国家有计划的文化建设不相适应的。
>
> 在过去,极大多数的文学翻译工作,是在分散的、自然的状态中进行的。从翻译工作者来说,翻译作品的选择,常常是凭译者个人主观的好恶

---

① 吴组缃:《新书介绍〈子夜〉》,《文艺月报》1933年6月第一卷创刊号。
② 刘再复:《什么是文学——文学常识二十二讲》,香港:三联书店(香港)有限公司,2015年,第127页。
③ 茅盾:《文学与政治社会》,《茅盾全集》第十八卷,北京:人民文学出版社,1989年,第278页。

来决定，而往往很少考虑所翻译的作品，是否值得翻译，是否于读者有益，为读者所迫切需要；有些译者甚至对自己是否胜任这一翻译，也考虑得很少。态度不够严肃能力较差的译者胡乱翻译，既不慎重选取所翻译的作品，亦不忠实于原文；态度比较严肃能力较高的译者，则又往往由于缺乏工作条件和必要的支持，不能安心致力于翻译工作；许多需要长年累月、惨淡经营的翻译工作就不可能做，有些应该细磨细琢的工作只得草率了事。造成这种现象的一个重要原因，是过去出版事业掌握在私营出版商手里，翻译作品的能否出版，主要是由出版商人来决定的，这些出版商人及其雇用的编辑工作者，不可能对文学艺术有较高的理解，而对于作品的政治、思想教育的意义，则更少考虑，他们的决定就很难符合于读者的利益；同时既然译稿的取舍由出版商人来决定，许多译者就不得不迁就商人的要求，而不可能周密地考虑自己的志趣、能力和读者的利益。在某些情况下，个别的出版社或文化学术团体，也曾打算有计划地组织译稿，但由于这些出版社或学术团体的翻译计划的目的性往往是不明确的，因而选题常常杂乱无章；又由于这些出版社或学术团体的经济条件的限制，对于进行中的计划，也不可能给予切实的支持与保证，因而比较大的计划，就往往有始无终。①

在茅盾看来，近现代欧美文学"中国化"缺乏组织性和系统性主要与译者的选择和翻译能力、缺乏必要的保障条件、出版机制的局限以及现实社会条件的束缚等众多因素有关，尤其是翻译工作的无计划性和翻译力量的薄弱是其中最为重要的原因之一。而这又带来了严重的无价值的重复翻译等其他问题：

> 无组织无计划的害处，特别表现在严重的重复浪费上面。一种名著有几种译本，可以使读者参照比较，作进一步的理解与欣赏；这样的复译是允许的。或者，原有的译本质量不高，因而进行有意识的复译；这样的复译更是必要的。但我们的文学翻译的重复现象，往往不是从这样的需要产生出来的。由于译者是分散的、自流的进行翻译，出版者是分散的、自流的进行出版，译者和译者之间，出版者和出版者之间各自为政，互不相谋，因此一个译者一个出版社可以完成的工作，往往有两个三个甚至更多的译者和出版社同时或先后的去做，浪费了许多人力和物力。有的译者和出版者只是从本身利益出发，明知已有别的译本，自己又并无条件译得更好，仍旧作无

---

① 茅盾：《为发展文学翻译事业和提高翻译质量而奋斗——一九五四年八月十九日在全国文学翻译工作会议上的报告（全文）》，《茅盾文艺评论集》上册，北京：文化艺术出版社，1981年，第123—124页。

意义的重复,不少复译本并不比原来的译本完善,甚至有反而较差的。更不好的作风是将同一原作的译本改换一个书名出版,以蒙混读者。有一些比较为读者所急需的书,译者和出版者虽然明知别人已在翻译,却以粗制滥造的方法,抢先译出,以争取市场。这些错误的恶劣的现象都是不能容许的。①

关于欧美文学"中国化"过于零散和不系统的问题,茅盾早在20世纪二三十年代便开始关注,并不断呼吁建立系统译介的机制。在《我对于介绍西洋文学的意见》一文中,茅盾明确指出,欧美文学"中国化"在数量上不断增加,但译介质量和选篇方面却未免有些杂乱:

> 但是介绍尽管有人介绍,却微嫌有点杂乱;多译研究问题的文学固然是现社会的对症药,新思想宣传的急先锋,却未免单面;只拣新的译,却未免忽略了文学进化的痕迹。所以我们只好说一年来一般人文学上的常识确是增加了不少;若论由翻译而进于创造,那是终觉有些不毂的。②

针对当时欧美文学"中国化"的现实状况,茅盾亲自拟就了两大部他认为应该着手系统译介的重要作品,一大部偏重于艺术性,共三十七篇目,包括:比昂松(Björnson)的《新婚夫妇》(Newly Married Couple)、《挑战的手套》(A Gauntlet),斯特林堡(Strindberg)的《在海边》(At the Edge of the Sea)、《朱丽小姐》(Miss Julia)、《父亲》(The Father),易卜生(Ibsen)的《青年同盟》(League of the Youth),左拉(Zola)的《崩溃》(La Débâcle)、《生之欢乐》(Joy of Life)、《磨坊之役》(L' Attaque de Moulin),莫泊桑(Maupassant)的《一生》(Une Vie)、《皮埃尔和若望》(Pierre er Jean),白里欧(Brieux)的《逃跑》(Escape)、《红袍》(Red Robe),霍普特曼(Hauptmann)的《织工》(The Weavers)、《车夫亨舍尔》(Drayman Henschel),高尔斯华绥(Galsworthy)的《斗争》(Strife)、《暴民》(The Mob),果戈理(Gogol)的《死魂灵》(Dead Souls)、《外套》(Cloak)、《非凡的哥萨克》(The Terrible Cossack),契诃夫(Chekhov)的《决斗》(The Duel)、《樱桃园》(The Cherry Orchard)、《海鸥》(The Sea Gull)、《伊凡诺夫》(Ivanoff)、《三姐妹》(The Three Sisters)、《俄罗斯老妇女》(Old

---

① 茅盾:《为发展文学翻译事业和提高翻译质量而奋斗——一九五四年八月十九日在全国文学翻译工作会议上的报告(全文)》,《茅盾文艺评论集》上册,北京:文化艺术出版社,1981年,第125—126页。

② 茅盾:《我对于介绍西洋文学的意见》,《茅盾全集》第十八卷,北京:人民文学出版社,1989年,第2页。

Wives of Russia)、《醋栗》(The Chestnut Tree),屠格涅夫(Turgenev)的《猎人笔记》(Sportsman's Note Books)、《父与子》(Fathers and Sons)、《处女地》(Virgin Soil),陀思妥耶夫斯基(Dostoevsky)的《少年》(A Little Hero)、《地下室手记》(Notes from Underground)、《白痴》(The Idiot),高尔基(Gorky)的《沦落的人们》(Creatures That Once Were Men)、《底层》(Lower Depths),显克微支(Sienkiewiez)的《胜利者巴尔泰克》(Bartek the Conqueror)和席曼斯基(Szymanski)的《马祖尔德马切耶》(Maciej the Mazur)。① 另一大部偏重于思想性,共七部长篇,包括:托尔斯泰(Tolstoi)的《战争与和平》(War and Peace),陀思妥耶夫斯基(Dostoevsky)的《罪与罚》(Crime and Punishment),赫尔岑(Herzen)的《谁之罪?》(Whose Crime?),萧伯纳(Bernard Shaw)的"为清教徒所作的三个剧本"(Three Plays for Puritans)以及威尔斯(Wells)的《琼和彼得》(Joan and Peter)。② 之所以这样归类,茅盾指出:"第一部所取的是纯粹的写实派自然派居多,而且侧重在艺术的手段,第二部是问题著作居多;我以为总得先有了客观的艺术手段,然后做问题文字做得好,能动人;这便是我强分第一第二两部的一孔之见了。"③ 很明显,茅盾是以艺术性和思想性两个文学最为重要的衡量标准来强调译介的系统性的。换言之,茅盾认为既要系统译介艺术性强的欧美作品,也要译介思想性强的欧美作品,二者缺一不可,且可互为补充。茅盾最后还提出译介一些"过渡时代的文学",如卢梭的《新爱洛绮丝》、斯塔尔夫人(Madame de Stael)的《黛尔菲娜》和《高丽娜》、歌德的《浮士德》、谢里丹(Sheridan)的《造谣学校》、哥尔德斯密斯(Oliver Goldsmith)的《委屈求全》以及普希金的《黑桃皇后》等。④ 他还强调在系统译介欧美文学的同时,"就是要一部近代西洋文学思潮史"⑤。

在《又一篇账单》和《对于"翻译年"的希望》两篇文章中茅盾再一次谈及了欧美文学"中国化"的系统性和选择性问题。《又一篇账单》主要针对的是1929年真美善书店出版的《汉译东西洋文学作品编目》。该编目刊载了"五四"前后二十年间被译介过来的作家作品三百多种,可谓是一次阶段性的欧美文学"中

---

① 茅盾:《我对于介绍西洋文学的意见》,《茅盾全集》第十八卷,北京:人民文学出版社,1989年,第3—5页。茅盾原文使用的全部都是西文,具体作家和作品的译名依据《茅盾全集》第十八卷第4页注释①。
② 同上书,第5—6页。茅盾原文使用的全部都是西文,具体作家和作品的译名依据《茅盾全集》第十八卷第5页注释②。
③ 同上书,第6页。
④ 同上书,第6—7页。
⑤ 同上书,第7页。

国化"书目的总结和检验。但茅盾认为尽管数量不算太少,但仍存在严重问题。首先是书目中所开列的三百多位作家的作品"其中倒有一小半是只译了一两个短篇小说过来,例如保加利亚的跋佐夫,我们所译过来的,只是几个短篇,他的巨著《轭下》是没有翻译的。所以单看作家名字,觉得什么都还有一点,尚堪自慰,而一按内容,还是要丧气的"①。茅盾明确指出,欧美文学"中国化"早期只注重涉猎范围的广泛,但在作品的具体选篇上存在欠缺考虑的现象。其次是名著意识不强,伟大作家作品的数量偏少:"第二个特点就是各民族的作家中间尽有许多更伟大的,我们倒翻译得很少,或简直没有。这只要看'编目'的英德法美四部分就显然可见。俄国部分算是比较的整齐,然而细想一想,不是柴霍甫和杜格涅甫所占太多,而哥郭里、杜思退益夫斯基占得太少了吗?高尔基也是很少的。托尔斯泰虽然不算少,可是文言译本占了大半,而这些文言译本又都是歪曲了的。"②再次是"古典名著几乎没有一本称意的翻译",有的是"斩手截足的文言译本","其余连不完全的文言译本都没有"③。最后是"世界各国任何大作家我们都没有他的一个全集译本"④。基于以上四个主要缺点,茅盾提出系统性和有计划翻译的必要性:"我们相信如果没有大批的西洋名著好好地翻译过来,即所谓'从大作家学习'云云,只是一句空话。在这当儿,有计划的翻译是必要的,同时,打破那种鄙视翻译的空气,也是必要的。"⑤在《对于"翻译年"的希望》一文中,茅盾重申了欧美文学"中国化"进程存在的问题,强调必须注意两个方面:第一是"选择翻译的作品的时候,必须慎重,必须有个先后,重要的先译,次要的后译"⑥。他以林纾翻译哈葛德全集为例说明"不重要的东西,大可不必译",关键是要有计划和方针:"商务印书馆的《万有文库》初集及现在刚刚发售预约的二集,其中所收的翻译,都是一无选择,没有一个固定的计划和方针的——本来这种计划和方针是必要的。"⑦第二则是"译者的态度的谨慎和文笔的正确流利",凡是经过主观改造的译品都是不可靠的,"最易失掉原作的精神的"⑧。最后,茅盾提出他对"翻译年"希望的总结和概括:"不仅求其多,还要求

---

① 茅盾:《又一篇账单》,《茅盾全集》第二十卷,北京:人民文学出版社,1990年,第34页。
② 同上。
③ 同上。
④ 同上书,第35页。
⑤ 同上。
⑥ 茅盾:《对于"翻译年"的希望》,《茅盾全集》第二十卷,北京:人民文学出版社,1990年,第385页。
⑦ 同上。
⑧ 同上书,第387页。

其精;不仅求其精,还要求其有系统。如果有好的系统的介绍,必定会有极大的影响和结果的。"①

茅盾所关注的欧美文学"中国化"的系统性问题由来已久,"五四"时期众多知识分子都有过论述。傅斯年在《译书感言》中曾提出合力翻译、共同研究的主张,可以看作是系统性观念的雏形:"翻译一种事业,独自干去,用的力大,收效很难。若是大家共同翻译,共同研究,效验定然快的。材料的搜集,文词的讨论,错误的修改,都是共同取得的事业。事事皆然,翻译也不免如此。所以我很愿意大家多设译书会,用公众的力量去做这转移文化的事业。"②如果说傅斯年的观点还比较空泛,还不够具体清晰的话,那么胡适则将其具体化,建议有计划地共同译介:"公共选定若干种不可不译的第一流文学名著:约数如一百种长篇小说,五百篇短篇小说,三百种戏剧,五十家散文,为第一部'西洋文学丛书',期五年译完,再选第二部。译成之稿,由这几位学者审查,并一一为作长序及著者略传,然后付印……"③沿袭胡适的思路,现代剧作家顾仲彝提出了更为具体的翻译建议:"翻译不比创作,是需要一种有计划的合作和提倡。我的意思最好能组织一个全国文学翻译学会,集合全国翻译同志,定下一个具体而有系统的计划,大家全力去进行和完成。""对于各国文学、个别作家,作有系统的介绍"。④在顾仲彝看来,系统介绍的结果必然是使西洋文学名著如《四库全书》一般规模宏大,成为中国文坛的宝藏。除此之外,鲁迅、朱光潜等学者也有涉及翻译系统性的论述。

欧美文学"中国化"的系统性既是特定历史文化语境下的长期困境问题,也是一个逐步改进和渐变的"与时俱进"的问题。系统化译介欧美文学有利于对西方文学与文化的整体形成宏观认知,进而对于深入研究西方作家作品大有裨益。尽管近现代中国欧美文学的译介未免带有杂乱、仓促、零散、无目的性等特点,但随着新中国的成立和翻译事业迎来前所未有的新景观,尤其是改革开放以后,欧美文学"中国化"的系统性问题正在逐步改进,并已初步形成规模。

---

① 茅盾:《对于"翻译年"的希望》,《茅盾全集》第二十卷,北京:人民文学出版社,1990年,第388页。
② 傅斯年:《译书感言》,欧阳哲生主编:《傅斯年全集》第一卷,长沙:湖南教育出版社,2003年,第195页。
③ 胡适:《建设的文学革命论》,欧阳哲生编:《胡适文集》2,北京:北京大学出版社,1998年,第57页。
④ 顾仲彝:《我与翻译》,转引自王建开:《五四以来我国英美文学作品译介史(1919—1949)》,上海:上海外语教育出版社,2003年,第44—45页。

参考文献

一、马列经典文献

《列宁选集》四卷本,北京:人民出版社,2012年。

《马克思恩格斯选集》四卷本,北京:人民出版社,2012年。

《毛泽东选集》四卷本,北京:人民出版社,1991年。

《毛泽东文集》第七卷,北京:人民出版社,1999年。

二、著作

Aaron, Daniel. *Writers on the Left: Episodes in American Literary Communism*, New York: Oxford University Press, 1961.

Damrosch, David. *What Is World Literature?* Princeton: Princeton University Press, 2003.

Eagleton, Terry. *Literary Theory: An Introduction* (Second Edition), Oxford: Blackwell Publishing Ltd., 1996.

Eide, Elisabeth. *China's Ibsen: From Ibsen to Ibsenism*, London: Curzon Press, 1987.

Fairbank, John King. *The United States and China* (Fourth Edition, Enlarged), Cambridge and London: Harvard University Press, 1983.

Foucault, Michel. "What Is Enlightenment?" in Paul Rabinow, ed., *Essential Works of Foucault 1954—1984*, Vol. 1, trans. Robert Hurley and Others, London: Penguin Books, 2000.

Hockx, M. ed. *The Literary Field of Twentieth-Century China*, Richmond: Curzon Press, 1999.

Shelley, Percy Bysshe. "A Defense of Poetry," in Hazard Adams and Leroy Searle, eds., *Critical Theory since Plato* (Third Edition), Singapore: Thomson Learning, 2005.

爱德华·希尔斯:《论传统》,傅铿、吕乐译,上海:上海人民出版社,2009年。

爱克曼辑录:《歌德谈话录》,朱光潜译,北京:人民文学出版社,1978年。

艾晓明:《中国左翼文学思潮探源》,北京:北京大学出版社,2007年。

奥弗洛赫蒂等编:《尼采与古典传统》,田立年译,上海:华东师范大学出版社,2007年。

巴赫金著,钱中文主编:《文本 对话与人文》,白春仁等译,石家庄:河北教育出版社,1998年。

北京大学、北京师范大学、北京师范学院中文系中国现代文学教研室主编:《文学运动史料选》第一册,上海:上海教育出版社,1979年。

北京师范大学中文系现代文学教学改革小组编:《中国现代文学史参考资料·社会主义革命和

建设时期的文学(1949—1958)》第三卷上册,北京:高等教育出版社,1959年。

本尼迪克特·安德森:《想象的共同体:民族主义的起源与散布》,吴叡人译,上海:上海人民出版社,2003年。

勃兰兑斯:《十九世纪文学主流》第一分册,张道真译,北京:人民文学出版社,1997年。

陈独秀:《独秀文存》(一),上海:亚东图书馆,1922年。

陈建华主编:《中国外国文学研究的学术历程》第1卷,重庆:重庆出版社,2016年。

陈平原:《"新文化"的崛起与流播》,北京:北京大学出版社,2015年。

陈思和:《中国文学中的世界性因素》,上海:复旦大学出版社,2011年。

陈思和主编:《中国当代文学史教程》,上海:复旦大学出版社,1999年。

陈寅恪:《金明馆丛稿二编》,北京:生活·读书·新知三联书店,2015年。

程正民、王志耕、邱运华:《卢那察尔斯基文艺理论批评的现代阐释》,北京:北京大学出版社,2006年。

茨维坦·托多罗夫:《启蒙的精神》,马利红译,上海:华东师范大学出版社,2012年。

大卫·达姆罗什、陈永国、尹星主编:《新方向:比较文学与世界文学读本》,北京:北京大学出版社,2010年。

大卫·达姆罗什、刘洪涛、尹星主编:《世界文学理论读本》,北京:北京大学出版社,2013年。

E. 卡西勒:《启蒙哲学》,顾伟铭、杨光仲、郑楚宣译,济南:山东人民出版社,1988年。

费正清编:《剑桥中华民国史(1912—1949年)》上卷,杨品泉等译,北京:中国社会科学出版社,1994年。

郜元宝编:《尼采在中国》,上海:上海三联书店,2001年。

葛桂录:《中英文学关系编年史》,上海:上海三联书店,2004年。

格里德:《胡适与中国的文艺复兴——中国革命中的自由主义(1917—1950)》,鲁奇译,王友琴校,南京:江苏人民出版社,1989年。

郭沫若:《郭沫若全集》文学编第十九卷,北京:人民文学出版社,1992年。

郭绍虞主编:《中国历代文论选》第四册,上海:上海古籍出版社,2001年。

H. R. 姚斯、R. C. 霍拉勃:《接受美学与接受理论》,周宁、金元浦译,沈阳:辽宁人民出版社,1987年。

汉斯-格奥尔格·伽达默尔:《诠释学Ⅰ:真理与方法——哲学诠释学的基本特征》,洪汉鼎译,北京:商务印书馆,2007年。

贺麦晓:《文体问题——现代中国的文学社团和文学杂志(1911—1937)》,陈太胜译,北京:北京大学出版社,2016年。

洪子诚:《中国当代文学史》,北京:北京大学出版社,1999年。

胡风:《胡风评论集》(上、中、下),北京:人民文学出版社,1984年。

胡适:《胡适留学日记》(第一册),上海:商务印书馆,1947年。

胡适编选:《中国新文学大系·建设理论集》,上海:上海文艺出版社,1980年影印本。

黄维樑:《中国文学纵横论》,台北:东大图书股份有限公司,1988年。

季莫菲耶夫:《苏联文学史》,水夫译,北京:作家出版社,1958年。
贾振勇:《理性与革命:中国左翼文学的文化阐释》,北京:人民出版社,2009年。
贾植芳、陈思和主编:《中外文学关系史资料汇编(1898—1937)》(上、下册),桂林:广西师范大学出版社,2004年。
贾植芳等编:《中国文学史资料全编(现代卷):中国现代文学总书目·翻译文学卷》,北京:知识产权出版社,2010年。
捷明契耶夫等:《俄罗斯苏维埃文学》,李时译,上海:新文艺出版社,1958年。
金观涛:《历史的巨镜》,北京:法律出版社,2015年。
金观涛、刘青峰《开放中的变迁——再论中国社会超稳定结构》,香港:香港中文大学出版社,1993年。
金观涛、刘青峰:《中国思想史十讲》上卷,北京:法律出版社,2015年。
金观涛、刘青峰:《中国现代思想的起源:超稳定结构与中国政治文化的演变》(第一卷),北京:法律出版社,2011年。
康德:《历史理性批判文集》,何兆武译,北京:商务印书馆,1990年。
勒内·韦勒克、奥斯汀·沃伦:《文学理论》(修订版),刘象愚等译,南京:江苏教育出版社,2005年。
李大钊:《李大钊全集》第二卷,北京:人民出版社,2006年。
李大钊:《李大钊选集》,北京:人民出版社,1959年。
李健吾:《福楼拜评传》,桂林:广西师范大学出版社,2007年。
李今著,杨义主编:《二十世纪中国翻译文学史 三四十年代·俄苏卷》,天津:百花文艺出版社,2009年。
李欧梵:《李欧梵自选集》,上海:上海教育出版社,2002年。
李欧梵:《中国现代作家的浪漫一代》,王宏志等译,北京:新星出版社,2005年。
李奭学:《中西文学因缘》,台北:联经出版事业公司,1982年。
李泽厚:《李泽厚对话集·与刘再复对谈》,北京:中华书局,2014年。
李泽厚:《实用理性与乐感文化》,北京:生活·读书·新知三联书店,2008年。
李泽厚:《杂著集》,北京:生活·读书·新知三联书店,2008年。
李泽厚:《中国现代思想史论》,北京:生活·读书·新知三联书店,2008年。
梁启超:《新民说》,宋志明选注,沈阳:辽宁人民出版社,1994年。
梁启超:《饮冰室文集》,北京:中华书局,1936年。
梁启超撰:《论中国学术思想变迁之大势》,夏晓虹导读,上海:上海古籍出版社,2001年。
梁启超撰:《清代学术概论》,朱维铮导读,上海:上海古籍出版社,1998年。
梁实秋:《梁实秋文集》第8卷,厦门:鹭江出版社,2002年。
林焕平编:《高尔基论文学》,南宁:广西人民出版社,1980年。
刘禾:《跨语际实践:文学、民族文化与被译介的现代性(中国,1900—1937)》(修订译本),宋伟杰等译,北京:生活·读书·新知三联书店,2008年。

刘再复:《共鉴"五四"》,福州:福建教育出版社,2010年。
刘再复:《什么是文学——文学常识二十二讲》,香港:三联书店(香港)有限公司,2015年。
柳亚子编:《苏曼殊全集》(一),北京:中国书店,1985年。
卢那察尔斯基:《论文学》,蒋路译,北京:人民文学出版社,1978年。
罗德·霍顿、赫伯特·爱德华兹:《美国文学思想背景》,房炜、孟昭庆译,北京:人民文学出版社,1991年。
罗果夫主编、戈宝权负责编辑:《普希金文集》,北京:时代出版社,1947年。
罗果夫、戈宝权合编:《高尔基研究年刊(一九四七年)》,上海:时代书报出版社,1947年。
罗素:《西方哲学史》下卷,马元德译,北京:商务印书馆,1976年。
罗新璋编:《翻译论集》,北京:商务印书馆,1984年。
马立安·高利克:《中西文学关系的里程碑(1898—1979)》,伍晓明、张文定等译,北京:北京大学出版社,2008年。
马良春、张大明编:《三十年代左翼文艺资料选编》,成都:四川人民出版社,1980年。
马克·柯里:《后现代叙事理论》,宁一中译,北京:北京大学出版社,2003年。
马克斯·霍克海默、西奥多·阿道尔诺:《启蒙辩证法——哲学断片》,渠敬东、曹卫东译,上海:上海人民出版社,2006年。
马泰·卡林内斯库:《现代性的五副面孔》,顾爱彬、李瑞华译,南京:译林出版社,2015年。
茅盾:《茅盾论创作》,上海:上海文艺出版社,1980年。
茅盾:《茅盾全集》第十六卷,北京:人民文学出版社,1988年。
茅盾:《茅盾全集》第十七卷,北京:人民文学出版社,1989年。
茅盾:《茅盾全集》第十八卷,北京:人民文学出版社,1989年。
茅盾:《茅盾全集》第二十卷,北京:人民文学出版社,1990年。
茅盾:《茅盾全集》第二十一卷,北京:人民文学出版社,1991年。
茅盾:《茅盾全集》第二十二卷,北京:人民文学出版社,1993年。
茅盾:《茅盾全集》第二十四卷,北京:人民文学出版社,1996年。
茅盾:《茅盾文艺杂论集》上、下集,上海:上海文艺出版社,1981年。
梅启波:《作为他者的欧洲:欧洲文学在20世纪30年代中国的传播》,武汉:华中师范大学出版社,2008年。
尼·奥斯特洛夫斯基:《钢铁是怎样炼成的》,梅益译,北京:人民文学出版社,1995年。
欧阳哲生编:《胡适文集》12卷本,北京:北京大学出版社,1998年。
欧阳哲生主编:《傅斯年全集》七卷本,长沙:湖南教育出版社,2003年。
皮埃尔·布尔迪厄:《艺术的法则:文学场的生成与结构》(新修订本),刘晖译,北京:中央编译出版社,2011年。
普列汉诺夫:《论艺术(没有地址的信)》,曹葆华译,北京:生活·读书·新知三联书店,1973年。
钱理群:《丰富的痛苦——堂吉诃德与哈姆雷特的东移》,北京:北京大学出版社,2007年。
钱理群、温儒敏、吴福辉:《中国现代文学三十年》(修订本),北京:北京大学出版社,1998年。

钱锺书:《七缀集》,北京:生活·读书·新知三联书店,2002年。
乔纳森·卡勒:《文学理论入门》,李平译,南京:译林出版社,2008年。
邱运华:《俄苏文论十八题》,合肥:安徽教育出版社,2009年。
瞿秋白:《俄国文学史及其他》,上海:复旦大学出版社,2004年。
瞿秋白:《瞿秋白文集》文学编第二卷,北京:人民文学出版社,1986年。
瞿秋白:《瞿秋白选集》,北京:人民出版社,1985年。
让-米歇尔·拉巴泰:《1913:现代主义的摇篮》,杨成虎等译,上海:上海外语教育出版社,2013年。
饶鸿竞等编:《创造社资料》上册,福州:福建人民出版社,1985年。
任建树、张统模、吴信忠编:《陈独秀著作选》(第二卷),上海:上海人民出版社,1993年。
人民文学出版社编辑部编:《苏联文学艺术问题》,北京:人民文学出版社,1959年。
任淑坤:《五四时期外国文学翻译研究》,北京:人民出版社,2009年。
Richard H. Pells:《激进的理想与美国之梦——大萧条岁月中的文化和社会思想》,卢允中、严撷芸、吕佩英译,卢允中校订,上海:上海外语教育出版社,1992年。
施蛰存主编:《中国近代文学大系·翻译文学集一》,上海:上海书店,1990年。
宋炳辉:《视界与方法:中外文学关系研究》,上海:复旦大学出版社,2013年。
孙康宜、宇文所安主编:《剑桥中国文学史》下卷(1375—1949),刘倩等译,北京:生活·读书·新知三联书店,2013年。
特里·伊格尔顿:《马克思主义与文学批评》,文宝译,北京:人民文学出版社,1980年。
童庆炳:《中国当代文学理论的经验、困局与出路》,北京:北京师范大学出版社,2015年。
郁达夫编选:《中国新文学大系·散文二集》,上海:上海良友图书印刷公司,1935年。
王宏图:《东西跨界与都市书写》,上海:复旦大学出版社,2013年。
王宏志:《重释"信达雅":二十世纪中国翻译研究》,上海:东方出版中心,1999年。
汪晖:《现代中国思想的兴起》4卷本,北京:生活·读书·新知三联书店,2008年。
王建开:《五四以来我国英美文学作品译介史(1919—1949)》,上海:上海外语教育出版社,2003年。
汪介之、陈建华:《悠远的回响——俄罗斯作家与中国文化》,银川:宁夏人民出版社,2002年。
温儒敏:《中国现代文学批评史》,北京:北京大学出版社,1993年。
夏志清:《中国现代小说史》,刘绍铭等译,香港:香港中文大学出版社,2015年。
萧乾:《萧乾全集》第六卷,武汉:湖北人民出版社,2005年。
谢天振:《翻译研究新视野》,青岛:青岛出版社,2003年。
许寿裳:《亡友鲁迅印象记》,北京:人民文学出版社,1977年。
薛绥之、张俊才编:《林纾研究资料》(中国文学史资料全编·现代卷),北京:知识产权出版社,2010年。
姚淦铭、王燕编:《王国维文集》第三卷,北京:中国文史出版社,1997年。
易卜生:《易卜生书信演讲集》,汪余礼、戴丹妮译,北京:人民文学出版社,2012年。

易卜生:《易卜生戏剧选》,潘家洵译,北京:人民文学出版社,2013年。
余虹:《革命·审美·解构——20世纪中国文学理论的现代性与后现代性》,桂林:广西师范大学出版社,2001年。
余英时:《现代危机与思想人物》,北京:生活·读书·新知三联书店,2012年。
詹明信著,张旭东编:《晚期资本主义的文化逻辑:詹明信批评理论文选》,陈清侨等译,北京:生活·读书·新知三联书店,1997年。
詹姆斯·乔伊斯著,埃尔斯沃思·梅森、理查德·艾尔曼编:《乔伊斯文论政论集》,姚君伟、郝素玲译,上海:上海译文出版社,2013年。
章安祺编订:《缪灵珠美学译文集》第三卷,北京:中国人民大学出版社,1998年。
张辉:《文学与思想史论稿》,上海:复旦大学出版社,2013年。
张军锋编:《延安文艺座谈会的台前幕后》上、下册,西安:陕西师范大学出版总社有限公司,2014年。
张秋华、彭克巽、雷光编选:《"拉普"资料汇编》(上),北京:中国社会科学出版社,1981年。
张铁夫:《普希金学术史研究》,南京:译林出版社,2013年。
张少康:《中国文学理论批评史教程》,北京:北京大学出版社,1999年。
张旭春:《浪漫主义、文学理论与比较文学研究论稿》,上海:复旦大学出版社,2013年。
郑振铎编:《文学大纲》上、下,桂林:广西师范大学出版社,2003年。
郑振铎编选:《中国新文学大系·文学论争集》,上海:上海文艺出版社,2003年影印本。
中国社会科学院近代史研究所编:《纪念五四运动六十周年学术讨论会论文选》(一),北京:中国社会科学出版社,1980年。
中国社会科学院文学研究所编:《世界文学中的现实主义问题》,北京:知识产权出版社,2010年。
钟叔河编订:《周作人散文全集》4,桂林:广西师范大学出版社,2009年。
周立波:《周立波鲁艺讲稿》,上海:上海文艺出版社,1984年。
周扬著,朱耀军编选:《周扬文论选》,北京:人民文学出版社,2009年。
周扬:《周扬文集》第一卷,北京:人民文学出版社,1984年。
周作人:《夜读抄》,止庵校订,石家庄:河北教育出版社,2002年。
周作人:《艺术与生活》(周作人自编文集),止庵校订,石家庄:河北教育出版社,2002年。
周作人:《知堂回想录》,香港:三育图书有限公司,1980年。

三、中文期刊

蔡清富:《〈在延安文艺座谈会上的讲话〉在国民党统治区的传播》,《中国现代文学研究丛刊》1980年第1期。
陈传芝:《〈玩偶之家〉的"中国化"阐释与新文学聚焦的"解放"》,《中国文学研究》2013年第2期。
陈玲玲:《中国易卜生传播史上的鲁迅与胡适》,《中国现代文学研究丛刊》2012年第9期。
陈思和:《20世纪中外文学关系研究中的"世界性因素"的几点思考》,《中国比较文学》2001年第

1期。

程凯:《政治与文艺的再理解——从胡乔木讲话反观〈在延安文艺座谈会上的讲话〉》,《文学评论》2017年第5期。

董丽敏:《翻译现代性:在悬置与聚焦之间——论革新时期〈小说月报〉对于俄国及弱小民族文学的译介》,《文艺争鸣》2006年第3期。

E.艾德、梅君:《易卜生在中国:从易卜生到易卜生主义》,《国外社会科学》1989年第12期。

樊义红:《作为批评形态的文学论争研究》,《凯里学院学报》2008年第5期。

冯亦代:《〈第五纵队及其他〉重译后记》,《读书》1982年第10期。

冯至、陈祚敏、罗业森:《五四时期俄罗斯文学和其他欧洲国家文学的翻译和介绍》,《北京大学学报》(哲学社会科学版)1959年第2期。

高远东:《经与权的辩证法》,《文学评论》2017年第5期。

郝明工:《抗战时期中国文学的区域分化与主导特征》,《中国现代文学研究丛刊》2009年第3期。

旷新年:《民族国家想象与中国现代文学》,《文学评论》2003年第1期。

李春林:《鲁迅与苏联"同路人"作家关系研究》(一)(二)(三),《鲁迅研究月刊》2003年第2、3、4期。

李兰生:《外国文学研究该如何"中国化"》,《中南大学学报》(社会科学版)2004年第3期。

李卫华:《〈讲话〉与外国文学翻译》,《文艺理论与批评》2012年第4期。

黎舟:《鲁迅对"同路人"文学的译介及其与中国革命文学的关系》,《福建论坛》1981年第4期。

刘建军:《关于"欧美文学中国化进程"的若干问题》,《东北师大学报》(哲学社会科学版)2012年第3期。

刘全福:《周作人与"被损害民族的文学"》,《四川外语学院学报》2002年第3期。

刘忠:《〈讲话〉在解放区和国统区的传播与接受》,《文艺理论与批评》2012年第2期。

陆志国:《弱小民族文学的译介和圣化——以五四时期茅盾的翻译选择为例》,《外语教学理论与实践》2013年第1期。

姜异新:《20世纪中国文学参与文化启蒙的策略演进》,《文艺理论研究》2006年第1期。

任继愈:《学习中国哲学史三十年》,《哲学研究》1979年第9期。

王钢:《场域斗争·民族心理认同·西学救国——欧美弱小和被压迫民族文学"中国化"的深度分析》,《东北师大学报》(哲学社会科学版)2014年第4期。

汪晖:《预言与危机(上、下篇)——中国现代历史中的"五四"启蒙运动》,《文学评论》1989年第3、4期。

王黎君:《话语权力之争:文艺论争的一种隐形形态》,《北方论丛》2004年第4期。

吴元迈:《"拉普"文艺思潮简论》,《文学评论》1983年第1期。

杨剑龙、陈海英:《民族国家视角与中国现代文学研究》,《中国现代文学研究丛刊》2011年第2期。

伊塔玛·埃文-佐哈尔:《多元系统论》,张南峰译,《中国翻译》2002年第4期。

张春田:《论五四时期的"易卜生热"及其文化逻辑》,《石河子大学学报》(哲学社会科学版)2009

年第3期。

张大明:《社会主义现实主义与中国革命文学》(上、下),《新文学史料》1998年第3、4期。

张珂:《晚清民初的"世界意识"与"世界文学"观念的发生》,《中国比较文学》2013年第1期。

朱晓进:《政治化角度与中国20世纪30年代文学论争》,《南京师大学报》(社会科学版)2002年第4期。

外国人名索引

A

阿尔志跋绥夫（阿志巴绥夫）37,69,72,73,77,84
阿庚 71
阿里斯托芬 178
阿列斯·布朗 197
阿维尔巴赫 113
阿胥 57
艾略特 63,64,67,68
艾肯 220
埃斯库罗斯 178
爱德华·希尔斯 14
爱伦堡 77,101
爱罗先珂 55
安德烈·勒菲弗尔 148,149
安特莱夫（安特列夫）37,55,84,128
安徒生 37,223
奥登 221
奥尼尔 151,221
奥斯丁 149
奥斯特洛夫斯基 195—198

B

巴比塞 79,159
巴尔扎克 65,119,153,178,188,189,222
巴赫金 138
巴培尔 101
巴特莱特 214
跋佐夫 233

白里欧 231
柏格森 34
柏拉图 46
拜伦 18,37,39,46—52,205,217,220
本尼迪克特·安德森 60
比昂松 231
毕哈 228
毕力涅克 101—103
俾士麦 224
别克 194,195
别林斯基 119,213
宾斯奇 56
波德莱尔 149
勃兰兑斯 47,167
布尔迪厄 59
布哈林 100,131
布莱希特 61

C

厨川白村 92

D

达尔文 33,81,87,91—94
达朗贝尔 6
大卫·达姆罗什 20
大仲马 222
但丁 178,223,224
德莱塞（德来塞）107,151
德里达 60

笛福 151
狄更斯 119,150,153,220
杜威 83

E

E. 艾德 19,21

F

法捷耶夫(法捷也夫) 78,113—118,122,127,155,183,188,195,216
法朗士 205
斐迪南·拉萨尔 114,115,119,123,225,226
费定 101,127
费正清 33,34,80,87,88
弗理契 116
弗瑞泽 46
福尔克奈 151
福楼拜 63—67,149—151
福禄特尔 224

G

冈察洛夫 150
高尔基 37,70,76—78,85,108,126—137,150,152,153,192,205,215,216,223,232,233
高尔斯华绥 231
哥尔德斯密斯 232
歌德 38,68,79,149,188,207,208,218,223,224,232
格拉特可夫 216
格莱塞 227
格里德 19
葛兰西 61
果戈理(果戈里) 55,56,69—72,74,76,150,174,188,189,213,223,231

H

哈代 151
哈葛德(哈葛得) 140,143,145,146,233
海明威 206,210,220,221
荷尔德林 46
赫尔岑 213,232
贺麦晓 59
赫胥黎 45
黑格尔 61,117
华希里可夫斯基 124
华兹华士 50
霍米·巴巴 60
霍普特曼 231

J

基尔松 113
吉尔波丁 125—127
济慈 68
纪德 151,153
伽达默尔 139,140
焦士威奴 140
杰克·伦敦 151,220
金司莱 45

K

卡西尔 5,6,7
康德 2—5,40
康拉德 151
柯尔律治 50
珂刚 99
柯涅楚克(阿·柯涅楚克,科尔内楚克,考纳丘克) 195
克尔凯郭尔 34
克劳德·圣西门 203
克里斯蒂娃 60
克鲁泡特金 204

孔德 12

L

拉法格 119,120,121
莱蒙托夫 70,76
劳伦斯·韦努蒂 20
雷恩 227
雷马克 150,227—229
李别进斯基 113,116
理查德·H.佩尔斯 107
理定 101
里尔克 63
立野信之 71
列昂诺夫 98,116
林奈士基 56
刘易士（辛克莱·刘易斯）151
卢卡奇 178
卢那察尔斯基（卢那卡尔斯基）78,88,89,94—98,100,102—104,124,125,162,163
卢梭（卢骚）51,73,213,224,232
卢兹金 113
鲁宾森 220
伦支 101
罗多夫 113
罗曼·罗兰 37,79,149,153,205,213
罗素 46,51
洛莫洛莎夫（洛孟洛莎夫）156,157

M

玛格丽特·哈克奈斯 119,178,179
马克斯·霍克海默 5
马泰·卡林内斯库 52
毛姆 221
梅里美 188
蒙田 188,189
米歇尔·福柯 3—5,139

密尔顿 149
莫泊桑 37,153,188,189,205,223,231
莫里哀 174
木村鹰太郎 47—49
穆勒 12

N

拿破仑（拿坡仑）40,49
内斯妥尔·珂德略来夫斯基 71
尼采 1,8,15,34,39—49,73
涅克拉索夫（涅克拉绍夫）69,70,149
涅维洛夫 190

O

欧·亨利 220
欧文 140,141
欧文·白璧德 162

P

帕索斯 151,154
潘莱士 56,57
培根 5,45,67
婆格达诺夫 163
普列汉诺夫（蒲力汗诺夫）78,88—95,97,98,103,104,114,116,119,163,192
普希金（普式庚）37,70,72,76,130,153,156,157,188,189,199—201,213,223,232

Q

契诃夫（柴霍夫,柴霍甫）37,54,76,130,174,205,215,223,231,233
乔叟 201
乔伊斯 22,219,227
乔治·桑 149

R

让-米歇尔·拉巴泰 167
芮恩施 144

S

塞万提斯 150,178,222,223
莎士比亚(萧士比亚,莎翁) 38,63,64,66,67,
　　115,119,144,147,151,201,211,217,
　　222,223
施托姆 149
史沫特莱 221
叔本华(叔氏) 34,39,40
淑雪兼珂 99
司各特(司各德) 140,220,222
斯诺 211
斯皮瓦克 60
斯塔尔夫人 232
斯坦尼斯拉夫斯基 174
司汤达 65,188
斯特朗 221
斯特林堡 231
斯威佛特 140
斯威克安 61
绥甫林娜 101—103
绥拉菲莫维奇(绥拉亦莫维支) 195,216
梭可罗夫 71

T

泰戈尔 205
特莱希克 224
屠格涅夫(屠格纳夫,杜格涅甫) 37,70,72—
　　74,109,130,149,150,205,213,232,233
托克维尔 202,203,212,213
托洛茨基(讬罗茨基,托罗兹基) 88,98,100,
　　163
托马斯·潘恩 216

陀思妥耶夫斯基(陀思,杜思退益夫斯基) 54,
　　69,74,130,141,149,188,205,213,226,
　　232,233

W

瓦尔金 113
瓦浪斯基 99,100
王尔德 37,219,227
威尔斯 232
维科 120
尾濑敬止 96
武者小路实笃 153

X

西奥多·阿道尔诺 5
西克苏 60
西蒙诺夫 195
席勒 113—115,117,119,122,178,226
席曼斯基 232
夏洛蒂·勃朗特 149
显克微支 37,54—56,223,239
萧伯纳 18,21,22,37,221,232
肖洛霍夫 150
小仲马 140,222
谢里丹 232
辛克莱(辛克来) 151,152,154,159,206,210,
　　227—229
雪莱 38,48,50,79,203,217,220

Y

雅各武莱夫 101,102
亚勒吉阿 55
亚历山大·沃隆斯基 88
叶尔米洛夫 113,116
伊格尔顿 83,84
易卜生 17—27,29,30,37,119,153,231

英培尔 101
雨果 149,213
约翰·德林瓦特 148

Z

藏原惟人 84,88,90,91,93,97,100,110—113

札弥亚丁 101
詹明信 53,61
左拉 119,149,150,153,205,213,231
佐琴科 195
左祝黎 101

中国人名索引

A
艾青 174,180,181

B
巴金 70,72,128,150
毕修勺 150
卞纪良 128
卞之琳 149,151

C
曹葆华 91,195
曹鸿昭 201
曹靖华 77,195,198
陈独秀 8—14,23,42,52,53,79,82,205
陈国华 69
陈勺水(勺水) 111
陈望道 19,79
陈西滢 149,160
成仿吾 38,80,205

D
戴望舒 63,149
丁玲 174,177,180
董秋芳 127
杜畏之 128
段祺瑞 35

F
方重 201
方于 149

芳信 128
费鉴照 63,68
丰子恺 150
冯雪峰 73,84,85,113,116—118,132
冯亦代 210,211
傅东华 47,149,150
傅雷 149
傅斯年 42,43,143,145,218,234

G
高寒(楚图南) 69
高植 150
耿济之 37,47,127,150
古元 181
顾毓琇 37
顾仲彝 234
郭沫若 25,26,38,39,52,74,75,79,108,137,
　　　194,200,205,224,225,228
郭绍虞 37

H
寒克 128
郝拔夫 128
何妨 128
何其芳 168
洪子诚 169
胡风 70,71,84—86,128—130,134—137,176,
　　　177,200,201
胡楣 126
胡乔木 179,181,194

胡秋原 225
胡愈之 37,58,211
华蒂 128
华汉 122
黄庐隐 37
黄源 128
黄远 128

J

蒋百里 37
蒋光慈 108,109
焦菊隐 128

L

黎元洪 35
李初梨 109,111,130,131
李达 82
李大钊 9—11,30,79,81,82,214,215
李丹 149
李霁野 149
李健吾 63—68,150,151
李劼人 149
李石岑 43—46
李卓吾 16
丽尼 70,72,150
梁启超 47,48,62,140,217
梁实秋 50,63,64,66—68,151,155,160—164,208,209,217
梁宗岱 63,201
林伯修 110,111
林华 128
林陵 128
林曼青 128
林纾(林琴南) 19,140—147,160,165,222,233
林语堂 155,164,165
林毓生 207
刘白羽 174,181,191

刘半农 11,37,58,142,143,145
刘伯量 19
刘大白 37
刘大杰 19
刘少文 197
陆蠡 70,72,150
罗烽 174
罗稷南 150
罗家伦(志希) 143—145,153
罗念生 151

M

马耳(叶君健) 201
茅盾(沈雁冰、雁冰) 11,14,17,18,27—31,37—39,42,43,45—48,50,55—59,68,69,76,84—87,106,108,109,122,130,154,166,184,185,194,197,200,203—206,208—210,216,218,222—225,228—234
毛文钟 19
梅益 195,197,198
孟十还 69,70,72,150
孟子 44
弥沙 197
墨子 44
穆木天 128

P

潘家洵 19,24,30
彭家煌 37
彭雪枫 197
蓬子 128

Q

钱杏邨 84—89,227
钱玄同 11,142,143,145
钱锺书 140
秋瑾 25,26

瞿秋白 75—79,81,84,86—88,113,118—124,
　　127,128,155—160,164,199,225
瞿世英 37

R

柔石 128
汝龙 150
阮真 46

S

塞克 190,191
森堡 124
邵挺 67
沈端先(夏衍) 128
施蛰存 149,218
适夷 128
舒庆春(老舍) 37
树华 128
司马迁 141
宋桂煌 127
苏曼殊 47,50,52
苏汶 225
孙大雨 201
孙伏园 37,127
孙光端 128
孙熙 19
孙中山 35,76

T

谭明谦 9
田汉 38,67,205,211

W

婉龙 126
汪晖 1,13,36
王充 67
王国维 39,40,41,43,46,47,48,49

王季愚 128
王了一 149
王鲁彦 37
王秋心 108
王识昧 174
王统照 37,47,48,50,58,215
王西彦 72
韦素园 127
巫启瑞 19
吾昭宸 147
伍光建 222
伍蠡甫 149

X

夏丏尊 37
夏志清 145,214,217
萧楚女 109
萧军 174
萧乾 17,18,21,22
萧三 194,195
谢六逸 38
徐鸧荻 19
徐霞村 149,151
徐向前 196
徐志摩 19,37,47,63,64,147
徐祖正 48
许地山 37,58
许寿裳 53,54
许修林 126,127

Y

严复 144,145,165
颜子 44
杨敬慈 19
杨熙初 19
叶公超 63,64,67,68,161
愚卿 194

于熙俭 149
余英时 83
郁达夫 12,14,38,205
袁家骅 151
袁世凯 35
袁振英 19
恽代英 108,109

Z

张谷若 151
张铁夫 199
张资平 38
赵璜 128
赵景深 47,164
赵洵 195,197
郑伯奇 38
郑振铎 37,38,47,49—51,58,70,72,127, 141—150,153
钟石韦 128
钟兆麟 73
周桂笙 140
周立波 150,174,188—191
周瘦鹃 19
周学普 149
周扬（周笕） 31,78,125,126,134—137,150, 168,186,187,188,191—193,228
周作人 11,14,15,37,53—55,160,215,217
朱光潜 207,234
朱雯 150
朱希祖 37
朱湘 37
朱自清 19,37
庄子 44
宗白华 63,68

后　记

本书是国家社科基金重大项目"百年来欧美文学'中国化'进程研究"的最终成果之一。从2012年5月正式进入课题组开始研究，至2017年底完成书稿并顺利结项，又经过近两个月的修改、补充与完善，前后历时近六年时间。"百年来欧美文学'中国化'进程研究"是一项意义重大并富有极高学术研究价值的课题，我所负责的1919年至1949年这一历史时期是其中最为关键的阶段之一。"五四"思想启蒙、马克思主义文艺观的引入与形成深化、"左翼十年"文学话语的转变以及作为纲领性文献的毛泽东《在延安文艺座谈会上的讲话》的发表都发生在这一阶段。对1919年至1949年这一历史时期欧美文学"中国化"进程的史实梳理和内在规律的探寻，使我走进了对近现代中国文学史、近现代中外文学交流史及与之相关的哲学思想史等的一次系统而深入的研究和阐释过程。可以说，从知识的储备和运用角度来看，这个课题的研究使我受益匪浅，它在很大程度上拓展了我的学术视野和学术路径，使我对中外文学的发展交流有了全新的认知和更深层次的理性反思。如今掩卷沉思，昔日研究的许多瞬间犹历历在目，印象深刻，难以忘怀。

凡事须感恩。首先感谢项目首席专家、东北师范大学文学院资深教授刘建军先生。承蒙先生赏识和不弃，使我有机会成为课题组的一员，开始接触并深入探索这一意义深远的研究课题。我与先生初识于2011年，当时我在南开大学文学院从事博士研究。先生作为我毕业论文的答辩委员，以深厚的学识和敏锐的智慧为我的论文提出了很多中肯的建议，给我留下了深刻的印象。日后参与项目研究过程中，逐渐与先生增进了了解，对先生的学识和为人更加钦佩。先生将他写作的《外国文学经典中的人生智慧》《圣俗相依：刘建军教授讲基督教文化与西方文学》《西方长篇小说结构模式研究》等专著及翻译的拜占庭无名氏的史诗《狄吉尼斯·阿克里特：混血的边境之王》等书籍赠送给我，让我这个学术晚辈更觉亲切与关怀。可以说，本书的最终完成无不是先生的帮助和悉心指导的结果。

其次要感谢我的博士生导师、南开大学文学院教授王立新先生。先生不仅是我的博士授业恩师和学术领路人，更是我的人生导师。先生渊博的学识和对学生热情无私的帮助时刻令我动容。可以说，自博士毕业以来，我取得的每一步成就都离不开王老师的关怀提携。

再次要感谢我的工作单位吉林师范大学文学院的领导和同事们以及长期以来一直默默支持我的家人。我在吉林师范大学文学院工作十余年，多处得到这个集体的谅解和关怀，尤其是先后作为院长的李秀云教授和肖振宇教授，他们为我的学习、教学和科研工作创造了许多必备的条件。也要特别提及我的家人，他们是我成长和前进的重要动力和依靠，是我在学术道路上执着前行的坚强后盾，没有他们默默的付出，我是无论如何也难以取得今天的成绩的。

最后还要提及几位参与过项目研究和为项目顺利进展、书稿顺利完成付出过艰辛劳动的同学。现工作于梅河口市翰林学校高中部的李丹老师是最早参与到我所负责的子课题研究中来的，当年她还是吉林师范大学文学院的一名本科生，她为本书"第一个问题：'五四'启蒙何以成为欧美文学引进的爆发期"进行了大量的资料查询工作。我的研究生、2016级比较文学与世界文学专业的沈轶员和2017级比较文学与世界文学专业的袁美钰不辞辛劳，通读校改了全部书稿的字词问题，并耐心核对了引文，在此对她们的辛劳表示衷心的感谢。此外，我的研究生、工作于长春第二中等专业学校的王美萱曾参与过书稿的部分文字录入工作，在此一并感谢。

还有一点需要说明的是，由于本人学识和能力有限，书中错误和谬见在所难免，真诚欢迎各位专家学者和读者不吝赐教并批评指正！

终点就是新的起点，如今这部专著仅仅是我学术道路上的又一个小小驿站，新的挑战和更为艰巨的任务在等待着我。为此，我不敢怠慢，更不敢自傲。我将一以贯之地保持严谨而刻苦的学风以及对文学的忠贞和热爱之情，认真钻研，以期更加接近心中理想的彼岸。

"路漫漫其修远兮，吾将上下而求索。"

王　钢
2018年3月初春于吉林师范大学